한 국
현 대 문 학
전 집

17

날개

이 상 작 품 선

날개

이상 작품선 · 조영복 엮음

H
현대문학

학교 교육에서 문학 교육이 차지하는 비중은 대단히 크다. 초등학교, 중학교, 고등학교 국어 과목 안에 '문학'이 한 영역을 차지하고 있으며, 고등학교에서는 심화 학습으로 문학 과목을 배운다. 문학 교육의 비중은 갈수록 커져 가고 있어 '2009년 개정 교육과정'에서는 문학 1과 문학 2로 과목이 확대되었다.

게다가 인문학 교육의 중요성이 강조됨에 따라 대학 교육에서 문학 교육의 위상이 갈수록 높아지고 있음은 모두가 아는 사실이다. 인간과 세계의 진실을 정신과 감각의 차원에서 통합적으로 파악하고자 하는 문학에 대한 넓고 깊은 이해가 중요함은 새삼 말할 필요도 없다. 모든 학문의 바탕이며 동시에 종합인 문학에 대한 올바른 인식이 확산되면서 그동안 실용 학문에 밀려 주변부를 맴돌았던 문학 교육이 다시금 제자리를 찾아 교육의 중심으로 돌아오고 있다. 따라서 지금이야말로 문학 교육에 더 많은 관심을 기울여야 할 때다.

새로운 현실은 새로운 문학 전집을 요청한다. 문학 교육의 중요성이 갈수록 더 강조되고 문학 교육의 위상이 갈수록 높아지는 새로운 현실의 요청에 응하여 여기 〈한국현대문학전집〉을 펴내고자 한다.

우리는 몇 가지 원칙에 따라 이 전집을 엮고자 하였다. 〈한국현대문학전집〉의 편집 원칙은 다음과 같다.

첫째, 국문학계에서의 연구 성과에 근거하여 한국현대소설사를 일구어온

대표 작가의 대표작들을 엄선하여 수록함으로써, 이들 대표 작가 개개인의 문학 세계와 한국현대소설사의 구체적 전체상을 담아낸다.

둘째, 문학 교육의 비중이 갈수록 높아지는 현실에 따라 문학 교육 과정에서 중시되고 있는 작품들을 수록한다. 문학 교육 과정에서 중시되는 작품들은 곧 한국현대소설사에 솟아 있는 우수한 작품들이니 이는 첫 번째 원칙과 통한다.

셋째, 작가의 최종 수정판을 수록하는 것을 원칙으로 하되, 명백히 잘못된 부분은 다른 판본과의 대조를 통해 수정함으로써 비평적 정본을 제시한다.

넷째, 전문 연구자의 해설을 붙여 독자가 해당 작가의 문학 세계를 깊이 이해할 수 있도록 한다. 해설은 작가의 삶과 문학 세계에 대한 비평적 개괄과 수록 작품들에 대한 정밀한 분석 두 부분으로 구성한다.

다섯째, 작품들 뒤에 작가의 문학 세계를 이해하는 데 도움이 될, 그 작가와 관련된 수필 또는 비평문을 '인상기印象記'로 두세 편 수록한다.

〈한국현대문학전집〉이 학교의 문학 교육 현장을 비롯한 문학 생활의 공간 곳곳에서, 학생들에게 그리고 문학을 사랑하는 모든 사람들에게 널리 읽히기를 바란다.

2011년 가을
〈한국현대문학전집〉편집위원 김윤식, 정호웅, 서경석, 김경수

일러두기

1. 이 책은 작가 이상의 작품들 중 단편소설 13편과 수필 5편을 골라 실었다. 수록 순서는 발표 연대를 기준으로 하였으며 각 작품의 말미에 구체적인 출처와 시기를 밝혀두었다.

2. 이 책은 현행 한글맞춤법에 따르는 것을 원칙으로 하였다. 다만 작품 분위기에 영향을 미친다고 여겨지는 일부 방언이나 구어체 표현, 의성어, 의태어 등은 그대로 두었으며 대화문에서는 원래 표기를 최대한 살렸다.

3. 현대어 표기는 국립국어원의 표준국어대사전을 기준으로 삼았다.

4. 원문의 한자는 대부분 한글로 바꾸되 꼭 필요한 경우에 한하여 한자를 병기하였다.

5. 외래어는 현행 외래어 표기법을 따랐다. 단, 작품 분위기에 영향을 미치는 어휘는 가능한 한 그대로 두었으며 일본어는 원문대로 표기하였다. 외래어의 장음 혹은 이음 표시는 삭제하였다.

6. 대화나 인용은 " ", 생각이나 강조는 ' ', 책 제목이나 장편소설은 『 』, 단편소설이나 시 등은 「 」, 잡지나 신문 등은 《 》, 영화나 연극, 노래 등은 〈 〉로 통일하였다. 다만 원문에 문장부호가 생략된 경우에는 이 책에서도 표시하지 않았다.

7. 원문에서 구체적으로 언급하는 대신 × 혹은 ○로 표기한 경우에는 ○로 통일하였다.

8. 독자들의 이해를 돕기 위해 필요하다고 판단되는 경우 국립국어원의 표준국어대사전, 『소설어 사전』(최동호 · 김윤식 저, 고려대학교출판부) 등을 참고하여 뜻풀이를 달았다.

이상 문학, 의미의 놀이와 삶의 변주 이해하기

조영복

1

이상李箱(1910~1937)은 구인회 동인지《시와 소설》에서, "어느 시대에도 그 현대인은 절망한다. 절망이 기교를 낳고 기교 때문에 또 절망한다"고 썼다. 어느 시대의 예술가든 그는 시대에 좌절하고 기교에 절망한다. 그의 정신은 한 세기 혹은 두 세기를 앞서 가지만 시대는 언제나 평균적이고 관습적인 사고를 용인하는 것에 더 익숙한 탓이다. 기교에 대한 절망은 예술가들의 피할 수 없는 운명이다.

이상의 이력은 특이하게도 문학의 영역을 넘어서 있다. 그의 글쓰기는 문자언어의 체계를 넘어 말놀이, 기호 놀이, 의미 놀이, 심지어 타이포그래피적인 감각들과 연계된다. 표의문자적 속성이나 의성어적 효과를 이용해 의미 확정을 지연시키거나 의미의 다양성을 노리기도 한다. 최근 이상 연구는 시인이자 소설가로서의 조명을 넘어 건축학도, 화가, 장정가, 삽화가, 그리고 더 나아가 다중 매체 아티스트, 매체 이론가로서의 전인적 활동에 대한 연구까지 확장되고 있다. 문자언어의 가장 핵심을 파고들면서도 문자를 넘어 존재하는 것이 이상 텍스트의 핵심이다. 그래서 이상 텍스트는 시간과 공간을 넘어 언제나 현재진행형으로 존재한다고 말할 수 있다.

이상 텍스트를 읽는다는 것은 인내심과 집중력을 요구한다. 소설, 수필, 시 같은 문예 장르를 분별하는 기준들이 이상의 실제 작품을 다루는 데에는 그다지 소용이 없는 경우도 흔하다. 소설 구성의 기본 요건인 주인공과 사건은 미미하며 입체적인 통일성을 찾기도 쉽지 않다. 이상 소설에서는 허구와 실제 삶이 잘 구분되지 않는다. 그의 소설은 실제 자신의 삶을 패러디한 것이거나 그것을 뒤집어서 보여준 것이다. 텍스트 속 인물(서사적 자아)이 실제 인물 이상(경험적 자아)에 끊임없이 오버랩되어 그의 소설은 내면 일기 같은 인상을 준다. 김유정, 박태원 같은 실제 인물이 실명 그대로 노출되는 경우도 있다. 그렇다고 작가의 전기적 사실이 실제 소설 텍스트를 읽는 데 그다지 소용이 되는 것은 아니다. 그는 소설이라는 미로 공간에 그의 삶을 비밀스럽게 펼쳐놓는다. 그래서 이상 소설 읽기는 '미로 가운데서 헤매기'라는 텍스트 해석의 본질적인 문제와 마주친다. 이상 텍스트에 관한 한 소설과 수필의 경계를 설정하기가 쉽지 않은 이유이기도 하다. 이상 전집을 간행할 때 소설과 수필을 어떤 기준에 따라 분류할 것인가가 문제되는 것도 같은 이유다. 이 선집에 실린 「공포의 기록」, 「불행한 계승」은 기간旣刊 전집에서 어떤 경우는 수필로, 어떤 경우는 소설로 분류되었다. 이상에 관한 한 장르 구분이 크게 의미가 없다. 그는 낯설고 이질적이면서 실험적인 글쓰기를 지속적으로 실천했던 것이다.

화가가 꿈이었던 이상이 문학에 발을 들여놓은 것은 1930년 장편소설 『12월 12일』을 《조선》에 발표하면서부터다. 《조선》이 총독부에서 식민지 정책 홍보용으로 발간하던 잡지라는 점을 감안하면 이것이 본격적인 문학 입문 과정은 아니었다고 할 수 있다. 이후로도 그는 「지도의 암실」, 「휴업과 사정」을 《조선》에 싣게 된다. 「이상한 가역반응」, 「조감도」, 「삼

차각 설계도」 등 실험적이고 난해한 이 일문 시는 《조선과 건축》이라는 학회지에 실린다. 시인이자 소설가로서 본격적으로 문단에 진출하기 시작한 것은 결핵이 악화되면서 총독부 기수직을 그만두고 '구인회' 문인들과 교류하면서라고 볼 수 있다.

대체로 습작기적인 틀을 벗어나 작품 구성이나 기교면에서 본격적인 소설의 형태를 갖추었다고 평가되는 작품은 「지도의 암실」(1932)이다. 비구比久라는 필명으로 발표한 이 소설은 하루 동안 주인공이 겪은 일을 중심 내용으로 하고 있다. 새벽 4시에 잠자리에 든 주인공은 아침 10시에 일어나 아침을 먹고 집을 나서 도심 영화관에 들르고 레스토랑에서 여자를 만난다. 그리고 집에 돌아와 다시 잠자리에 든다. 하루 동안 겪은 일을 다루지만 그 사건은 실제적이지도 구체적이지도 않다. 주인공의 상념을 의식의 흐름에 따라 펼쳐두고 있을 뿐이다. 주인공이 언급하는 사건이나 행위도 꿈속의 일인지 누운 채 몽상한 내용인지 알기 어렵다. 친구 K, 영화관, 레스토랑 여급 등은 실체로서 존재하기보다는 주인공의 내면 의식에서만 존재한다. 제목인 '지도'와 '암실'에서, 어둠 속 마음의 행로를 그려나갔다는 것은 추측할 수 있으나 그 상징성 및 두 범주의 상관관계가 쉽게 포착되지 않는다. 빛과 시간에 대한 관념, '사람'에 대한 존재론적 접근, '죽음'에 대한 사유 등은 대체로 이상 텍스트 전편에 걸쳐 있는 주제이기도 한데, 「지도의 암실」은 이 주제를 확인할 수 있는 초창기 작품이다.

「휴업과 사정」(1932. 4.)은 '보산'이라는 필명으로 발표된 초창기 소설로서, 주인공 이름 역시 '보산'이다. 주인공 보산과 '도야지만도 못한 뚱뚱보 SS'의 대결 구도를 중심축으로 하지만 사건이 중심이기보다는 주인공의 내적 독백이 두드러진다. 보산의 집 앞에 침을 뱉는 SS의 행위를 불쾌하게 여기는 보산이 그와 정면 대결을 고민하는 것이 주된 내용이다. 뚱뚱보 SS로부터 정신적 승리를 거두고자 보산은 종이를 꺼내 시를 쓴다. 세상의 땅바닥에 달라붙어 뜯어먹는 부류와 훌륭한 시를 쓰는 자신은 다르고, 그래서 자신은 불행하고 고독하다는 것이다. 시인으로서 이상의 자화상이 내재된 이 진술에는 '휴업과 사정'의 의미가 함축적으로 제시되어 있다. 마지막 장면은 보산이 손수 쓴 편지를 SS의 문간에 넣으려다 SS의 집 대문 앞에 붉은 고추가 매달린 새끼줄을 발견하고 보산이 망연자실하는 대목이다. 보산의 행위 밑바닥에는 일상적인 것들의 승리에 대한 냉소와 자괴감 등이 잠재되어 있는 것이다.

이상의 첫 번째 소설이자 자전적 소설인 『12월 12일』에서부터 일관되게 그의 문학적 주제는 '자살 충동'이다. 그는 이를 '공포의 기록' 혹은 '무서운 기록'이라 쓰고, "무서운 기록을 다 마치기 전에는 살겠다는 희망도 죽겠다는 희망도 아무것도 아니다"라고 썼다. 이상의 자살 충동과 죽음에 대한 공포의 직접적 원인은 결핵이다. 이상 문학을 '결핵 문학'이라 지칭하는 것도 결핵으로 인한 자살 충동과 죽음의 공포가 이상에게 얼마나 본질적인 것이었는가를 설명해준다. 이상이 처음 각혈을 시작한 것은 1930년 여름경으로 알려져 있다. 이상은 경성고공 건축과를 졸업하고 조선총독부 내무국 건축과 기수로 의주통 공사장에서 일하게 되는데 그때 그는 폐결핵으로 혼수상태에 빠지기도 한다.

「공포의 기록」(1937)은 이상의 자살 충동과 공포의 근원이 선명하게 나타나 있는 텍스트이다. 육친(작은어머니)에 대한 증오와 각혈에 대한 공포가 중심 내용이다. 작은어머니에 대한 증오는 이상이 세 살 때 백부에게 입양된 사실과 관련이 깊고, 육친을 먹여 살려야 하는 가장으로서의 일상적 책무에 대한 반감과 자책이기도 하다. 해골로 변한 자신의 초상과 절멸된 육체, 더 이상 존재하지 않는 '이름'은 이 소설의 기본 주제가 된다. 이상에게 글쓰기는 끝없이 자신을 자살 충동으로 몰아넣는 결핵에 맞서는 힘이자 생존을 위한 최후의 칼이었던 것이다.

「불행한 계승」(1976)은 일문으로 된 텍스트로 이상 사후 《문학사상》에 소개되었다. 「공포의 기록」과 상호 관계를 확인할 수 있는 텍스트이다. 결핵과 자살 충동을 그린다는 점에서, 「공포의 기록」의 소제목 하나가 '불행한 계승'인 것도 두 텍스트의 상관성을 추측케 한다. 또한 「공포의 기록」에 등장하는 '수군壽君'이 김소운임을 확인할 수 있는 텍스트이기도 하다. 김소운과 함께 한강에서 뱃놀이로 밤을 새운 이야기를 담고 있다. 모든 사람들, 심지어 가족마저 자기를 배반했다고 믿을 수밖에 없고, 자살마저 허용되지 않는다는 이상의 절망적인 내면이 드러난 작품이다. 1932년 이상에게 '2차 각혈'은 결정적이었으며, 이후 그는 죽음과 자살 충동을 작품 속에서 강박증적으로 되풀이하게 된다. 2차 각혈 이후 그는 '수명'에 대한 개념을 파악했다고 썼을 정도다.

2

이상은 1934년 '구인회'에 가입한다. 구인회는 이태준, 정지용, 김기림, 박태원, 김유정이 동인으로 활동했던 일종의 예술 공동체 집단이다. 이들과의 교류는 이상이 작품 발표 지면을 다양하게 획득하는 기반을 마련했다는 면에서도 중요한 의미를 가진다. 정지용의 주선으로 이상은 《가톨릭 청년》지에 시를 발표했으며, 이태준의 주선으로 《조선중앙일보》에 「오감도」 연작을 발표할 수 있었다. 김기림의 정신적 후원은 이상에게는 결정적인 것이었고, 이상이 남긴 사신私信 가운데 김기림과의 사신이 많은 것도 이를 증명한다. 이상은 김기림의 시집 『기상도』의 장정을 맡기도 했다. 결핵을 앓던 김유정과는 '찬란한 정사'를 꿈꿀 정도로 내밀하고 정서적인 관계를 유지했다. 박태원의 「소설가 구보 씨의 일일」이 《조선중앙일보》에 연재될 때 이상은 '하융河戎'이란 필명으로 삽화를 그렸다. 구인회 동인지 《시와 소설》을 이상이 편집한 것은 이들 문우들과의 깊은 인연이 바탕이 된다.

1936년 이상은 김기림에게 보낸 사신에서 '소설을 쓰겠다'고 단호하게 표명한다. 등단 초기부터 주로 시와 수필을 발표했던 이상은 이 시기를 전후로 본격적인 소설 창작의 길로 들어선다. 1936년 「지주회시」, 「날개」, 「봉별기」를 발표한다.

「지주회시」(1936)는 제목 그대로 '두 마리 거미가 돼지를 만나다'라는 뜻이다. 여기서 누가 거미이고 누가 돼지인가를 이해하는 것이 이 소설을 이해하는 첫걸음이다. '그'와 그의 아내는 일탈적인 부부 관계를 유지하는데, 마치 서로를 갉아먹는 '한 쌍의 거미' 같다. 친구 오 및 R 회관 뚱뚱보 주인, 그리고 전무는 '돈'으로 약자를 착취하는 돼지들이다. 이 소설에서 가장 극적인 장면 중 하나는 주인공이 아내의 위자료로 받은 돈 20원을 가지고 '오'의 여인인 마유미를 만나러 가는 대목이다. 자본주의의 비인간적이고 일탈적인 본질을 이처럼 냉혹하게 드러낸 작품이 없다고 평가되기도 한다. '오'는 이상의 경성고공 친구인 문종혁이 그 모델이라 알려져 있다. 「날개」, 「봉별기」와 함께 '절름발이 부부 관계'가 그려진 작품이다.

1933년 이상은 총독부 기수직을 그만두고 화가 친구인 구본웅과 함께 배천온천에 요양을 간다. 그때 만난 인물이 '금홍'이다. '금홍'의 이야기를 다룬 작품으로는 「봉별기」, 「날개」 등이 있다.

"스물세 살이오—3월이오—각혈이다"라는 첫 문장으로 시작되는 「봉별기」(1936)는 '금홍'과의 만남에서부터 이별까지의 과정이 나타나 있다.

백부의 소상 때문에 귀경한 이상은 금홍을 서울로 불러들여 신혼살림을 꾸린다. 다방 '제비'를 경영한 것도 이때다. 하지만 금홍은 가출과 귀가를 반복하게 되고, 결국 이들 부부는 헤어진다. 스물한 살인 금홍이는 서른한 살 먹은 사람보다 낫고, 스물세 살인 '나'는 여남은 살 먹은 아이 같다. 이들 부부의 관계는 '절름발이 형상'으로 상징된다. 소설 마지막은 이들이 마지막으로 만나 이승에서의 생이별을 확인하는 장면이다. '나'는 더 이상 이 땅에서 생존이 불가함을 깨닫고 동경이든 어디든 망명하겠다고 호언한다. '정신의 빈털터리'가 되어버렸음을 직감한 주인공의 마지막 종착지였다.

「날개」(1936) 역시 금홍과의 생활을 형상화한 작품으로, 이 소설의 삽화는 이상이 직접 그렸다. 야수파적인 필치와 전위적인 구도가 돋보이는 삽화가 소설 전체 내용을 요약하고 있는 것도 특징적이다. 멀티 아티스트로서 이상의 재능을 확인할 수 있으리만치 이상의 개인적 재능이 집약된 텍스트로서도 의미가 있다. 소설 서두에 특이하게도 에피그램적인 입구를 설정한 것도 주목할 부분이다. 18가구가 세 들어 사는 이 33번지에서 '아내'와 '나'는 이중적인 생활을 영위한다. 「날개」는 이상 소설 가운데 가장 대중적인 작품이지만 여전히 문제성을 안고 있는 텍스트이다. 결말의 "날자. 날자. 날자. 한 번만 더 날자꾸나"는 지금도 문제적이다. 이 소설의 주제와 관련해 다양한 해석 가능성을 열어두고 있기 때문이다. 집과 거리, 일상의 탈출과 일상으로의 복귀 과정을 반복하던 주인공은 마지막 하늘을 향해 비상하는 꿈을 꾼다. 그 꿈의 진정한 의미가 무엇인가가 이 소설의 핵심이다. '날개'의 상징적 의미가 중요한 것은 이 때문이다.

본격적으로 소설을 발표하기 전까지 이상은 주로 시를 썼다. 수필은 연재 형태로 신문에 간간이 실렸는데, 소개된 수필 중 작은 제목들이 달린 것은 이 때문이다.

「산촌여정」(1935)은 1935년 8, 9월에서 10월 사이 경성고공 건축과 동기인 원용석의 고향 성천을 방문해 3주가량 머물 때 썼다. 성천 체험은 「산촌여정」을 비롯해 「어리석은 석반」, 「이 아해들에게 장난감을 주라」, 「권태」 등의 수필에 나타나 있다. 「산촌여정」에서 가장 인상적인 점은 현란한 비유와 기교가 펼쳐진다는 것이다. 서울 출신인 이상에게 성천 시골이 주는 인상이 얼마나 강렬했던가는 이 수필의 비유법이 모더니티의 절정을 이룬다는 데서 확인된다. "가을이 이런 시간에 엽서 한 장에 적을 만큼씩 오는"이라거나 "파라마운트 회사 상표처럼 생긴 도회 소녀", "웨스트민스터 궐련을 감아놓은 것 같은 도회의 기생" 같은 화려한 표현에 주목할 수 있겠다. 정책 선전용으로 상영되던 '금융조합 선전 활동사진회' 실상이 밝혀져 있는 것도 눈에 띄는 대목이다.

「권태」(1937)는 유고로 발표된 것으로 「산촌여정」에 비해 내면 성찰의 시선이 두드러진다. 도시인에게 일망무제의 초록색은 일종의 공포로 다가온다. 푸른색, 단조, 자연에 대한 공포가 권태를 부른다. 권태는 일종의 자의식 과잉이며, 현대 지식인의 헤어날 길 없는 정신적 공허와 무력감의 징표이기도 하다. 벽촌의 여름날은 지루해서 죽겠을 만치 길다. 그 단조로움과 함께 한없이 늘어진 초록색의 단조로운 풍경은 이상을 질식하게 만든다. 성천 지방을 여행한 경험을 담았지만 실제 쓰인 것은 1936년 12월 19일 새벽이라는 기록으로 보아 동경에서다.

「조춘점묘」(1936)는 서울 출신인 이상의 도시 감각이 두드러지는 작품으로, 각각 제목이 붙은 7개의 작은 소품 모음이다. 이 글에서는 이상이 누이와 어머니와 작은 집에 세 들어 살았다는 사실이 확인된다. 이는 후일 「날개」 등 소설의 배경과 관련될 것이다. '단지한 처녀'에는 봉건적 관습과 사고에 대한 비판 의식이 나타나 있는데, 이상은 "단지를 미워하는 심사 저 뒤에는 아조 근본적으로 미워해야 할 무엇이 가로놓여 있는 것"이라고 썼다. '차생윤회'는 자본주의의 선행이나 적선이 일종의 허영심임을 통절하게 적시하고 있으며, '골동품'에는 '식기 나부랭이'를 골동품이라고 대접하는 데 대한 반감이 기본적으로 깔려 있다.

「추등잡필」(1936)은 5개의 소제목으로 구성되었다. '추석 삽화'는 그가 세 살 때 양자로 간 백부 김연필의 무덤에 성묘 간 이야기다. 김연필의 비명 글씨를 이상이 썼다는 사실이 확인된다. 경성고공에 다닐 때 마포 형무소 벽돌 공장을 견학한 이야기를 담은 '구경'은 당시 경성고공 건축과 학생 수가 12명이었음을 확인할 수 있는 텍스트이다. '에의'는 당시 다방 풍경이 드러나 있다. 이상은 음악에도 조예가 깊었는데, 지식인들이 다방을 애호한 이유 중 하나가 음악 감상이었다는 것도 확인된다. '기여'는 시신 기증의 의학 발전이나 인류 문화 발달에 대한 기여를 논하고 있어 인상적이다. '실수'는 경성을 찾은 백인들의 문화적·인종적 우월 의식을 바라보는 이상의 비판적인 시선이 드러나 있다. 걸인에게 은화를 준 뒤 그것을 카메라에 담는 백인 여행자에게 격분한 청년을 두고 "향토를 아끼는 갸륵한 자존심" 운운한다. 이상의 가공되지 않은 내면을 보여준다.

「동생 옥희 보아라」(1936)는 이상이 남긴 사신들 가운데 하나지만 그것이 사적인 것이 아니라 잡지에 발표된 공적인 성격의 글이라는 점이 중요하다. 그래서 부제로 '동생 옥희 보아라'와 함께 '세상 오빠들도 보시오'를 동시에 적시하고 있다. 결혼식도 하지 않은 채 가출한 누이를 향한 오빠의 진지하고 솔직한 생각이 드러난 글이어서 '비밀'과 '위트'와 '아이러니'로 무장한 다른 글들과는 차이가 있다. 이 사신에는 이상의 가족 관계가 소상히 나타난다. 소설 속 주인공의 '20세기적인 것'에 대한 강박

증적인 집착과 달리 이 사신에서 보여주는 이상의 윤리관이나 결혼관은 '19세기적인 구식'이어서 인상적이다. 이상이 '비정상적인 생활'을 청산하고 동경으로 갈 결심을 하고 있음도 확인된다.

3

이상은 1936년 10월경 일본으로 건너간다. 이상의 마지막 세 작품은 흔히 「동해」, 「종생기」, 「실화」라고 평가된다. 동경에서 이상이 일본 니시간다 경찰서에 피검된 것은 1937년 2월 12일이며, 한 달 정도 조사를 받다가 폐결핵이 악화되어 동경제국대학 부속병원으로 옮겨진다. 이 세 작품은 악화일로에 있던 병세와 일본 경찰의 검속에 따른 죽음의 그림자를 배경으로 안고 쓴 글들이라 하겠다.

「동해」(1937)는 이상이 생전 발표한 마지막 소설이다. 서두 부분에는 '서슬 퍼런 칼', '나쓰미깡', '자객', '이발소' 등 자유연상에 따른 초현실주의 분위기가 압축되어 있다. 제목 '동해童骸'란 과연 무엇을 의미하는가에 대한 논란도 있다. 어린아이의 해골로 상징되는 관념의 세계에 대한 절대적인 경사를 의미한다는 해석도 있고, 해골처럼 닳아 너덜해진 정조 관념을 아이러니하게 표현한 것이라는 주장도 있다. 나와 친구인 '윤', 그리고 이 두 남자 사이를 왔다 갔다 하는 '임'이라는 여인이 등장인물이다. 임이 '됴스Dios'의 여신이라고 자처하면서 윤에 해당하는 정조 관념과 '나'에 해당하는 정조 관념이 다름을 역설하는 장면은 압도적이고 극적이다. 이같은 정조 관념의 상대성은 '19세기적인 것'과 '20세기적인 것' 사이의 갈등을 보여주는 이상의 자의식과 관계가 있다.

"사람이 비밀이 없다는 것은 재산 없는 것처럼 가난하고 허전한 일이다"라는 아포리즘이 소설 앞뒤에 제시되었다는 점에서 「실화」(1939)의 주제어는 '야웅(비밀)'이다. 동경에서의 이상과 C, 경성에서의 이상과 연이 사이의 이야기가 자유연상을 통해 시공간적으로 교차하는 것이 특징이다. '야웅의 천재'인 이들 여성과 '불우의 천재가 되려다 만 이상' 사이에 숨기기와 비밀의 전술적 게임이 펼쳐진다. 특히 정지용의 시 「해협」과 「카페 프란스」가 인유되거나 패러디되고 있는 점이 주목할 만하다. 이상의 '말(言)'에 대한 관심은 유별나다. 그는 「나의 애송시」라는 설문에서 정지용의 시 「말(馬)」에 나오는 구절, "검정콩 푸렁콩을 주마"가 한량없이 매력적이라고 말한 바 있다. 이상은 방언이나 의성어, 구어적 음감에 예민하게 반응하는데, 그것은 텍스트 내의 의미 생성과 충돌에 기여함으로써 '비밀'의 문맥들을 텍스트 내에서 밀도 있게 조직하는 기능을 한다. 구어적 음감이 살아 있는 '그렇나', '그렇면' 등은 기존 텍스트에서는 '그러나', '그러면' 등으로 표기하고 있으나 이 선집에서 원문 표기를 그대로 살려둔 것은 이 때문이다. 이상의 언어 감각을 이해하는 것은 이상 언어유희의 비밀을 푸는 것이자, 이상 시의 기호적 특징을 이해하는 지름길이다. 따라서 이 소설의 제목 '실화' 역시 다층적 의미를 포함하며, '꽃을 잃다失花'와 '일부러 불을 놓다失火' 사이의 의미 차이가 이 소설의 생성적인 가치라는 지적도 있다. 김유정과의 관계를 "신성불가침의 찬란한 정사"로 규정하고 있는 것도 특징적이다.

「종생기」(1937)는 이상이 사망한 직후 발표된 작품으로, 서울에서부터 집필 중이던 원고를 동경에서 완성했다. 첫 문장에 나오는 '극유산호郤遺珊瑚'가 이 소설을 이해하는 첫 단계다. 최국보의 「소년행」의 한 구절을 패러디하면서 이상은 원문의 '두자 이상'을 변형시켜 새로운 이야기를 구성한다. 이 시는 봄날 산호 채찍을 잃어버리고 거리의 여인과 희롱한 이야기가 대체적인 내용이며, 이상은 「종생기」에서 이를 열아홉 살 소녀 정희와의 관계로 변형시켜놓았다. 「종생기」는 자신의 생의 최후를 '유서 형식'으로 기록한 것이다. 이상이 궁극적으로 꿈꾸었던 것은 '불멸성'이다. '쓰레기, 우거지 같은 자신의 생애를 천하의 눈 있는 선비들에게 보이겠다는 호언'은 그의 자존감이자 불멸성에 대한 의지이기도 하다. 그는 마지막에 '무릇 귀를 넘는 해골'의 시간적 원환성에 대해 말하고 있기 때문이다. 이상의 냉혹한 자기모멸과 냉소, 자학은 자존감의 이면이다. 텍스트에 암시된 '종생'의 날짜 '1937년 3월 3일'은 실제 그의 죽음(1937. 4. 17.)과는 단 1개월 반의 시차를 보여준다.

「환시기」, 「단발」, 「김유정」은 이상 사후 유고로 발표되었다.

「환시기」(1938)는 아내의 가출과 카페 여급 순영의 사랑, 그리고 순영을 사랑하는 송 군의 등장과 송 군의 자살 소동, 송 군과 순영의 결혼 생활을 다루었다. '나'와 이 둘이 얽힌 '관계'의 본질과 그 틀어짐이 기본 골격이다. 남녀 사이의 심리적 거리를 '남북 이천오백 리' 혹은 '블라디보스토크에서 동경까지 남북 일만 리'로 규정한다. 제목 '환시기'는 '사랑'의 가식과 허위에 대한 수사적 표현이다. "마누라 얼굴이 왼쪽으로 비뚤어져 보이거든 슬쩍 바른쪽으로 한번 비켜서 보게나"가 그 증거다. 우리 부부는 '절름발이 관계다'는 허위와 가식을 사랑에 대한 시선의 차이로 환원한 것이다. 후일, 구인회 동인이자 언론인이기도 했던 조용만은 이 소설이 소설가 정인택과 권순옥의 사랑과 결혼을 배경으로 한 것이라 밝히기도 했다. 이 소설에서 고리키 전집을 한 권도 빼놓지 않고 다 읽었다는 카페 여급으로 등장하는 권순옥은 훗날 월북해 박태원의 아내로서 박태원의 『갑오농민전쟁』 집필을 도왔던 인물이다.

「단발」(1939)은 '더블 수어사이드double suicide' 개념이 중심 모티프이며 자살 충동의 내면 의식이 두드러진다. 소녀와의 애정 관계를 '게임' 혹은 '도박'으로 규정하면서 아슬아슬한 승부를 펼쳐가는 과정이 흥미롭다. 세상을 속이고 일부러 자기를 속이는 숙명성을 '고독'의 본질로 규정하고 있다. '자살'과 '애정의 문제'에 대한 관념의 절대성이 아이러니와 패러독스의 옷을 입고 나타난다는 점이 특징적이다.

「김유정」(1939)은 신변소설 혹은 모델소설로서, '소설체로 쓴 김유정론'이라는 특이한 부제가 붙었다. 여기에는 김유정을 비롯해 그의 절친한 친구인 박태원, 김기림, 정지용이 등장한다. 이상은 이 네 명을 주인공으로 하는 실명 소설을 쓰겠다고 밝히는데, 「김유정」 외에 끝내 계획은 실현되지 못했다. 둘 다 중증 결핵을 앓던 이상과 김유정의 관계는 '동병상련'의 동지적 애정 관계였다. 1936년 7월에서 8월 사이 김유정은 정릉의 한 절간에서 요양 중이었고, 이상은 그런 김유정에게 함께 자살하자고 권유하기도 한다. 이상보다 심각한 상태이던 김유정은 이상보다 앞서(1937. 3. 29.) 세상을 등진다.

4

이상이 시도했던 글쓰기는 실험적이고 전위적이며, 현재로서도 유례없는 것이다. 문자의 통사적 맥락이나 표상적 의미의 한계를 넘어서서 기호의 층위에 놓인 것도 많다. 문어체와 의미 중심의 문학적 관습으로부터 이상의 언어가 동떨어져 있다는 점을 들어 뉴미디어 텍스트라는 범주에서 이상을 논하는 경우도 있다. 이상의 이같은 기호적이고 탈의미적인 글쓰기 방식은 해외에서의 이상 연구를 고무하는 역할을 하기도 한다. 문자 언어가 기호, 표 문자, 장식 문자 등으로 대체되어가는 상황에서 비밀스런 기호 놀이처럼 보이는 이상의 문학이 주목받을 수 있다는 것이다.

그런 점에서 이상 문학은 과거에 갇힌 것이 아니라 세계와 소통을 꿈꾸면서 현재 혹은 미래로 '달아난다'. '공포의 기록'이자 '무서운 기록'이며, 이를 다 써서 마치기 전에는 살겠다는 희망도 죽겠다는 희망도 아무것도 아니라는 그의 글쓰기는 모든 것이 뒤섞이면서 생성되는 혼돈의 공간 속에 존재한다. 그래서 이상 문학은 그 자체로 만남의 공간이 된다.

이같이 다원적 소통의 가능성을 열어두고 이상을 읽는다면 비밀스럽고 난해한 이상의 소설들도 충분히 즐겁고 유쾌한 읽기의 대상이 될 것이다.

단편소설

지도의 암실

기인 동안 잠자고 짧은 동안 누웠던 것이 짧은 동안 잠자고 기인 동안 누웠었던 그이다. 네 시에 누우면 다섯 여섯 일곱 여덟 아홉 그리고 아홉 시에서 열 시까지 이상―나는 이상이라는 한 우스운 사람을 안다. 물론 나는 그에 대하여 한쪽 보려 하는 것이거니와―은 그에서 그의 하는 일을 떼어 던지는 것이다. 태양이 양지짝처럼 내려쪼이는 밤에 비를 퍼붓게 하여 그는 레인코트가 없으면 그것은 어쩌나 하여 방을 나선다.

離三茅閣路到北停車場 坐黃布車去(리삼모각로도북정차장 좌황포차거)*

어떤 방에서 그는 손가락 끝을 걸린다. 손가락 끝은 질풍과 같이 지도 위를 걷는데 그는 많은 은광을 보았건만 의지는 걷는 것을 엄격케 한다. 왜 그는 평화를 발견하였는지 그에게 묻지 않고 으레한 K의 바이블 얼굴에 그의 눈에서 나온 한 조각만의 보자기를 한 조각만 덮고 가버렸다.

옷도 그는 아니고 그의 하는 일이라고 그는 옷에 대한 귀찮은 감정의 버릇을 늘 하루에 한 번씩 벗는 것으로 이렇지 아니하냐 누구에게도 없이

---

* '삼모각로에서 북정거장까지 황포 수레를 타고 간다'는 뜻. '남쪽(앞) 삼모각에서 길이 북쪽(뒤)의 정거장에 이르다, 황포차에 올라앉아 가다'로 해석하기도 함.

반문도 하며 위로도 하여가는 것으로도 보아 안 버린다.

친구를 편애하는 야속한 고집이 그의 발간 몸뚱이를 친구에게 그는 그렇게도 쉽사리 내어맡기면서 어디 친구가 무슨 짓을 하기도 하나 보자는 생각도 않는 못난이라고도 하기는 하지만 사실에 그에게는 그가 그의 발간 몸뚱이를 가지고 다니는 무거운 노역에서 벗어나고 싶어 하는 갈망이다. 시계도 치려거든 칠 것이다 하는 마음보로는 한 시간 만에 세 번을 치고 삼 분이 남은 후에 육십삼 분 만에 쳐도 너 할 대로 내버려 두어버리는 마음을 먹어버리는 관대한 세월은 그에게 이때에 시작된다.

앙뿌르*에 봉투를 씌워서 그 감소된 빛은 어디로 갔는가에 대하여도 그는 한 번도 생각하여본 일은 없이 그는 이러한 준비와 장소에 대하여 관대하니라 생각하여본 일도 없다면 그는 속히 잠들지 아니할까 누구라도 생각지는 아마 않는다. 인류가 아직 만들지 아니한 글자가 그 자리에서 이랬다저랬다 하니 무슨 암시이냐가 무슨 까닭에 한번 읽어 지나가면 도무소용인인** 글자의 고정된 기술 방법을 채용하는 흡족치 않은 버릇을 쓰기를 버리지 않을까를 그는 생각한다. 글자를 저것처럼 가지고 그 하나만이 이랬다저랬다 하면 또 생각하는 것은 사람 하나 생각 둘 말 글자 셋 넷 다섯 또 다섯 또또 다섯 또또또 다섯 그는 결국에 시간이라는 것의 무서운 힘을 믿지 아니할 수는 없다. 한번 지나간 것이 하나도 쓸데없는 것을 알면서도 하나를 버리는 묵은 짓을 그도 역시 거절치 않는지 그는 그에게 물어보고 싶지 않다. 지금 생각나는 것이나 지금 가지는 글자가 이따가 가질 것 하나 하나 하나 하나에서 모두씩 못쓸 것인 줄 알았는데 왜

---

* ampoule. 전구.
** '도무지 소용없는', '도대체 쓸모없는' 등으로 해석함.

지금 가지느냐 안 가지면 고만이지 하여도 벌써 가져버렸구나 벌써 가져버렸구나 벌써 가졌구나 버렸구나 또 가졌구나. 그는 아파오는 시간을 입은 사람이든지 길이든지 걸어버리고 걷어차고 싸워대고 싶었다. 벗겨도 옷 벗겨도 옷 벗겨도 옷 벗겨도 옷인 다음에야 걸어도 길 걸어도 길인 다음에야 한군데 버티고 서서 물러나지만 않고 싸워대이기만이라도 하고 싶었다.

앙뿌르에 불이 확 켜지는 것은 그가 깨이는 것과 같다 하면 이렇다. 즉 밝은 동안에 불인지 마안지* 하는 얼마쯤이 그의 다섯 시간 뒤에 흐리멍덩히 달라붙은 한 시간과 같다 하면 이렇다. 즉 그는 봉투에 싸여 없어진지도 모르는 앙뿌르를 보고 침구 속에 반쯤 강삶아진** 그의 몸뚱이를 보고 봉투는 침구다 생각한다. 봉투는 옷이다 침구와 봉투와 그는 무엇을 배웠느냐 몸을 내어다 버리는 법과 몸을 주워 들이는 법과 미닫이에 광선 잉크가 암시적으로 쓰는 의미가 그는 그의 몸뚱이에 불이 확 켜진 것을 알라는 것이니까 그는 봉투를 입는다 침구를 입는 것과 침구를 벗는 것이다 봉투는 옷이고 침구 다음에 그의 몸뚱이가 뒤집어쓰는 것으로 닳는다 발갛게 앙뿌르에 습기 제하고 젖는다 받아서는 내어던지고 집어서는 내어버리는 하루가 불이 들어왔다 불이 꺼지자 시작된다. 역시 그렇구나 오늘은 캘린더의 붉은빛이 내어배었다고 그렇게 캘린더를 만든 사람이나 떼이고 간 사람이나가 마련하여놓은 것을 그는 위반할 수가 없다. K는 그의 방의 캘린더의 빛이 K의 방의 캘린더의 빛과 일치하는 것을 좋아하는 선량한 사람이니까 붉은빛에 대하여 겸하여 그에게 경고하였느냐 그는

---

* 불인지 만지. 불인지 불이 아닌지.
** 심하게 삶아진. 그것 자체로 삶아진.

몹시 생각한다 일요일의 붉은빛은 월요일의 흰빛이 있을 때에 못쓰게 된 것이지만 지금은 가장 쓰이는* 것이로구나 확실치 아니한 두 자리의 숫자가 서로 맞붙들고 그가 웃는 것을 보고 웃는 것을 흉내 내어 웃는다 그는 캘린더에게 지지는 않는다. 그는 대단히 넓은 웃음과 대단히 좁은 웃음을 운반에 요하는 시간을 초인적으로 가장 짧게 하여 웃어버려 보여줄 수 있었다.

인사는 유쾌한 것이라고 하여 그는 게으르지 않다 늘. 투스브러시**는 그의 이 사이로 와보고 물이 얼굴 그중에도 뺨을 건드려본다. 그는 변소에서 가장 먼 나라의 호외를 가장 가깝게 보며 그는 그동안에 편안히 서술한다. 지난 것은 버려야 한다고 거울에 열린 들창에서 그는 리상—이상히 이 이름은 그의 그것과 똑같거니와—을 만난다 리상은 그와 똑같이 운동복의 준비를 차렸는데 다만 리상은 그와 달라서 아무것도 하지 않는다 하면 리상은 어디 가서 하루 종일 있단 말이오 하고 싶어 한다.

그는 그 책임 의무 체육 선생 리상을 만나면 곧 경의를 표하여 그의 얼굴을 리상의 얼굴에다 문질러주느라고 그는 수건을 쓴다. 그는 리상의 가는 곳에서 하는 일까지를 묻지는 않았다. 섭섭한 글자가 하나씩 하나씩 섰다가 쓰러지기 위하여 나앉는다.***

你上那兒去 而且 做甚麼(니상나아거 이차 주심마)****

슬픈 먼지가 옷에 옷을 입혀가는 것을 못하여 나가게 그는 얼른얼른 쫓아버려서 퍽 다행하였다.

그는 에로센코*를 읽어도 좋다 그러나 그는 본다 왜 나를 못 보는 눈을 가졌느냐 차라리 본다 먹은 조반은 그의 식도를 거쳐서 바로 에로센코의 뇌수로 들어서서 소화가 되든지 안 되든지 밀려 나가던 버릇으로 가만가 만히 시간관념을 그래도 아니 어기면서 앞선다 그는 그의 조반을 남의 뇌에 떠맡기는 것은 견딜 수 없다고 견디지 않아버리기로 한 다음 곧 견디지 않는다 그는 찾을 것을 곧 찾고도 무엇을 찾았는지 알지 않는다.

태양은 제 온도에 조을릴 것이다. 쏟아뜨릴 것이다. 사람은 딱정버러지**처럼 뜰 것이다. 따뜻할 것이다 넘어질 것이다 새까만 핏조각이 뗑그렁 소리를 내이며 떨어져 깨어질 것이다 땅 위에 눌어붙을 것이다 내음새가 날 것이다 굳을 것이다 사람은 피부에 검은빛으로 도금을 올릴 것이다 사람은 부딪칠 것이다 소리가 날 것이다.

사원에서 종소리가 걸어올 것이다 오다가 여기서 놀고 갈 것이다 놀다가 가지 아니할 것이다.

그는 여러 가지 줄을 잡아다니라고 그래서 성났을 때 내어거는 표정을 장만하라고 그래서 그는 그렇게 해 받았다. 몸덩이는 성나지 아니하고 얼굴만 성나 자기는 얼굴 속도 성나지 아니하고 살 껍데기만 성나 자기는 남의 모가지를 얻어다 붙인 것 같아 꽤 제 멋쩍었으나 그는 그래도 그것을 앞세워 내세우기로 하였다 그렇게 하지 아니하면 아니 되게 다른 것들 즉 나무 사람 옷 심지어 K까지도 그를 놀리려 드는 것이니까 그는 그와 관계없는 나무 사람 옷 심지어 K를 찾으러 나가는 것이다 사실 바나나의 나무와 스케이팅 여자와 스커트와 교회에 가고 마안 K는 그에게 관계없

---

* Bukunin R. Erosenko. 러시아의 시인(1889~1952).
** 원문에는 '짝장벌러지'임.

었기 때문에 그렇게 되는 자리로 그는 그를 옮겨놓아 보고 싶은 마음이다 그는 K에게 외투를 얻어 그대로 돌아서서 입었다 뿌듯이 쾌감이 어깨에서 잔등으로 걸쳐 있어서 비키지 않는다 이상하고나 한다.

그의 뒤는 그의 천문학이다 이렇게 작정되어버린 채 그는 별에 가까운 산 위에서 태양이 보내는 몇 줄의 볕을 압정으로 꼭 꽂아놓고 그 앞에 앉아 그는 놀고 있었다 모래가 많다 그것은 모두 풀이었다 그의 산은 평지보다 낮은 곳에 처어져서 그뿐만 아니라 움푹 오므라들어 있었다 그가 요술가라고 하자 별들이 구경을 온다고 하자 오리온의 좌석은 조기라고 하자 두고 보자 사실 그의 생활이 그로 하여금 움직이게 하는 짓들의 여러 가지라고는 무슨 몹쓸 흉내이거나 별들에게나 구경시킬 요술이거나이지 이쪽으로 오지 않는다.

너무나 의미를 잃어버린 그와 그의 하는 일들을 사람들 사는 사람들 틈에서 공개하기는 끔찍끔찍한 일이니까 그는 피난 왔다 이곳에 있다 그는 고독하였다 세상 어느 틈바구니에서라도 그와 관계없이나마 세상에 관계없는 짓을 하는 이가 있어서 자꾸만 자꾸만 의미 없는 일을 하고 있어주었으면 그는 생각 아니 할 수는 없었다.

JARDIN ZOOLOGIQUE*

CETTE DAME EST—ELLE LA FEMME DE

MONSIEUR LICHAN?**

앵무새 당신은 이렇게 지껄이면 좋을 것을 그때에 나는

OUI!***

---

* 동물원.
** 이 여성이 이상 씨의 부인입니까?
*** 예!

라고 그러면 좋지 않겠습니까 그렇게 그는 생각한다.

원숭이와 절교한다 원숭이는 그를 흉내 내이고 그는 원숭이를 흉내 내이고 흉내가 흉내를 흉내 내이는 것을 흉내 내이는 것을 흉내 내이는 것을 흉내 내이는 것을 흉내 내인다 견디지 못한 바쁨이 있어서 그는 원숭이를 보지 않았으나 이리로 와버렸으나 원숭이도 그를 아니 보며 저기 있어버렸을 것을 생각하면 가슴이 터지는 것과 같았다 원숭이 자네는 사람을 흉내 내이는 버릇을 타고난 것을 자꾸 사람에게도 그 모양대로 되라고 하는가 참지 못하여 그렇게 하면 자네는 또 하라고 참지 못해서 그대로 하면 자네는 또 하라고 그대로 하면 또 하라고 그대로 하면 또 하라고 그대로 하여도 그대로 하여도 하여도 또 하라고 하라고 그는 원숭이가 나에게 무엇이고 시키고 흉내 내이고 간에 이것이 고만이다 딱 마음을 굳게 먹었다 그는 원숭이가 진화하여 사람이 되었는 데 대하여 결코 믿고 싶지 않았을 뿐만 아니라 같은 에호바*의 손에 된 것이라고도 믿고 싶지 않았으나 그의?

그의 의미는 대체 어디서 나오는가 먼 것 같아서 불러오기 어려울 것 같다 혼자 사는 것이 가장 혼자 사는 것이 되리라 하는 마음은 낙타를 타고 싶어 하게 하면 사막 너머를 생각하면 그곳에 좋은 곳이 친구처럼 있으리라 생각하게 한다 낙타를 타면 그는 간다 그는 낙타를 죽이리라 시간은 그곳에 아니 오리라 왔다가도 도로 가리라 그는 생각한다 그는 트렁크와 같은 낙타를 좋아하였다 백지를 먹는다 지폐를 먹는다 무엇이라고 적어서 무엇을 주문하는지 어떤 여자에게의 답장이 여자의 손이 포스트**

* Jehovah. 여호와, 주主, 야훼.
** post. 우체통.

앞에서 한 듯이 봉투째 먹힌다 낙타는 그런 음란한 편지를 먹지 말았으면 먹으면 괴로움이 몸의 살을 마르게 하리라는 것을 낙타는 모르니 하는 수 없다는 것을 생각한 그는 연필로 백지에 그것을 얼른 뱉어놓으라는 편지를 써서 먹이고 싶었으나 낙타는 괴로움을 모른다.

정오의 사이렌이 호스*와 같이 뻗쳐 뻗으면 그런 고집을 사원의 종이 땅땅 때린다 그는 튀어 오르는 고무 뽈**과 같은 종소리가 아무 데나 함부로 헤어져 떨어지는 것을 보아갔다 마지막에는 어떤 언덕에서 종소리와 사이렌이 한데 젖어서 미끄러져 내려 떨어져 한데 쏟아져 쌓였다가 확 헤어졌다 그는 시골 사람처럼 서서 끝난 뒤를까지 구경하고 있다 그때 그는.

풀엄*** 위에 누워서 봄 내음새 나는 졸음을 주판에다 놓고 앉아 있었다 하나 둘 셋 넷 다섯 여섯 일곱 여덟 일곱 여섯 일곱 여섯 다섯 넷 다섯 여섯 일곱 여덟 아홉 여덟 아홉 여덟 아홉 잠은 턱밑에서 눈으로 들어가지 않는 것은 그는 그의 눈으로 물끄러미 바라다보면 졸음은 벌써 그의 눈알맹이에 회색 그림자를 던지고 있으나 등에서 비치는 햇볕이 너무 따뜻하여 그런지 잠은 번적번적한다 왜 잠이 아니 오느냐 자나 안 자나 마찬가지인 바에야 안 자도 좋지만 안 자도 좋지만 그래도 자는 것이 낫다고 하여도 생각하는 것이 있으니 있다면 그는 왜 이런 앵무새의 외국어를 듣느냐 원숭이를 가게 하느냐 낙타를 오라고 하느냐 받으면 내어버려야 할 것들을 받아 가지느라고 머리를 괴롭혀서는 안 되겠다 마음을 몹시 상케 하느냐 이런 것인데 이것이나마 생각 아니 하였으면 그나마 나을 것을

---

* hose. 수도용 고무관 같은 것.
** 고무공.
*** '엄'은 새로 돋는 싹. 어린 줄기.

구태여 생각하여본댔자 이따가는 소용없을 것을 왜 씨근씨근 몸을 달리느라고 얼굴과 수족을 달려가면서 생각하느니 잠을 자지 잔댔자 아니다 잠은 자야 하느니라 생각까지 하여놓았는데도 잠은 죽어라 이쪽으로 자 그만큼만 더 왔으면 되겠다는데도 더 아니 와서 아니 자기만 하려 들어 아니 잔다 아니 잔다면.

차라리 길을 걸어서 살 내어보이는 스커트를 보아서 의미를 찾지 못하여 놓고 아무것도 아니 느끼는 것을 하는 것이 차라리 나으니라 그렇지만 어디 그렇게 번번히 있나 그는 생각한다 버스는 여섯 자에서 조금 위를 떠서 다니면 좋다 많은 사람이 탄 버스가 많으니 걸어가는 많은 사람의 머리 위를 지나가면 퍽 관계가 없어서 편하리라 생각하여도 편하다 잔등이 무거워 들어온다 죽음이 그에게 왔다고 그는 놀라지 않아본다 죽음이 묵직한 것이라면 나머지 얼마 안 되는 시간은 죽음이 하자는 대로 하게 내버려 두어 일생에 없던 가장 위생적인 시간을 향락하여보는 편이 그를 위생적이게 하여주겠다고 그는 생각하다가 그러면 그는 죽음에 견디는 세음이냐 못 그러는 세음인 것을 자세히 알아내이기 어려워 괴로워한다 죽음은 평행사변형의 법칙으로 보일 샤를의 법칙*으로 그는 앞으로 앞으로 걸어나가는데도 왔다 떠밀어 준다.

活胡同是死胡同 死胡同是活胡同(활호동시사호동 사호동시활호동)**

그때에 그의 잔등 외투 속에서.

양복저고리가 하나 떨어졌다 동시에 그의 눈도 그의 입도 그의 염통도 그의 뇌수도 그의 손가락도 외투도 잠뱅이도 모두 얼러 떨어졌다 남은 것

* 일정량의 기체의 부피는 압력에 반비례하고 절대 온도에 비례한다는 법칙.
** 사는 것이 어찌하여 이와 같으며 죽음이 어째서 같은가, 죽음이 어째서 이와 같으며 사는 것이 같은가. 즉 '살아 있는 것이 곧 죽은 것이며 죽은 것이 살아 있는 것이다'의 의미.

이라고는 단추 넥타이 한 리터의 탄산와사* 부스러기였다 그러면 그곳에 서 있는 것은 무엇이었더냐 하여도 위치뿐인 폐허에 지나지 않는다 그는 그런다 이곳에서 흔어진** 채 모든 것을 다 끝을 내어버려 버릴까 이런 충동이 땅 위에 떨어진 팔에 어떤 경향과 방향을 지시하고 그러기 시작하여 버리는 것이다 그는 무서움이 일시에 치밀어서 저어 성내인 얼굴의 성내 인 성내인 것들을 헤치고 홱 앞으로 나선다 무서운 간판 저어 뒤에서 기 우웃이 이쪽을 내어다보는 틈틈이 들여다보이는 성내었던 것들의 싹둑싹 둑된 모양이 그에게는 한없이 가엾어 보여서 이번에는 그러면 가엾다는 데 대하여 장*** 적당하다고 생각하는 것은 무엇이니 무엇을 내어걸까 그 는 생각하여보고 그렇게 한참 보다가 웃음으로 하기로 작정한 그는 그도 모르게 얼른 그만 웃어버려서 그는 다시 거둬들이기**** 어려웠다 앞으로 나선 웃음은 화석과 같이 화려하였다.

笑 怕 怒 (소 파 노)*****

시가지 한복판에 이번에 새로 생긴 무덤 위로 딱정버러지에 묻은 각국 웃음이 헤뜨려 떨어뜨려져 모여들었다 그는 무덤 속에서 다시 한 번 죽어 버리려고 죽으면 그래도 또 한 번은 더 죽어야 하게 되고 하여서 또 죽으 면 또 죽어야 되고 또 죽어도 또 죽어야 되고 하여서 그는 힘들여 한번 몹 시 죽어보아도 마찬가지지만 그래도 그는 여러 번 여러 번 죽어보았으나 결국 마찬가지에서 끝나는 끝나지 않는 것이었다 하느님은 그를 내어버

---

* 탄산가스.
** '흩어진'으로 해석하기도 함.
*** '가장'의 '가'가 빠진 것으로 봄.
**** 원문에는 '거더드리기'임.
***** 웃음 두려움 분노.

려 두십니까 그래 하느님은 죽고 나서 또 죽게 내어버려 두십니까 그래 그는 그의 무덤을 어떻게 치울까 생각하던 끄트머리에 그는 그의 잔등 속에서 떨어져 나온 근거 없는 저고리에 그의 무덤 파편을 주섬주섬 싸그러모아 가지고 터벅터벅 걸어가 보기로 작정하여놓고 그렇게 하여도 하느님은 가만히 있나를 또 그다음에는 가만히 있다면 어떻게 되고 가만히 있지 않다면 어떻게 할 작정인가 그것을 차례차례 보아 내려가기로 하였다.

K는 그에게 빌려주었던 저고리를 입은 다음 서양 시거렛*처럼 극장으로 몰려갔다고 그는 본다 K의 저고리는 풍기 취체 탐정**처럼.

그에게 무덤을 경험케 하였을 뿐인 가장 간단한 불변색이다 그것은 어디를 가더라도 까마귀처럼 트릭***을 웃을 것을 생각하는 그는 그의 모자를 벗어 땅 위에 놓고 그 가만히 있는 모자가 가만히 있는 틈을 타서 그의 구두 바닥으로 힘껏 내려 밟아보아 버리고 싶은 마음이 종아리 살구뼈까지 내려갔건만 그곳에서 장엄히도 승천하여버렸다.

남아 있는 박명의 영혼 고독한 저고리의 폐허를 위한 완전한 보상 그의 영적 산술 그는 저고리를 입고 길을 길로 나섰다 그것은 마치 저고리를 안 입은 것과 같은 조건의 특별한 사건이다 그는 비장한 마음을 가지기로 하고 길을 그 길대로 생각 끝에 생각을 겨우겨우 이어가면서 걸었다 밤이 그에게 그가 갈 만한 길을 잘 내어주지 아니하는 협착한 속을—그는 밤은 낮보다 빽빽하거나 밤은 낮보다 되다랗거나**** 밤은 낮보다 좁거나 하다고 늘 생각하여왔지만 그래도 그에게는 별일 별로 없이 좋았거니

---

* cigarette. 담배.
** 풍기를 단속하는 탐정.
*** trick. 속임수.
**** 되다랗다. 풀이나 죽 따위가 물기가 적어 매우 되다.

와─그는 엄격히 걸으며도 유기된 그의 기억을 안고 초초히 그의 뒤를 따르는 저고리의 영혼의 소박한 자태에 그는 그의 옷깃을 여기저기 적시어 건설되지도 항해되지도 않는 한 성질 없는 지도를 그려서 가지고 다니는 줄 그도 모르는 채 밤은 밤을 밀고 밤은 밤에게 밀리우고 하여 그는 밤의 밀집 부대의 속*으로 속으로 점점 깊이 들어가는 모험을 모험인 줄도 모르고 모험하고 있는 것 같은 것은 그에게 있어 아무것도 아닌 그의 방정식 행동은 그로 말미암아 집행되어나가고 있었다 그렇지만.

그는 왜 버려야 할 것을 버리는 것을 버리지 않고서 버리지 못하느냐 어디까지라도 괴로움이었음에 변동은 없었구나 그는 그의 행렬의 마지막의 한 사람의 위치가 끝난 다음에 지긋지긋이 생각하여보는 것을 할 줄 모르는 그는 그가 아닌 그이지 그는 생각한다 그는 피곤한 다리를 이끌어 불이 던지는 불을 밟아가며 불로 가까이 가보려고 불을 자꾸만 밟았다.

我是二 雖說沒給得三也我是三(아시이수설몰급득삼야아시삼)**

그런 바에야 그는 가자 그래서 스커트 밑에 번적이는 조그만 메탈에 의미 없는 베제***를 붙인 다음 그 자리에 서 있음직이 있으려 하던 의미까지도 잊어버려 보자는 것이 그가 그의 의미를 잊어버리는 경과까지도 잘 잊어버리는 것이 되고 마는 것이라고 생각하게 되는 그는 그렇게 생각하게 되자 그렇게 하여지게 그를 그런 데로 내어던져 버렸다 심상치 아니한 음향이 우뚝 섰던 공기를 몇 개 넘어뜨렸는데도 불구하고 심상치는 않은 길이어야만 할 것이 급기해하에는 심상하고 말은 것은 심상치 않은 일이

---

* 원문에는 '숙'임.
** '나는 둘이다. 비록 셋을 줄 수는 없다고 하더라도 그래도 나는 셋이다', '나는 둘이다. 비록 주지 않았다고 해도 셋을 얻으면 나는 셋이다' 등으로 해석함.
*** baiser. 프랑스어로 '키스'를 뜻함.

지만 그 일에 이르러서는 심상해도 좋다고 그래도 좋으니까 아무래도 좋게 되니까 아무렇다 하여도 좋다고 그는 생각하여버리고 말았다.

LOVE PARADE*

그는 답보를 계속하였는데 페이브먼트**는 후울훌 날으는 초콜릿처럼 훌훌 날아서 그의 구두 바닥 밑을 미끄러이 쏙쏙 빠져나가고 있는 것이 그로 하여금 더욱더욱 답보를 시키게 한 원인이라면 그것도 원인의 하나가 될 수도 있겠지만 그 원인의 대부분은 음악적 효과에 있다고 아니 볼 수 없다고 단정하여버릴 만치 이날 밤의 그는 음악에 적지 아니한 편애를 가지고 있지 않을 수 없을 만치 안개 속에서 라이트***는 스포츠를 하고 스포츠는 그에게 있어서는 마술에 가까운 기술로밖에는 아니 보이는 것이었다.

도어****가 그를 무서워하며 뒤로 물러서는 거의 동시에 무거운 저기압으로 흐르는 고기압의 기류를 이용하여 그는 그 레스토랑으로 넘어졌다 하여도 좋고 그의 몸을 게다가 내어버렸다 틀어박았다 하여도 좋을 만치 그는 그의 몸덩이의 향방에 대하여 아무러한 설계도 하여놓지는 아니한 행동을 직접 행동과 행동이 가지는 결정되어 있는 운명에 내어맡겨 버리고 말았다 그는 너무나 돌연적인 탓에 그에게서 빠아져 벗어져서 엎질러졌다 그는 이것은 이 결과는 그가 받아서는 내어던지는 그의 하는 일의 무의미에서도 제외되는 것으로 사사오입 이하에 쓸어내었다.

그의 사고력을 그는 도막도막 내어놓고 난 다음에는 그 사고력은 그가

---

* 1930년 미국 파라마운트사에서 만든 영화 〈The Love Parade〉의 제목에서 유래한 것.
** pavement. 인도, 도로.
*** light. 조명, 불빛.
**** door. 문.

도막도막 내인 것은 아니게 되어버린 다음에 그는 슬그머니 없어지고 단편들이 춤을 한 개씩만 추고 그가 물러가 있음직이 생각히는 데로 차례로 차례 아니로 물러버리니까 그의 지껄이는 것은 점점 깊이를 잃어버려지게 되니 무미건조한 그의 한 가지씩의 곡예에 경청하는 하나도 물론 없을 것이었지만 있었으나 그러나 K는 그의 새빨갛게 찢어진 얼굴을 보고 곧 나가버렸으니까 다른 사람 하나가 있다 그가 늘 산보를 가면 그곳에는 커다란 바윗돌이 돌연히 있으면 그는 늘 그곳에 기대이는 버릇인 것처럼 그는 한 여자를 늘 찾는데 그 여자는 참으로 위치를 변하지 아니하고 있으니까 그는 곧 기대인다 오늘은 나도 화나는 일이 썩 많은데 그도 화가 났습니까 하고 물으면 그는 그렇다고 대답하기 전에 그러냐고 한번 물어보는 듯이 눈을 여자에게로 흘깃 떠보았다가 고개를 끄떡끄떡하면 여자도 곧 또 고개를 끄떡끄떡하지만 그 의미는 퍽 다른 줄을 알아도 좋고 몰라도 좋지만 그는 알지 않는다 오늘 모두 놀러 갔다가 오는 사람들뿐이 퍽 많은데 그도 놀러 갔었더랍니까 하고 여자는 그의 쑥 들어간 뺨을 쏙 씻겨 쓰다듬어주면서 물어보면 그래도 그는 그렇다고 그래버린다 술을 먹는 것은 그의 눈에는 수은을 먹는 것과 같이밖에는 아니 보이게 아파 보이기 시작한 지는 퍽 오래되었는데 물론 그러니까 그렇지만 그는 술을 먹지 아니하며 커피를 마신다 여자는 싫다는 소리를 한 번도 하지 아니하고 술을 마시면 얼굴에 있는 눈가앗*이 대단히 벌게지면 여자의 눈은 대단히 성질이 달라지면 마음은 사자와 같이 사나워져가는 것을 그가 가만히 지키고 앉아 있노라면 여자는 그에게 별짓을 다 하여도 그는 변하려는 얼굴의 표정의 멱살을 꽉 붙들고 다시는 놓지 않으니까 여자는 성이 나서 이

---

* 눈가, 눈 가장자리.

빨로 입술*을 꽉 깨물어서 피를 내이고 축음기와 같은 국어로 그에게 향하여 가느다랗고 길게 막 퍼부어도 그에게는 아무렇지도 않다 여자는 운다 누가 그 여자에게 그렇게 하는 버릇이 여자에게 붙어 있는 줄 여자는 모르는지 그가 여자의 검은 꽃 꽂힌 머리를 가만히 쓰다듬어주면 너는 고생이 자심**하냐는 말을 의례히 하는 것이라 그렇게 그도 한 줄 알고 여자는 그렇다고 고개를 테이블 위에 엎드려 올려놓은 채 좌우로 조금 흔드는 것은 그렇지 않다는 말은 아니고 상하로 흔들 수는 없는 까닭인 증거는 여자는 곧 눈물이 글썽글썽한 얼굴을 들어 그에게로 주면서 팔뚝을 훌훌 걷으면서 자 보십시오, 이렇게 마르지 않았습니까 하고 암만 내어밀어도 그에게는 얼마큼에서 얼마큼이나 말랐는지 도무지 알 수가 없어서 그렇겠다고 그저 간단히 건드려만 두면 분한 듯이 여자는 막 운다.

아까까지도 그는 저고리를 이상히 입었었지만 지금은 벌써 그는 저고리를 입은 평상시를 걷는 그이고 말아버리게 되어서 길을 걷는다 무시무시한 하루의 하루가 차츰차츰 끝나 들어가는구나 하는 어둡고도 가벼운 생각이 그의 머리에 씌운 모자를 쓰면 벗기고 쓰면 벗기고 하는 것과 같이 간질간질 상쾌한 것이었다 조금 가만히 있으라고 앙뿌르의 씌워진 채로 있는 봉투를 벗겨놓은 다음 책상 위에 있는 여러 가지 책을 하나씩 둘씩 셋씩 넷씩 트럼프를 섞을 때와 같이 섞기 시작하는 것은 무엇을 찾기 위한 섞은 것을 차곡차곡 추리는 것이 그렇게 보이는 것이지만 얼른 나오지 않는다 시계는 여덟 시 불빛이 방 안에 환하여도 시계는 친다든가 간다든가 하는 버릇을 조금도 변하지는 아니하니까 이때부터쯤 그의 하는

---

* 원문에는 '입살'임.
** 더욱 심함.

일을 시작하면 저녁밥의 소화에는 그다지 큰 지장이 없으리라 생각하는 까닭은 그는 결코 음식물의 완전한 소화를 바라는 것은 아니고 대개 웬만하면 그저 그대로 잊어버리고 내어버려 두리라 하는 그의 음식물에 대한 관념이다.

백지와 색연필을 들고 덧문을 열고 문 하나를 연 다음 또 문 하나를 연 다음 또 열고 또 열고 또 열고 또 열고 인제는 어지간히 들어왔구나 생각히는 때쯤 하여서 그는 백지 위에다 색연필을 세워놓고 무인지경에서 그만이 하다가 고만두는 아름다운 복잡한 기술을 시작하니 그에게는 가장 넓은 이 벌판 이 밝은 밤이어서 가장 좁고 갑갑한 것인 것 같은 것은 완전히 잊어버릴 수 있는 것이다 나날이 이렇게 들어갈 수 있는 데까지 들어갈 수 있는 한도는 점점 늘어가니 그가 들어갔다가는 언제든지 처음 있던 자리로 도로 나올 수는 염려 없이 있다고 믿고 있지만 차츰차츰* 그렇지도 않은 것은 그가 알면서도는 그러지는 않을 것이니까 그는 확실히 모르는 것이다.

이런 때에 여자가 와도 좋은 때는 그의 손에서 피곤한 연기가 무럭무럭 기어오르는 때이다 그 여자는 그 고생이 자심하여서 말랐다는 넓적한 손바닥으로 그를 뚜덕뚜덕 두드려주어서 잠자라고 하지만 그는 여자는 가도 좋다 오지 않아도 좋다고 생각하는 것이지만 이렇게 가끔 정말 좀 와주었으면 생각도 한다 그가 만일 여자의 뒤로 가서 바지를 걷고 서면 그는 있는지 없는지 모르게 되어버릴 만큼 화가 나서 말랐다는 여자는 넓적한 체격을 그는 여자뿐 아니라 아무에게서도 싫어하는 것이다. 넷—하나 둘 셋 넷 이렇게 그 거추장스러이 굴지 말고 산뜻이 넷만 쳤으면 여북 좋

---

* 원문에는 '차즘차즘'임.

을까 생각하여도 시계는 그러지 않으니 아무리 하여도 하나 둘 셋은 내어 버릴 것이니까 인생도 이럭저럭하다가 그만일 것인데 낮 모를 여인에게 웃음까지 산 저고리의 지저분한 경력도 흐지부지 다 스러질 것을 이렇게 마음 졸일 것이 아니라 앙뿌르에 봉투 씌우고 옷 벗고 몸덩이는 침구에 떠내어 맡기면 얼마나 모든 것을 다 잊을 수 있어 편할까 하고 그는 잔다.

—《조선》, 1932. 3.

휴업과 사정事情

　삼 년 전이 보산과 SS와 두 사람 사이에 끼어들어 앉아 있었다. 보산에게 다른 갈 길 이쪽을 가르쳐주었으며 SS에게 다른 갈 길 저쪽을 가르쳐주었다. 이제 담 하나를 막아놓고 이편과 저편에서 인사도 없이 그날그날을 살아가는 보산과 SS 두 사람의 삶이 어떻게 하다가는 가까워졌다. 어떻게 하다가는 멀어졌다 이러는 것이 퍽 재미있었다. 보산의 마당을 둘러싼 담 어떤 점에서부터 수직선을 끌어놓으면 그 선 위에 SS의 방의 들창이 있고 그 들창은 그 담의 맨 꼭대기보다도 오히려 한 자와 가웃*을 더 높이 나 있으니까 SS가 들창에서 내어다보면 보산의 마당이 환히 다 들여다보이는 것을 보산은 적지 아니 화를 내며 보아 지내왔던 것이다. SS는 때때로 저의 들창에 매어달려서는 보산의 마당의 임의의 한 점에 침**을 뱉는 버릇을 한두 번 아니 내는 것을 보산은 SS가 들키는 것을 본 적도 있고 못 본 적도 있지만 본 적만 쳐서 헤어도 꽤 많다. 어째서 남의 집 기지***에다 대이고 함부로 침을 뱉느냐 대체 생각이 어떻게 들어가야 남의

───

* 전통적인 도량형기인 되, 말, 자 등에서 그 절반 정도 분량을 더한 양이나 길이.
** 원문에는 '춤'임.
*** 基地. 터전.

집 마당에다 대고 침을 뱉고 싶은 생각이 먹힐까를 보산은 알아내기가 퍽 어려워서 어떤 때에는 그럼 내가 어디 한번 저 방 저 들창에가 매어달려 볼까 그러면 끝끝내는 나도 이 마당에다 대이고 침을 뱉고 싶은 생각이 떠오르고야 말 것인가 이렇게까지 생각하고 하고는 하였지만 보산은 아직 한 번도 실제로 그 들창에가 매어달려 본 적은 없다고는 하여도 보산의 SS의 그런 추잡스러운 행동에 대한 악감이나 분노는 조금도 덜어지지는 않은 채로 이전이나 마찬가지다. 아침 오후 두 시―보산의 아침 기상 시간은 대개 오후에 들어가서야 있는데 그러면 아침이라고 할 수는 없지만 그날로서는 제일 첫 번 일어나는 것이니까 아침이라고 하는 것이 좋다―에 일어나서 투스브러시를 입에 물고 뒤지*를 손아귀에 꽉 쥐이고 마당에 내려서면 보산은 위선 SS의 얼굴을 찾아보면 의례히 그 들창에서 눈에 띄우는 법이었다. SS는 보산을 보자마자 기다렸던 듯이 침을 큼직하게 한입 뿌듯이 그러모아서 이쪽 보산의 졸음 든 얼깨인** 얼굴로 머뭇거리는 근처를 겨냥대어서 한 번에 배알는다. 그 소리는 퍽 완전한 것으로 처음 SS의 입을 떠날 때로부터 보산의 다당*** 정해진 어느 한군데 땅―흙 위에 떨어져 약간의 여운 진동을 내이며 흔들리다가 머물러 주저앉아 버릴 때까지 거의 교묘한 사격이 완료된 것과 같은 모양으로 듣(고 보)는 사람으로 하여금 부족한 감이 없을 만하게 얌전한 것이다. 단번에 보산은 얼이 빠져버려서 버엉하니 장승 모양으로 섰다가는 다시 정신을 잘 가다듬어가지고 증오와 모욕의 가득 찬 눈초리로 그 무례한 침략자 SS의 침 가까이로 가만가만히 다가서는 것이다. 빛깔은 거의 SS의 소화 작용의 일

* 변을 닦는 휴지.
** 얼깨다. 잠을 완전히 깨지 않다.
*** '뜰'의 방언. 혹은 '마당'의 오식으로 보기도 함.

부분을 담당하는 타액선의 분비물이라고는 볼 수 없을 만치 주제*가 남루하며 거의 침이라는 체면을 유지하지 못하고 있는 꼴이 보산의 마음을 비록 잠시 동안이나마 몹시 센티멘털하게 한다.

SS는 그의 귀중한 침으로 하여 나의 앞에 이다지 사나운 주제를 노출시켜 사사로이 명예의 몇 부분을 훼손시키는 딱한 일이 무엇이 SS에게 기쁨이 되는 것일까 보산은 때마침 탄식하였다.

변소에서 보산의 앞에 막혀 있는 널** 담벼락은 보산에게 있어서는 종이***를 얻는 시간이 널이 얻는 시간보다도 훨씬 더 많을 만치 의례히 변소에 들어온 보산에게 맡겨서는 종이 노릇을 하는 것이다. 종이 노릇을 하노라면 보산은 여지없이 여러 가지 글을 썼다가 여지없이 여러 번 지우고**** 말아버린다. 어떤 때에는 사람 된 체면으로서는 도저히 적을 수 없는 끔찍끔찍한 사건을 만들어서 단연히 그 위에다 적어놓고 차곡차곡 내려 읽는다. 그리고 난 다음에는 또 짓는다.***** 보산은 SS의 그런 나날이 의좋지 못한 도전적 태도에 대하여서 생각하여본다. 결코 SS에게는 보산에게 대하여 악의가 없는 것을 보산이 알기는 쉬웠으나 그러나 그러면 왜 그 들창에서 앞으로 일백팔십 도의 넓은 전개를 가졌으면서도 구태여 이 마당을 향하여 침을 배알느냐 그리고도 아주 천연스러운 시치미를 딱 떼운 얼굴로 앞 전망을 내어다보거나 들창을 닫거나 하는 것은 누가 보든지 혹은 도전적 태도라고 오해하기 쉽지 않은가를 SS는 알 만한데도 모르는가 모르는 체하는가 그것을 물어보고 싶지만 나는 그까짓 뚱뚱보 SS 같은

---

* 변변치 못한 몰골이나 몸치장.
** 널판지.
*** 원문에는 '조희'임.
**** 원문에는 '지잇고'임.
***** 지운다.

자와는 말을 주고받기는 싫으니까 그러면 나는 그대로 내어버려 두겠느냐 날마다 똑같은 일이 똑같은 정도로 계속되는 것은 인생을 심심하게 하는 것이니까 나에게 있어서 그보다도 더 무서운 일은 다시 없겠으니 하루바삐 그것을 물리쳐야 할 것인데 그러면 나는 SS의 부인에게 편지를 쓰리라 SS 군에게.

군은 그사이 안녕한지에 대하여 소생은 이미 다 짐작하였노라 그것은 날마다 때때로 그 들창에 나타나는 군의 얼굴의 산 문어와 같은 붉은빛과 그리고 나날이 작아 들어가는 군의 눈이 속히 속히 나에 군의 건강 상태의 일진월장*을 증명하며 보여주는 것이다. 나의 건강 상태에 대하여서는 말할 것 없고 다만 한 가지 항의하는 것은 다른 것이 아니라 군은 대체 어찌하여 그 들창에 매어달린 즉은 반드시 나의 집 마당에다 대이고―그것도 반드시 나의 똑바로 보고 섰는 앞에서―침을 배앝는가. 군은 도무지가 외면에 나타나서 사람의 심리를 지배하지 아니치 못하는 미관이라는 데 대하여 한 번이라도 고려하여본 일이 있는가. 또는 위생이라는 관념에서 불결이 여하히 사람의 육체뿐만 아니라 정신적으로도 사람에게 해를 끼치는가를 아는가 모르는가. 바라건댄 군은 속히 그 비신사적 근성을 버리는 동시에 침 배앝는 짓을 근신하라. 이만.―

이런 편지를 써서는 떡 SS의 부인에게 먼저 전하여주면 SS의 부인은 반드시 이것을 읽으리라 읽고 난 다음에는 마음 가운데에 이니는** 분노와 모욕의 염을 이기지 못하여 반드시 남편 SS에게 육박하리라―여보 대체 이런 창피를 왜 당하고 있단 말이오 당신은 도야지만도 못한 사람이오 하고 들이대이면 뚱뚱보 SS는 반드시 황겁하여 아아 그런가 그렇다면 오

* 日進月將. 나날이 다달이 나아짐.
** 일어나는.

늘부터라도 그 침 배알는 것만은 고만두지 배알을지라도 보산의 집 마당
에다 대이고 배알지 않으면 고만이지 창피할 것이야 무엇이 있나 이러면
SS의 부인은 화가 막 법곡*까지 치받쳐서 편지를 짝짝 찢어버리고 그만
울고 말 것이니까 SS는 그러면 내 다시는 침 배알지 않으리라 그래가면서
드디어 항복하고 말 것이다. 아아 그러면 된다 보산은 기쁜 생각이 아침
의 기분을 상쾌히 한 것을 좋아하면서 변소를 나서면 삼십 분이라는 적지
아니한 시간이 없어졌다. 나와보면 아직도 SS는 들창에 매어달려 있으며
보산이 이리로 어슬렁어슬렁 걸어오면서 싱글싱글 웃는 것을 보자마자
또 침을 큼직하게 한 번 탁 뱉었다. 역시 이번에도 보산의 마당의 아까운
한 점에 가래가 떨어진다. 그것을 보는 보산은 다시 화가 치뻗쳐서 어찌
할 길을 모르고 투스브러시를 빼서 던지고 물을 한입 문 다음 움질움질하
여가지고 SS의 들창 쪽을 향하여 확 뿜어본다. 이리하기를 서너 번이나
하다가 나중에는 목젖에다 넘겨가지고 그렁그렁해가지고는 여러 번 해매
내이면 SS도 견딜 수 없다는 듯이 마지막으로 침을 한 번 탁 배알은 다음
에 들창을 홱 닫쳐버리고 SS의 그 보산의 두 갑절이나 되는 큰 대가리는
자취를 감추어버리고야 말았다. 보산은 세숫대야에다 손을 꽂아 담그고
는 오늘 싸움에는 대체 누가 이겼나 자칫하면 저 뚱뚱보 SS가 이긴 것인
지도 모른다 그렇지만 십생팔구**는 내가 이긴 것이다 그렇게 생각하여버
리면 상쾌하기는 하나 도무지 한구석에 꺼림칙한 생각이 남아 있어 씻겨
나가지를 않아서 보산은 세수를 하는 동안에 몹시도 고생을 한다. 노랫소
리가 들려온다 SS의 오지 뚝배기 긁는 소리 같은 껄껄한 목소리다. 아하

---

* 보꾹. 지붕의 안쪽. 지붕 안쪽의 구조물을 가리키기도 하고 지붕 밑과 반자 사이의 빈 공간에서 바라본 반
자를 가리키기도 함. 여기서는 화가 머리끝까지 났다는 의미.
** 십상팔구十常八九. 십중팔구. 열 가운데 여덟이나 아홉.

그러면 SS가 이긴 모양이다 그렇지 않고야 저렇게 유쾌한 목소리로 상규를 일한* 높고 소란한 목소리로 유유히 노래를 부를 수야 있을 수가 있을까 보산은 사지가 별안간 저상하여** 초췌한 얼굴빛을 차마 남에게 보여줄 수가 없어서 뜨거운 물에다 야단스럽게 문질러대인다. 문득 보산을 기쁘게 할 수 있는 죽어가는 보산을 살려낼 수 있는 생각 하나가 보산의 머릿속에 떠오른다. 옳다 되었다 나도 저렇게 노래를 부르면 고만이 아닌가 나도 개선가를 부르면

삭풍은 나무 끝에 불고 명월은 눈 위에 찬데

만리변성에 일장검 짚고 서서

수파람*** 한 큰 소리에 거칠 것이 없어라.

꼭 한 시간만 자고 일어날까 그러면 네 시 또 조금 있다가는 밥을 먹어야지 아니지 다섯 시 왜 그러냐 하면 소화가 안 되니까 한 시간은 앉았다가 네 시에 드러누우면 아니지 여섯 시 왜 그러냐 하면 얼른 잠이 들지 아니하고 적어도 다섯 시까지 한 시간을 끌 것이니까 여섯 시 여섯 시에 일어나서야 전깃불이 모두 들어와 있을 것이고 해도 져서 도로 밤이 되어 있을 터이고 저녁 밤 끼****도 벌써 지났을 것이니 그래서야 낮에 일어났다는 의외*****가 어느 곳에 있는가 공원으로 산보를 가자 나무도 보고 바

---

* '상규'란 보통의 경우에 널리 적용되는 규칙이나 규정, 또는 사물의 표준을 뜻함. '일한'은 '일탈하다'의 의미. 따라서 일상적인 규범을 벗어났다는 뜻.
** 기운을 잃어.
*** 휘파람.
**** 저녁밥 끼, 저녁밥 끼니때.
***** 뜻밖. '의의'의 오식으로 보기도 함.

위도 보고 소학교 아이들도 보고 빨래하는 사람도 보고 산도 보고 시가지를 내려다도 보고 매우 효과적이고 의미심장한 일이 아닐까 보산은 곧 일어나서 문간을 나선다.

공원은 가까이 바로 산 밑에서 산과 닿아 있으니 시가지에서 찾을 수 없는 신선한 공기와 청등한 경치가 늘 사람을 기다리고 있는 곳으로 보산은 그러한 훌륭한 장소가 자기 집 바로 가까이 있다는 것을 퍽 기뻐하여 믿음직하게 여겨오는 것이다. 가지는 않지만 언제라도 가고 싶으면 곧 갈 수 있지 않으냐 이다지 불결한 공기 속에서 살아간다고 하지만 신선한 공기가 필요한 때에는 늘 곁에 있다는 것을 생각할 수 있으며 또 곧 가서 충분히 마시고 올 수가 있지 아니하냐 마시지 않는다 하여도 벌써 심리적으로는 마신 것과 마찬가지가 아니냐 사람에게는 생리적으로보다도 심리적으로 위생이 더 필요한 것이 아닐까 그런고로 보산은 늘 건강 지대에서 살고 있는 것과 조금도 다름이 없는 것이 아닐까 아니 차라리 더한층 나은* 것이 아닐까. 때로는 비록 보산일망정 이렇게 신선한 공기를 마시러 공원으로 산보를 가고 있지 아니하냐. 보산의 마음은 기뻐졌다.

문간을 나서자 보산은 SS를 만났다. 느니보다도 SS가 SS의 집 문간에 나와 있는 것을 보지 않을 수 없었다. SS는 그 바위만 한 가슴과 배 사이 체내**로 치면 횡격막의 위치 부근에다 SS의 딸 어린아이를 안고 나와 서 있다. 느니보다도 어린아이는 바위 위에 열렸거나 올려놓여 앉아 있거나 달라붙어 매어달려 있거나의 어느 하나이었다.

―에 끔찍끔찍이도 흉한 분장이로군 저것이 가면이라면?

엣 엣 에엣―

뚱뚱보 SS의 뇌는 대단히 나쁠 것은 정한 이치다. 그렇지 아니하고야 그런 혹은 이런 추태를 평연히* 노출시키지는 대개 아니할 것이니까. 보산은 이렇게 생각하며 못내 그 딸 어린아이를 불쌍히 여기느라고 한참이나 애를 쓴 이유는 어린아이도 따라서 뇌가 나쁘리라 장래 어린아이의 시대가 돌아왔을 때에는 뇌가 나쁜 사람은 오늘의 뇌가 나쁜 사람보다도 훨씬 더 불행할 것이 틀림없을 것이니까. SS는 어린아이의 장래 같은 것은 꿈에도 생각할 줄 모르는가 왜 스스로 뇌를 개량치 않는가 아니 그것은 이미 할 수 없는 일이라고 하자 하여도 왜 피임법을 써서 불행**함에 틀림없을 딸 어린아이를 낳기를 미연에 막지 않았는가 그것도 SS가 뇌가 나쁜 까닭이겠지만 참으로 딱하고도 한심한 일이라고 볼 수밖에 없을 것이다. SS의 딸 어린아이는 벌써 세 살 딸 어린아이의 시대도 멀지 아니하였으니 SS나 나이나 그 어린아이의 얼마나 불행한가를 눈으로 바로 볼 것이니 그것은 견딜 수 없는 일이다. 차라리 SS에게 자살을 권할까 그렇지만 뇌가 나쁜 SS로서는 이것을 나의 살인 행위로밖에는 해석치 아니할 것이니 SS가 자살할 수 있을까는 쉽지도 않은 일이다. 보산은 다시는 SS의 딸 어린아이를 안고 문간에 나와 선 사나운 모양은 보지 아니하리라 결심하려 하였으나 그것은 도저히 보산의 마음대로 되는 일은 아닐 터이니까고 결심하는 것까지는 고만두기로 하였으나 될 수 있으면 피할 도리를 강구할 것

* 평범하고 자연스럽게.
** 원문에는 '불해'임.

을 깊이 마음 가운데에 먹어두기로 하였다. 또 하나 옳다 그러면 SS에게 그렇지 아니하면 SS의 부인에게 피임법에 관한 비결을 몇 가지만 적어서 보낼까 그렇게 하자면 나는 흥미도 없는 피임법에 관한 책을 적어도 몇 권은 읽어야 할 터이니 그것도 도무지 귀찮은 일이다 고만두자 그러자니 참으로 SS의 부부와 딸 어린아이는 불행하고* 나를 생각하면 보산은 또 한 번 마음이 센티멘털하여 들어오는 것을 느끼지 아니할 수는 없었다.

밤이 이슥히 보산의 한낮이 다다라 와 있었다. 얼마 있으면 보산의 오정이 친다. 보산은 고인의 말대로 보산이 얼마나 음양에 관한 이치를 잘 이해하여 정신 수양을 하고 있는 것인가를 다른 사람들은 하나도 모르는 것이 섭섭하기도 하였으며 또는 통쾌하기도 하였다. 보산은 보산의 정신 상태가 얼마나 훌륭히 수양되어 있는 것인가 모른다는 것을 마음속에 굳게 믿어오고 있는 것이었다. 양의 성한 때를 잠자며 음의 성한 때를 깨워 있어 학문하는 것이 얼마나 이치에 맞는 일인가 세상 사람들아 왜 모르느냐 도탄에 묻힌 현대 도시의 시민들이 완전히 구조되기에는 그들이 빠져 있는 불행의 깊이가 너무나 깊어버리고 만 것이로구나 보산은 가엾이 여긴다. 읽던 책을 덮으며 그는 종이를 내어놓아 시를 쓴다.

세상에서 땅바닥에 달라붙어 뜯어먹고 사는 천하 인간들의 쓰는 시와는 운소**로 차가 나는 훌륭한 시를 보산은 몇 편이나 몇 편이나 써놓는 것이건만 그 대신 세상 사람들은 그의 시를 이해하여줄 리가 없는 과대망상으로밖에는 볼 수 없는 것이었다. 이것을 보산 혼자만이 설워하고 있으

---

* 원문에는 '불행고'임.
** 雲霄. 구름 낀 하늘. 높은 지위를 비유적으로 이르는 말. 여기서는 '대단히 차이가 있다'라는 의미로도 해석함.

니 누가 보산이 이것을 설워하고 있다는 것조차 알아줄 이가 있을까. 보산은 보산이야말로 외로운 사람이라고 그렇게 정하여놓고 앉아 있노라면 눈물 나는 한 구 고인의 글이 그의 머리에 떠오른다 보산을 위로한답시고 보산아 보산아 들어보아라

德不孤 必有隣(덕 불 고 필 유 인)*

　　보산의 방 안에 걸린 여러 가지 그림틀들은 똑바로 걸려서 있지 아니하면 안 된다. 보산은 곧 일어나서 똑바로 서 있지 아니한 것을 똑바로 세워놓는다. 보산은 보산의 방 안에 있는 무엇이든지이고는 반드시 보산을 본받아야 할 것이라고 생각하자마자 고단한 몸 불편한 몸을 비드슴이** 담벼락에 기대이고 있던 것을 얼른 놀란 듯이 고쳐서는 똑바로 앉는다. 그리고는 그림틀들은 다 보산을 본받은 것이 아니냐라고 생각하며 흔연히 기뻐하는 것이었다.

　　시계가 세 시를 쳤다. 보산은 오후 같았다.*** 밤은 너무나 고요하여서 때로는 시계도 제꺽거리기를 꺼리는 듯이 그네질을 자고**** 고만두려고만 드는 것 같았다. 보산은 피곤한 몸을 자리 위에 그대로 잠깐 눕혀본다. 이제부터 누우면 잠이 들 수 있을까 없을까를 시험하여보기 위하여 그러나 잠은 보산에게서는 아직도 먼 것으로 도무지가 보산에게 올까 싶지는 않았다. 보산은 다시 몸을 일으키어 책상머리에 기대이면 가만가만히 들

* 『논어』의 '이인편里仁篇'에 나오는 공자의 말로, 덕이 있으면 따르는 사람이 있으므로 외롭지 않다는 뜻.
** '비스듬히'의 오식인 듯함.
*** 원문에는 '보산의오후가됐다'임.
**** '자꾸'로 해석하기도 함.

려오는 노랫소리는 분명히 SS의 노랫소리에 틀림이 없는데 아마 SS도 저렇게 밤을 낮으로 삼아서 지내는가 그러면 SS도 음양의 좋은 이치를 터득하였다 말인가 아니다. 그따위 뚱뚱보 SS의 나쁜 뇌를 가지고는 도저히 그런 것을 깨달아내일 수가 있다고는 추측되지 않는 일이다. 저것은 분명히 SS의 불섭생으로 말미암아 일어나는 불면증이다. 병이다 잠이 아니 오니까 저렇게 청승스럽게 일어나 앉아서 가장 신비로운 것을 보기나 하듯이 노래를 부르고 있는 것이다. 그러나 그것은 그렇다고 하여두겠지만 아까 낮에 들리던 개선가의 SS의 목소리를 들을 수 없을 만치 지저분히 흉한 것이었음에 반대로 이 밤중의 SS의 목소리의 무엇이라고 저렇게 아름다움여. 하고 보산은 감탄하지 아니할 수 없었을 만치 가늘고 길고 떨리고 흔들리고 얇고 멀고 얕고 한 것을 듣고 앉아 있는 보산은 금시로 모든 것을 다 안 잊어버릴 수밖에 없었을 만치 멍하니 앉아서 듣기는 듣고 있지만 그것이 과연 SS의 목소리일까 뚱뚱보 SS의 나쁜 뇌로써 저만치 고운 목소리를 자아내일 만한 훌륭한 소질이 어느 구석에 박혀 있었던가 그렇다면 뚱뚱보 SS는 그다지 업수이 여길 수는 없는 뚱뚱보 SS가 아닐까 목소리가 저만하면 사람을 감동시킬 만한 자격이 넉넉히 있지만 그까짓 것쯤 두려울 것은 없다 하여버리더라도 하여간에 SS가 이 한밤중에 저만큼 아름다운 목소리를 내일 수 있다는 것은 참 신기한 일이라고 아니 칠 수 없지만 그렇다고 이 보산이 그에게 경의를 별안간 표하기 시작하게 된다거나 할 일이야 천부당만부당에 있을 법한 일도 아니련만 보산이 그래도 SS의 노랫소리에 이렇게도 감격하고 있는 것은 공연히 여태까지 가지고 오던 SS에 대한 경멸감과 우월감을 일시에 무너트려 버리는 것이 되고 말지나 않을까 그것이 퍽 불안하면서도 보산은 가만히 SS의 노랫소리에 귀를 기울이고 앉아 있다.

오늘은 대체 음력으로 며칟날쯤이나 되나 아니 양력으로 물어도 좋다 달은 음력으로만 뜨는 것이 아니고 양력으로 뜨는 것이 아니냐 하여간 날짜가 어떻게 되어 있기에 이렇게 달이 밝을까 달이 세 시가 지내었는데 하늘 거의 한복판에 그대로 남아 있을까 보산의 그림자는 보산을 닮지 아니하고 대단히 키가 작고 뚱뚱하다느니보다도 뚱뚱한 것이 거의 SS를 닮았구나 불유쾌한 일이로구나 왜 하필 그까짓 뇌가 나쁜 뚱뚱보 SS를 닮는단 말이냐 그렇지만 뚱뚱한 것과 뚱뚱한 것은 대단히 다른 것이니까 하필 닮았다고 말할 것도 아니니까 그까짓 것은 아무래도 좋지 않으냐 하더라도 웬일로 이렇게 SS의 목소리가 아름다울까 하고 보산은 그 SS가 매어달리기만 하면 반드시 이 마당에다 대이고 침을 배앝는 불결한 들창이 있는 담 밑으로 가까이 가서 가만히 그쪽 SS의 방 노랫소리가 흘러나오는 것이 과연 여기인가 아닌가 하고 자세히 엿들어 보아도 분명히 노랫소리가 나오는 곳은 여기인데 그렇다면 그 노래는 SS의 노랫소리에는 틀림이 없을 것을 생각하니 더욱더욱 이상하다는 생각만이 보산의 여러 가지 생각의 앞을 서는 것이었다. 그러나 보산은 또다시 생각하여보면 그 노랫소리는 SS의 부인의 노랫소리가 아니지도 모르지만 그렇다고 SS와 SS의 부인은 한방에 있는지 그렇다면 딸 어린아이가 세 살 먹었는데 피곤한 어머니의 몸이 여태껏 잠이 들지 않았다고는이야 생각할 수는 없는 사정이 아니냐 잠이 안 들었다 하여도 어린아이가 잠에서 깨 울까 봐 결코 노래를 부르거나 할 리는 없지만 또 누가 남의 속을 아느냐 혹은 어린아이가 도무지 잠이 들지 아니하므로 자장가를 부르는 것이나 아닐까 하지만 보산이 아무리 아무것도 모른다 한대야 불리우는 노래가 자장가이고 아닌 것쯤이야 구별하여내일 수 있음 직한데 그래도 누가 아나 때가 때인 만큼 그렇지만 보산의 귀에는 분명히 일본 야스기부시*에 틀림없었다. 설마 SS의 부인이 일본 야스기부시를 한밤중에 부르려 하여도 그런 것들은 하여간 SS와 SS의 부인이 한방에 있다는 것은 대단히 문란한 일이라고 생각한다. 더욱이 둘이 한방에 있다는 것을 보산에게 알린다는 것은 다시없이 말 들을 만한 문란한 일이다 보산은 이렇게 여러 가지로 생각하며 그 담 밑에서 노랫소리에 귀를 기울이고 있다.

한 개의 밤 동안을 잤는지 두 개의 밤 동안을 잤는지 보산에게는 똑똑히 나서지 않았을 만하니 시계가 아홉 시를 가리키고 있더라는 우연한 일이다. 마당에 나서는 보산의 마음은 아직 자리 가운데에 있었는데 아침은 이상한 차림차림으로 보산은 놀라게 하였을 때에 보산의 방 안에 있던 마음이 냉큼 보산의 몸동아리 가운데로 튀어 들고 보니 그리고 난 다음의 보산은 아침의 흔히 보지 못하던 경치에 놀라지 아니할 수 없었다. 지붕 위에 까치가 한 마리가 있는데 그것이 어떻게도 마음 놓고 머물러 있는 것같이 보이는지 그곳은 마치 까치의 집으로밖에 아니 여겨진다면 또 왜 까치는 늘 보산이 일어나는 시간인 오후 세 시가량 해서는 어디를 가고 없느냐 하면 그것은 까치는 벌이를 하러 나간 것으로 아직 돌아오지 아니한 탓이라고 그렇게 까닭을 붙여놓고 나면 보산에게는 그럴듯하게 생각히게 되니 보산이 일어날 때마다 보살펴 보지도 아니하는 지붕 위에 한 자리는 까치가 사는 집―사람으로 치면―이 있는 것을 보산은 몰랐구나 생각하노라면 보산은 웃고 싶었는데 그럼 까치는 어느 때에 벌이 자리**를 향하여 떠나서는 집을 뒤에 두고 나서는 것일는지가 좀 알고 싶어서

---

* 安來節. 일본 시마네현 야스기의 민요.
** 벌이를 하는 곳, 먹이를 찾는 곳.

한참이나 서서 자꾸만 치어다보아도 까치는 영영 날아가지는 않으니 아마 까치가 집을 나설 시간은 아직 아니 되고 만 모양이로구나 한즉 보산은 오늘은 나도 꽤 일찍 일어났나 생각을 먹는 것이 부끄럽지 않고 무엇 거리낌한 일도 없어서 퍽 상쾌한 기분이다. 그러나 SS가 여전히 그 들창에 매어달려서는 이쪽 보산의 마당을 노려보고 있는 것을 본 보산은 가슴이 꽉 막히는 것 같아지며 별안간 앞이 팽팽 돌아 들어오는 것을 못 그러게 할 수 없었다. 대체 SS가 이 이른 아침에 웬일일까 SS는 이렇게 일찍 일어날 수 있는 사람은 물론 보산에게는 아니었고 아침으로부터 보산이 일어나서 처음 SS를 만나는 시간까지 그동안은 SS는 죽은 사람이라고 쳐도 관계치 않을 것인데 인제 보니 SS는 있구나 밤 네 시로부터 아침 이맘때까지는 구태여 SS를 없는 사람이라고 치지는 않는다 피차에 잠자는 시간이라고 치고라도 이것은 천만에 뜻하지 못한 일이다. SS는 보산을 향하여 예언자와 같은 엄숙한 얼굴을 하더니 떡 큼직하게 하품을 한 번 하고 나서는 소프라노에 가까운 목소리로 소가 영각*할 때 하는 소리와 같은 기성을 한 번 내어보더니 입맛을 쩍쩍 다시면서 지난밤에 아름다운 노랫소리를 그대는 들었는지 과연 그것이 이 SS라면 그대는 바야흐로** 놀라지 아니하려는가 하는 듯이 보산의 표정이 내어걸릴 간판의 무슨 빛깔인가를 기다린다는 듯이 흠뻑해야 그것이 그것이지 하는 듯이 보산을 내려보며 어디 다른 곳에서 얻어 온 것 같은 아름다운 미소를 얼굴에 띠우는 것이었다. 보산은 그다음은 그러면 무엇이냐는 듯이 SS를 바라다보면 SS는 아아 그것은 네가 왜 잘 알고 있지 아니하냐는 듯이 침을 입 하나 가득

* 황소가 암소를 부를 때 내는 큰 울음소리.
** 원문에는 '배아흐로'임.

히 거의 보산의 발 가까운 한 점에다 배앝아놓고는* 만족하다는 데 가까운 표정을 쓱 하여 보이면 보산은 저것이 아마 SS가 만족해서 못 견디는 때에 하는 얼굴인가 보다 끔찍이도 변변치 못하다 생각하였다는 체하는 표정을 보산은 SS에게 대항하는 뜻으로 하여 보여도 SS는 그까짓 것은 몰라도 좋다는 듯이 한번 해놓은 표정을 변경치―좀체로는―않는다.

횡포한 마술사 보산이 나타나자 그 널조각은 또 종이 노릇을 하노라면 종이가 상상할 수 있는 바 글자라는 글자 말이라는 말 쳐놓고 안 쓰이는** 것이 없다. SS야 나는 너에게 도저히 경의를 표할 수는 없다.

너의 그 동물적 행동은 무엇이냐. 나의 자조***의 너에 대한 모멸적 표정을 너는 눈이 있거든 보느냐 못 보느냐 보고 나서는 노하느냐 웃느냐 너도 사람이거든 좀 노할 줄도 알아두어라. 모르거든 너의 부인에게 물어보아라 빨리 노하라. 그리하여 다시는 그와 같은 파렴치적 행동을 거듭하지 말기를 바란다. 그러면 SS는 보산아 노하는 것이란 다 무엇이냐 나는 적어도 그까짓 일에 노하고 싶지는 않다. 따라서 나의 그 동물적 행동이란 대체 나의 어떠한 행동을 가리켜 말하는 것인지는 모르나 나의 행동의 어느 하나라도 너를 위하여 변경할 수는 없다. 이렇게 답장이 오면 SS야 나는 너에게 최후통첩을 보낸다. 너 같은 사회적 저능아를 그대로 두어서는 인류의 해독이 될 것이니까 나는 너를 내일 아침 네가 또 그따위 짓을 개시하는 것과 동시에 총살을 하여버리리라 총 총 총 총 총은 나의 친한 친구가 공기총을 가진 것을 나는 잘 알고 있으니까 그는 그것을 얼른 빌

---

* 원문에는 '배앝놓고는'임.
** 원문에는 '씨우는'임.
*** '자기를 비웃음'의 뜻으로 보기도 하고 '자주'로도 해석함.

려줄 줄로 믿는다. 너는 그래도 조금도 무섭지 않은가 네가 즉사까지는 하지 않을지 모르지만 얼굴에 생길 무서운 혐을 무엇으로 가리려는가 너는 그 흉한 혐으로 말미암아 일생을 두고 결혼할 수 없는 불행을 맛보리라 그러면 보산아 너는 무슨 정신이냐 나는 이미 결혼하였다는 것을 모르느냐 나의 아내는 너를 미워하리라 그러면 SS 들어보아라 나는 너의 부인에게 편지를 하여버릴 것이다. 너의 그 더러운 행동을 사실대로 일일이 적어서는 그러면 너의 부인은 너를 얼마나 모욕하며 혐오*할 것인가를 너 같은 뚱뚱보의 나쁜 뇌를 가지고는 아마 추측해내이기는 어려울 것이다. 그러면 보산아 너는 무엇이라고 나를 놀리느냐 너는 나의 아내를 탐내는 자인 것이 분명하다. 나는 너를 살인죄로 고소할 것이다 법률이 너에게 가할 고통을 너는 무서워하지 않느냐 그러면.

보산은 적을 물리치기 준비에 착수하였다. 잉크와 펜 원고지에 적히는 첫 자가 오자로 생겨먹고 마는 것을 화를 내이는 것 잡히지 않는 보산의 마음에 매어달려 데룽데룽하는 보산의 손이 종이를 꼬기꼬기 구겨서는 마당 한가운데에 홱 내어던진다는 것이 공교스러이도 SS가 오늘 아침에 배앝아놓은 침에서 대단히 가까운 범위 안에 떨어지고 만 것이 보산을 불유쾌하게 하여서 보산은 얼른 일어나 마당으로 내려가서는 그 구긴 종이를 다시 집어서는 보산이 인제 이만하면 적당하겠지 생각하는 자리에 갖다 떡 놓고 나서 생각하여보니 그것은 버린 것이 아니라 갖다가 놓은 것이라 보산의 이 종이에 대한 본의를 투철치 못한 위반된 것이 분명하므로 그러면 이것을 방 안으로 가지고 돌아가서 다시 한 번 버려보는 수밖에

---

* 원문에는 '첨오'임.

없다 하여 그렇게 이번에야 하고 하여보니 너무나 공교스러운 일에 공교
스러운 일이 계속되는 것은 이것도 공교스러운 일인지 아닌지 자세히 모
르는 것 같은 것쯤은 그대로 내어버려 두어도 관계치 않고 위선 이것을
내가 적당하다고 인정할 때까지 고쳐 하는 것이 없는 시간에 급선무라 하
여 자꾸 해도 마찬가지고 고쳐 해도 마찬가지였다 하다가는 흥분한 정신
에 몇 번이나 했는지 도무지 모르는 동안에 일이 성공이 되고 보니 상쾌
하지 않은지 그것도 도무지 보산 자신으로서는 판단하기 어려운 일이었
는데 그렇다면 당할* 사람이라고는 아무도 없지 아니하냐고 하지만 위선
편지부터 써야 하지 않겠느냐 생각나니까 보산은 편지부터 써서 이번에
는 그런 고생은 안 하리라 하고 정신을 차려 썼다는 것이 겨우 다음과 같
은 것이었다.

　―SS야 내가 어떠한 사람인가 너의 부인에게 물어보아라 너의 부인은 조
금도 미인은 아니다―

오늘은 분명히 무슨 축제일인가 보다 하고 이상한 소리에 무슨 일이 생
겼을까 하고 생각하며 귀를 기울이고 있노라면 보산의 방에 걸린 세계에
제일 구식인 시계가 장엄한 격식으로 시계가 칠 수 있는 제일 많은 수효
를 친다. 보산은 일어나 문간을 나섰다가 편지를 SS의 집 문간에 넣으려
는 생각이 막 일기 전에 이상스러운 것을 본 것이 있다. SS의 집 대문을
가로질러 매어진 새끼줄에는 숯과 붉은 고추가 매어달려 있었다. 이런 세
상에 추태가 어디 있나 SS는 참으로 이 세상에서 제일 가엾은 사람이니까

---

* 원문에는 '단할'임.

나는 SS에게 절대 행동을 하는 것만은 고만두겠다고 결심하고 난 다음에
는 보산은 그대로 대단히 슬픈 마음도 있기는 있는 것이다 하면서 어슬렁
어슬렁 걸어서는 간다는 것이 와보니 보산의 마당이다.

—《조선》, 1932. 4.

지주회시 蜘蛛會豕*

1

　그날 밤에 그의 아내가 층계에서 굴러떨어지고— 공연히 내일 일을 글탄** 말라고 어느 눈치 빠른 어른이 타일러놓셨다. 옳고말고다. 그는 하루치씩만 잔뜩 산(生)다. 이런 복음에 곱신히 그는 벙어리***(속지 말라)처럼 말(言)이 없다. 잔뜩 산다. 아내에게 무엇을 물어보리오? 그러니까 아내는 대답할 일이 생기지 않고 따라서 부부는 식물처럼 조용하다. 그러나 식물은 아니다. 아닐 뿐 아니라 여간 동물이 아니다. 그래서 그런지 그는 이 굴궤짝만 한 방 안에 무슨 연줄로 언제부터 이렇게 있게 되었는지 도무지 기억에 없다. 오늘 다음에 오늘이 있는 것. 내일 조금 전에 오늘이 있는 것. 이런 것은 영 따지지 않기로 하고 그저 얼마든지 오늘 오늘 오늘 오늘 하릴없이 눈 가린 마차 말의 동강 난 시야다. 눈을 뜬다. 이번에는 생시가 보인다. 꿈에는 생시를 꿈꾸고 생시에는 꿈을 꿈꾸고 어느 것이나 재미있다. 오후 네 시. 옮겨 앉은 아침—여기가 아침이냐. 날마다다. 그러나 물론 그

---

* '거미가 돼지를 만나다'라는 뜻.
** 끌탕하다. 속을 태우며 걱정하다.
*** 원문에는 '덩어리'임.

는 한 번씩 한 번씩이다.(어떤 거대한 모체가 나를 여기다 갖다 버렸나)—그 저 한없이 게으른 것—사람 노릇을 하는 채 대체 어디 얼마나 기껏 게으를 수 있나 좀 해보자—게으르자— 그저 한없이 게으르자—시끄러워도 그 저 모른 체하고 게으르기만 하면 다 된다. 살고 게으르고 죽고—가로되 사는 것이라면 떡 먹기다. 오후 네 시. 다른 시간은 다 어디 갔나. 대수냐. 하루가 한 시간도 없는 것이라기로서니 무슨 성화가 생기나.

또 거미. 아내는 꼭 거미. 라고 그는 믿는다. 저것이 어서 도로 환퇴*를 하여서 거미 형상을 나타내었으면—그러나 거미를 총으로 쏘아 죽였다는 이야기는 들은 일이 없다. 보통 발로 밟아 죽이는데 신발 신기커녕 일어나기도 싫다. 그러니까 마찬가지다. 이 방에 그 외에 또 생각하여보면—맥이 뼈를 디디는 것이 빤히 보이고, 요 밖으로 내어놓는 팔뚝이 밴댕이처럼 꼬스르하다—이 방이 그냥 거민 게다. 그는 거미 속에가 넓적하게 드러누워 있는 게다. 거미 내음새다. 이 후덥지근한 내음새는 아하 거미 내음새다. 이 방 안이 거미 노릇을 하느라고 풍기는 흉악한 내음새에 틀림없다. 그래도 그는 아내가 거미인 것을 잘 알고 있다. 가만둔다. 그리고 기껏 게을러서 아내—인ㅅ거미—로 하여금 육체의 자리—(혹或, 틈)를 주지 않게 한다.

방 밖에서 아내는 부시럭거린다. 내일 아침보다는 너무 이르고 그렇다고 오늘 아침보다는 너무 늦은 아침밥을 짓는다. 예이 덧문을 닫는다. (민활하게) 방 안에 색종이로 바른 반닫이가 없어진다. 반닫이는 참 보기 싫다. 대체 세간이 싫다. 세간은 어떻게 하라는 것인가. 왜 오늘은 있나. 오늘이 있어서 반닫이를 보아야 되느냐. 어둬졌다. 계속하여 게으른다. 오

---

* 원문에는 '환투'임. 환생.

늘과 반딧이가 없어져라고. 그러나 아내는 깜짝 놀란다. 덧문을 닫는—남편—잠이나 자는 남편이 덧문을 닫았더니 생각이 많다. 오줌이 마려운가—가려운가—아니 저 인물이 왜 잠을 깨었나. 참 신통한 일은—어쩌다가 저렇게 사[生]는지—사는 것이 신통한 일이라면 또 생각하여보면 자는 것은 더 신통한 일이다. 어떻게 저렇게 자나? 저렇게도 많이 자나? 모든 일이 희한한 일이었다. 남편. 어디서부터 어디까지가 부부람—남편—아내가 아니라도 그만 아내이고 마는 고야. 그러나 남편은 아내에게 무엇을 하였느냐—담벼락이라고 외풍이나 가려주었더냐. 아내는 생각하다 보니까 참 무섭다는 듯이—또 정말이지 무서웠겠지만—이 닫은 덧문을 얼른 열고 늘 들어도 처음 듣는 것 같은 목소리로 어디 말을 건네본다. 여보—오늘은 크리스마스요—봄날같이 따뜻(이것이 원체 틀린 화근이다) 하니 수염 좀 깎소.

도무지 그의 머리에서 그 거미의 어렵디어려운 발들이 사라지지 않는데 들은 크리스마스라는 한마디 말은 참 서늘하다. 그가 어쩌다가 그의 아내와 부부가 되어버렸나. 아내가 그를 따라온 것은 사실이지만 왜 따라왔나? 아니다. 와서 왜 가지 않았나—그것은 분명하다. 왜 가지 않았나 이것이 분명하였을 때—그들이 부부 노릇을 한 지 일 년 반쯤 된 때—아내는 갔다. 그는 아내가 왜 갔나를 알 수 없었다. 그 까닭에 도저히 아내를 찾을 길이 없었다. 그런데 아내는 왔다. 그는 왜 왔는지 알았다. 지금 그는 아내가 왜 안 가는지를 알고 있다. 이것은 분명이 왜 갔는지 모르게 아내가 가버릴 징조에 틀림없다. 즉 경험에 의하면 그렇다. 그는 그렇다고 왜 안 가는지를 일부러 몰라버릴 수도 없다. 그냥 아내가 설사 또 간다고 하더래도 왜 안 오는지를 잘 알고 있는 그에게로 불쑥 돌아와 주었으면 하고 바라기나 한다.

수염을 깎고 첩첩이 닫아버린 번지에서 나섰다. 딴은 크리스마스가 봄날같이 따듯하였다. 태양이 그동안에 퍽 자란가도 싶었다. 눈이 부시고—또 몸이 까칫까칫조하고*—땅은 힘이 들고 두꺼운 벽이 더덕더덕 붙은 빌딩들을 쳐다보는 것은 보는 것만으로도 넉넉히 숨이 차다. 아내 흰 양말이 고동색 털양말로 변한 것—기절**은 방 속에서 묵는 그에게 겨우 제목만을 전하였다. 겨울—가을이 가기도 전에 내닥친 겨울에서 처음으로 인사 비슷이 기침을 하였다. 봄날같이 따듯한 겨울날—필시 이런 날이 세상에 흔히 있는 공일 날이나 아닌지—그러나 바람은 뺨에도 콧방울에도 차다. 저렇게 바쁘게 씨근거리는 사람 무거운 통 짐 구두 사냥개 야단치는 소리 안 열린 들창 모든 것이 견딜 수 없이 답답하다. 숨이 맥힌다. 어디로 가볼까. (A 취인점取引店***) (생각나는 명함) (오뭇 군) (자랑 마라) (24일 날 월급이던가) 동행이라도 있는 듯이 그는 팔짱을 내저으며 싹둑싹둑 썰어붙인 것같이 얄팍한 A 취인점 담벼락을 뻥뻥 싸고돌다가 이 속에는 무엇이 있나. 공기? 사나운 공기리라. 살을 저미는—과연 보통 공기가 아니었다. 눈에 핏줄—새빨갛게 달은 전화—그의 허섭수룩한 몸은 금시에 타 죽을 것 같았다. 오는 어느 회전의자에 병마개 모양으로 명쳐**** 있었다. 꿈과 같은 일이다. 오는 장부를 뒤져 주소 씨명을 차국차국 써 내려가면서 미남자인 채로 생동생동 (살고) 있었다. 조사부調査部라는 패가 붙은 방 하나를 독차지하고 방 사벽에다가는 빈틈없이 방안지에 그린 그림 아닌 그림을 발라놓았다. "저런 걸 많이 연구하면 대강은 짐작

---

* '까칫까칫도 하고'의 오식으로 보기도 함.
** 시절이나 계절.
*** 상점.
**** 명銘 치다. 물건에 제작자의 이름을 새기거나 쓰다. 혹은 '뭉쳐 있었다' 등으로 해석하기도 함.

이 났으렷다"도통하면 돈이 돈 같지 않아지느니"돈 같지 않으면 그럼 방안지 같은가"방안지?"그래 도통은?"흐흠— 나는 도로 그림이 그리고 싶어지데"그러나 오는 야위지 않고는 배기기 어려웠던가 싶다. 술—그럼 색? 오는 완전히 오 자신을 활활 열어 제쳐놓은 모양이었다. 흡사 그가 오 앞에서나 세상 앞에서나 그 자신을 첩첩이 닫고 있듯이. 오냐 왜 그러니 나는 거미다. 연필처럼 야외가는 것—피가 지나가지 않는 혈관—생각하지 않고도 없어지지 않는 머리—칵 막힌 머리—코 없는 생각—거미 거미 속에서 안 나오는 것—내다보지 않는 것—취하는 것—정신없는 것—방—버선처럼 생긴 방房이었다. 아내였다. 거미라는 탓이었다.

　오는 주소 씨명을 멈추고 그에게 담배를 내밀었다. 그러자 연기를 가르면서 문이 열렸다. (퇴사 시간) 뚱뚱한 사람이 말처럼 달려들었다. 뚱뚱한 신사는 오와 깨끗하게 인사를 한다. 가느다란 몸집을 한 오는 굵은 목소리를 굵은 몸집을 한 신사는 가느다란 목소리로 주고받고 하는 신선한 회화다. "사장께서는 나가셨나요?"네— 참 이백 명이 좀 넘는데요"넉넉합니다 먼저 오시겠지요"한 시간쯤 미리 가지요"에—또 에—또 에또 에또 그럼 그렇게 알고"가시겠습니까"

　툭탁하고 나더니 뚱뚱한 신사는 곁에 앉은 그를 흘깃 보고 고개를 돌리고 그저 나갈 듯하다가 다시 흘깃 본다. 그는—내 인사를 하면 어떻게 되더라? 하고 망씻망씻하다가 그만 얼떨결에 꾸뻑 인사를 하여버렸다. 이 무슨 염체없는 짓인가. 뚱뚱 신사는 인사를 받더니 받아가지고는 그냥 씽긋 웃듯이 나가버렸다. 이 무슨 모욕인가. 그의 귀에는 뚱뚱 신사가 대체 누군가를 생각해보는 동안에도 "어떠십니까"는 그 뚱뚱 신사의 손가락질 같은 말 한마디가 남아서 웽웽한다. 어떠냐니 무엇이 어떠냐누—아니 그게 누군가—옳아 옳아. 뚱뚱 신사는 바로 그의 아내가 다니고 있는 카페 R 회관 주인이었다. 아내가 또 온 것 서너 달 전이다. 와서 그를 먹여 살리겠다는 것이었다. **빚 '백 원'**을 얻어 쓸 때 그는 아내를 앞세우고 이 뚱뚱이 보는 데 타원형 도장을 찍었다. 그때 유까다* 입고 내려다보던 눈에서 느낀 굴욕을 오늘이라고 잊었을까. 그러나 그는 이게 누군지도 채 생각나기 전에 어언간 이 뚱뚱에게 고개를 수그리지 않았다. 지금. 지금. 골수에 스미고** 말았나 보다. 칙칙한 근성이—모르고 그랬다고 하면 말이 될까? 더럽구나. 무슨 구실로 변명하여야 되나. 에잇! 에잇—아무것도 차라리 억울해하지 말자—이렇게 맹서하자. 그러나 그의 뺨이 화끈화끈 달았다. 눈물이 새금새금 맺혀 들어왔다. 거미—분명히 그 자신이 거미였다. 물뿌리***처럼 야위어 들어가는 아내를 빨아먹는 거미가 너 자신인 것을 깨달아라. 내가 거미다. 비린내 나는 입이다. 아니 아내는 그럼 그에게서 아무것도 안 빨아먹느냐. 보렴—이 파랗게 질린 수염 자국—퀭한 눈—늘씬하게 만연되나 마나 하는 형영**** 없는 영양營養을—보아라. 아내가 거미다. 거미 아닐 수 있으랴. 거미와 거미 거미와 거미냐. 서로 빨아먹느냐. 어디로 가나. 마주 야위는 까닭은 무엇인가. 어느 날 아침에나 뼈가 가죽을 찢고 내밀리려는지—그 손바닥만 한 아내의 이마에는 땀이 흐른다. 아내의 이마에 손을 얹고 그래도 여전히 그는 잔인하게 아내를 밟았다. 밟히는 아내는 삼경이면 쥐 소리를 지르며 찌그러지곤 한다. 내일 아침에 펴지는 염낭*****처럼. 그러나 아주까리 같은 사치한 꽃이 핀

---

* ゆかた. 일본인들의 겉옷. 아래위에 걸쳐서 입는, 두루마기 모양의 긴 무명 홑옷.
** 원문에는 '숨이고'임.
*** 물 위에 떠 있는 식물의 뿌리. 또는 '담배를 끼워서 빠는 빨부리' 등으로 해석하기도 함.
**** 형체와 그림자. 또는 '형용'의 오식으로도 봄.
***** 원문에는 '페지는 염낭'임. '염낭'은 아가리에 잔주름을 잡고 끈 두 개를 좌우로 꿰어 여닫는 주머니.

다. 방은 밤마다 홍수가 나고 이튿날이면 쓰레기가 한 삼태기씩이나 났고―아내는 이 묵직한 쓰레기를 담아가지고 늦은 아침―오후 네 시―뜰로 내려가서 그도 대리하여 두 사람 치의 해를 보고 들어온다. 금 긋듯이 아내는 작아 들어갔다. 쇠와 같이 독한 꽃―독한 거미―문을 닫자. 생명에 뚜껑을 덮었고 사람과 사람이 사귀는 버릇을 닫았고 그 자신을 닫았다. 온갖 벗에서―온갖 관계에서―온갖 희망에서―온갖 욕懲에서―그리고 온갖 욕에서―다만 방 안에서만 그는 활발하게 발광할 수 있었다. 미억 핥듯 핥을 수도 있었다. 전등은 그런 숨결 때문에 곧잘 꺼졌다. 밤마다 이 방은 고달팠고 뒤집어엎었고 방 안은 기어 병들어 가면서도 빠득빠득 버티고 있다. 방 안은 쓰러진다. 밖에 와 있는 세상―암만 기다려도 그는 나가지 않는다. 손바닥만 한 유리를 통하여 꿋꿋이 걸어가는 세월을 볼 수 있을 따름이었다. 그러나 밤이 그 유리 조각마저도 얼른얼른 닫아주었다. 안 된다고.

그러자 오는 그의 무색해하는 것을 볼 수 없다는 듯이 들창 셔터를 내렸다. 자 나가세. 그는 여기서 나가지 않고 그냥 그의 방으로 돌아가고 싶었다. (육 원짜리 셋방) (방밖에 없는 방) (편한 방) 그럴 수는 없나. "그 뚱뚱이 어떻게 아나?" "그저 알지" "그저라니" "그저" "친한가" "천만에―대체 그게 누군가" "그거―그건 가부꾼이지―우리 취인점하고는 돈 만 원 거래나 있지" "흠" "개천에서 용이 나려니까" "흠"

R 카페는 뚱뚱의 부업인 모양이었다. 내일 밤은 A 취인점이 고객을 초대하는 망년회가 R 카페 삼층 홀에서 열릴 터이고 오는 그 준비를 맡았단다. 이따가 느지막해서 오는 R 회관에 좀 들른단다. 그들은 차점*에서 위

* 다방.

선 홍차를 마셨다. 크리스마스트리 곁에서 축음기가 깨끗이 울렸다. 두루마기처럼 기다란 털외투—기름 바른 머리—금시계—보석 박힌 넥타이핀—이런 모든 오의 차림차림이 한없이 그의 눈에 거슬렸다. 어쩌다가 저지경이 되었을까. 아니. 내야말로 어쩌다가 이 모양이 되었을까. (돈이었다) 사람을 속였단다. 다 털어먹은 후에는 볼품 좋게 여비를 주어서 쫓는 것이었다. 삼십까지 백만 원 주체할 수 없이 달라붙는 계집. 자네도 공연히 꾸물꾸물하지 말고 청춘을 이렇게 대우하라는 것이었다. (거침없는 오 이야기) 어쩌다가 아니—어쩌다가 나는 이렇게 훨씬 물러앉고 말았나를 알 수가 없었다. 다만 모든 이런 오의 저속한 큰소리가 맹탕 거짓말 같기도 하였으나 또 아니 부러워하려야 아니 부러워할 수 없는 형언 안 되는 것이 확실히 있는 것도 같았다.

지난봄에 오는 인천에 있었다. 십 년—그들의 깨끗한 우정이 꿈과 같은 그들의 소년 시대를 그냥 아름다운 것으로 남기게 하였다. 아직 싹트지 않은 이른 봄 건강이 없는 그는 오와 사직공원 산기슭을 같이 걸으며 오가 긴히 이야기해야겠다는 이야기를 듣고 있었다. 너무나 뜻밖에 일은—오의 아버지는 백만의 가산을 날리고 마지막 경매가 완전히 끝난 것이 바로 엊그제라는—여러 형제 가운데 이 오에게만 단 한 줄기 촉망을 두는 늙은 기미期米* 호걸의 애끓는 글을 오는 속주머니에서 꺼내 보이고—저버릴 수 없는 마음이—오는 운다—우리 일생의 일로 정하고 있던 화필을 요만 일에 버리지 않으면 안 되겠느냐는—전에도 후에도 한 번밖에 없은 오의 종종悰悰한** 고백이었다. 그때 그는 봄과 함께 건강이 오기

* 미두. 현물 없이 쌀을 사고파는 일. 쌀의 시세를 이용해 약속으로만 거래하는 일종의 투기 행위임.
** 물이 흐르는 듯한.

만 눈이 빠지게 고대하던 차—그도 속으로 화필을 던진 지 오래였고—묵묵히 머지않아 쪼개질 축축한 지면을 굽어보았을 뿐이었다. 그리고 뒤미처 태풍이 왔다. 오너라—내 생활을 좀 보아라—이런 오의 부름을 빙그레 웃으며 그는 인천에 오를 들렀다. 사사四四—벅적대는 해안통—K 취인점 사무실—어디로 갔는지 모르는 오의 형영 깎은 듯한 오의 집무 태도를 그는 여전히 건강*이 없는 눈으로 어이없이 들여다보고 오는 날을 오는 날을 탄식하였다. 방은 전화 자리 하나를 남기고 빽빽이 방안지로 메꿔져 있었다. 낡기도 전에 갈리는 방안지 위에 붉은 선 푸른 선의 높고 낮은 것—오의 얼굴은 일시 일각이 한결같지 않았다. 밤이면 오를 따라 양철 조각 같은 바**로 얼마든지 쏘다닌 다음—(시끼시마)—나날이 축가는 몸을 다스릴 수 없었건만 이상스럽게 오는 여섯 시면 깨었고 깨어서는 홰등잔 같은 눈알을 이리 굴리고 저리 굴리고 빨간 뺨이 까딱하지 않고 아홉 시까지는 해안통 사무실에 낙자없이*** 있었다. 피곤하지 않는 오의 몸이 아마 금강력과 함께—필연—무슨 도道고 도를 통하였나 보다. 낮이면 오의 아버지는 울적한 심사를 하나 남은 가야금에 붙이고 이따금 자그마한 수첩에 믿는 아들에게서 걸리는 전화를 만족한 듯이 적는다. 미닫이를 열면 경인 열차가 가끔 보인다. 그는 오의 털외투를 걸치고 월미도 뒤를 돌아 드문드문 아직도 덜 진 꽃나무 사이 잔디 위에 자리를 잡고 반듯이 누워서 봄이 오고 건강이 아니 온 것을 글탄하였다. 내다보이는 바다—개흙밭 위로 바다가 한 벌 드나들더니 날이 저물고 저물고 하였다. 오후 네 시 오는 휘파람을 불며 이 날마다 같은 잔디로 그를 찾아온다. 천막 친

데서 흔들리는 포터블*을 들으며 차를 마시고 사슴을 보고 너무 긴 방축 중간에서 좀 선선한 아이스크림을 사 먹고 굴 캐는 것 좀 보고 오 방에서 신문과 저녁이 정답게 끝난다. 이러한 달—5월—그는 바로 그 잔디 위에서 어느덧 배따라기를 배웠다. 흉중에 획책하던 일이 날마다 한 켜씩 바다로 흩어졌다. 인생에 대한 끝없는 주저를 잔뜩 지니고 인천서 돌아온 그의 방에서는 아내의 자취를 찾을 길이 없었다. 부모를 배역한 이런 아들을 아내는 기어이 이렇게 잘 똥겨주는구나—(문학) (시) 영구히 인생을 망설거리기 위하여 길 아닌 길을 내디뎠다 그러나 또 튀려는 마음—삐뚤어진 젊음 (정치) 가끔 그는 투어리스트 뷰로**에 전화를 걸었다. 원양 항해의 배는 늘 방 안에서만 기적도 불고 입항도 하였다. 여름이 그가 땀 흘리는 동안에 가고—그러나 그의 등의 땀이 걷히기 전에 왕복 엽서 모양으로 아내가 초조히 돌아왔다. 낡은 잡지 속에 섞여서 배고파하는 그를 먹여 살리겠다는 것이다. 왕복 엽서—없어진 반半—눈을 감고 아내의 살에서 허다한 지문 내음새를 맡았다. 그는 그의 생활의 서술에 귀찮은 공을 쳤다. 끝났다. 먹여라 먹으마—머리도 잘라라—머리 지지는 십 전짜리 인두—속옷밖에 필요치 않은 하루—R 카페—뚱뚱한 유까다 앞에서 얻은 백 원—그러나 그 백 원을 그냥 쥐고 인천 오에게로 달려가는 그의 귀에는 지난 5월 오가—백 원을 가져오너라 위선 석 달 만에 백 원 내놓고 오백 원을 주마—는 분간할 수 없지만 너무 든든한 한마디 말이 쟁쟁하였던 까닭이다. 그리고 도전盜電하는 그에게 아내는 제 발이 저려 그랬겠지만 잠자코 있었다. 당하였다. 신문에서 배 시간표를 더러 보기도 하

* potable. 여기서는 '휴대용 라디오'를 가리킴.

** tourist bureau. 여행사, 관광국.

였다. 오는 두서너 번 편지로 그의 그런 생활 태도를 여간 칭찬한 것이 아니다. 오가 경성으로 왔다. 석 달은 한 달 전에 끝이 났는데—오는 인천서 오에게 버는 족족 털어 바치던 아내(라고 오는 결코 부르지 않았지만)를 벗어버리고—그까짓 것은 하여간에 오의 측량할 수 없는 깊은 우정은 그넉 달 전의 일도 또 한 달 전에 의례이 있었어야 할 일도 광풍제월*같이 잊어버린—참 반가운 편지가 요 며칠 전에 그의 닫은 생활을 뚫고 들어왔다. 그는 가을과 겨울을 잤다. 계속하여 자는 중이었다. —예이 그래 이 사람아 한번 파치**가 된 계집을 또 데리고 살다니 하는 오의 필시 그럴 공연한 쑤석질***도 싫었었고—그러나 크리스마스—아니다. 어디 그 핑구워 먹은 좋은 얼굴을 좀 보아두자—좋은 얼굴—전날의 오—그런 것이지—주체할 수 없게 되기 전에 여기다가 동그라미를 하나 쳐두자—물론 아내는 아무것도 모른다.

2

그날 밤에 아내는 멋없이 층계에서 굴러떨어졌다. 못났다.

도저히 알아볼 수 없는 이 깅가망가한**** 오와 그는 어디서 술을 먹었다. 분명히 아내가 다니고 있는 R 회관은 아닌 그러나 역시 그는 그의 아내와 조금도 틀린 곳을 찾을 수 없는 너무 많은 그의 아내들을 보고 소름이 끼쳤다. 별의별 세상이다. 저렇게 해놓으면 어떤 것이 어떤 것인지—

---

* 비가 갠 뒤의 맑게 부는 바람과 밝은 달.
** 깨어지거나 흠이 나서 못 쓰게 된 물건.
*** 가만히 있는 사람을 부추기거나 충동시키는 일.
**** 긴가민가한.

오─가는 것을 보면 알겠군─두 시에는 남편 노릇 하는 사람들이 일일이 영접하러 오는 그들 여급의 신기한 생활을 그는 들어 알고 있다. 아내는 마주* 오지 않는 그를 애정을 구실로 몇 번이나 책망하였으나 들키면 어떻게 하려느냐─누구에게─즉─상대는 보기 싫은 넓적하게 생긴 세상이다. 그는 이 왔다 갔다 하는 똑같이 생긴 화장품─사실 화장품의 고하가 그들을 구별시키는 외에는 표 난 데라고는 영 없었다─얼숭덜숭한 아내들을 두리번두리번 돌아보았다. 혜혜─모두 그렇겠지─가서는 방에서─(참 당신은 너무 닮았구려)─그러나 내 아내는 화장품을 잘 사용하지 않으니까─아내의 파리한 바탕 주근깨─코보다 적은 코, 입보다 얇은 입─(화장한 당신이 화장 안 한 아내를 닮았다면?)─"용서하오"─그러나 내 아내만은 왜 그렇게 야위나. 무엇 때문에(네 죄) (네가 모르느냐) (알지) 그러나 이 여자를 좀 보아라. 얼마나 이글이글하게 살이 오르냐** 잘 쪘다. 곁에 와 앉기만 하는데도 후끈후끈하구나. 오의 귓속말이다. "이게 마유미야 이 뚱뚱보가─하릴없이 양돼진데 좋와 좋단 말이야─금 알 낳는 게사니*** 이야기 알지(알지) 즉 화수분이야─하루저녁에 삼 원 사 원 오원─잡힐 물건이 없는데 돈 주는 전당국이야(정말?) 아─나의 사랑하는 마유미거든" 지금쯤은 아내도 저 짓을 하렸다. 아프다. 그의 찌푸린 얼굴을 얼른 오가 껄껄 웃는다. 흥─고약하지─하지만 들어보게─**소바****에 계집은 절대 금물이다. 그러나 살을 저며 먹이려고 달겨드는

---

* '마중'의 오식으로 보기도 함.

** 원문에는 '알르냐'임.

*** 거위의 북한말.

**** そうば. (주권 등을 현물로 거래하지 않고) 시세 변동에 의한 매매 차액으로 이익을 얻는 투기 거래. 여기서는 '미두'를 뜻함.

것을 어쩌느냐 (옳다 옳다) 계집이란 무엇이냐 돈 없이 계집은 무의미다—아니, 계집 없는 돈이야말로 무의미다. (옳다 옳다) 오야 어서 다음을 계속하여라. 따면 따는 대로 금시계를 산다 몇 개든지, 또 보석, 털외투를 산다, 얼마든지 비싼 것으로. 잃으면 그놈을 끄린다* 옳다. (옳다 옳다) 그러나 이 짓은 좀 안타까운걸. 어떻게 하는고 하니 계집을 하나 찰짜**로 골라가지고 쓱 시계 보석을 사주었다가 도로 빼앗다가 끄리고 또 사주었다가 또 빼앗다가 끄리고—그러니까 사주기는 사주었는데 그놈이 평생 가야 제 것이 아니고 내 것이거든—쓱 얼마를 그런 다음에는—그러니까 꼭 여급이라야만 쓰거든—하루저녁에 아따 얼마를 벌든지 버는 대로 털거든—살을 저며 먹이려 드는데 하루에 아 삼사 원 털기쯤—보석은 또 여전히 사주니까 남는 것은 없어도 여러 번 사준 폭 되고 내가 거미지, 거민 줄 알면서도—아니야, 나는 또 제 요구를 안 들어주는 것은 아니니까—그렇지만 셋방 하나 얻어가지고 같이 살자는 데는 학질이야—여보게 거기까지 가면 삼십까지 백만 원 꿈은 세봉***이지. (옳다? 옳다?) 소바란 놈 이따가 부자 되는 수효보다는 지금 거지 되는 수효가 훨씬 더 많으니까, 다, 저런 것이 하나 있어야 든든하지. 즉 배수진을 쳐놓자는 것이다. 오는 현명하니까 이 금알 낳는 게사니 배를 가를 리는 천만 만무다. 저 더덕덕덕 붙은 볼따구니 두껍다란 입술이 생각하면 다시없이 귀엽기도 할밖에.

　그의 눈은 주기로 하여 차차 몽롱하여 들어왔다 개개풀린 시선이 그 마유미라는 고깃덩어리를 부러운 듯이 살피고 있었다. 아내—마유미—아

* '끌어대다' 혹은 '꺼린다'로 해석하기도 함.
** 성격이 몹시 까다로운 사람.
*** 좋지 않은 일, 큰 탈이 날 일을 속되게 이르는 말.

내—자꾸 말라 들어가는 아내—꼬챙이 같은 아내—그만 좀 마르지—마유미를 좀 보려무나—넓적한 잔등이 푼더분한 푹, 폭, 푹을—세상은 고르지도 못하지—하나는 옥수수 과자 모양으로 무럭무럭 부풀어 오르고 하나는 눈에 보이듯이 오그라들고—보자 어디 좀 보자—인절미 굽듯이 부풀어 올라오는 것이 눈으로 보이렷다. 그러나 그의 눈은 어항에 든 금붕어처럼 눈자위 속에서 그저 오르락내리락 꿈틀거릴 뿐이었다. 화려하게 웃는 마유미*의 복스러운 얼굴이 해초처럼 느리게 움직이는 것이 희미하게 보일 뿐이었다. 오는 이런 코를 찌르는 화장품 속에서 웃고 소리 지르고 손뼉을 치고 또 웃었다.

왜 오에게만 저런 강력한 것이 있나. 분명히 오는 마유미에게 야위지 못하도록 금하여놓았으리라. 명령하여놓았나 보다. 장하다. 힘. 의지. —? 그런 강력한 것—그런 것은 어디서 나오나. 내—그런 것만 있다면 이 노릇 안 하지—일하지—하여도 잘하지—들창을 열고 뛰어내리고 싶었다. 아내에게서 그 악착한 끄나풀을 글러 던지고 훨훨 줄달음박질을 쳐서 달아나 버리고 싶었다. 내 의지가 작용하지 않는 온갖 것아, 없어져라. 닫자. 첩첩이 닫자. 그러나 이것도 힘이 아니면 무엇이랴—시뻘겋게 상기한 눈이 살기를 띠우고 명멸하는 황홀경 담벼락에 숨 쉬일 구녕을 찾았다. 그냥 벌벌 떨었다. 텅 빈 골 속에 회오리바람이 일어난 것같이 완전히 전후를 가리지 못하는 일개 그는 추잡한 취한으로 화하고 말았다.

그때 마유미는 그의 귀에다 대이고 속삭인다. 그는 목을 움칫하면서 혀를 내밀어 널름널름하여 보였다. 그러나저러나 너무 먹었나 보다—취하기도 취하였거니와 이것은 배가 좀 너무 부르다. 마유미 무슨 이야기요.

---

* 원문에는 '마유'임.

"저이가 거짓말쟁인 줄 제가 모르는 줄 아십니까. 알아요(그래서) 미술가라지요. 생딴천*을 해놓겠지요. 좀 타일러주세요—어림없이 그리지 말라구요—이 마유미는 속는 게 아니라구요—제가 이러는 게 그야 좀 반하긴 반했지만—선생님은 아시지오(알고말고) 어쨌든 저따위 끄나풀이 한 마리 있어야 삽니다. (뭐? 뭐?) 생각해보세요—그래 하루밤에 삼사 원씩 벌어야 뭣에다 쓰느냐 말이에요—화장품을 사나요? 옷감을 끊나요 하긴 한두 번 아니 열아믄 번끼지는 아주 비싼 놈으로 골라서 그 짓도 하지요—허지만 허구헌 날 화장품을 사나요 옷감을 끊나요? 거 다 뭐하나요—얼마 못 가서 싫증이 납니다—그럼 거지를 주나요? 아이구 참—이 세상에서 제일 미운 게 거집니다. 그래두 저런 끄나풀을 한 마리 가지는 게 화장품이나 옷감보다는 훨씬 났습니다. 좀처럼 싫증 나는 법이 없으니까요—즉 남자가 외도하는—아니—좀 다릅니다. 하여간 싸움을 해가면서 벌어다가 그날 저녁으로 저 끄나풀한테 빼앗기고 나면—아니 송두리째 갖다 바치고 나면 속이 시원합니다. 구수합니다. 그러니까 저를 빨아먹는 거미를 제 손으로 기르는 세음이지요. 그렇지만 또 이 허전한 것을 저 끄나풀이 다 수굿이 채워주거니 하면 아까운 생각은커녕 즈이가 되려 거민가 싶습니다. 돈을 한 푼도 벌지 말면 그만이겠지만 인제 그만해도 이 생활이 살에 척 배어버려서 얼른 그만두기도 어렵고 허자니 그러기는 싫습니다. 이를 북북 갈아제쳐 가면서 기를 쓰고 빼았습니다."

양말—그는 아내의 양말을 생각하여보았다. 양말 사이에서는 신기하게도 밤마다 지폐와 은화가 나왔다. 오십 전짜리가 딸랑 하고 방바닥에 굴러떨어질 때 듣는 그 음향은 이 세상 아무것에도 비길 수 없는 가장 숭

---

* 딴청.

엄한 감각에 틀림없었다. 오늘 밤에는 아내는 또 몇 개의 그런 은화를 정강이에서 배앝아놓으려나 그 북어와 같은 종아리에 난 돈 자죽—돈이 살을 파고 들어가서—고놈이 아내의 정기를 속속들이 빨아내이나 보다. 아—거미—잊어버렸던 거미—돈도 거미—그러나 눈앞에 놓여 있는 너무나 튼튼한 쌍거미—너무 튼튼하지 않으냐. 담배를 한 대 피워 물고—참—아내야. 대체 내가 무엇인 줄 알고 죽지 못하게 이렇게 먹여 살리느냐—죽는 것—사는 것—그는 천하다. 그의 존재는 너무나 우스꽝스럽다. 스스로 지나치게 비웃는다.

그러나—두 시—그 황홀한 동굴—방—을 향하여 그의 걸음은 빠르다. 여러 골목을 지나—오야 너는 너 갈 데로 가거라—따듯하고 밝은 들창과 들창을 볼 적마다—닭—개—소는 이야기로만—그리고 그림엽서—이런 펄펄 끓는 심지를 부여잡고 그 화끈화끈한 방을 향하여 쏟아지듯이 몰려간다. 전신의 피—무게—와 있겠지—기다리겠지—오래간만에 취한 실없는 사건—허리가 녹아나도록 이 녀석—이 녀석—이 엉뚱한 발음—숨을 힘껏 들이쉬어 두자. 숨을 힘껏 쉬어라. 그리고 참자 에라. 그만 아주 미쳐버려라.

그러나 웬일일까. 아내는 방에서 기다리고 있지 않았다. 아하—그날이 왔구나. 왜 갔는지 모르는데 가버리는 날—하필? 그러나 (왜 왔는지 알기 전에) 왜 갔는지 모르고 지내는 중에 너는 또 오려느냐—내친걸음이다. 아니—아주 닫아버릴까. 수챗구멍에 빠져서라도 섣불리 세상이 업신여기려도 업신여길 수 없도록—트집거리를 주어서는 안 된다. R 카페—내일 A 취인점이 고객을 초대하는 망년회를 열—아내—뚱뚱 주인이 받아가지고 간 내 인사—이 저주받아야 할 R 카페의 뒷문으로 하여 주춤주춤 그는 조바*에 그의 협수룩한** 꼴을 나타내었다. 조바 내 다 안다—너희들이 얼마에 사다가 얼마에 파나—알면 무엇을 하나—여보 안경 쓴 부인 말 좀 물읍시다. (아이구 복작거리기도 한다 이 속에서 어떻게들 사누) 부인은 통신부같이 생긴 종잇조각에 차례차례 도장을 하나씩만 찍어준다. 아내는 일상 말하였다. 얼마를 벌든지 일 원씩만 갚는 법이라고—딴은 무이자다—어째서 무이자냐—(아느냐)—돈이—같지 않더냐—그야말로 도통을 하였느냐. 그래 "나미꼬가 어디 있습니까" "댁에서 오셨나요 지금 경찰서에 가 있습니다" "뭘 잘못했나요" "아아니—이거 어째 이렇게 칠칠치가 못할까"는 듯이 칼을 들고 나온 쿡***이 똑똑히 좀 들으라는 이야기다. 아내는 층계에서 굴러떨어졌다. 넌 왜 요렇게 빼빼 말랐니—아야 아야 노세요 말 좀 해봐 아야 아야 노세요. (눈물이 핑 돌면서 당신은 왜 그렇게 양돼지 모양으로 살이 쪘소오—뭐이, 양돼지?—양돼지가 아니고—에이 발칙한 것. 그래서 발길로 차였고**** 차여서는 층계에서 굴러떨어졌고 굴러떨어졌으니 분하고—모두 분하다. "과히 다치지는 않았지만 그런 놈은 버릇을 좀 가르쳐주어야 하느니 그래 경관은 내가 불렀소이다" 말라깽이라고 그런 점잖은 손님의 농담에 어찌 외람이 말대꾸를 하였으며 말대꾸도 유분수지 양돼지라니—그래 생각해보아라 네가 말라깽이가 아니고 무엇이냐—암—내라도 양돼지 소리를 듣고는—아니 말라깽이 소리를 듣고는—아니 양돼지 소리를 듣고는—아니다 아니다 말라깽이 소리를 듣고는—나도 사실은 말라깽이지만—그저 있을 수 없다—양돼지라 그래줄밖에—아니 그래 양돼지라니 그런 패씸한 소리를 듣고 내

가 손님이라면—아니 내가 여급이라면—당치 않은 말—내가 손님이라면 그냥 패주겠다. 그렇지만 아내야 양돼지 소리 한마디만은 잘했다 그러니까 걷어차였지—아니 나는 대체 누구 편이냐 누구 편을 들고 있는 세음이냐. 그 대그락대그락하는 몸이 은근히 다쳤겠지—접시 깨지듯 했겠지—아프다. 아프다. 앞이 다 캄캄하여지기 전에 사부로가 씨근씨근 왔다. 남편 되는 이더러 오란단다 바로 나요—마침 잘되었습니다. 나쁜 놈입니다 고소하세요. 여급들과 보이들과 이다바*들의 동정은 실로 나미꼬 일신 위에 집중되어 형세 자못 온건치 않은 것이었다.

경찰서 숙직실—이상하다—우선 경부보와 순사 그리고 오 R 카페 뚱뚱 주인 그리고 과연 양돼지와 같은 범인 (저건 내라도 양돼지라고 자칫 그리기 쉬울걸) 그리고 난로 앞에 새파랗게 질린 채 쪼크리고 앉아 있는 새앙쥐만 한 아내—그는 얼빠진 사람 모양으로 이 진기한—도저히 있을 법하지 않은 콤비네이션을 몇 번이고 두루 살펴보았다. 그는 비철비철 그 양돼지 앞으로 가서 그 개기름 흐르는 얼굴을 한참이나 들여다보더니 떠억 "당신입디까" "당신입디까" 아마 안면이 무던히 있나 보다 서로 쳐다보며 빙그레 웃는 속이—그러나 아내야 가만있자—제발 울음을 그처라 어디 이야기나 좀 해보자꾸나. 후 한—숨을 내쉬고 났더니 멈췄던 취기가 한꺼번에 치밀어 올라오면서 그는 금시로 그 자리에 쓰러질 것 같았다. 와이샤쓰 자락이 바지 밖으로 꾀져 나온 이 양돼지에게 말을 건넨다. "뵈옵기에 퍽 몸이 약하신데요" "딴 말씀" "딴 말씀이라니" "딴 말씀이지" "딴 말씀이시라니" "허 딴 말씀이라니까" "허 딴 말씀이라니까라니" 그때 참다 못하여 경부보가 소리를 질렀다. 그리고 그대가 나미꼬의 정당

---

* いたば. 조리사, 요리사.

한 남편인가 이름은 무엇인가 직업은 무엇인가 하는 질문에는 질문마다
그저 한없이 공손히 고개를 숙여주었을 뿐이었다. 고개만 그렇게 공연히
숙였다 치켰다 할 것이 아니라 그대는 그래 고소할 터인가 즉 말하자면
이 사람을 어떻게 하였으면 좋겠는가. 그렇습니다. (당신들 눈에 내가 구데
기만큼이나 보이겠소? 이 사람을 어떻게 하였으면 좋을까는 내가 모르면 경찰
이 알겠거니와 그래 내가 하라는 대로 하겠다는 말이오?) 지금 내가 어떻게
하였으면 좋을까는 누구에게 물어보아야 되나요. 거기 섰는 오 그리고 내
아내의 주인 나를 위하여 가르쳐주소, 어떻게 하였으면 좋으리까 눈물이
어느 사이에 뺨을 흐르고 있었다. 술이 점점 더 취하여 들어온다. 그는 이
자리에서 어떻다고 차마 입을 벌릴 정신도 용기도 없었다. 오와 뚱뚱 주
인이 그의 어깨를 건드리며 위로한다. "다른 사람이 아니라 우리 A 취인
점 전무야. 술 취한 개라니 그렇게만 알게나 그려. 자네도 알다시피 내일
망년회에 전무가 없으면 사장이 없는 것 이상이야. 잘 화해할 수는 없나"
"화해라니 누구를 위해서" "친구를 위하여" "친구라니" "그럼 우리 점을
위해서" "자네가 사장인가" 그때 뚱뚱 주인이 "그럼 당신의 아내를 위하
여" 백 원씩 두 번 얻어 썼다. 남은 것이 백오십 원—잘 알아들었다. 나를
위협하는 모양이구나. "이건 동화지만 세상에는 어쨌든 이런 일도 있소
즉 백 원이 석 달 만에 꼭 오백이 되는 이야긴데 꼭 되었어야 할 오백 원
이 그게 넉 달이었기 때문에 감쪽같이 한 푼도 없어져버린 신기한 이야기
요. (오야 내가 좀 치사스러우냐) 자 이런 일도 있는데 일개 여급 발길로 차
는 것쯤이야 팥고물이 아니고 무엇이겠소? (그러나 오야 일없다 일없다) 자
나는 가겠소 왜들 이렇게 성가시게 구느냐, 나는 아무것에도 참견하기 싫
다. 이 술을 곱게 삭이고 싶다. 나를 보내주시오 아내를 데리고 가겠소.
그리고는 다 마음대로 하시오"

밤—홍수가 고갈한 최초의 밤—신기하게도 건조한 밤이었다 아내야 너는 이 이상 더 야위어서는 안 된다 절대로 안 된다 명령해둔다. 그러나 아내는 참새 모양으로 깽깽 신열까지 내어가면서 날이 새도록 앓았다. 그 곁에서 그는 이것은 너무나 염치없이 씨근씨근 쓰러지자마자 잠이 들어 버렸다. 안 골던 코까지 골고—아—정말 양돼지는 누구냐 너무 피곤하였 던 것이다. 그냥 기가 막혀버렸던 것이다.

그동안—긴 시간.

아내는 아침에 나갔다. 사부로가 불러왔기 때문이다. 경찰서로 간단다. 그도 오란다. 모든 것이 귀찮았다. 다리 저는 아내를 억지로 내어보내 놓 고 그는 인간 세상의 하품을 한 번 커다랗게 하였다. 한없이 게으른 것이 역시 제일이구나. 첩첩이 덧문을 닫고 앓는 소리 없는 방 안에서 이번에 는 정말—제발 될 수 있는 대로 아내는 오래 걸려서 이따가 저녁때나 되 거든 돌아왔으면 그리든지—경우에 따라서는 아내가 아주 가버리기를 바 라기조차 하였다. 두 다리를 쭉 뻗고 깊이깊이 잠이 좀 들어보고 싶었다.

오후 두 시—십 원 지폐가 두 장이었다. 아내는 그 앞에서 여내* 해죽거 렸다. "누가 주더냐" "당신 친구 오 씨가 줍디다" 오 오 역시 오로구나(그 게 네 백 원 꿀떡 삼킨 동화의 주인공이다) 그리운 지난날의 기억들 변한다 모든 것이 변한다. 아무리 그가 이 방 덧문을 첩첩 닫고 일 년 열두 달을 수염도 안 깎고 누워 있다 하더래도 세상은 그 잔인한 '관계'를 가지고 담 벼락을 뚫고 숨어든다. 오래간만에 잠다운 잠을 참 한잠 늘어지게 잤다. 머리가 차츰 맑아 들어온다. "오가 주더라 그래 뭐라고 그리면서 주드냐" "전무가 술이 깨서 참 잘못했다고 사과하드라고" "너 대체 어디까지 갔다

---

* 이내. 또는 '연해(연신)'의 의미.

왔느냐 "조바까지" "잘한다, 그래 그걸 넙적 받았느냐" "안 받으려다가 정 잘못했다고 그러드라니까" 그럼 오의 돈은 아니다. 전무? 뚱뚱 주인 둘 다 있을 법한 일이다. 아니, 십 원씩 추렴인가. 이런 때 왜 그의 머리는 맑은가. 그냥 흐려서 아무것도 생각할 수 없이 되어버렸으면 작히* 좋겠나. 망년회 오후. 고소. 위자료. 구데기. 구데기만도 못한 인간 아내는. 아프다면서 재재댄다. "공돈이 생겼으니 써버립시다. 오늘은 안 나갈 테야 (멍든 데 고약 사 바를 생각은 꿈에도 하지 않고) 내일 낮에 치마가 한 감 저고리가 한 감 (뭣이 하나 뭣이 하나) (그래서 십 원은 까불린 다음) 남저지** 십 원은 당신 구두 한 켤레 맞춰주기로" 마음대로 하려므나. 나는 졸리다. 졸려 죽겠다. 코를 풀어 버리더라도 내게 의논 마라. 지금쯤 R 회관 삼층에 얼마나 장중한 연회가 열렸을 것이며 양돼지 전무는 와이샤쓰를 집어넣고 얼마나 점잖을 것인가. 유치장에서 연회로(공장에서 가정으로) 이십 원짜리―이백여 명―칠면조―햄―소시지―비계***―양돼지―일 년 전 이 년 전 십 년 전―수염―냉회와 같은 것―남은 것―뼈다귀―지저분한 자국―과 무엇이 남았느냐―닳은 일 년 동안―산 채 썩어 들어가는 그 앞에 가로놓인 아가리 딱 벌린 일월이었다.

위로가 될 수 있었나 보다. 아내는 혼곤히 잠이 들었다. 전등이 딱들 하다는 듯이 물끄러미 내려다보고 있다. 진종일을 물 한 모금 마시지 않았다. 이십 원 때문에 그들 부부는 먹어야 산다는 철칙을―그 장중한 법률을 완전히 거역할 수 있었다.

이것이 지금 이 기괴망측한 생리 현상이 즉 배가 고프다는 상태렷다.

---

* 원문에는 '자히'임.
** 나머지.
*** 원문에는 '비겨'임.

배가 고프다. 한심한 일이다. 부끄러운 일이었다. 그러나 오 네 생활에 내 생활을 비교하여 아니 내 생활에 네 생활을 비교하여 어떤 것이 진정 우수한 것이냐. 아니 어떤 것이 진정 열등한 것이냐. 외투*를 걸치고 모자를 얹고―그리고 잊어버리지 않고 그 이십 원을 주머니에 넣고 집―방을 나섰다. 밤은 안개로 하여 흐릿하다. 공기는 제대로 썩어 들어가는지 쉬적지근하여. 또―과연 거미다. (환퇴)―그는 그의 손가락을 코 밑에 가져다가 가만히 맡아보았다. 거미 내음새는―그러나 이십 원을 요모조모 주무르던 그 새금한 지폐 내음새가 참 그윽할 뿐이었다. 요 새금한 내음새―요것 때문에 세상은 가만있지 못하고 생사람을 더러 잡는다―더러가 뭐냐. 얼마나 많이 축을 내나. 가다듬을 수 없는 어지러운 심정이었다. 거미―그렇지―거미는 나밖에 없다. 보아라. 지금 이 거미의 끈적끈적한 촉수가 어디로 몰려가고 있나―쪽 소름이 끼치고 식은땀이 내솟기 시작이다.

노한 촉수―마유미―오의 자신 있는 계집―끄나풀―허전한 것―수단은 없다. 손에 쥐인 이십 원―마유미―십 원은 술 먹고 십 원은 팁으로 주고 그래서 마유미가 응하지 않거든 예이 양돼지라고 그래버리지. 그래도 그만이라면 이십 원은 그냥 날아가―헛되다―그러나 어떠냐 공돈이 아니냐. 전무는 한 번 더 아내를 층계에서 굴러 떨어트려 주려므나. 또 이십 원이다. 십 원은 술값 십 원은 팁. 그래도 마유미가 응하지 않거든 양돼지라고 그래주고 그래도 그만이면 이십 원은 그냥 뜨는 것이다 부탁이다. 아내야 또 한 번 전무 귀에다 대고 양돼지 그래라. 걷어차거든 두말말고 층계에서 내려 굴러라.

―《중앙》, 1936. 6.

---

* 원문에는 '외툭'임.

날개

'박제가 되어버린 천재'를 아시오? 나는 유쾌하오. 이런 때 연애까지가 유쾌하오.

육신이 흐느적흐느적하도록 피로했을 때만 정신이 은화처럼 맑소. 니코틴이 내 횟배 앓는 배 속으로 스미면* 머릿속에 으레히 백지가 준비되는 법이오. 그 위에다 나는 위트와 패러독스를 바둑 포석처럼 늘어놓소. 가공할 상식의 병이오.

나는 또 여인과 생활을 설계하오. 연애 기법에마저 서먹서먹해진, 지성의 극치를 흘낏 좀 들여다본 일이 있는 말하자면 일종의 정신분일자精神奔逸者 말이오. 이런 여인의 반—그것은 온갖 것의 반이오—만을 영수領受하는 생활을 설계한다는 말이오 그런 생활 속에 한 발만 들여놓고 흡사 두 개의 태양처럼 마주 처다보면서 낄낄거리는 것이오. 나는 아마 어지간히 인생의 제행諸行이 싱거워서 견딜 수가 없게쯤 되고 그만둔 모양이오 굿바이.

---

* 원문에는 '숨이면'임.

바이. 그대는 이따금 그대가 제일 싫어하는 음식을 탐식하는 아이러니를 실천해보는 것도 좋을 것 같소 위트와 패러독스…….

그대 자신을 위조하는 것도 할 만한 일이오. 그대의 작품은 한 번도 본 일이 없는 기성품에 의하여 차라리 경편輕便*하고 고매하리라.

십구 세기는 될 수 있거든 봉쇄하여버리오. 도스토옙스키 정신이란 자칫하면 낭비인 것 같소. 위고를 불란서의 빵 한 조각이라고는 누가 그랬는지 지언**인 듯싶소. 그러나 인생 혹은 그 모형에 있어서 디테일 때문에 속는다거나 해서야 되겠소? 화禍를 보지 마오. 부디 그대께 고하는 것이니…….

(테이프가 끊어지면 피가 나오. 생채기도 머지않아 완치될 줄 믿소. 굿바이)

감정은 어떤 포스. (그 포스의 소素***만을 지적하는 것이 아닌지나 모르겠소) 그 포스가 부동자세에까지 고도화할 때 감정은 딱 공급을 정지합네.

나는 내 비범한 발육을 회고하여 세상을 보는 안목을 규정하였소.

여왕봉****과 미망인—세상의 하고많은 여인이 본질적으로 이미 미망인 아닌 이가 있으리까? 아니! 여인의 전부가 그 일상에 있어서 개개 '미망인'이라는 내 논리가 뜻밖에도 여성에 대한 모독이 되오? 굿바이.

---

* 가볍고 편하거나 편리함.
** 지극히 당연한 말.
*** 핵심적인 요소.
**** 여왕벌.

그 삼십삼 번지라는 것이 구조가 흡사 유곽이라는 느낌이 없지 않다. 한 번지에 십팔 가구가 죽—어깨를 맞대고 늘어서서 창호가 똑같고 아궁이 모양이 똑같다. 게다가 각 가구에 사는 사람들이 송이송이 꽃과 같이 젊다. 해가 들지 않는다. 해가 드는 것을 그들이 모른 체하는 까닭이다. 턱살밑에다 철줄을 매고 얼룩진 이부자리를 널어 말린다는 핑계로 미닫이에 해가 드는 것을 막아버린다. 침침한 방 안에서 낮잠들을 잔다. 그들은 밤에는 잠을 자지 않나? 알 수 없다 나는 밤이나 낮이나 잠만 자느라고 그런 것은 알 길이 없다. 삼십삼 번지 십팔 가구의 낮은 참 조용하다.

조용한 것은 낮뿐이다. 어둑어둑하면 그들은 이부자리를 걷어 들인다. 전등불이 켜진 뒤의 십팔 가구는 낮보다 훨씬 화려하다. 저물도록* 미닫이 여닫는 소리가 잦다. 바빠진다. 여러 가지 내음새가 나기 시작한다. 비웃** 굽는 내 탕고도란*** 내 뜨물 내 비누 내……

그렇나 이런 것들보다도 그들의 문패가 제일로 고개를 끄덕이게 하는 것이다. 이 십팔 가구를 대표하는 대문이라는 것이 일각이 져서 외따로 떨어지기는 했으나 있다. 그렇나 그것은 한 번도 닫힌 일이 없는 행길이나 마찬가지 대문인 것이다 온갖 장사치들은 하루 가운데 어느 시간에라도 이 대문을 통하여 드나들 수가 있는 것이다. 이네들은 문간에서 두부를 사는 것이 아니라 미닫이만 열고 방에서 두부를 사는 것이다. 이렇게 생긴 삼십삼 번지 대문에 그들 십팔 가구의 문패를 몰아 다 붙이는 것은 의미가 없다. 그들은 어느 사이엔가 각 미닫이 위 백인당百忍堂이니 길상당吉祥堂이니 써 붙인 한 곁에다 문패를 붙이는 풍속을 가져버렸다.

---

* 원문에는 '저므도록'임.
** 청어.
*** 현재 파운데이션과 흡사한, 1930년대 여성들이 많이 쓰던 화장품 이름.

내 방 미닫이 위 한 곁에 칼표딱지*를 넷에다 낸 것만 한 내―아니! 내 아내의 명함이 붙어 있는 것도 이 풍속을 쫓은 것이 아닐 수 없다.

나는 그러나 그들의 아무와도 놀지 않는다 놀지 않을 뿐만 아니라 인사도 않는다. 나는 내 아내와 인사하는 외에 누구와도 인사하고 싶지 않았다.

내 아내 외의 다른 사람과 인사를 하거나 놀거나 하는 것은 내 아내 낯을 보아 좋지 않은 일인 것만 같이 생각이 들었기 때문이다. 나는 이만큼까지 내 아내를 소중히 생각한 것이다.

내가 이렇게까지 내 아내를 소중히 생각한 까닭은 이 삼십삼 번지 십팔 가구 가운데서 내 아내가 내 아내의 명함처럼 제일 작고 제일 아름다운 것을 안 까닭이다. 십팔 가구에 각기 별러 들은** 송이송이 꽃들 가운데서도 내 아내는 특히 아름다운 한 떨기의 꽃으로 이 함석지붕 밑 볕 안 드는 지역에서 어디까지든지 찬란하였다. 따라서 그런 한 떨기 꽃을 지키고― 아니 그 꽃에 매어달려 사는 나라는 존재가 도무지 형언할 수 없는 거북 살스러운 존재가 아닐 수 없었던 것은 물론이다.

나는 어디까지든지 내 방이―집이 아니다. 집은 없다.―마음에 들었다. 방 안의 기온은 내 체온을 위하여 쾌적하였고 방 안의 침침한 정도가 또한 내 안력을 위하여 쾌적하였다. 나는 내 방 이상의 서늘한 방도 또 따뜻한 방도 희망하지는 않았다. 이 이상으로 밝거나 이 이상으로 아늑한

---

* '칼표'는 당시 담뱃갑 상표 도안.
** 원문에는 '벨러들은'임. '비율에 따라 고르게 나누다'로 해석하기도 함.

방을 원하지 않았다. 내 방은 나 하나를 위하여 요만한 정도를 꾸준히 지키는 것 같아 늘 내 방이 감사하였고 나는 또 이런 방을 위하여 이 세상에 태어난 것만 같아서 즐거웠다.

그러나 이것은 행복이라든가 불행이라든가 하는 것을 계산하는 것은 아니었다. 말하자면 나는 내가 행복되다고도 생각할 필요가 없었고 그렇다고 불행하다고도 생각할 필요가 없었다. 그냥 그날그날을 그저 까닭 없이 펀둥펀둥 게으르고만 있으면 만사는 그만이었던 것이다.

내 몸과 마음에 옷처럼 잘 맞는 방 속에서 뒹굴면서 축 처져 있는 것은 행복이니 불행이니 하는 그런 세속적인 계산을 떠난 가장 편리하고 안일한 말하자면 절대적인 상태인 것이다. 나는 이런 상태가 좋았다.

이 절대적인 내 방은 대문간에서 세어서 똑―일곱째 칸이다. 럭키 세븐의 뜻이 없지 않다. 나는 이 일곱이라는 숫자를 훈장처럼 사랑하였다. 이런 이 방이 가운데 장지로 말미암아 두 칸으로 나뉘어 있었다는 그것이 내 운명의 상징이었던 것을 누가 알랴?

아랫방은 그래도 해가 든다. 아침결에 책보만 한 해가 들었다가 오후에 손수건만 해지면서 나가버린다. 해가 영영 들지 않는 윗방이 즉 내 방인 것은 말할 것도 없다. 이렇게 볕 드는 방이 아내 해이오 볕 안 드는 방이 내 방이오 하고 아내와 나 둘 중에 누가 정했는지 나는 기억하지 못한다. 그러나 나에게는 불평이 없다.

아내가 외출만 하면 나는 얼른 아랫방으로 와서 그 동쪽으로 난 들창을 열어놓고 열어놓으면 들이비치는 볕살이 아내의 화장대를 비쳐 가지각색 병들이 아롱이 지면서 찬란하게 빛나고 이렇게 빛나는 것을 보는 것은 다시없는 내 오락이다. 나는 조꼬만 '돋보기'를 꺼내가지고 아내만이 사용하는 지리가미*를 끄실러가면서 불장난을 하고 논다. 평행 광선을 굴절시켜서 한 초점에 모아가지고 고 초점이 따끈따끈해지다가 마지막에는 종이를 끄실르기 시작하고 가느다란 연기를 내이면서 드디어 구멍을 뚫어놓는 데까지에 이르는 고 얼마 안 되는 동안의 초조한 맛이 죽고 싶을 만치 내게는 재미있었다.

이 장난이 싫증이 나면 나는 또 아내의 손잡이 거울을 가지고 여러 가지로 논다. 거울이란 제 얼굴을 비칠 때만 실용품이다. 그 외의 경우에는 도무지 장난감인 것이다.

이 장난도 곧 싫증이 난다. 나의 유희심은 육체적인 데서 정신적인 데로 비약한다. 나는 거울을 내던지고 아내의 화장대 앞으로 가까이 가서 나란히 늘어놓인 고 가지각색의 화장품 병들을 들여다본다. 고것들은 세상의 무엇보다도 매력적이다. 나는 그중의 하나만을 골라서 가만히 마개를 빼고 병 구멍을 내 코에 가져다 대이고 숨죽이듯이 가벼운 호흡을 하여본다. 이국적인 센슈얼한** 향기가 폐로 스며들면 나는 저절로 스르르 감기는 내 눈을 느낀다. 확실히 아내의 체취의 파편이다 나는 도로 병마개를 막고 생각해본다. 아내의 어느 부분에서 요 내음새가 났던가를…… 그러나 그것은 분명치 않다. 왜? 아내의 체취는 요기 늘어섰는 가지각색 향기의 합계일 것이니까.

아내의 방은 늘 화려하였다. 내 방이 벽에 못 한 개 교치지*** 않은 소박한 것인 반대로 아내 방에는 천장 밑으로 쫙 돌려 못이 박히고 못마다

---

* ちりがみ. 일본어로 '휴지'를 뜻함.
** sensual. 관능적인.
*** '못 한 개도 꽂히지', '못 한 개도 치지' 등으로 해석하기도 함.

화려한 아내의 치마와 저고리가 걸렸다. 여러 가지 무늬가 보기 좋다. 나는 그 여러 조각의 치마에서 늘 아내의 동체와 그 동체 될 수 있는 여러 가지 포스를 연상하고 연상하면서 내 마음은 늘 점잖지 못하다.

그렇건만 나에게는 옷이 없었다. 아내는 내게는 옷을 주지 않았다 입고 있는 코르덴 양복 한 벌이 내 자리옷이었고 통상복과 나들이옷을 겸한 것이었다. 그리고 하이넥의 스웨터가 한 조각 사철을 통한 내 내의다 그것들은 하나같이 다 빛이 검다. 그것은 내 짐작 같아서는 즉 빨래를 될 수 있는 데까지 하지 않아도 보기 싫지 않도록 하기 위한 것이 아닌가 한다. 나는 허리와 두 가랑이 세 군데 다—고무 밴드가 끼워 있는 부드러운 사루마다를 입고 그리고 아무 소리 없이 잘 놀았다.

어느덧 손수건만 해졌던 볕이 나갔는데 아내는 외출에서 돌아오지 않는다. 나는 요만 일에도 좀 피곤하였고 또 아내가 돌아오기 전에 내 방으로 가 있어야 될 것을 생각하고 그만 내 방으로 건너간다. 내 방은 침침하다. 나는 이불을 뒤집어쓰고 낮잠을 잔다. 한 번도 걷은 일이 없는 내 이부자리는 내 몸둥이의 일부분처럼 내게는 참 반갑다. 잠은 잘 오는 적도* 있다. 그러나 또 전신이 까칫까칫하면서 영 잠이 오지 않는 적도 있다. 그런 때는 아무 제목으로나 제목을 하나 골라서 연구하였다. 나는 내 좀 축축한 이불 속에서 참 여러 가지 발명도 하였고 논문도 많이 썼다. 시도 많이 지었다. 그러나 그것들은 내가 잠이 드는 것과 동시에 내 방에 담겨서 철철 넘치는 그 흐늑흐늑한 공기에 다—비누처럼 풀어져서 온데간데 없고 한잠 자고 깨인 나는 속이 무명 헝겊이나 메밀껍질로 띵띵 찬 한 덩

---
* 원문에는 '잘 오 적도'임.

어리 베개와도 같은 한 벌 신경神經이었을 뿐이고 뿐이고 하였다.

　그리기에 나는 빈대가 무엇보다도 싫었다. 그렇나 내 방에서는 겨울에도 몇 마리씩의 빈대가 끊이지 않고* 나왔다 내게 근심이 있었다면 오직 이 빈대를 미워하는 근심일 것이다. 나는 빈대에게 물려서 가려운 자리를 피가 나도록 긁었다. 쓰라리다. 그것은 그윽한 쾌감에 틀림없었다 나는 혼곤히 잠이 든다.

　나는 그러나 그런 이불 속의 사색 생활에서도 적극적인 것을 궁리하는 법이 없다. 내게는 그럴 필요가 대체 없었다. 만일 내가 그런 좀 적극적인 것을 궁리해내었을 경우에 나는 반드시 내 아내와 의논하여야 할 것이고 그러면 반드시 나는 아내에게 꾸지람을 들을 것이고―나는 꾸지람이 무서웠다느니보다도 성가셨다. 내가 제법 한 사람의 사회인의 자격으로 일을 해보는 것도, 아내에게 사살** 듣는 것도

　나는 가장 게으른 동물처럼 게으른 것이 좋았다. 될 수만 있으면 이 무의미한 인간의 탈을 벗어버리고도 싶었다.

　나에게는 인간 사회가 스스러웠다.*** 생활이 스스러웠다. 모두가 서먹서먹할 뿐이었다.

　아내는 하루에 두 번 세수를 한다. 나는 하루 한 번도 세수를 하지 않는다. 나는 밤중 세 시나 네 시 해서 변소에 갔다 달이 밝은 밤에는 한참씩 마당에 우두커니 섰다가 들어오곤 한다. 그러니까 나는 이 십팔 가구의 아무와도 얼굴이 마주치는 일이 거의 없다. 그러면서도 나는 이 십팔 가

---

* 원문에는 '끊 지않고'임.
** 사설.
*** 스스럽다. 서로 사귀는 정분이 두텁지 않아 조심스럽다. 수줍고 부끄러운 느낌이 있다.

구의 젊은 여인에* 얼굴들을 거반 다 기억하고 있었다, 그들은 하나같이 내 아내만 못하였다.

열한 시쯤 해서 하는 아내의 첫 번 세수는 좀 간단하다. 그러나 저녁 일곱 시쯤 해서 하는 두 번째 세수는 손이 많이 간다. 아내는 낮에보다도 밤에 더 좋고 깨끗한 옷을 입는다. 그리고 낮에도 외출하고 밤에도 외출하였다.

아내에게 직업이 있었던가? 나는 아내의 직업이 무엇인지 알 수 없다. 만일 아내에게 직업이 없었다면 같이 직업이 없는 나처럼 외출할 필요가 생기지 않을 것인데—아내는 외출한다. 외출할 뿐만 아니라 내객이 많다. 아내에게 내객이 많은 날은 나는 온종일 내 방에서 이불을 쓰고 누워 있어야만 된다. 불장난도 못 한다. 화장품 내음새도 못 맡는다. 그런 날은 나는 의식적으로 우울해하였다. 그러면 아내는 나에게 돈을 준다. 오십 전짜리 은화다. 나는 그것이 좋았다. 그러나 그것을 무엇에 써야 옳을지 몰라서 늘 머리맡에 던져두고 두고 한 것이 어느 결에 모여서 꽤 많아졌다. 어느 날 이것을 본 아내는 금고처럼 생긴 벙어리를 사다 준다. 나는 한 푼씩 한 푼씩 고 속에 넣고 열쇠는 아내가 가져갔다. 그 후에도 나는 더러 은화를 그 벙어리에 넣은 것을 기억한다. 그리고 나는 게을렀다. 얼마 후 아내의 머리쪽에 보지 못하던 누깔잠**이 하나 여드름처럼 돋았던 것은 바로 그 금고형 벙어리의 무게가 가벼워졌다는 증거일까. 그러나 나는 드디어 머리맡에 놓였던 그 벙어리에 손을 대지 않고 말았다. 내 게으름은 그런 것에 내 주의를 환기시키기도 싫었다.

---

* '여인네'로 해석하기도 함.
** 비녀의 일종.

아내에게 내객이 있는 날은 이불 속으로 암만 깊이 들어가도 비 오는 날만큼 잠이 잘 오지는 않았다. 나는 그런 때 아내에게는 왜 늘 돈이 있나 왜 돈이 많은가를 연구했다.

내객들은 장지 저쪽에 내가 있는 것은 모르나 보다. 내 아내와 나도 좀 하기 어려운 농을 아주 서슴지 않고 쉽게 해 내던지는 것이다. 그러나 내 아내를 가운데 서너 사람의 내객들은 늘 비교적 점잖았다고 볼 수 있는 것이 자정이 좀 지나면 으레히 돌아들 갔다. 그들 가운데는 퍽 교양이 옅은 자도 있는 듯싶었는데 그런 자는 보통 음식을 사다 먹고 논다. 그래서 보충을 하고 대체로 무사하였다.

나는 위선 내 아내의 직업이 무엇인가를 연구하기에 착수하였으나 좁은 시야와 부족한 지식으로는 이것을 알아내이기 힘이 든다. 나는 끝끝내 내 아내의 직업이 무엇인가를 모르고 말려나 보다.

아내는 늘 진솔* 버선만 신었다. 아내는 밥도 지었다 아내가 밥 짓는 것을 나는 한 번도 구경한 일은 없으나 언제든지 끼니때면 내 방으로 내 조석 밥을 날라다 주는 것이다. 우리 집에는 나와 내 아내 외에 다른 사람은 아무도 없다. 이 밥은 분명히 아내가 손수 지었음에 틀림없다.

그러나 아내는 한 번도 나를 자기 방으로 부른 일이 없다. 나는 늘 윗방에서 나 혼자서 밥을 먹고 잠을 잤다. 밥은 너무 맛이 없었다. 반찬이 너무 엉성하였다. 나는 닭이나 강아지처럼 말없이 주는 모이를 넙적넙적 받아먹기는 했으나 내심 야속하게 생각한 적도 더러 없지 않다. 나는 안색이 여지없이 창백해가면서 말라 들어갔다. 나날이 눈에 보이듯이 기운이 줄어들었다. 영양 부족으로 하여 몸둥이 곳곳이 뼈가 불쑥불쑥 내어밀었

---

* 옷이나 버선 등이 한 번도 빨지 않은 새것 그대로인 것.

다. 하룻밤 사이에도 수십 차를 돌처눕지 않고는 여기저기가 배겨서 나는 배겨낼 수가 없었다.

그렇기 때문에 나는 내 이불 속에서 아내가 늘 흔히 쓸 수 있는 저 돈의 출처를 탐색해보는 일변 장지 틈으로 새어 나오는 아랫방의 음식은 무엇일까를 간단히 연구하였다. 나는 잠이 잘 안 왔다.

깨달았다. 아내가 쓰는 돈은 그 내게는 다만 실없는 사람들로밖에 보이지 않는 까닭 모를 내객들이 놓고 가는 것에 틀림없으리라는 것을 나는 깨달았다. 그러나 왜 그들 내객은 돈을 놓고 가나 왜 내 아내는 그 돈을 받아야 되나 하는 예의 관념이 내게는 도무지 알 수 없는 것이었다.

그것은 그저 예의에 지나지 않는 것일까. 그렇지 않으면 혹 무슨 대가일까 보수일까. 내 아내가 그들의 눈에는 동정을 받아야만 할 한 가엾은 인물로 보였던가.

이런 것들을 생각하노라면 의례히 내 머리는 그냥 혼란하여버리고 버리고 하였다. 잠들기 전에 획득했다는 결론이 오직 불쾌하다는 것뿐이었으면서도 나는 그런 것을 아내에게 물어보거나 할 일이 참 한 번도 없다. 그것은 대체 귀찮기도 하려니와 한잠 자고 일어나는 나는 사뭇 딴사람처럼 이것도 저것도 다 깨끗이 잊어버리고 그만두는 까닭이다.

내객들이 돌아가고, 혹 밤 외출에서 돌아오고 하면 아내는 경편한 것으로 옷을 바꾸어 입고 내 방으로 나를 찾아온다. 그리고 이불을 들치고 내 귀에는 영 생동생동한 몇 마디 말로 나를 위로하려 든다. 나는 조소도 고소도 홍소도 아닌 웃음을 얼굴에 띠우고 아내의 아름다운 얼굴을 처다본다 아내는 방그레 웃는다. 그러나 그 얼굴에 떠도는 일말의 애수를 나는 놓치지 않는다.

아내는 능히 내가 배고파하는 것을 눈치채일 것이다. 그러나 아랫방에서 먹고 남은 음식을 나에게 주려 들지는 않는다. 그것은 어디까지든지 나를 존경하는 마음일 것임에 틀림없다. 나는 배가 고프면서도 저으기 마음이 든든한 것을 좋아했다. 아내가 무엇이라고 지껄이고 갔는지 귀에 남아 있을 리가 없다. 다만 내 머리맡에 아내가 놓고 간 은화가 전등불에 흐릿하게 빛나고 있을 뿐이다.

고 금고형 벙어리 속에 고 은화가 얼마큼이나 모였을까. 나는 그러나 그것을 쳐들어 보지 않았다. 그저 아무런 의욕도 기원도 없이 그 단춧구멍처럼 생긴 틈사구니로 은화를 들어트려*둘 뿐이었다.

왜 아내의 내객들이 아내에게 돈을 놓고 가나 하는 것이 풀 수 없는 의문인 것같이 왜 아내는 나에게 돈을 놓고 가나 하는 것도 역시 나에게는 똑같이 풀 수 없는 의문이었다. 내 비록 아내가 내게 돈을 놓고 가는 것이 싫지 않았다 하더라도 그것은 다만 고것이 내 손가락에 닿는 순간에서부터 고 벙어리 주둥이에서 자취를 감추기까지의 하잘것없는 짧은 촉각이 좋았달 뿐이지 그 이상 아무 기쁨도 없다

어느 날 나는 고 벙어리를 변소에 갖다 넣어버렸다 그때 벙어리 속에는 몇 푼이나 되는지는 모르겠으나 고 은화들이 꽤 들어 있었다.

나는 내가 지구 위에 살며 내가 이렇게 살고 있는 지구가 질풍신뢰의 속력으로 광대무변의 공간을 달리고 있다는 것을 생각했을 때 참 허망하였다. 나는 이렇게 부지런한 지구 위에서는 현기증도 날 것 같고 해서 한

---

* 원문에는 '드려트려'임.

시바삐 내려버리고 싶었다.

이불 속에서 이런 생각을 하고 난 뒤에는 나는 고 은화를 고 벙어리에 넣고 넣고 하는 것조차가 귀찮아졌다. 나는 아내가 손수 벙어리를 사용하였으면 하고 희망하였다. 벙어리도 돈도 사실에는 아내에게만 필요한 것이지 내게는 애초부터 의미가 전연 없는 것이었으니까 될 수만 있으면 그 벙어리를 아내는 아내 방으로 가져갔으면 하고 기다렸다. 그러나 아내는 가져가지 않는다. 나는 내 아내 방으로 가져다 둘까 하고 생각하여보았으나 그즈음에는 아내의 내객이 원체 많아서 내가 아내 방에 볼 기회가 도무지 없었다. 그래서 나는 하는 수 없이 변소에 갖다 집어넣어 버리고 만 것이다.

나는 서글픈 마음으로 아내의 꾸지람을 기다렸다. 그러나 아내는 끝내 아무 말도 나에게 묻지도 하지도 않았다. 않았을 뿐 아니라 여전히 돈은 돈대로 내 머리맡에 놓고 가지 않나? 내 머리맡에는 어느덧 은화가 꽤 많이 모였다.

내객이 아내에게 돈을 놓고 가는 것이나 아내가 내게 돈을 놓고 가는 것이나 일종의 쾌감―그 외의 다른 아무런 이유도 없는 것이 아닐까 하는 것을 나는 또 이불 속에서 연구하기 시작하였다. 쾌감이라면 어떤 종류의 쾌감일까를 계속하여 연구하였다. 그러나 그것은 이불 속의 연구로는 알 길이 없었다. 쾌감 쾌감, 하고 나는 뜻밖에도 이 문제에 대해서만 흥미를 느꼈다.

아내는 물론 나를 늘 감금하여두다시피 하여왔다. 내게 불평이 있을 리 없다. 그런 중에도 나는 그 쾌감이라는 것의 유무를 체험하고 싶었다.

나는 아내의 밤 외출 틈을 타서 밖으로 나왔다. 나는 거리에서 잊어버리지 않고 가지고 나온 은화를 지폐로 바꾼다 오 원이나 된다. 그것을 주머니에 넣고 나는 목적을 잃어버리기 위하여 얼마든지 거리를 쏘다녔다. 오래간만에 보는 거리는 거의 경이에 가까울 만치 내 신경을 흥분시키지 않고는 마지않았다. 나는 금시에 피곤하여버렸다. 그러나 나는 참았다 그리고 밤이 이슥하도록 까닭을 잊어버린 채 이 거리 저 거리로 지향 없이 헤매었다. 돈은 물론 한 푼도 쓰지 않았다. 돈을 쓸 아무 염두도 나서지 않았다. 나는 벌써 돈을 쓰는 기능을 완전히 상실한 것 같았다.

나는 과연 피로를 이 이상 견디기가 어려웠다. 나는 가까스로 내 집을 찾았다. 나는 내 방으로 가려면 아내 방을 통과하지 아니하면 안 될 것을 알고 아내에 내객이 있나 없나를 걱정하면서 미닫이 앞에서 좀 거북살스럽게 기침을 한 번 했더니 이것은 참 또 너무 암상스럽게 미닫이가 열리면서 아내의 얼굴과 그 등 뒤에 낯선 남자의 얼굴이 이쪽을 내다보는 것이다. 나는 별안간 내어 쏟아지는 불빛에 눈이 부셔서 좀 머뭇머뭇했다.

나는 아내의 눈초리를 못 본 것은 아니다. 그렇나 나는 모른 체하는 수밖에 없었다. 왜? 나는 어쨌든 아내의 방을 통과하지 아니하면 안 되니까…….

나는 이불을 뒤집어썼다. 무엇보다도 다리가 아파서 견딜 수가 없었다. 이불 속에서는 가슴이 울렁거리면서 암만해도 까무라칠 것만 같았다. 걸을 때는 몰랐더니 숨이 차다. 등에 식은땀이 쭉 내배인다. 나는 외출한 것을 후회하였다 이런 피로를 잊고 어서 잠이 들었으면 좋았다. 한잠 잘— 자고 싶었다.

얼마 동안이나 비스듬히 엎드려 있었더니 차츰차츰 뚝딱거리는 가슴 동기가 가라앉는다. 그만해도 위선 살 것 같았다. 나는 몸을 돌쳐 반듯이 천장을 향하여 눕고 쭉― 다리를 뻗었다.

　그렇나 나는 또다시 가슴의 동기를 피할 수 없게 되었다 아랫방에서 아내와 그 남자의 내 귀에도 들리지 않을 만치 옅은 목소리로 소곤거리는 기척이 장지 틈으로 전하여 왔던 것이다. 청각을 더 예민하게 하기 위하여 나는 눈을 떴다. 그리고 숨을 죽였다 그러나 그때는 벌써 아내와 남자는 앉았던 자리를 툭툭 털며 일어섰고 일어서면서 옷과 모자 쓰는 기척이 나는* 듯하더니 이어 미닫이가 열리고 구두 뒤축 소리가 나고 그리고 뜰에 내려서는 소리가 쿵 하고 나면서 뒤를 따르는 아내의 고무신 소리가 두어 발자국 찍찍 나고 사뿐사뿐 나나 하는 사이에 두 사람의** 발소리가 대문간 쪽으로 사라졌다.

　나는 아내의 이런 태도를 본 일이 없다. 아내는 어떤 사람과도 결코 소곤거리는 법이 없다. 나는 윗방에서 이불을 쓰고 누웠는 동안에도 혹 술이 취해서 혀가 잘 돌아가지 않는 내객들의 담화는 더러 놓치는 수가 있어도 아내의 높지도 얕지도 않은 말소리는 일찍이 한 마디도 놓쳐본 일이 없다. 더러 내 귀에 거슬리는 소리가 있어도 나는 그것이 태연한 목소리로 내 귀에 들렸다는 이유로 충분히 안심이 되었다.

　그렇던 아내의 이런 태도는 필시 그 속에 여간하지 않은 사정이 있는 듯싶이 생각이 되고 내 마음은 좀 서운했으나 그렇나 그보다도 나는 좀 너무 피곤해서 오늘만은 이불 속에서 아무것도 연구치 않기로 굳게 결심하고 잠을 기다렸다. 잠은 좀처럼 오지 않았다. 대문간에 나간 아내도 좀처럼 들어오지 않았다. 그러는 동안에 흐지부지 나는 잠이 들어버렸다.

---

* 원문에는 '하는'임.
** 원문에는 '두 람의'임.

꿈이 얼쑹덜쑹 종을 잡을 수 없는 거리의 풍경을 여전히 헤맸다.

나는 몹시 흔들렸다. 내객을 보내고 들어온 아내가 잠든 나를 잡아 흔드는 것이다. 나는 눈을 번쩍 뜨고 아내의 얼굴을 쳐다보았다. 아내의 얼굴에는 웃음이 없다. 나는 좀 눈을 부비고 아내의 얼굴을 자세히 보았다. 노기가 눈초리에 떠서 얇은 입술이 바르르 떨린다. 좀처럼 이 노기가 풀리기는 어려울 것 같았다. 나는 그대로 눈을 감아버렸다 벼락이 내리기를 기다린 것이다. 그러나 쌔근하는 숨소리가 나면서 푸시시 아내의 치맛자락 소리가 나고 장지가 여닫히며 아내는 아내 방으로 돌아갔다. 나는 다시 몸을 돌쳐 이불을 뒤집어쓰고는 개구리처럼 엎드리고, 엎드려서 배가 고픈 가운데에도 오늘 밤의 외출을 또 한 번 후회하였다

나는 이불 속에서 아내에게 사죄하였다. 그것은 네 오해라고…….

나는 사실 밤이 퍽이나 이슥한 줄만 알았던 것이다. 그것이 네 말마따나 자정 전인 줄은 나는 정말이지 꿈에도 몰랐다. 나는 너무 피곤하였었다. 오래간만에 나는 너무 많이 걸은 것이 잘못이다. 내 잘못이라면 잘못은 그것밖에는 없다. 외출은 왜 하였더냐고?

나는 그 머리맡에 저절로 모인 오 원 돈을 아무에게라도 좋으니 주어보고 싶었던 것이다. 그뿐이다. 그러나 그것도 내 잘못이라면 나는 그렇게 알겠다. 나는 후회하고 있지 않나?

내가 그 오 원 돈을 써버릴 수가 있었던들 나는 자정 안에 집에 돌아올 수 없었을 것이다. 그러나 거리는 너무 복잡하였고 사람은 너무도 들끓었다. 나는 어느 사람을 붙들고 그 오 원 돈을 내어주어야 할지 갈피를 잡을 수가 없었다. 그러는 동안에 나는 여지없이 피곤해버리고 말았던 것이다.

나는 무엇보다도 좀 쉬고 싶었다. 눕고 싶었다. 그래서 나는 하는 수 없

이 집으로 돌아온 것이다. 내 짐작 같아서는 밤이 어지간히 늦은 줄만 알았는데 그것이 불행히도 자정 전이었다는 것은 참 안된 일이다. 미안한 일이다. 나는 얼마든지 사죄하여도 좋다 그러나 종시 아내의 오해를 풀지 못하였다 하면 내가 이렇게까지 사죄하는 보람은 그럼 어디 있나? 한심하였다.

한 시간 동안을 나는 이렇게 초조하게 굴지 않으면 안 되었다. 나는 이불을 획 제쳐버리고 일어나서 장지를 열고 아내 방으로 비칠비칠 달려갔던 것이다. 내게는 거의 의식이라는 것이 없었다. 나는 아내 이불 위에 엎드러지면서 바지 포켓 속에서 그 돈 오 원을 꺼내 아내 손에 쥐여준 것을 간신히 기억할 뿐이다.

이튿날 잠이 깨었을 때 나는 내 아내 방 아내 이불 속에 있었다. 이것이 이 삼십삼 번지에서 살기 시작한 이래 내가 아내 방에서 잔 맨 처음이었다.

해가 들창에 훨씬 높았는데 아내는 이미 외출하고 벌써 내 곁에 있지는 않다 아니! 아내는 엊저녁 내가 의식을 잃은 동안에 외출한 것인지도 모른다. 그러나 나는 그런 것을 조사하고 싶지 않았다. 다만 전신이 찌뿌두둑한 것이 손가락 하나 꼼짝할 힘조차 없었다. 책보보다 좀 작은 면적의 볕이 눈이 부시다. 그 속에서 수없는 먼지가 흡사 미생물처럼 난무한다 코가 칵 막히는 것 같다. 나는 다시 눈을 감고 이불을 푹 뒤집어쓰고 낮잠을 자기에 착수하였다 그렇나 코를 스치는 아내의 체취는 꽤 도발적*이었다. 나는 몸을 여러 번 여러 번 비비 꼬면서 아내의 화장대에 늘어선 고 가지각색 화장품 병들과 고 병들이 마개를 뽑았을 때 풍기던 내음새를 더듬느라고 좀처럼 잠은 들지 않는 것을 나는 어찌하는 수도 없었다.

---

* 원문에는 '조발적'임. '挑'를 '조'로 잘못 읽고 오식한 듯함.

견디다 못하여 나는 그만 이불을 걷어차고 벌떡 일어나서 내 방으로 갔다. 내 방에는 다 식어빠진 내 끼니가 가지런히 놓여 있는 것이다. 아내는 내 모이를 여기다 주고 나간 것이다. 나는 위선 배가 고팠다. 한 숟갈을 입에 떠 넣었을 때 그 촉감은 참 너무도 냉회와 같이 써늘하였다. 나는 숟갈을 놓고 내 이불 속으로 들어갔다. 하룻밤을 비워 때린 내 이부자리는 여전히 반갑게 나를 맞아준다. 나는 내 이불을 뒤집어쓰고 이번에는 참 늘어지게 한잠 잤다. 잘—

　내가 잠을 깨인 것은 전등이 켜진 뒤다. 그러나 아내는 아직도 돌아오지 않았나 보다. 아니! 들어왔다 또 나갔는지도 알 수 없다. 그러나 그런 것을 삼고하여 무엇하나?

　정신이 한결 난다. 나는 지난밤 일을 생각해보았다. 그 돈 오 원을 아내 손에 쥐여주고 넘어졌을 때에 느낄 수 있었던 쾌감을 나는 무엇이라고 설명할 수가 없었다. 그렇나 내객들이 내 아내에게 돈 놓고 가는 심리며* 내 아내가 내게 돈 놓고 가는 심리의 비밀을 나는 알아내인 것 같아서 여간 즐거운 것이 아니다. 나는 속으로 빙그레 웃어보았다. 이런 것을 모르고 오늘까지 지내온 내 자신이 어떻게 우스꽝스러워 보이는지 몰랐다. 나는 어깨춤이 났다.

　따라서 나는 또 오늘 밤에도 외출하고 싶었다. 그러나 돈이 없다. 나는 엊저녁에 그 돈 오 원을 한꺼번에 아내에게 주어버린 것을 후회하였다. 또 고 벙어리를 변소에 갖다 처넣어 버린 것도 후회하였다. 나는 실없이 실망하면서 습관처럼 그 돈 오 원이 들어 있던 내 바지 포켓에 손을 넣어 한번 휘둘러 보았다. 뜻밖에도 내 손에 쥐어지는 것이 있었다. 이 원밖에

---

* 원문에는 '심치며'임. 오식인 듯함.

없다. 그러나 많아야 맛은 아니다. 얼마간이고 있으면 된다. 나는 그만한 것이 여간 고마운 것이 아니었다.

나는 기운을 얻었다. 나는 그 단벌 다 떨어진 코르덴 양복을 걸치고 배고픈 것도 주제 사나운 것도 다 잊어버리고 활갯짓을 하면서 또 거리로 나섰다. 나서면서 나는 제발 시간이 화살 닫듯 해서 자정이 어서 획 지나 버렸으면 하고 조바심을 태웠다. 아내에게 돈을 주고 아내 방에서 자보는 것은 어디까지든지 좋았지만 만일 잘못해서 자정 전에 집에 들어갔다가 아내의 눈총을 맞는 것은 그것은 여간 무서운 일이 아니었다. 나는 저물도록 길가 시계를 들여다보고 들여다보고 하면서 또 지향 없이 거리를 방황하였다. 그러나 이날은 좀처럼 피곤하지는 않았다. 다만 시간이 좀 너무 더디게 가는 것만 같아서 안타까웠다.

경성역 시계가 확실히 자정이 지난 것을 본 뒤에 나는 집을 향하였다. 그날은 그 일각대문에서 아내와 아내의 남자가 이야기하고 섰는 것을 만났다. 나는 모른 체하고 두 사람 곁을 지나서 내 방으로 들어갔다. 뒤이어 아내도 들어왔다. 와서는 이 밤중에 평생 안 하던 쓰게질*을 하는 것이다. 조금 있다가 아내가 눕는 기척을 엿듣자마자 나는 또 장지를 열고 아내 방으로 가서 그 돈 이 원을 아내 손에 덥석 쥐여주고 그리고—하여간 그 이 원을 오늘 밤에도 쓰지 않고 도로 가져온 것이 참 이상하다는 듯이 아내는 내 얼굴을 몇 번이고 엿보고—아내는 드디어 아무 말도 없이 나를 자기 방에 재워주었다. 나는 이 기쁨을 세상의 무엇과도 바꾸고 싶지는 않았다. 나는 편히 잘 잤다.

---

* 쓰레질.

이튿날도 내가 잠이 깨었을 때는 아내는 보이지 않았다. 나는 또 내 방으로 가서 피곤한 몸이 낮잠을 잤다.

내가 아내에게 흔들려 깨었을 때는 역시 불이 들어온 뒤였다. 아내는 자기 방으로 나를 오라는 것이다. 이런 일은 또 처음이다. 아내는 끊임없이 얼굴에 미소를 띠우고 내 팔을 이끄는 것이다. 나는 이런 아내의 태도 이면에 엔간치 않은 음모가 숨어 있지나 않은가 하고 저윽히 불안을 느끼지 않을 수 없었다.

나는 아내의 하자는 대로 아내 방으로 끌려갔다. 아내 방에는 저녁 밥상이 조촐하게 차려져 있는 것이다. 생각하여보면 나는 이틀을 굶었다. 나는 지금 배고픈 것까지도 깅가망가 잊어버리고 어름어름하던 차다.

나는 생각하였다. 이 최후의 만찬을 먹고 나자마자 벼락이 내려도 나는 차라리 후회하지 않을 것을 사실 나는 인간 세상이 너무나 심심해서 못 견디겠던 차다. 모든 일이 성가시고 귀찮았으나 그러나 불의의 재난이라는 것은 즐거웁다.

나는 마음을 턱 놓고 조용히 아내와 마주 이 해괴한 저녁밥을 먹었다. 우리 부부는 이야기하는 법이 없었다. 밥을 먹은 뒤에도 나는 말이 없이 그냥 부시시 일어나서 내 방으로 건너가 버렸다 아내는 나를 붙잡지 않았다. 나는 벽에 기대앉아서 담배를 한 대 피워 물고 그리고 벼락이 떨어질 테거든 어서 떨어져라 하고 기다렸다.

오 분! 십 분!―

그러나 벼락은 내리지 않았다. 긴장이 차츰 늘어지기 시작한다. 나는 어느덧 오늘 밤에도 외출할 것을 생각하고 있었다. 돈이 있었으면 하고 생각하고 있었다.

그러나 돈은 확실히 없다. 오늘은 외출하여도 나중에 올 무슨 기쁨이 있나. 나는 앞이 그냥 아뜩하였다. 나는 화가 나서 이불을 뒤집어쓰고 이리 뒹굴 저리 뒹굴 굴렀다. 금시 먹은 밥이 목으로 자꾸 치밀어 올라온다. 메스꺼웠다.

하늘에서 얼마라도 좋으니 왜 지폐가 소낙비처럼 퍼붓지 않나, 그것이 그저 한없이 야속하고 슬펐다. 나는 이렇게밖에 돈을 구하는 아무런 방법도 알지는 못했다. 나는 이불 속에서 종 울었나 보다. 돈이 왜 없냐면서…….

그랬더니 아내가 또 내 방에를 왔다. 나는 깜짝 놀라 아마 인제서야 벼락이 내리려나 보다 하고 숨을 죽이고 두꺼비 모양으로 엎데 있었다. 그렇나 떨어진 입을 새어 나오는 아내의 말소리는 참 부드러웠다. 정다웠다. 아내는 내가 왜 우는지를 안다는 것이다. 돈이 없어서 그렇는 게 아니란다.* 나는 실없이** 깜짝 놀랐다. 어떻게 저렇게 사람의 속을 환─하게 들여다보는구 해서 나는 한편으로 슬그머니 겁도 안 나는 것은 아니었으나 저렇게 말하는 것을 보면 아마 내게 돈을 줄 생각이 있나 보다, 만일 그렇다면 오죽이나 좋은 일일까. 나는 이불 속에 뚤뚤 말린 채 고개도 들지 않고 아내의 다음 거동을 기다리고 있으니까, 엣소─ 하고 내 머리맡에 내려뜨리는 것은 그 가뿐한 음향으로 보아 지폐에 틀림없었다. 그리고 내 귀에다 대이고 오늘을랑 어제보다도 좀 더 늦게 들어와도 좋다고 속삭이는 것이다 그것은 어렵지 않다. 위선 그 돈이 무엇보다도 고맙고 반가웠다.

---

* '아니난다'로 해석하기도 함.
** 원문에는 '심없이'임.

어쨌든 나섰다. 나는 좀 야맹夜盲증이다. 그래서 될 수 있는 대로 밝은 거리로 골라서 돌아다니기로 했다. 그리고는 경성역 일이등 대합실 한 곁 티룸에를 들렀다. 그것은 내게는 큰 발견이었다. 거기는 위선 아무도 아는 사람이 안 온다. 설사 왔다가도 곧들 가니까 좋다. 나는 날마다 여기와서 시간을 보내리라 속으로 생각하여두었다.

제일 여기 시계가 어느 시계보다도 정확하리라는 것이 좋았다. 섣불리 서투른 시계를 보고 그것을 믿고 시간 전에 집에 돌아갔다가 큰코를 다쳐서는 안 된다.

나는 한 박스*에 아무도 없는 것과 마주 앉아서 잘 끓은 커피를 마셨다. 충충한 가운데 여객들은 그래도 한잔 커피가 즐거운가 보다. 얼른얼른 마시고 무얼 좀 생각하는 것같이 담벼락도 좀 쳐다보고 하다가 곧 나가버린다. 서글프다. 그러나 내게는 이 서글픈 분위기가 거리의 티룸들의 그 거추장스러운 분위기보다는 절실하고 마음에 들었다. 이따금 들리는 날카로운 혹은 우렁찬 기적 소리가 모차르트보다도 더 가깝다. 나는 메뉴에 적힌 몇 가지 안 되는 음식 이름을 치읽고 내리읽고 여러 번 읽었다. 그것들은 아물아물한 것이 어딘가 내 어렸을 때 동무들 이름과 비슷한 데가 있었다.

거기서 얼마나 내가 오래 앉았는지 정신이 오락가락하는 중에 객이 슬며시 뜸—해지면서 이 구석 저 구석 걷어치우기 시작하는 것을 보면 아마 닫을 시간이 된 모양이다. 열한 시가 좀 지났구나 여기도 결코 내 안주의 곳은 아니구나, 어디 가서 자정을 넘길까, 두루 걱정을 하면서 나는 밖으로 나섰다. 비가 온다. 빗발이 제법 굵은 것이 우비도 우산도 없는 나를 고생

---

* 칸막이로 구분되어 있는 좌석.

을 시킬 작정이다. 그렇다고 이런 괴이한 풍모를 차리고 이 홀에서 어물어물하는 수는 없고 에이 비를 맞으면 맞았지 하고 나는 그냥 나서버렸다.

대단히 선선해서 견딜 수가 없다. 코르덴 옷이 젖기 시작하더니 나중에는 속속들이 스며들면서 처근거린다. 비를 맞아가면서라도 견딜 수 있는 데까지 거리를 돌아다녀서 시간을 보내려 하였으나 인제는 선선해서 이 이상은 더 견딜 수가 없다. 오한이 자꾸 일어나면서 이가 딱딱 맞부딪는다.

나는 걸음을 재치면서 생각하였다. 오늘 같은 궂은날도 아내에게 내객이 있을라구. 없겠지 하는 생각이 드는 것이다. 집으로 가야겠다. 아내에게 불행히 내객이 있거든 내 사정을 하리라. 사정을 하면 이렇게 비가 오는 것을 눈으로 보고 알아주겠지.

부리나케 와보니까 그렇나 아내에게는 내객이 있었다. 나는 그만 너무 춥고 척척해서 얼떨김에 노크하는 것을 잊었다. 그래서 나는 보면 아내가 좀 덜 좋아할 것을 그만 보았다. 나는 갑발* 자국 같은 발자국을 내면서 덤벙덤벙 아내 방을 디디고 그리고 내 방으로 가서 쭉 빠진 옷을 활활 벗어버리고 이불을 뒤썼다. 덜덜덜덜 떨린다. 오한이 점점 더 심해 들어온다. 여전 땅이 꺼져 들어가는 것만 같았다 나는 그만 의식을 잃어버리고 말았다.

이튿날 내가 눈을 떴을 때 아내는 내 머리맡에 앉아서 제법 근심스러운 얼굴이다. 나는 감기가 들었다. 여전히 으시시 춥고 또 골치가 아프고 입에 군침이 도는 것이 쓸쓸하면서 다리팔이 척 늘어져서 노곤하다.

아내는 내 머리를 쓱 짚어보더니 약을 먹어야 한다. 아내 손이 이마에 선뜩한 것을 보면 신열이 어지간한 모양인데 약을 먹는다면 해열제를

---

*도자기를 구울 때 담는 큰 그릇인 '匣鉢'로 해석하기도 하고, '감발'로 보아 '발감개'로 해석하기도 함.

먹어야지 하고 속생각을 하자니까 아내는 따뜻한 물에 하얀 정제약 네 개를 준다. 이것을 먹고 한잠 푹— 자고 나면 괜찮다는 것이다. 나는 널름 받아먹었다. 쌉싸름한 것이 짐작 같아서는 아마 아스피린인가 싶다. 나는 다시 이불을 쓰고 단번에 그냥 죽은 것처럼 잠이 들어버렸다.

나는 콧물을 훌쩍훌쩍하면서 여러 날을 앓았다. 앓는 동안에 끊이지 않고 그 정제약을 먹었다. 그렇는 동안에 감기도 나았다. 그러나 입맛은 여전히 소태처럼 썼다.

나는 차츰 또 외출하고 싶은 생각이 났다. 그러나 아내는 나더러 외출하지 말라고 이르는 것이다. 이 약을 날마다 먹고 그리고 가만히 누워 있으라는 것이다. 공연히 외출을 하다가 이렇게 감기가 들어서 저를 고생을 시키는 게 아니냔다. 그도 그렇다. 그럼 외출을 하지 않겠다고 맹서하고 그 약을 연복하여 몸을 좀 보해보리라고 나는 생각하였다.

나는 날마다 이불을 뒤집어쓰고 밤이나 낮이나 잤다. 유난스럽게 밤이나 낮이나 졸려서 견딜 수가 없는 것이다. 나는 이렇게 잠이 자꾸만 오는 것은 내가 몸이 훨씬 튼튼해진 증거라고 굳게 믿었다.

나는 아마 한 달이나 이렇게 지냈나 보다. 내 머리와 수염이 좀 너무 자라서 후틋해서 견딜 수가 없어서 내 거울을 좀 보리라고 아내가 외출한 틈을 타서 나는 아내 방으로 가서 아내의 화장대 앞에 앉아보았다. 상당하다. 수염과 머리가 참 산란하였다. 오늘은 이발을 좀 하리라 생각하고 겸사겸사 고 화장품 병들 마개를 뽑고 이것저것 맡아보았다 한동안 잊어버렸던 향기 가운데서는 몸이 배배 꼬일 것 같은 체취가 전해 나왔다. 나는 아내의 이름을 속으로만 한번 불러보았다. '연심蓮心이' 하고……

오래간만에 돋보기 장난도 하였다. 거울 장난도 하였다. 창에 든 볕이 여간 따뜻한 것이 아니었다. 생각하면 5월이 아니냐.

나는 커다랗게 기지개를 한번 펴보고 아내 베개를 내려 비이고 벌떡 자빠져서는 이렇게도 편안하고 즐거운 세월을 하느님께 흠씬 자랑하여주고 싶었다. 나는 참 세상의 아무것과도 교섭을 가지지 않는다. 하느님도 아마 나를 칭찬할 수도 처벌할 수도 없는 것 같다.

그러나 다음 순간* 실로 세상에도 이상스러운 것이 눈에 띄었다. 그것은 최면약 아달린** 갑이었다. 나는 그것을 아내의 화장대 밑에서 발견하고 그것이 흡사 아스피린처럼 생겼다고 느꼈다. 나는 그것을 열어보았다. 똑 네 개가 비었다.

나는 오늘 아침에 네 개의 아스피린을 먹은 것을 기억하고 있었다. 나는 잤다. 어제도 그제도 그끄제도―나는 졸려서 견딜 수가 없었다. 나는 감기가 다 나았는데도 아내는 내게 아스피린을 주었다. 내가 잠이 든 동안에 이웃에 불이 난 일이 있다. 그때에도 나는 자느라고 몰랐다. 이렇게 나는 잤다. 나는 아스피린으로 알고 그럼 한 달 동안을 두고 아달린을 먹어온 것이다. 이것은 좀 너무 심하다.

별안간 아뜩하더니 하마터라면 나는 까무러칠 뻔하였다. 나는 그 아달린을 주머니에 넣고 집을 나섰다. 그리고 산을 찾아 올라갔다. 인간 세상의 아무것도 보기가 싫었던 것이다. 걸으면서 나는 아무쪼록 아내에 관계되는 일은 일체 생각하지 않도록 노력하였다. 길에서 까무러치기 쉬우니까다. 나는 어디라도 양지가 바른 자리를 하나 골라서 자리를 잡아가지고 서서히 아내에 관하여서 연구할 작정이었다. 나는 길가에 돌창,*** 핀 구

---

* 원문에는 '그러순나 다음간'임.
** adalin. 1930년대에 쓰이던 최면제의 이름.
*** 지저분하고 더러운 도랑. 도랑창.

경도 못 한 진 개나리꽃, 종달새, 돌멩이도 새끼를 까는 이야기, 이런 것만 생각하였다 다행히 길가에서 나는 졸도하지 않았다.

거기는 벤치가 있었다. 나는 거기 정좌하고 그리고 그 아스피린과 아달린에 관하여 연구하였다. 그러나 머리가 도무지 혼란하여 생각이 체계를 이루지 않는다. 단 오 분이 못 가서 나는 그만 귀찮은 생각이 버쩍 들면서 심술이 났다. 나는 주머니에서 가지고 온 아달린을 꺼내 남은 여섯 개 한꺼번에 질경질경 씹어 먹어버렸다. 맛이 익살맞다. 그리고 나서 나는 그 벤치 위에 가로 기다랗게 누웠다. 무슨 생각으로 내가 그따위 짓을 했나? 알 수가 없다. 그저 그러고 싶었다. 나는 게서 그냥 깊이 잠이 들었다. 잠결에도 바위틈을 흐르는 물소리가 졸졸 하고 귀에 언제까지나 어렴풋 들려왔다.

내가 잠을 깨었을 때는 날이 환—히 밝은 뒤다. 나는 거기서 일주야*를 잔 것이다. 풍경이 그냥 노—랗게 보인다. 그 속에서도 나는 번개처럼 아스피린과 아달린이 생각났다.

아스피린, 아달린, 아스피린, 아달린, 마르크스, 맬서스, 마도로스, 아스피린, 아달린.

아내는 한 달 동안 아달린을 아스피린이라고 속이고 내게 먹였다. 그것은 아내 방에서 이 아달린 갑이 발견된 것으로 미루어 증거가 너무나 확실하다.

무슨 목적으로 아내는 나를 밤이나 낮이나 재웠어야 됐나?

나를 밤이나 낮이나 재워놓고 그리고 아내는 내가 자는 동안에 무슨 짓을 했나?

---

* 一晝夜. 하루 낮 밤.

나를 조금씩 조금씩 죽이려던 것일까?

그렇나 또 생각하여보면 내가 한 달을 두고 먹어온 것은 아스피린이었는지도 모른다. 아내는 무슨 근심되는 일이 있어서 밤 되면 잠 잘 오지 않아서 정작 아내가 아달린을 사용한 것이나 아닌지, 그렇다면 나는 참 미안하다 나는 아내에게 이렇게 큰 의혹을 가졌었다는 것이 참 안됐다.

나는 그래서 부리나케 거기서 내려왔다. 아랫도리가 홰 홰 내어저이면서 어찔어찔한 것을 나는 겨우 집을 향하여 걸었다. 여덟 시 가까이였다.

나는 내 잘못 든 생각을 죄다 일러바치고 아내에게 사죄하려는 것이다. 나는 너무 급해서 그만 또 말을 잊어버렸다.

그랬더니 이건 참 너무 큰일 났다. 나는 내 눈으로는 절대로 보아서 안 될 것을 그만 딱 보아버리고 만 것이다. 나는 얼떨결에 그만 냉큼 미닫이를 닫고 그리고 현기증이 나는 것을 진정시키느라고 잠깐 고개를 숙이고 눈을 감고 기둥을 짚고 섰자니까 일 초 여유도 없이 홱 미닫이가 다시 열리더니 매무새를 풀어 헤친 아내가 불쑥 내밀면서 내 멱살을 잡는 것이다. 나는 그만 어지러워서 게가 그냥 나둥그러졌다. 그랬더니 아내는 넘어진 내 위에 덮치면서 내 살을 함부로 물어뜯는 것이다. 아파 죽겠다. 나는 사실 반항할 의사도 힘도 없어서 그냥 넙적 엎여 있으면서 어떻게 되나 보고 있자니까 뒤이어 남자가 나오는 것 같더니 아내를 한 아름에 덥석 안아가지고 방 안으로 들어가는* 것이다. 아내는 아무 말 없이 다소곳이 그렇게 안겨 들어가는 것이 내 눈에 여간 미운 것이 아니다. 밉다.

아내는 너 밤 새워가면서 도적질하러 다니느냐, 계집질하러 다니느냐고 발악이다. 이것은 참 너무 억울하다 나는 어안이 벙벙하여 도무지 입

---

* 원문에는 '드가는'임.

이 떨어지지를 않았다.

너는 그야말로 나를 살해하려던 것이 아니냐고 소리를 한번 꽥 질러보고도 싶었으나 그런 깅가망가한 소리를 섣불리 입 밖에 내었다가는 무슨 화를 볼는지 알 수 있나 차라리 억울하지만 잠자코 있는 것이 위선 상책인 듯싶이 생각이 들기에 나는 이것은 또 무슨 생각으로 그랬는지 모르지만 툭툭 털고 일어나서 내 바지 포켓 속에 남은 돈 몇 원 몇십 전을 가만히 꺼내서는 몰래 미닫이를 열고 살며시 문지방 밑에다 놓고 나서는 나는 그냥 줄달음박질을 쳐서 나와버렸다.

여러 번 자동차에 치일 뻔하면서 나는 그래도 경성역을 찾아갔다. 빈자리와 마주 앉아서 이 쓰디쓴 입맛을 거두기 위하여 무엇으로나 입가심을 하고 싶었다.

커피―. 좋다. 그렇나 경성역 홀에 한 걸음을 들여놓았을 때 나는 내 주머니에는 돈이 한 푼도 없는 것을 그것을 깜빡 잊었던 것을 깨달았다. 또 아뜩하였다. 나는 어디선가 그저 맥없이 머뭇머뭇하면서 어쩔* 줄을 모를 뿐이었다. 얼빠진 사람처럼 그저 이리 갔다 저리 갔다 하면서…….

나는 어디로 어디로 들입다 쏘다녔는지 하나도 모른다. 다만 몇 시간 후에 내가 미쓰꼬시** 옥상에 있는 것을 깨달았을 때는 거의 대낮이었다.

나는 거기 아무 데나 주저앉아서 내 자라온 스물여섯 해를 회고하여보았다. 몽롱한 기억 속에서는 이렇다는 아무 제목도 불거져 나오지 않았다.

나는 또 내 자신에게 물어보았다. 너는 인생에 무슨 욕심이 있느냐고. 그러나 있다고도 없다고도, 그런 대답은 하기가 싫었다. 나는 거의 나 자

---

* 원문에는 '어쩬'임.
** 1906년 서울 충무로 1가에 들어섰던 백화점.

신의 존재를 인식하기조차도 어려웠다.

허리를 굽혀서 나는 그저 금붕어나 들여다보고 있었다. 금붕어는 잘 참 들겼다.* 작은 놈은 작은 놈대로 큰 놈은 큰 놈대로** 다— 싱싱하니 보기 좋았다. 내리비치는 5월 햇살에 금붕어들은 그릇 바탕에 그림자를 내려 트렸다. 지느러미는 하늘하늘 손수건을 흔드는 흉내를 내인다. 나는 이 지느러미 수효를 헤어보기도 하면서 굽힌 허리를 좀처럼 펴지 않았다. 등 어리가 따뜻하다.

나는 또 회탁의 거리를 내려다보았다. 거기서는 피곤한 생활이 똑 금붕 어 지느러미처럼 흐늑흐늑 허비적거렸다 눈에 보이지 않는 끈적끈적한 줄에 엉켜서 헤어나지들을 못한다 나는 피로와 공복 때문에 무너져 들어 가는 몸동이를 끌고 그 회탁의 거리 속으로 섞여 들어가지 않는 수도 없 다 생각하였다.

나서서 나는 또 문득 생각하여보았다. 이 발길이 지금 어디로 향하여 가는 것인가를……

그때*** 내 눈앞에는 아내의 모가지가 벼락처럼 내려 떨어졌다. 아스피 린과 아달린.

우리들은 서로 오해하고 있느니라. 설마 아내가 아스피린 대신에 아달 린의 정량을 나에게 먹여왔을까? 나는 그것을 믿을 수는 없다. 아내가 그 럴 대체 까닭이 없을 것이니

그러면 나는 날밤을 새면서 도적질을 계집질을 하였나? 정말이지 아니다.

우리 부부는 숙명적으로 발이 맞지 않는 절름발이인 것이다. 내나 아내

---

* '참 잘들도 생겼다', '참 잘들 키웠다', '참 잘들 생겼다' 등으로 해석함.
** 원문에는 '큰잠놈대로'임.
*** 원문에는 '그대'임.

나 제 거동에 로직*을 붙일 필요는 없다. 변해할 필요도 없다. 사실은 사실대로 오해는 오해대로 그저 끝없이 발을 절뚝거리면서 세상을 걸어가면 되는 것이다. 그렇지 않을까?

―그러나 나는 이 발길이 아내에게로 돌아가야 옳은가 이것만은 분간하기가 좀 어려웠다. 가야 하나? 그럼 어디로 가나?

이때 뚜― 하고 정오 사이렌이 울었다. 사람들은 모두 네 활개를 펴고 닭처럼 푸드덕거리는 것 같고 온갖 유리와 강철과 대리석과 지폐와 잉크가 부글부글 끓고 수선을 떨고 하는 것 같은 찰나, 그야말로 현란을 극한 정오다.

나는 불현듯이** 겨드랑이 가렵다. 아하 그것은 내 인공의 날개가 돋았던 자국이다. 오늘은 없는 이 날개, 머릿속에서는 희망과 야심의 말소된 페이지가 딕셔너리*** 넘어가듯 번뜩였다.

나는 걷던 걸음을 멈추고 그리고 어디 한번 이렇게 외쳐보고 싶었다.

날개야 다시 돋아라.

날자. 날자. 날자. 한 번만 더 날자꾸나.

한 번만 더 날아보자꾸나.

―《조광》, 1936. 9.

---

* logic. 논리.
** 원문에는 '불연듯이'임.
*** dictionary. 사전.

봉별기逢別記

1

스물세 살이오—3월이오—각혈이다. 여섯 달 잘 기른 수염을 하루 면도칼로 다듬어 코 밑에 다만 나비만큼 남겨가지고 약 한 제 지어 들고 B라는 신개지 한적한 온천으로 갔다. 게서 나는 죽어도 좋았다.

그렇나 이내 아직 길을 펴지 못한 청춘이 약탕관을 붙들고 늘어져서는 날 살리라고 보채는 것은 어찌하는 수가 없다. 여관 한등寒燈 아래 밤이면 나는 늘 억울해했다.

사흘을 못 참고 기어* 나는 여관 주인 영감을 앞장세워 밤에 장고 소리 나는 집으로 찾아갔다. 게서 만난 것이 금홍錦紅이다.

"몇 살인구?"

체대體大가 비록 풋고추만 하나 깡그라진 계집이 제법 맛이 맵다. 열여섯 살? 많아야 열아홉 살이지 하고 있자니까

"스물한 살이에요"

"그럼 내 나인 몇 살이나 돼 뵈지?"

---

* 기어이.

"글쎄 마흔? 서른아홉?"

나는 그저 흥! 그래버렸다. 그리고 팔짱을 떡 끼고 앉아서는 더욱더욱 점잖은 체했다. 그냥 그날은 무사히 헤어졌건만—

이튿날 화우畵友 K 군이 왔다. 이 사람인즉 나와 농하는 친구다. 나는 어쨌는 수 없이 그 나비 같다면서 달고 다니던 코밑수염을 아주 밀어버렸다. 그리고 날이 저물기가 급하게 또 금홍이를 만나러 갔다.

"어디서 뵌 어른 겉은데"

"엊저녁에 왔든 수염 난 냥반 내가 바루 아들이지. 목소리꺼지 닮었지?"

하고 익살을 부렸다. 주석酒席이 어느덧 파하고 마당에 내려서다가 K 군의 귀에다 대이고 나는 이렇게 속삭였다.

"어때? 괜찮지? 자네 한번 얼러보게"

"관두게, 자네나 얼러보게"

"어쨌든 여관으로 껄구 가서 짱껭뽕*을 해서 정허기루 허세나"

"거 좋지"

그랬는데 K 군은 측간에 가는 체하고 피해버렸기 때문에 나는 부전승으로 금홍이를 이겼다. 그날 밤에 금홍이는 금홍이가 경산부經産婦**라는 것을 감추지 않았다.

"언제?"

"열여섯 살에 머리 얹어서 열일곱 살에 낳았지"

"아들?"

* 일본어로 '가위바위보'를 뜻함.
** 아기를 낳은 경험이 있는 여자.

"딸"

"어됐나?"

"돌 만에 죽었어"

지어가지고 온 약은 집어치우고 나는 전혀 금홍이를 사랑하는 데만 골몰했다. 못난 소린 듯하나 사랑의 힘으로 각혈이 다 멈췄으니까—

나는 금홍이에게 노름채*를 주지 않았다. 왜? 날마다 밤마다 금홍이가 내 방에 있거나 내가 금홍이 방에 있거나 했기 때문에—

그 대신—

우禹라는 불란서 유학생의 유야랑遊冶郞**을 나는 금홍이에게 권하였다. 금홍이는 내 말대로 우 씨와 더불어 '독탕'에 들어갔다. 이 '독탕'이라는 것은 좀 음란한 설비였다. 나는 이 음란한 설비 문간에 나란히 벗어놓은 우 씨와 금홍이 신발을 보고 언짢아하지 않았다.

나는 또 내 곁방에 와 묵고 있는 C라는 변호사에게도 금홍이를 권하였다. C는 내 열성에 감동되어 하는 수 없이 금홍이 방을 범했다.

그렇나 사랑하는 금홍이는 늘 내 곁에 있었다. 그리고 우, C, 등등에게서 받은 십 원 지폐를 여러 장 꺼내놓고 어리광석게 내게 자랑도 하는 것이었다.

그리자 나는 백부님 소상 때문에 귀경하지 않으면 안 되게 되었다. 복숭아꽃이 만발하고 정자 곁으로 석간수石間水가 졸졸 흐르는 좋은 터전을 한 군데 찾아가서 우리는 석별의 하루를 즐겼다. 정거장에서 나는 금홍이에 십 원 지폐 한 장을 쥐여주었다. 금홍이는 이것으로 전당 잡힌 시계를

---

* 화대花代.
** 주색잡기에 빠진 사람. 야랑.

찾겠다고 그리면서 울었다.

2

금홍이가 내 아내가 되었으니까 우리 내외는 참 사랑했다. 서로 지나간 일은 묻지 않기로 하였다. 과거래야 내 과거가 무엇 있을 까닭이 없고 말하자면 내가 금홍이 과거를 묻지 않기로 한 약속이나 다름없다.

금홍이는 겨우 스물한 살인데 서른한 살 먹은 사람보다도 나았다. 서른한 살 먹은 사람보다도 나은 금홍이가 내 눈에는 열일곱 살 먹은 소녀로만 보이고 금홍이 눈에 마흔 살 먹은 사람으로 보인 나는 기실 스물세 살이요 게다가 주책이 좀 없어서 똑 열아믄 살 먹은 아이 같다. 우리 내외는 이렇게 세상에도 없이 현란하고 아기자기하였다.

부질없은 세월이—

일 년이 지나고 8월, 여름으로는 늦고 가을로는 이른 그 북새통에—

금홍이에게는 예전 생활에 대한 향수가 왔다.

나는 밤이나 낮이나 누워 잠만 자니까 금홍이에게 대하여 심심하다. 그래서 금홍이는 밖에 나가 심심치 않은 사람들을 만나 심심치 않게 놀고 돌아오는—

즉 금홍이에 협착한 생활이 금홍이의 향수를 향하여 발전하고 비약하기 시작하였다는 데 지나지 않는 이야기다.

그런데 이번에는 내게 자랑을 하지 않는다. 않을 뿐만 아니라 숨기는 것이다.

이것은 금홍이로서 금홍이답지 않은 일일밖에 없다. 숨길 것이 있나? 숨기지 않아도 좋지. 자랑을 해도 좋지.

나는 아무 말도 하지 않는다. 나는 금홍이 오락의 편의를 돕기 위하여 가끔 P 군 집에 가 잤다. P 군은 나를 불쌍하다고 그랬던가 싶이 지금 기억된다.

나는 또 이런 것을 생각하지 않았던 것도 아니다. 즉 남의 아내라는 것은 정조를 지켜야 하느니라고!

금홍이는 나를 내 나태한 생활에서 깨우치게 하기 위하여 우정 간음하였다고 나는 호의로 해석하고 싶다. 그렇나 세상에 흔히 있는 아내다운 예의를 지키는 체해본 것은 금홍이로서 말하자면 천려千慮의 일실一失*이 아닐 수 없다.

이런 실없는 정조를 간판 삼자니까 자연 나는 외출이 잦았고 금홍이 사업에 편의를 돕기 위하여 내 방까지도 개방하여주었다. 그러는 중에도 세월은 흐르는 법이다.

하루 나는 제목 없이 금홍이에게 몹시 얻어맞았다. 나는 아파서 울고 나가서 사흘을 들어오지 못했다. 너무도 금홍이가 무서웠다.

나흘 만에 와보니까 금홍이는 때 묻은 버선을 윗목에다 벗어놓고 나가버린 뒤였다.

이렇게도 못나게 홀아비가 된 내게 몇 사람의 친구가 금홍이에 관한 불미한 가십**을 가지고 와서 나를 위로하는 것이었으나 종시 나는 그런 취미를 이해할 도리가 없었다.

버스를 타고 금홍이와 남자는 멀리 과천 관악산으로 가는 것을 보았다는데 정말 그렇다면 그 사람은 내가 쫓아가서 야단이나 칠까 봐 무서워서

---

* 천려일실. 천 번 생각에 한 번 실수라는 뜻. 슬기로운 사람이라도 여러 생각 가운데에는 잘못되는 것이 있을 수 있다는 말.
** gossip. 소문, 험담.

그런 모양이니까 퍽 겁쟁이다.

3

인간이라는 것은 임시 거부하기로 한 내 생활이 기억력이라는 민첩한 작용을 하지* 않았기 때문에 두 달 후에는 나는 금홍이라는 성명 삼 자까지도 말쑥하게 잊어버리고 말았다. 그런 두절된 세월 가운데 하루 길일을 복卜하여 금홍이가 왕복 엽서처럼 돌아왔다. 나는 그만 깜짝 놀랐다.

금홍이의 모양은 뜻밖에도 초췌하여 보이는 것이 참 슬펐다. 나는 꾸짖지 않고 맥주와 붕어과자와 장국밥을 사 먹어가면서 금홍이를 위로해주었다. 그렇나 금홍이는 좀처럼 화를 풀지 않고 울면서 나를 원망하는 것이었다. 할 수 없어서 나도 그만 울어버렸다.

"그렇지만 너무 늦었다. 그만해두 두 달 지간이나 되지 않니? 헤어지자, 응?"

"그럼 난 어떻게 되우 응?"

"마땅헌 데 있거든 가거라, 응"

"당신두 그럼 장가가나? 응?"

헤어지는 한에도 위로해 보낼지어다. 나는 이런 양식良識 아래 금홍이와 이별했더니라. 갈 때 금홍이는 선물로 내게 베개를 주고 갔다.

그런데 이 베개 말이다.

이 베개는 이인용二人用이다. 싫대도 자꾸 떠맡기고 간 이 베개를 나는 두 주일 동안 혼자 베어보았다. 너무 길어서 안됐다. 안됐을 뿐 아니라 내

---

* 원문에는 '작용하지'임.

머리에서는 나지 않는 묘한 머리 기름때 내 때문에 안면安眠이 저으기 방해된다.

나는 하루 금홍이에게 엽서를 띄웠다.

"중병에 걸려 누웠으니 얼른 오라"고.

금홍이는 와서 보니까 내가 참 딱했다. 이대로 두었다가는 역시 며칠이 못 가서 굶어 죽을 것같이만 보였던가 보다. 두 팔을 부르걷고 그날부터 나서 벌어다가 나를 먹여 살린다는 것이다.

"오케―"

인간 천국―그렇나 날이 좀 추웠다. 그렇나 나는 대단히 안일하였기 때문에 재채기도 하지 않았다.

이러기를 두 달? 아니 다섯 달이나 되나 보다. 금홍이는 홀연히 외출했다.

달포를 두고 금홍이 '홈시크'*를 기대하다가 진력이 나서 나는 기명집물器皿什物을 뚜들겨 팔아버리고 이십일 년 만에 '집'으로 돌아갔다.

와보니 우리 집은 노쇠했다. 이어 불초 이상李箱은 이 노쇠한 가정을 아주 쑥밭을 만들어버렸다. 그동안 이태가량―

어언간 나도 노쇠해버렸다. 나는 스물일곱 살이나 먹어버렸다.

천하의 여성은 다소간 매춘부의 요소를 품었느니라고 나 혼자는 굳이 신념한다. 그 대신 내가 매춘부에게 은화를 지불하면서는 한 번도 그네들을 매춘부라고 생각한 일이 없다. 이것은 내 금홍이와의 생활에서 얻은 체험만으로는 성립되지 않는 이론같이 생각되나 기실 내 진담이다.

---

* homesick. 향수병.

4

나는 몇 편의 소설과 몇 줄의 시를 써서 내 쇠망해가는 심신 위에 치욕을 배가하였다. 이 이상 내가 이 땅에서의 생존을 계속하기가 자못 어려울 지경에까지 이르렀다. 나는 하여간 허울 좋게 말하자면 망명해야겠다.

어디로 갈까. 나는 만나는 사람마다 동경으로 가겠다고 호언했다. 그뿐 아니라 어느 친구에게는 전기 기술에 관한 전문 공부를 하려 간다는 둥 학교 선생님을 만나서는 고급 단식 인쇄술을 연구하겠다는 둥 친한 친구에게는 내 오 개 국어에 능통할 작정일세 어쩌구 심하면 법률을 배우겠소까지 허담을 탕탕 하는 것이다. 웬만한 친구는 보통들 속나 보다 그렇나이 헛선전을 안 믿는 사람도 더러는 있다. 하여간 이것은 영영 빈빈털털이가 되어버린 이상李箱의 마지막 공포空砲에 지나지 않는 것만은 사실이겠다.

어느 날 나는 이렇게 여전히 공포를 놓으면서 친구들과 술을 먹고 있자니까 내 어깨를 툭 치는 사람이 있다. '긴상'이라는 이다.

"긴상(이상도 사실은 긴상이다), 참 오래감만이수. 건데 긴상 꼭 긴상 함번 맞나 뵙자는 사람이 하나 있는데 긴상 어떻거시려우"

"거 누군구. 남자야? 여자야?"

"여자니까 일이 재미있지 않으냐 거런 말야"

"여자라?"

"긴상 옛날 옥상*"

금홍이가 서울에 나타났다는 이야기다. 나타났으면 나타났지 나를 왜 찾누?

---

* 일본어로 남의 '아내'를 높여 부르는 말.

나는 긴상에서 금홍이의 숙소를 알아가지고 어쩔 것인가 망설였다. 숙소는 동생 일심一心이 집이다.

드디어 나는 만나보기로 결심하고 그리고 일심이 집을 찾아가서

"언니가 왔다지?"

"어유― 아제두, 돌아가신 줄 알았구려! 그래 자그만치 인제 온단 말씀유, 어서 들오수"

금홍이는 역시 초췌하다. 생활 전선에서의 피로의 빛이 그 얼굴에 여실하였다.

"네놈 하나 보구저서 서울 왔지 내 서울 뭘 허려 왔다디?"

"그리게 또 난 이렇게 널 찾아오지 않았니?"

"너 장가갔다드구나"

"얘 디끼 싫다. 그 육모초 겉은 소리"

"안 갔단 말이냐 그럼"

"그럼"

당장에 목침이 내 면상을 향하여 날아 들어왔다. 나는 예나 다름없이 못났게 웃어주었다.

술상을 보았다.* 나도 한잔 먹고 금홍이도 한잔 먹었다. 나는 영변가**를 한마디 하고 금홍이는 육자배기***를 한마디 했다.

밤은 이미 깊었고 우리 이야기는 이게 이생에서의 영이별이라는 결론으로 밀려갔다. 금홍이는 은수저로 소반 전을 딱딱 치면서 내가 한 번도 들은 일이 없는 구슬픈 창가를 한다.

----

* 원문에는 '보왔다'임.
** 평안도 영변 지방의 대표적인 민요.
*** 남도 지방에서 부르는 잡가의 하나.

"속아도 꿈결 속여도 꿈결 굽이굽이 뜨내기 세상 그늘진 심정에 불 질 러버려라 운운"

—《여성》, 1936. 12.

동해童骸

촉각

촉각이 이런 정경을 도해圖解한다.

유구한 세월에서 눈뜨니 보자, 나는 교외 정건淨乾한 한 방에 누워 자급자족하고 있다. 눈을 들어* 방을 살피면 방은 추억처럼 착석한다. 또 창이 어둑어둑하다.

불원간 나는 군이 지킬 한 개 슈트케이스**를 발견하고 놀라야 한다. 계속하여 그 슈트케이스 곁에 화초처럼 놓여 있는 한 젊은 여인도 발견한다.

나는 실없이 의아하기도 해서 좀 쳐다보면 각시가 방긋이 웃는 것이 아니냐. 하하, 이것은 기억에 있다. 내가 열심으로 연구한다 누가 저 새 악시를 사랑하던가! 연구 중에는

"저게 새벽일까? 그럼 저묾일까?"

부러 이런 소리를 했다. 여인은 고개를 끄덕끄덕한다. 하더니 또 방긋

---

* 원문에는 '들러'임.
** suitcase. 여행 가방.

이 웃고 부시시 5월 철에 맞는 치마저고리 소리를 내면서 슈트케이스를 열고 그 속에서 서슬이 퍼런 칼을 한 자루만 꺼낸다.

이런 경우에 내가 놀라는 빛을 보이거나 했다가는 뒷갈망하기가 좀 어렵다. 반사적으로 그냥 손이 목을 눌렀다 놓았다 하면서 제법 천연스럽게

"늼재는 자객임늬까요?"

서투른 서도西道 사투리다. 얼굴이 더 깨끗해지면서 가느다랗게 잠시 웃더니, 그것은 또 언제 갖다 놓았던 것인지 내 머리맡에서 나쓰미깡*을 집어다가 그 칼로 싸각싸각 깎는다.

"요곳 봐라!"

내 입안으로 침이 쫘르르 돌더니 불연듯이 농담이 하고 싶어 죽겠다.

"가시내애요, 날 쯤 보이소, 나캉 결혼할낭기오? 맹서듸나? 듸제?"

또―

"융〔尹〕이 날로 패아주뭉 내사 고마 마자 주을란다. 그람 늬능 우앨랑가? 잉?"

우리 둘이 맛있게 먹었다. 시간은 분명히 밤이 쏟아져 들어온다. 손으로 손을 잡고

"밤이 오지 않고는 결혼할 수 없으니까"

이렇게 탄식한다. 기대하지 않은 간지러운 경험이다.

낄낄낄낄 웃었으면 좋겠는데― 아― 결혼하면 무엇하나, 나 따위가 생각해서 알 일이 되나? 그렇나 재미있는 일이로다.

"밤이지오?"

"아―냐"

---

* なつみかん. 일본어로 '여름밀감'을 뜻함.

"왜— 밤인데—에— 우습다— 밤인데 그렇네"

"아—냐, 아—냐"

"그러지 마세요, 밤이에요"

"그럼 뭐, 결혼해야 허게"

"그럼요—"

"히히히히—"

결혼하면 나는 임姙이를 미워한다. 윤尹? 임이는 지금 윤한테서 오는 길이다. 윤이 내어대었단다.* 그래보는 거다. 그런데 임이가 채 오해했다. 정말 그러는 줄 알고 울고 왔다.

(애개—밤일세.)

"어떻거구 왔누"

"건 알아 뭐허세요?"

"그래두"

"제가 버리구 왔세요"

"족히?"

"그럼요—"

"히히"

"절 모욕허지 마세요"

"그래라"

일어나더니—나는 지금 일어난 임이를 좀 묘사해야겠는데, 최소한도로 그 차림차림이라도 알아두어야겠는데—임이 슈트케이스를 뒤집어엎는다. 왜 저러누—하면서 보자니까 야단이다. 죄다 파헤치고 무엇인지

---

* 내대다. 함부로 말하거나 거칠게 굴며 대하다.

찾는 모양인데 무엇을 찾는지 알아야 나도 조력을 하지, 저렇게 방정만
떠니 낸들 손을 댈 수가 있나, 내버려 두었다. 가도 참다 참다 못해서

"거 뭘 찾누?"

"엉—엉—반지—엉—엉—"

"원 세상에, 반진 또 무슨 반진구"

"결혼반지지"

"옳아, 옳아, 옳아, 응, 결혼반지렷다."

"아이구 어딜 갔누, 요게, 어딜 갔을까."

결혼반지를 잊어버리고 온 신부. 라는 것이 있을까? 가소롭다. 그렇나
모르는 말이다. 라는 것이 반지는 신랑이 준비하라는 것인데— 그래서 아
주 아는 척하고

"그건 내 슈트케이스에 들어 있는 게 원칙적으로 옳지!"

"슈트케이스 어딨에요?"

"없지!"

"쯧, 쯧,"

나는 신부 손을 붙잡고

"이리 좀 와봐"

"아야, 아야, 아이, 그러지 마세요, 놓세요"

하는 것을 잘 달래서 왼손 무명지에다 털붓으로 쌍줄 반지를 그려주었다.
좋아한다. 아무것도 낑기운 것은 아닌데 제법 간질간질한 게 천연 반지
같단다.

천연 결혼하기 싫다. 트집을 잡아야겠기에—

"몇 번?"

"한 번"

"정말?"

"꼭"

이래도 안 되겠고 간발을 놓지 말고 다른 방법으로 고문을 하는 수밖에 없다.

"그럼 윤 이외에?"

"하나"

"예이!"

"정말 하나예요"

"말 마라"

"둘"

"잘헌다"

"셋"

"잘헌다, 잘헌다"

"넷"

"잘헌다, 잘헌다, 잘헌다"

"다섯"

속았다. 속아 넘어갔다. 밤은 왔다. 촛불을 켰다. 껐다. 즉 이런 가짜 반지는 탄로가 나기 쉬우니까 감춰야 하겠기에 꺼도 얼른 켰다. 밤이 오래 걸려서 밤이었다.

패배 시작

이런 정경은 어떨까? 내가 이발소에서 이발을 하는 중에—

이발사는 낯익은 칼을 들고 내 수염 많이 난 턱을 치켜든다.

"님재는 자객입늬까"

하고 싶지만 이런 소리를 여기 이발사를 보고도 막 한다는 것은 어쩐지 아내라는 존재를 시인하기 시작한 나로서 좀 양심에 안된 일이 아닐까 한다.

싹뚝, 싹뚝, 싹뚝, 싹뚝,

나쓰미깡 두 개 외에는 또 무엇이 채용이 되었던가. 암만해도 생각이 나지 않는다. 무엇일까.

그러다가 유구한 세월에서 쫓겨나듯이 눈을 뜨면, 거기는 이발소도 아무 데도 아니고 신방이다. 나는 엊저녁에 결혼했단다.

창으로 기웃거리면서 참새가 그렇게 의젓스럽게 싹뚝거리는 것이다. 내 수염은 조금도 없어지진 않았고.

그렇나 큰일 난 것이 하나 있다. 즉 내 곁에 누워서 보통 아침잠을 자고 있어야 할 신부가 온데간데가 없다. 하하, 그럼 아까 내가 이발소 걸상에 누워 있던 것이 그쪽이 아마 생시더구나, 하다가도 또 이렇게까지 역력한 꿈이라는 것도 없을 줄 믿고 싶다.

속았나 보다. 밑진 것은 없다고 하지만 그동안에 원 세월은 얼마나 유구하게 흘렀을까. 그렇게 생각을 하고 보니까 어저께 만난 윤이 만난 지가 바로 몇 해나 되는 것도 같아서 익살맞다. 이것은 한번 윤을 찾아가서 물어보아야 알 일이 아닐까, 즉 내가 자네를 만난 것이 어제 같은데 실로 몇 해나 된 세음인가, 필시 내가 임이와 엊저녁에 결혼한 것 같은 착각이 있는데 그것도 다 허망된 일이렸다. 이렇게―

그렇나 다음 순간 일은 더 커졌다. 신부가 홀연히 나타난다. 5월 철로 치면 좀 더웁지나 않을까 싶은 양장으로 차렸다. 이런 임이와는 나는 면식이 없는 것이다. 그나 그뿐인가 단발이다. 혹 이이는 딴 아낙네가 아닌지 모르겠다. 단발 양장의 임이란 내 친근親近에는 없는데, 그럼 이렇게 서슴지 않고 내 방으로 들어올 줄 아는 남이란 나와 어떤 악연일까?

가시내는 손을 툭툭 털더니

"갖다 버렸지"

이렇다면 임이에는 틀림없나 보니 안심하기로 하고

"뭘?"

"입구 옹 거"

"입구 옹 거?"

"입고 옹 게 치마조고리지 뭐예요?"

"건 어째 내가 버렸다능 거야"

"그게 바로 그거예요"

"그게 그거라니?"

"어이 참, 아, 그게 바로 그거라니까 그래"

초가을 옷이 늦은 봄 옷과 비슷하렸다. 임의 말을 가량假量 신용하기로 하고 임이가 단 한 번 윤에게—

가만있자, 나는 잠시 내 신세에 대해서 석명釋明해야 할 것 같다. 나는 이를테면 적지 아니 참혹하다. 나는 아마 이 숙명적 업원을 짊어지고 한평생을 내리 번민해야 하려나 보다. 나는 형상 없는 모던보이다. 라는 것이 누구든지 내 꼴을 보면 돌아서고 싶을 것이다. 내가 이래 뵈도 체중이 십사 관*이나 있다고 일러드리면 귀하는 알아차리시겠소? 즉 이 척신瘠身** 이 총알을 집어먹었기로니 좀처럼 나기 어려운 동굴을 보이는 것은 말하

---

* 한 관은 약 3.75kg이다. 14관은 약 52kg.
** 수척한 몸, 마른 몸.

자면 나는 전혀 뇌수에 무게가 있다. 이것이 귀하가 나를 겁낼 중요한 비밀이외다.

그러니까—

어차어피於此於彼에 일은 운명에 파문이 없는 듯이 이렇게까지 전개하고 말았으니 내 목적이라는 것을 피력할 필요도 있는 것 같다. 그렇면—

윤, 임이, 그리고 나,

누가 제일 미운가, 즉 나는 누구 편이냐는 말이다.

어쩔까. 나는 한 번만 똑똑히 말하고 싶지만 또한 그만두는 것이 옳은가도 싶으니 그럼 내 예의와 풍봉風丰*을 확립해야겠다.

지난가을 아니 늦은 여름 어느 날— 그 역사적인 날짜는 임이 잘 기억하고 있을 것이다 만—나는 윤의 사무실에서 이른 아침부터 와 앉아 있는 임이의 가련한 좌석을 발견한 것이다. 그렇나 그것은 온 것이 아니라 가는 길인데 집의 아버지가 나가 갔다고** 야단치실까 봐 무서워서 못 가고 그렇게 앉아 있는 것을 나는 일찌감치도 와 앉았구나 하고 문득 오해한 것이다. 그때 그 옷이다.

같은 슈미즈,*** 같은 드로어즈,**** 같은 머리쪽, 한 남자 또 한 남자,

이것은 안 된다. 너무나 어색해서 급히 내다 버린 모양인데 나는 좀 엄청나다고 생각한다. 대체 나는 그런 부유한 이데올로기를 마음 놓고 양해하기 어렵다.

그뿐 아니다. 첫째 나의 태도 문제다. 그 시절에 나는 무엇을 하고 세월

* 풍만하고 아름다운 자태. 풍채.
** 본문에는 '나가갔다고'임.
*** chemise. 여성의 양장용 속옷의 하나.
**** drawers. 무릎 길이의 여자용 속바지.

을 보냈더냐? 내게는 세월조차 없다. 나는 들창이 어둑어둑한 것을 드나드는 안집 어린애에게 일 전씩 주어가면서 물었다.

"애, 아침이냐, 저녁이냐"

나는 또 무엇을 먹고 살았는지 생각이 나지 않는다. 이슬을 받아 먹었나? 설마.

이런 나에게 임이는 부질없이 체면을 차리려 들은 것이다. 가련하다.

그런데 이상한 것은 그 시절에 나는 제가 배가 고픈지 안 고픈지를 모르고 지냈다면 그것이 듣는 사람을 능히 속일 수 있나. 거짓부렁이리라. 나는 걷잡을 수 없이 피부로 거짓부렁이를 해 버릇하느라고 인제는 저도 눈치채지 못하는 틈을 타서 이렇게 허망한 거짓부렁이를 엉덩방아 찧듯이 해 넘기는 모양인데, 만일 그렇다면 나는 큰일 났다.

그리기에 사실 오늘 아침에는 배가 고프다. 이것으로 미루면 아까 임이가 스커트, 슬립, 드로어즈, 등속을 모조리 내다 버리고 들어왔더라는 소개조차 필연 거짓말일 것이다. 그것은 내 인색한 애정의 타산이 임이더러

"너 왜 그러지 않았드냐"

하고 암암리에 퉁명? 심술을 부려본 것일 줄 나는 믿는다.

그렇나 발음 안 되는 글자처럼 생동생동한 임이는 내 손톱을 열심으로 깎아주고 있다.

"맹수가 가축이 되려면 이 흉악한 독아毒牙*를 전단剪斷**해버려야 한다"

는 미술적인 권유임에 틀림없다 이런 일방 나는 못났게도

---

* 남을 해치려는 악랄한 수단. 독니.
** 잘라 끊음.

"아이 배고파"

하고 여지없이 소박한 얼굴을 임이에게 디밀면서 아침이냐 저녁이냐 과연 이것만은 묻지 않았다.

신부는 어디까지든지 귀엽다. 돋보기를 가지고 보아도 이 가련한 일타화—朵花*의 나이를 알아내이기는 어려우리라. 나는 내 실망에 수비하기 위하여 열일곱이라고 넉넉잡아 준다. 그렇나 내 귀에다 속삭이기를

"스물두 살이라나요 어림없이 그리지 마세요. 그만하면 알 텐데 부러 그리시지오?"

이 가련한 신부가 지금 적수공권赤手空拳**으로 나갔다. 내 짐작에 쌀과 나무와 숯과 반찬거리를 장만하려 나간 것일 것이다.

그동안 나는 심심하다. 안집 어린 애기 불러서 같이 놀까. 하고 전에 없이 불렀더니 얼른 나와서 내 방 미닫이를 열고

"아침이예요"

그린다. 오늘부터 일 전 안 준다. 나는 다시는 이 어린애와는 놀 수 없게 되었구나 하고 나는 할 수 없어서 덮어놓고 성이 잔뜩 난 얼굴을 해 보이고는 뺨 치듯이 방 미닫이를 딱 닫아버렸다. 눈을 감고 가슴이 두군두군하자니까 으아 하고 그 어린애 우는 소리가 안마당으로 멀어가면서 들려왔다. 나는 오랫동안을 혼자서 덜덜 떨었다. 임이가 돌아오니까 몸에서 우유 내가 난다. 나는 서서히 내 활력을 정리하여가면서 임이에게 주의한다. 똑 갓난애기 같아서 썩 좋다.

"목장꺼지 갔다 왔지요"

* 한 송이의 꽃.
** 맨손과 맨주먹. 아무것도 가진 것이 없음을 뜻함.

"그래서?"

카스텔라와 산양유를 책보에 싸가지고 왔다. 집시족 아침 같다.

그리고 나서도 나는 내 본능 이외의 것을 지껄이지 않았나 보다.

"어이, 목말라 죽겠네."

대개 이렇다.

이 목장이 가까운 교외에는 전등도 수도도 없다. 수도 대신에 펌프.

물을 길러 갔다 오더니 운다. 우는 줄만 알았더니 웃는다. 조런— 하고
보면 눈에 눈물이 글썽글썽하다. 그러고도 웃고 있다.

"고게 누우 집 아일까. 아, 쪼꾸망 게 나더러 너 담발했구나, 핵교 가
니? 그리겠지, 고게 나알 제 동무루 아아나 봐, 참 내 어이가 없어서, 그
래, 난 안 간단다, 그랬드니, 요게 또 헌다는 소리가 나 발 씻게 물 좀 끼
없어 주려무나 얘, 아주 이리겠지, 그래 내 물을 한 통 그냥 막 쫙쫙 끼없
어 쥐었지, 그랬드니 너두 발 씻으래, 난 있다가 씻는단다 그러구 왔서,
글쎄, 내 기가 맥혀."

누구나 속아서는 안 된다. 햇수로 여섯 해 전에 이 여인은 정말이지 처
녀대로 있기는 성가셔서 말하자면 헐값에 즉 아무렇게나 내어주신 분이
시다. 그동안 만 오 개년 이분은 휴게라는 것을 모른다. 그런 줄 알아야
하고 또 알고 있어도 나는 때마침 변덕이 나서

"가만있자, 거 얼마 들었드라?"

나쓰미깡이 두 개에 제아무리 비싸야 이십 전, 옳지 깜빡 잊어버렸다.
초 한 가락에 삼 전, 카스텔라 이십 전, 산양유는 어떻게 해서 그런지 거저,

"사십삼 전인데"

"어이쿠"

"어이쿠는 뭐이 어이쿠예요"

"고놈이 아무 수루두 제해지질 않는군그래"

"소수素數?"

옳다.

신통하다.

"신통해라!"

결인 반대

이런 정경마저 불쑥 내어놓는 날이면 이번 복수 행위는 완벽으로 흐지부지하리라. 적어도 완벽에 가깝기는 하리라.

한 사람의 여인이 내게 그 숙명을 공개해주었다면 그렇게 쉽사리 공개를 받은—참회를 듣는 신부神父 같은 지위에 있어서 보았다고 자랑해도 좋은—나는 비교적 행복스러웠을는지도 모른다. 그러나 나는 어디까지든지 약다. 약으니까 그렇게 거저먹게 내 행복을 얼굴에 나타내이거나 하지는 않는다는 것이다.

이와 같은 로직을 불언실행不言實行하기 위하여서만으로도 내가 그 구중중한 수염을 깎지 않은 것은 지당한 중에도 지당한 맵시일 것이다.

그래도 이 우둔한 여인은 내 얼굴에 더덕더덕 붙은 바 추醜를 지적하지 않는다. 그것은 두말할 것도 없이 그 숙명을 공개하던 구실도 헛되니와 그 여인의 애정이 부족한 탓이리라. 아니 전혀 없다.

나는 바른대로 말하면 애정 같은 것은 희망하지도 않는다. 그렇니까 내가 결혼한 이튿날 신부를 데리고* 외출했다가 다행히 길에서 그 신부를

---

* 원문에는 '더리고'임.

잃어버렸다고 하자. 내가 그럼 밤잠을 못 자고 찾을까.

그때 가령 이런 엄청난 글발*이 날아들어 왔다고 내가 은근히 희망한다.

"소생이 모월 모일 길에서 줏은 바 소녀는 귀하의 신부임이 확실한 듯하기에 통지하오니 찾아가시오"

그래도 나는 고집을 부리고 안 간다. 발이 있으면 오겠지, 하고 나의 염두에는 그저 왕양汪洋**한 자유가 있을 뿐이다.

돈지갑을 어느*** 포켓에다 넣었는지 모르는 사람만이 용이하게 돈지갑을 잃어버릴 수 있듯이, 나는 길을 걸으면서도 결코 신부 임이에 대하여 주의를 하지 않기로 주의한다. 또 사실 나는 좀 편두통이다. 5월의 교외 길은 좀 눈이 부셔서 실없이 어찔어찔하다.

—주마가편走馬加鞭—

이런 느낌이다.

임이는 결코 결혼 이튿날 걷는 길을 앞서지 않으니 임이로 치면 이날 사실 가볼 만한 데가 없다는 것일까. 임이는 그럼 뜻밖에도 고독하던가.

달리는 말에 한층 채찍을 내리우는 형상, 임이의 작은 보폭이 어디 어느 지점에서 졸도를 하나 보고 싶기도 해서 좀 심청맞으나 자분참 걸었던 것인데—

아니나 다를까? 떡 없다.

내 상식으로 하면 귀한 사람이 가축을 끌고 소요逍遙하려 할 때 의례히

가축이 앞선다는 것이다.

앞서 가는 내가 놀라야 하나. 이 경우에 그렇면 그렇지 하고 까땍도 하지 않아야 더 점잖은가.

아직은? 했건만도 어언간 없어졌다.

나는 내 고독과 내 노년을 생각하고 거기는 은행 벽 모퉁인 것도 채 인식하지도 못하는 중 서서 그래도 서너 번은 뒤 혹은 양 곁을 둘러보았다. 단발 양장의 소녀는 마침 드물다.

"이만하면 유실遺失이구?"

닥쳐와야 할 일이 척 닥쳐왔을 때 나는 내 갈팡질팡하는 육신을 수습해야 한다. 그렇나 임이는 은행 정문으로부터 마술처럼 나온다. 하이힐이 아까보다는 사뭇 무거워 보이기도 하는데, 이상스럽지는 않다.

"십 원째리를 죄다 십 전째리루 바꿨지, 이거 좀 봐, 이망쿰이야, 주머니에다 늫세요."

주마가편이라는 상쾌한 내 어휘에 드디어 슬럼프가 왔다는 것이다.

나는 기뻐하지 않는다. 그렇다고 대담하게 그럴 상싫은 표정을 이 소녀 앞에서 하는 수는 없다. 그래서 얼른

SEUVENIR!*

균형된 보조步調가 똑같은 목적을 향하여 걸었다면 겉으로 보기에 친화하기도 하련만, 나는 내 마음에 인내를 명령하여놓고 패러독스에의 한 복수에 착수한다. 얼마나 요런 암상은 참나?** 계산은 말잔다.

애정은 애초부터 없었다는 증거!

---

* SOUVENIR의 오식인 듯함.
** '참말로', '나 참' 등과 같은 일종의 감탄사로 보기도 함.

그렇나 내 입에서 복수라는 말이 떨어진 이상 나만은 내 임이에게 대한 애정을 있다고 우길 수 있는 것이다.

보자! 얼마간 피곤한 내 두 발과 임이의 한 켤레 하이힐이 윤의 집 문간에 가 서게 되었는데도 감쪽스럽게 임이가 성을 안 낸다. 안차고* 겸하여 다라지기도** 하다.

윤은 부재요, 그렇면 내가 뜻하지 않고 임이의 안색을 살필 기회가 온 것이기에

"PM 다섯 시까지 다이아몬드로 오기를."

이렇게 적어서 안짬재기***에게 전하고 흘낏 임을 노려보았더니—

얼떨결에 색소가 없는 혈액이라는 설명할 수사학을 나는 내가 마치 임이 편인 것처럼 민첩하게 찾아놓았다.

폭풍이 눈앞에 온 경우에도 얼굴빛이 변해지지 않는 그런 얼굴이야말로 인간고人間苦의 근원이리라. 실로 나는 울창한 삼림 속을 진종일 헤매고 끝끝내 한 나무의 인상을 훔쳐 오지 못한 환각의 인人이다. 무수한 표정의 말뚝이 공동묘지처럼 내게는 똑같아 보이기만 하니 멀리 이 분주한 초조를 어떻게 점잔을 빼어서 구하느냐.

다이아몬드 다방 문 앞에서 너무 머뭇머뭇하느라고 들어가지 못하고 말기는 처음이다. 윤이 오면—다이아몬드 보이 녀석은 윤과 임이 여기서 그들을**** 사랑하는 부부인 것까지도 알고, 하니까 나는 다시 내 필적을

"PM 여섯 시까지 집으로 저녁을 토식討食*****하려 가리로다. 물경 부

---

* 안차다. 겁이 없고 야무지다.

** 다라지다. 여간한 일에 겁내지 아니할 만큼 사람됨이 야무지다.

*** 안잠자기. 여자가 남의 집에서 먹고 자며 그 집의 일을 도와주는 일. 또는 그런 여자.

**** 원문에는 '그늘을'임.

***** 음식을 억지로 달라고 하여 먹음.

처夫妻"

주고 나왔다. 나온 것은 나왔다 뿐이지

DOUGHTY DOG*

이라는 가증한 장난감을 살 의사는 없다. 그것은 다만 십 원짜리 체인지**
와 아울러 임이의 분간 못 할 천후天候에서 나온 경증의 도박이리라.

여섯 시에 일어난 사건에서 나는 완전히 실각했다.

가령―(내가 윤더러)

"아 아 있군그래, 다이아몬드에 갔든가, 게다 여섯 시에 오께 밥 달라
구 적어났는데, 밥이라면 술이 붙으렷다"

"갔지, 가구말구, 밥은 예펜네가 어딜 가서 아직 안 됐구 술은 내 미리
먹구 왔구,"

첫째 윤은 다이아몬드까지 안 갔다. 고 안쌈재기 말이 아이구 댕겨가신
지 오 분두 못 돼서 드로세서 여태 기대리셨는데요―PM 다섯 시는 즉 말
하자면 나를 힘써 만날 것이 없다는 태도다.

"대단히 교만하다"

이러려다 그만두어야 했다. 나는 그 대신 배를 좀 불쑥 앞으로 내어밀고

"내 아내를 소개허지, 이름은 임이"

"아내? 허―착각을 일으켰군그래, 내 짐작 같에서는 그게 내 아내 비
슷두 헌데!"

"내가 더 미안헌 말 한마디만 허까, 이따위 서푼째리 소설을 쓰느라고
내가 만년필을 쥐이지 않았겠나, 추억이라는 건 요컨대 이 만년필망쿰두

---

* '용감한 개'라는 뜻.
** change. 거스름돈.

손에 직접 짚이능 게 아니란 내 학설이지, 어때?"

"먹다 냉깅 걸 몰르구 집어먹었네그려, 자넨 자고로 귀족 취미는 아니라니까, 아따 자네 위생이 부족헌 체허구 그저 그대루 견디게그려, 내게 암만 퉁명을 부려야 낸들 또 한 번 좃다 버린 만년필을 인제 와서 어쩌겠나"

내 얼굴은 담박* 잠잠하다. 할 말이 없다. 핑계 삼아 내 포켓에서

DOUGHTY DOG

을 꺼내놓고 스프링을 감아준다. 한 마리의 그레이하운드가 제 몸집만이나 한 구두 한 짝을 물고 늘어져서 흔든다. 죽도록 흔들어도 구두대로 개는 개대로 강철의 위치를 변경하는 수가 없는 것이 딱하기가 짝이 없고 또 내가 더럽다

DOUGHTY**

는 더럽다는 말인가. 초조하다는 말인가. 이 글자의 위압에 참 나는 견딜 수 없다.

"아닝 게 아니라 나두 깜짝 놀랬네, 놀랜 것이, 지애가(안쫨재기가) 내댕겨 두로니까*** 헌다는 소리가, 한 마흔댓 되는 이가 열칠팔 되는 시액시를 데리구 날 찾아왔드라구, 딸 겉기두 헌데 또 첩 겉기두 허드라구, 종잇조각을 봐두 자네 이름을 안 썼으니 누군지 알 수 없구, 덮어놓구 다이아몬드루 찾아갔다가 또 혹시 실수허지나 않을까 봐, 예끼 그만 내버려 둬라, 제눔이 누구등 간에 날 보구 싶으면 찾아오겠지 허구 기대리든 차예, 하하 이건 좀 일이 제대루 되질 않은 것 겉기두 허예 어째"

나는 좋은 기회에 임이를 한번 어디 돌아다보았다. 어족魚族이나 다름

---

* 단박.
** 원문에는 DOUGATY임. 오식인 듯함.
*** '돌아오니까'의 뜻.

없이 뭉툭한 채 그 이 두 남자를 건드렸다 말았다 한 손을 솜씨 있게 놀려

DOUGHTY DOG

스프링을 감아주고 있다. 이것이 나로서 성화가 날 일이 아니면 죄罪 씨인*이다. 아—아—.

나는 아—아—하기를 면하고 싶어도 다음에 내 무너져 들어가는 육체를 지지할 수 있는 말을 할 수 있도록 공부하지 않고는 이 구중중한 아—아—를 모른 체할 수는 없다.

명시明示

여자란 과연 천혜天惠처럼 남자를 철두철미 쳐다보라는 의무를 사상의 선결 조건으로 하는 탄성체彈性體던가.

다음 순간 내 최후의 취미가

"가축은 인제는 싫다"

이렇게 쾌히 부르짖은 것이다.

나는 모든 것을 망각의 벌판에다 내다 던지고 알따란 취미 한 풀만을 질질 끌고 다니는 자기 자신 문지방을 이제는 넘어 나오고 싶어졌다.

우환!

유리 속에서 웃는 그런 불길한 영유靈幽의 웃음은 싫다. 인제는 소리를 가장 쾌활하게 질러서 손으로 만지려면 만져지는 그런 웃음을 웃고 싶은 것이다. 우환이 있는 것도 아니오 우환이 없는 것도 아니오 나는 심야에 차도에 내려선 초연한 성격으로 이런 속된 혼탁에서 돌아서 보았으면—

---

* 'sin'을 발음대로 적은 것으로도 봄.

그러기에는 이번에 적잖이 기술을 요했다. 칼로 물을 베듯이

"아차! 나는 T가 월급이군그래, 잊어버렸구나!(하건만 나는 덜 배앝아놓은 것이 혀에 미꾸라지처럼 걸려서 근실근실한다. 윤은 혹은 식물과 같이 인문人文을 떠난 방탄조끼를 입었나) 그러나 윤! 들어보게, 자네가 모조리 핥었다는 임이의 나체는 그건 임이가 목욕헐 때 입는 비누 드레스나 마창가질세! 지금 아니! 전무후무하게 임이 벌거숭이는 내게 독점된 걸세, 그리게 자넨 그만큼 해두구 그 병정 구두 겉은 교만을 좀 버리란 말일세, 알아듣겠나"

윤은 낙조를 받은 것처럼 얼굴이 불콰하다. 거기 조소가 지방처럼 윤이 나서 만연하는 것이 내 전투력을 재채기시킨다.

윤은 내가 불쌍하다는 듯이

"내가 이만큼꺼지 사양허는데 자네가 공연이 자꾸 그리면 또 모르네, 내 성가셔서 자네 따구 한 대쯤 갈길는지두."

이런 어리석어빠진 논쟁을 왜 내게 재판을 청하지 않느냐는 듯이 그레이하운드가 구두를 기껏 흔들다가 그치는 것을 보아 임이는 무용의 어떤 포즈 같은 손짓으로

"지이가 디오스*의 여신입니다. 둘이 어디 모가질 한번 바꿔 붙여보시지오, 안 되지오? 그러니 그만들 두시란 말입니다. 윤헌테 내애준 육체는 거기 해당한 정조가 법률처럼 붙어 갔든 거구요, 또 지이가 어저께 결혼했다구 여기두 여기 해당한 정조가 따라왔으니까 뽐낼 것두 없능 거구 질투헐 것두 없능 거구, 그러지 말구 겉은 선수끼리 악수나 허시지오, 네?"

윤과 나는 악수하지 않았다. 악수 이상의 통봉痛棒**이 윤은 몰라도 적

---

* 스페인어로 '디오스Dios'는 신神을 뜻함.
** 좌선할 때 쓰는 방망이. 스승이 마음의 안정을 잡지 못하는 제자를 징벌하는 데 쓴다.

어도 내 위에는 내려앉았는 것이니까. 이것은 여기 앉았다가 밴댕이처럼 납작해질 징조가 아닌가. 겁이 차츰차츰 나서 나는 벌떡 일어나면서 들창 밖으로 침을 탁 배앝을까 하다가 자분참

"그렇지만 자네는 만금을 기울여두 인젠 임이 나체 스냅 하나 보기두 어려울 줄 알게, 조꿈두 사양헐 게 없이 구구루* 나허구 병행해서 온전헌 정의를 유지허능 게 어떵가?"

하니까,

"이착二着 열 뻘** 헌 눔이 아무래두 일착一着 단 한 번 헌 눔 앞에서 고갤 못 드는 법일세, 자네두 그만헌 예의쯤 분간이 슬 듯헌데 왜 그리 바들짝바들짝허나 응? 그러구 그 만금이니 만만금이니 허능 건 또 다 뭔가? 나라는 사람은 말일세 자세 듣게, 여자가 날 싫어허면 헐수룩 좋아허는 체허구 쫓아댕기다가두 그 여자가 섣불리 그럼 허구 좋아허는 낯을 단 한 번 허는 나달에는, 즉 말허자면 마주막 물건을 단 한 번 건드리구 난 다음엔 당장 눈앞에서 그 여자가 싫여지는 성질일세, 그건 자네가 아주 바루 정의가 어쩌니 허지만 이거야말루 내 정의에서 우러나오는 걸세, 대체 난 나버덤 낮은 인간이 싫으예 여자가 한번 제 마주막 것을 구경시킨 다암엔 열이면 열 백이면 백, 밑으루 내려가서 그 남자를 쳐다보기 시작이거든, 난 이게 견딜 수 없게 싫단 그 말일세."

나는 그제는 사뭇 돌아섰다. 그만침 정밀한 모욕에는 더 견디기 어려워서.

윤은 새로 담배에 불을 붙여 물더니 주머니를 뒤적뒤적한다. 나를 살해

---

* 국으로. 제 생긴 그대로. 또는 자기 주제에 맞게.
** '열 번'.

하기 위한 흥기를 찾는 것일까. 담뱃불은 이미 붙었는데—

"여기 십 원 있네, 가서 가난헌 T군 졸르지 말구 자네가 T군헌테 한잔 사주게나, 자넨 오늘 그 자네 서푼쩨리 체면 때문에 꽤 우울해진 모냥이니 자네 소위 신부허구 같이 있다가는 좀 위험헐껄, 그러니까 말일세 그 신부는 내 오늘 같이 키네마*루 모시구 갈 테니 안 헐 말루 잠시 빌리게, 응? 왜 맘에 꺼림찍헝가?"

"너무 세밀허게 내 행동을 지정허지 말게, 하여간 난 혼자 좀 나가야겠으니 임이, 윤 군허구 키네마 가지 응 키네마 좋아허지 왜"
하고 말끝이 채 맺기 전에 임이 뽀루퉁하면서—

"임이 남편을 그렇게 맘대루 동정허거나 자선허거나 헐 권리는 남에겐 더군다나 없습니다. 자—그거 받아서는 안 됩니다. 여깄어요"
하고 내어놓은 무수한 십 전짜리.

"하하 야 이겁 봐라"

윤은 담뱃불을 재떨이에다 벌레 죽이듯이 꼭꼭 이기면서 좀처럼 웃음을 얼굴에서 걷지 않는다. 나도 사실 속으로

"하하 야 요겁 봐라"

안 한 것이 아니다. 그러나 나도 웃어 보였다. 그리고는 임이 등을 어루만져 주고 그 백동화를 한 움큼 주머니에 넣고 그리고 과연 윤의 집을 나서는 길이다.

"이따 파헐 임시臨時해서 내 키네마 문밖에서 기대리지, 어디지?"

"단성사, 헌데 말이 났으니 말이지 난 오늘 친구헌테 술값 꾀주는 권리를 완전히 구속당했능걸! 어—쯧 쯧"

---

* 시네마cinema. 영화관.

적어도 백 보가량은 앞이 매음을 돌았다. 무던히 어지러워서 비척비척
하기까지 한 것을 나는 아무에게도 자랑할 수는 없다.

TEXT

"불장난—정조 책임이 없는 불장난이면? 저는 즐겨 합니다. 저를 믿어
주시나요? 정조 책임이 생기는 나절*에 벌써 이 불장난의 기억을 저의 양
심의 힘이 말살하는 것입니다. 믿으세요"

평評—이것은 분명히 다음에 서술되는 같은 임이의 서술 때문에 임이
의 영리한 거짓부렁이가 되고 마는 것이다. 즉

"정조 책임이 있을 때에도 다음 같은 방법에 의하야 불장난은—주관
적으로만이지만—용서될 줄 압니다. 즉 아내면 남편에게, 남편이면 아내
에게, 무슨 특수한 전술로든지 감쪽같이 모르게 그렇게 스무드하게 불장
난을 하는데 하고 나도 이렇달 형적을 꼭 남기지 말아야 한다는 것입니
다. 네?

그러나 주관적으로 이것이 용납되지 않는 경우에 하였다면 그것은 죄
요 고통일 줄 압니다. 저는 죄도 알고 고통도 알기 때문에 저로서는 어려
울까 합니다. 믿으시나요? 믿어주세요"

평評—여기서도 끝으로 어렵다는 대문 부근이 분명히 거짓부렁이라는
것이다. 그것은 역시 같은 임이의 필적 이런 잠재의식, 탄로 현상에 의하
여 확실하다.

"불장난을 못 하는 것과 안 하는 것과는 성질이 아주 다릅니다. 그것은

---

* 나절. 때 등으로 해석함.

컨디션* 여하에 좌우되지는 않겠지오. 그러니 어떻다는 말이냐고 그러십니까. 일러드리지오. 기뻐해주세요. 저는 못 하는 것이 아니라 안 하는 것입니다.

자각된 연애니까요.

안 하는 경우에 못 하는 것을 관망하고 있노라면 좋은 어휘가 생각납니다. 구토. 저는 이것은 견딜 수 없는 육체적 형벌이라고 생각합니다 온갖 자연발생적 자태가 저에게는 어째 유취만년乳臭萬年**의 넝마 쪼각 같습니다. 기뻐해주세요. 저를 이런 원근법에 조차서 사랑해주시기 바랍니다"

평評—나는 싫어도 요만큼 다가선 위치에서 임이를 설유說諭하려 드는 대시***의 자세를 취소해야 하겠다. 안 하는 것은 못 하는 것보다 교양, 지식 이런 척도로 따져서 높다. 그러나 안 한다는 것은 내가 빚어내이는 기후 여하에 빙자해서 언제든지 아무 겸손이라든가 주저 없이 불장난을 할 수 있다는 조건부 계약을 차도 복판에 안전지대 설치하듯이 강요하고 있는 징조에 틀림은 없다.

나 스스로도 불쾌할 에필로그로 귀하들을 인도하기 위하여 다음과 같은 박빙薄氷****을 밟는 듯한 회화會話를 조직하마.

"너는 네 말마따나 두 사람의 남자 혹은 사실에 있어서는 그 이상 훨씬 더 많은 남자에게 내주었든 육체를 걸머지고 그렇게도 호기 있게 또 정정당당하게 내 성문을 틈입할 수가 있는 것이 그래 철면피가 아니란 말이냐?"

---

* condition. 상태.
** 젖비린내가 오래 남아 있음.
*** dash. 도전. 과시.
**** 살얼음.

"당신은 무수한 매춘부에게 당신의 그 당신 말마따나 고귀한 육체를 염가로 구경시키셨습니다. 마찬가지지요"

"하하! 너는 이런 사회조직을 깜박 잊어버렸구나. 여기를 너는 서장西藏*으로 아느냐. 그렇지 않으면 남자도 포유 행위를 하든 피데칸트로푸스 시대로 아느냐. 가소롭구나. 미안하오나 남자에게는 육체라는 관념이 없다. 알아듣느냐?"

"미안하오나 당신이야말로 이런 사회조직을 어째 급속도로 역행하시는 것 같습니다. 정조라는 것은 일대일의 확립에 있습니다. 약탈 결혼이 지금도 있는 줄 아십니까."

"육체에 대한 남자의 권한에서의 질투는 무슨 걸레 쪼각 같은 교양 나브랭이가 아니다. 본능이다. 너는 아 본능을 무시하거나 그 치기만만한 교양의 장갑으로 정리하거나 하는 재조가 통용될 줄 아느냐?"

"그럼 저도 평등하고 온순하게 당신이 정의하시는 '본능'에 의해서 당신의 과거를 질투하겠습니다. 자—우리 숫자로 따져보실까요?"

평評—여기서부터는 내 교재에는 없다.

신선한 도덕을 기대하면서 내 구태의연하다고 할 만도 한 관록을 버리겠노라.

다만 내가 이제부터 내 부족하나마나 노력에 의하여 획득해야 할 것은 내가 탈피할 수 있을 만한 지식의 구매다.

나는 내가 환갑을 지난 몇 해 후 내 무릎이 일어서는 날까지는 내 오크재로 만든 포도송이 같은 손자들을 거느리고 끽다점**에 가고 싶다. 내 알

---

* 티베트.
** 찻집.

라모드*는 손자들의 그것과 태연히 맞서고 싶은 현재의 내 비애다.

전질顚跌**

이러다가는 내 중립 지대로만 알고 있던 건강술이 자칫하면 붕괴할 것 같은 위구危懼가 적지 않다. 나는 조심조심 내 앉은 자리에 혹 유해한 곤충이나 서식하지 않는가 보살펴야 한다.

T 군과 마주 앉아 싱거운 술을 마시고 있는 동안 내 눈이 여간 축축하지 않았단다. 그도 그럴밖에. 나는 시시각각으로 자살할 것을, 그것도 제 형편에 꼭 맞춰서 생각하고 있었으니―

내가 받은 자결의 판결문 제목은

"피고는 일조一朝에 인생을 낭비하였느니라. 하도 피고의 생명이 연장되는 것은 이 건곤乾坤의 경상비經常費를 구타여 등귀시키는 것이어늘 피고가 들어가고저 하는 쥐구녕이 거기 있으니 피고는 모름지기 그리 가서 꽁무니 쪽을 돌아다보지는 말지어다"

이렇다.

나는 내 언어가 이미 이 황막한 지상에서 탕진된 것을 느끼지 않을 수 없을 만치 정신은 공동空洞이오, 사상은 당장 빈곤하였다. 그러나 나는 이 유구한 세월을 무사히 수면하기 위하여, 내가 몽상하는 정경을 합리화하기 위하여, 입을 다물고 꿀 항아리처럼 잠자코 있을 수는 없는 일이다.

"몽골피에*** 형제가 발명한 경기구가 결과로 보아 공기보다 무거운 비

---

* à la mode. 유행하는, 유행의, ~양식의.
** 무엇에 걸리거나 헛디디거나 하여 굴러 넘어짐. 일이 틀어져 실패함.
*** Joseph Michel Montgolfier(1740~1810). 프랑스의 발명가.

행기의 발달을 훼방 놀 것이다. 그와 같이 또 공기보다 무거운 비행기 발명의 힌트의 출발점인 날개가 도리어 현재의 형태를 갖춘 비행기의 발달을 훼방 놀았다고 할 수도 있다. 즉 날개를 펄럭거려서 비행기를 날르게 하려는 노력이야말로 차륜을 발명하는 대신에 말의 보행을 본떠서 자동차를 만들 궁리로 바퀴 대신 기계 장치의 네 발이 달린 자동차를 발명했다는 것이나 다름없다"

억양도 아무것도 없는 사어死語다. 그럴밖에. 이것은 장 콕토의 말인 것도.

나는 그러나 내 말로는 그래도 내가 죽을 때까지의 단 하나의 절망, 아니 희망을 아마 텐스*를 고쳐서 지껄여버린 기색이 있다.

"나는 어떤 규수 작가를 비밀히 사랑하고 있소이다그려!"

그 규수 작가는 원고 한 줄에 반드시 한 자씩의 오자를 삽입하는 쾌활한 태만성을 가진 사람이다. 나는 이 여인 앞에서는 내 추한** 짓밖에는, 할 수 있는 거동의 심리적 여유가 없다. 이 여인은 다행히 경산부다.

그러나 곧이듣지 마라. 이것은 다음과 같은 내 면목을 유지하기 위해 발굴한 연장에 지나지 않는다.

"내가 결혼하고 싶어 하는 여인과 결혼하지 못하는 것이 결이 나서 결혼하고 싶지도 저쪽에서 결혼하고 싶어 하지도 않는 여인과 결혼해버린 탓으로 뜻밖에 나와 결혼하고 싶어 하든 다른 여인이 그 또 결이 나서 다른 남자와 결혼해버렸으니 그야말로—나는 지금 일조에 파멸하는 결혼 위에 저립佇立***하고 있으니—일거에 삼첨三尖****일세그려"

---

* tense. 시제.
** 원문에는 '내 추'임.
*** 우두커니 머물러 섬.
**** 한 번에 세 꼭짓점에 서다. 즉 한 번에 세 가지 좋은 일이 생긴다는 뜻.

즉 이것이다.

T군은 암만해도 내가 불쌍해 죽겠다는 듯이 나를 물끄러미 바라다보더니

"자네, 그중 어려운 외국으로 가게, 가서 비로소 말두 배우구, 또 사람두 처음으로 사귀구 그리구 다시 채국채국 살기 시작허게, 그렇거능 게 자네 자살을 구할 수 있는 유일의 방도가 아닌가. 그렇게 생각하는 내가 그럼 박정한가?"

자살? 그럼 T군이 눈치를 채었던가.

"이상스러워할 것도 없는 게 자네가 주머니에 칼을 넣고 댕기지 않는 것으로 보아 자네에게 자살하려는 의사가 있다는 걸 알 수 있지 않겠나. 물론 이것두 내게 아니구 남한테서 꿔 온 에피그램*이지만."

여기 더 앉았다가는 복어처럼 탁 터질 것 같다. 아슬아슬한 때 나는 T군과 함께 바를 나와 알마치** 단성사 문 앞으로 가서 삼 분쯤 기다렸다.

윤과 임이가 일조一條 이조二條 하는 문장처럼 나란히 나온다. 나는 T군과 같이 〈만춘晚春〉 시사를 보겠다. 윤은 우물쭈물하는 것도 같더니

"바통 가져가게"

한다. 나는 일없다. 나는 절을 하면서

"일착 선수여! 나를 열차가 연선沿線의 소역小驛을 자디잔 바둑돌 묵살하고 통과하듯이 무시하고 통과하야주시기(를) 바라옵나이다"

순간 임이 얼굴에 독화毒花가 핀다. 응당 그러리로다. 나는 이착의 명예 같은 것은 요새쯤 내다 버리는 것이 좋았다. 그래 얼른 릴레이***를 기권

---

* epigram. 경구, 짧은 풍자시.
** 알맞추, 알맞게.
*** 원문에는 '릴레'임.

했다. 이 경우에도 어휘를 탕진한 부랑자의 자격에서 공구恐懼* 요코미쓰 리이치[橫光利一]** 씨의 출세를 사글세 내어 온 것이다.

임이와 윤은 인파 속으로 숨어버렸다.

갤러리 어둠 속에 T 군과 어깨를 나란히 앉아서 신발 바꿔 신은 인간 코미디를 내려다보고 있었다. 아랫배가 몹시 아프다. 손바닥으로 꽉 누르면 밀려 나가는 김이 입에서 홍소로 화해 터지려 든다. 나는 아편이 좀 생각났다. 나는 조심도 할 줄 모르는 야인이니까 반쯤 죽어야 껍적대이지 않는다.

스크린에서는 죽어야 할 사람들은 안 죽으려 들고 죽지 않아도 좋은 사람들이 죽으려 야단인데 수염 난 사람이 수염을 혀로 핥듯이 만지적만지적하면서 이쪽을 향하더니 하는 소리다.

"우리 의사는 죽으려 드는 사람을 부득부득 살려가면서도 살기 어려운 세상을 부득부득 살아가니 거 익살맞지 않소?"

말하자면 굽 달린 자동차를 연구하는 사람들이 거기서 이리 뛰고 저리 뛰고 하고들 있다.

나는 차츰차츰 이 객 다 빠진 텅 빈 공기 속에 침몰하는 과실 씨가 내 허리띠에 달린 것 같은 공포에 지질리면서 정신이 점점 몽롱해 들어가는 벽두에 T 군은 은근히 내 손에 한 자루 서슬 퍼런 칼을 쥐여준다.

(복수하라는 말이렸다)

(윤을 찔러야 하나? 내 결정적 패배가 아닐까? 윤은 찔르기 싫다)

(임이를 찔러야 하지? 나는 그 독화 핀 눈초리를 망막에 영상한 채 왕생하

---

* 몹시 누려움.
** 일본의 소설가(1898~1947).

다니)

내 심장이 꽁꽁 얼어 들어온다. 빼드득빼드득 이가 갈린다.

(아하 그럼 자살을 권하는 모양이로군, 어려운데—어려워, 어려워, 어려워)

내 비겁을 조소하듯이 다음 순간 내 손에 무엇인가 뭉클 뜨듯한 덩어리가 쥐어졌다. 그것은 서먹서먹한 표정의 나쓰미깡, 어느 틈에 T 군은 이것을 제 주머니에다 넣고 왔든구.

입에 침이 좌르르 돌기 전에 내 눈에는 식은 컵에 어리는 이슬처럼 방울지지 않는 눈물이 핑 돌기 시작하였다.

—《조광》, 1937. 2.

공포의 기록

서장

생활, 내가 이미 오래전부터 생활을 갖지 못한 것을 나는 잘 안다. 단편적으로 나를 찾아오는 '생활 비슷한 것'도 오직 '고통'이란 요괴뿐이다. 아무리 찾아도 이것을 알아줄 사람은 한 사람도 없다.

무슨 방법으로든지 생활력을 회복하려 꿈꾸는 때도 없지는 않다. 그것 때문에 나는 입때 자살을 안 하고* 대기의 자세를 취하고 있는 것이다─이렇게 나는 말하고 싶다만.

제이차의 객혈이 있은 후 나는 으슴푸레하게나마 내 수명에 대한 개념을 파악하였다고 스스로 믿고 있다.

그러나 그 이튿날 나는 작은어머니와 말다툼을 하고 맥박 백이십오의 팔을 안은 채, 나의 물욕을 부끄럽다 하였다. 나는 목을 놓고 울었다 어린애같이 울었다.

남 보기에 퍽이나 추악했을 것이다 그러다 나는 내가 왜 우는가를 깨달

---

* 원문에는 '아하고'임.

고 곧 울음을 그쳤다.

나는 근래의 내 심경을 정직하게 말하려 하지 않는다 말할 수 없다 만신창이의 나이언만 약간의 귀족 취미가 남아 있기 때문이다 그러나 만약 남 듣기 좋게 말하자면 나는 절대로 내 자신을 경멸하지 않고 그 대신 부끄럽게 생각하리라는 그러한 심리로 이동하였다고 할 수는 있다 적어도 그것에 가까운 것만은 사실이다.

불행한 계승

4월로 들어서면서는 나는 얼마간 기동할 정신이 났다 객혈하는 도수도 훨씬 뜨고 또 분량도 훨씬 줄었다 그러나 침침한 방 안으로 후틋한 공기가 들어와서 미적지근하게 미적지근한 체온과 어울릴 적에 피로는 겨울 동안보다 훨씬 더한 것 같음은 제 팔뚝을 들 힘조차 제게 없는 것이다. 하도 답답하면 나는 툇마루에 볕이 드는 데로 나와 앉아서 반쯤 보이는 닭의장 쪽을 보려고 그래서가 아니라 보이니까 멀거니 보고 있자면 의례히 작은어머니가 그 닭의장을 얼싸안고 얼미적얼미적하는 것이다. 저것은 즉 고 덜 여물어서 알을 안 까는 암탉들을 내려다보면서 언제나 요것들을 길러서 누이를 보나 하는 고약한 어머니들의 제 딸 노리는 그게 아닌가 내 눈에 비치는 것이다.

나는 물론 이래서는 안 된다고 생각한다. 작은어머니 얼굴을 암만 봐도 미워할 데가 어디 있느냐. 넓은 이마, 고른 치아의 열, 알맞은 코, 그리고 작은아버지만 살아 계시면 아직도 얼마든지 연연戀戀한 애정의 색을 띠울 수 있는 총기 있는 눈 하며 다 내가 좋아하는 부분부분인데 어째 그런지 그런 좋은 부분들이 종합된 '작은어머니'라는 인상이 나로 하여금 증오의 염손을 일으키게 한다.

물론 이래서는 못쓴다. 이것은 분명히 내 병이다. 오래오래 사람을 싫어하는 버릇이 살피고 살펴서 급기야에 이 모양이 되고 만 것에 틀림없다 그렇다고 내 육친까지를 미워하기 시작하다가는 나는 참 이 세상에 의지할 곳이 도무지 없어지는 것이 아니냐. 참 안됐다.

이런 공연한 망상들이 벌써 나을 수도 있었을 내 병을 자꾸 덧들이게 하는 것일 것이다. 나는 마음을 조용히 또 순하게 먹어야 할 것이라고 여러 번 괴로워하는데 그렇게 괴로워하는 것은 도리어 또 겹겹이 짐 되는 것도 같아서 나는 차라리 방심 상태를 꾸미고 방 안에서는 천장만 쳐다보거나 나오면 허공만 쳐다보거나 하재도 역시 나를 싸고도는 온갖 것에 대한 증오의 염이 무럭무럭 구름 일듯 하는 것을 영 막을 길이 없다

×

비가 두어 번 왔다. 싹이 트려나 보다. 내려다보는 지면이 갈수록 심상치 않다. 바람이 없이 조용한 날은 툇마루에 드는 볕을 가만히, 잡기만 하면 퍽 따뜻하다. 이렇게 따뜻한 볕을 쪼이면서 이렇게 혼곤한데 하필 사람만을 미워해야 되는 까닭이 무엇이냐.

사람이 나를 싫어할 상실은데 나도 사실 내가 싫다 이렇게 저를 사랑할 줄도 모르는 인간이 남을 위할 줄 알 수 있으랴. 없다. 그러면 나는 참 불행하구나.

이런 망상을 시작하면 정말이지 한이 없다. 그러니까 나는 힘이 들고 힘이 드는 것이 싫어도 움직여야 한다. 나는 헌 구두짝을 끌고 마당으로 나가서 담 한 모퉁이를 의지해서 꾸며놓은 닭의 집 가까이 가본다

×

혹 나는 마음으로 작은어머니에게 사과하려던 것인지도 모른다. 그런

데 또 이것은 왜 그러나—작은어머니는 나를 보더니 얼른 안으로 들어가 버린다. 저러기 때문에 안 된다는 것이다. 닭의 집 높이가 내 턱 좀 못 미치기 때문에 나는 거기 가로질린 나무에 턱을 받치고 닭의 집 속을 내려다보고 있자니까 내음새도 어지간한데 제일 그 수탉이 딱해 죽겠다. 공연히 성이 대밑둥까지 나서 모가지 털을 벌컥 일으켜 세워가지고는 숨이 헐리벌떡헐리벌떡 야단법석이다. 제 딴은 그 가운데 막힌 철망을 뚫고 이쪽 암탉들 있는 데로 가고 싶어서 그리는 모양인데 사람 같으면 그만하면 못 넘어갈 줄 알고 그만둠 직하건만 이놈은 참 성벽이 대단하다. 가끔 철망 무너진 구멍에 무작정하고 목을 틀어박았다가 잘 나오지 않아서 눈을 감고 긱 긱 소리를 지르다가 가까스로 빠져나가는 걸 보고 저놈이 그만하면 단념하였다 하고 있으면 그래도 여전히 야단이다 나는 그만 그놈의 근기* 에 진력이 나서 못생긴 놈 미련한 놈 못생긴 놈, 미련한 놈, 하고 혼자서 화를 벌컥 내어보다가도 또 그놈의 그런 미칠 것 같은 정열이 다시없이 부럽기도 하고 존경해야 할 것같이 생각키기도 해서 자세히 본다.

그런데 암탉들은 어떠냐 하면 영 본 숭 만 숭이다. 모—른 체하고 그저 모이 주워 먹기에만 열중이다. 아하 저러니까 수탉이란 놈이 화가 더 날 밖에 하고 나는 그 새춤데기 암탉들을 안타깝게 생각한 것이다 좀 가끔 수탉 쪽을 한두 번쯤 건너다가도 보아주지 원—하고 나도 실없이 화가 난다. 수탉은 여전히 모이 주워 먹을 생각도 하지 않고 뒤법석을 치는데 좀처럼 허기도 지지 않는다.

이러다가 나는 저 수탉이 대체 요 세 마리 암탉 중의 어떤 놈을 노리는 것인가 좀 살펴보기로 하였다. 물론 수탉이란 놈의 변두**가 하도 두리번거리니까 그놈의 시선만 가지고는 알아채리기가 어렵다. 그래서 나는 보통 사람 남자가 여자 보는 그런 눈으로 한번 보아야겠다.

얼른 보기에 사람의 눈으로는 김생의 얼굴을 사람이 아무개 아무개 하듯 구별하기는 어려운 것같이 보이는데 또 그렇지도 않다. 자세히 보면 저마다 특징다운 특징이 있고 성미도 제각기 다르다. 요 암탉 세 마리도 깃버하여서 얼른 보기에는 고놈이 고놈 같고 하더니 얼마큼이나 들여다 보니까 모두 참 다르다.

키가 작달막하고, 눈 앞이 검고, 털이 군데군데 빠지고 흙투성이의 그 중 더러운 암탉 한 마리가 내 눈에 띄었다 새침한 중에도 새춤한 품이 풋고추같이 맵겠다. 그렇게 보니 그럴 상도 싶은 게 모이를 먹다가는 때때로 흘깃흘깃 음분淫奔한 계집같이 곁눈질을 곧잘 한다. 금방 달려들어 모래라도 한 줌 끼얹어 주었으면 하는 공연한 충동을 느끼나 그러나 허리를 굽히기가 싫다 속 모르는 수탉은 수선도 피우는구나.

아무것도 생각 않는 게 상수다 닭들의 생활에도 그런 갸륵한 분쟁이 있으니 하물며 사람의 탈을 쓴 나에게 수없는 번거로움이 어찌 없으랴 가엾은 수탉에 내 자신을 비겨보고 비겨보고 나는 다시 헌 구두짝을 질질 끈다 바람이 없어서 퍽 따뜻하다 싹이 트려나 보다

얼굴이 이렇게까지 창백한 것이 웬일일까 하고 내가 번민해서—

내 황막荒寞한 의학 지식이 그예 진단하였다.—회충—

그렇지만 이 진단에는 심원한 유서由緒가 있다. 회충이 아니면 십이지장충—십이지장충이 아니면 ○충—이러리라는 것이다.

회충약을 써서 안 들으면, 십이지장충약을 쓰고, 십이지장충약을 써서

---

* 根底. 근성과 기량.

** 벗.

않으면 ○충약을 쓰고 ○충약을 써서 안 들으면 그다음은 아직 연구해보지 않았다.

×

어떤 몹시 불쾌한 하루를 선택하여 위선 회충약을 돈복頓服*하였다.

안다. 두 끼를 절식絶食해야 한다는 것도, 복약 후에 반드시 혼도昏倒한다는 것도.

대낮이다. 이부자리를 펴고 그 속으로 움푹 들어가서 너부죽이 누워서, 이래도? 하고 그 혼도라는 것이 오기를 기다렸다.

기다리는 마음이 늘 초조한 법, 귀로 위 속이 버글버글하는 소리를 알아듣고 눈으로 방 네 귀가 정말 뒤틍그러지려나 보고, 옆구리만 좀 근질근질해도 아하 요게 혼도라는 놈인가 보다 하고 긴장한다.

그랬건만 딱한 일은 끝끝내 내가 혼도 않고 그만두었다는 것이다.

세 시를 쳐도 역시 그 턱이다 나는 그만 흥분했다. 혼도커녕은 정신이 말똥말똥하단 말이다. 이럴 리가 없는데.

그렇다고 금방 십이지장충약을 써보기도 싫다. 내 진단이 너무나 허황한 데 스스로 놀래이고 또 그 약을 구해야 할 노력이 아깝고 귀찮다.

구름 피듯 뭉게뭉게 불쾌한 감정이 솟아오른다. 이러다가는 저녁 지으시는 작은어머니와 또 싸우겠군—얼마 후에 나는 히죽히죽 모자도 안 쓰고 거리로 나섰다.

×

막 다방에를 들어서니까 수군壽君이 마침 문간을 나서면서 손바닥을 보인다.

---

* 약 따위를 나누지 않고 한꺼번에 다 먹음.

"쉬— 자네 마누라가 와 있네"

나는 정신이 번쩍 났다.

"애 요것 봐라"

하고 무작정 그리 들어서려는 것을 수군이 아예 말리는 것이다.

"만좌지중*에서 망신 톡톡이 당할 테니 염체 어델"

"그린가—"

입맛을 쩍쩍 다시면서 발길을 돌리기는 돌렸으나 먼발치에서라도 어디 좀 보고 싶었다.

솜옷을 입고 아내가 나갔거늘 이제 철은 홑것을 입어야 하니 넉 달 지간이나 되나 보다.

나를 배반한 계집이다. 삼 년 동안 끔찍이도 사랑하였던 끝장이다. 따귀도 한 개 갈겨주고 싶다. 호령도 좀 하여주고 싶다. 그러나 여기는 몰려드는 사람이 하나도 내 얼굴을 모르는 사람이 없는 다방이다 장히 모양**도 사나우리라.

"자네 만나면 헐 말이 꼭 한마디 있다데"

"어쩌라누"

"사생결단을 허겠대데"

"어이쿠"

나는 몹시 놀래어 보이고 '레이먼드 하튼'같이 빙글빙글 웃었다. '아내—마누라'라는 말이 낮잠과도 같이 옆구리를 간지른다. 그 '이미지'는 벌써 먼 바다를 건너간다. 이미 파도 소리까지 들리지 않느냐 이러한 환

---

* 滿座之中. 사람들이 가득 앉은 자리.
** 원문에는 '장이모냥도'임.

상 속에 떠오르는 내 자신은 언제든지 광채 나는 '루파슈카'*를 입었고 퇴폐적으로 보인다. 소년과 같이 창백하고도 무시무시한 풍모이다. 어떤 때는 울기도 했다. 어떤 때는 어딘지 모르는 먼 나라의 십자로를 걸었다.

수군에게 끌려 한강으로 나갔다. 목선을 하나 빌려 맥주도 싣고 상류로 거슬러 동작리 갯가에다 대어놓고 목로** 찾아 취토록 먹었다 황혼에 수평水平은 시야와 어우러져서 아물아물 허공에 놓인 비조飛鳥처럼 이 허망한 슬픔을 참 어디다 의지해야 오흘지*** 비칠거리지 않을 수 없었다.

"응― 넉 달이 지나서 인제? 늬가 내게 헐 말은 뭐냐? 애 더리고**** 더리다"

"이건 왜 벤벤치 못허게 이러는 거야"

"아―니, 아―니, 일테면 그렇다 그 말이지, 고론 앙큼스런 놈의 계집이 또 있을 수가 있나"

"글쎄 관 둬 관 둬"

"관두긴 허겠지만 이채피 말을 허자구 보면 자연 말이 이렇게쯤 나가지 않겠느냐 그런 말이야"

"이렇게 못생긴 건 내 보길 처엄 보겠네 원―"

"기집이란 놈의 물건이 아무리 독헌 물건이기루 고롱게 싹 칼루 어인 듯이 돌아슬 수가 있나 고"

우리들은 술이 살렸다. 나야말로 술 없이 사는 도리가 없었다.

---

* 러시아 외투.
** 선술집.
*** '옳을지' 혹은 '좋은지'로 해석함.
**** 더리다. 격에 맞지 않아 마음에 달갑지 않다. 마음이 더럽고 야비하다.

노들서 또 먹었다. 전후불각*으로 취하여 의식을 완전히 잃어버려야겠어서 그랬다.

넉 달─장부답지 못하게 뒤끓던 마음이 그만하고 차츰차츰 가라앉기 시작하려는 이 철에 뭐냐 부전附箋** 붙은 편지 모양으로 때와 손자국이 잔뜩 묻은 채 돌아오다니

"요 얌채두 없는 것아 요 요 요"

나는 힘껏 고성질타高聲叱咤로 제 자신을 조소하건만도 이와 따로 밑둥 치운 대목大木 기울듯 자분참 기우는 이 어리석지 않고 들을 소리도 없는 마음을 주체하는 방법이 없는 것이었다.

넉 달─이 동안이 결코 짧지가 않다. 한 사람의 아내가 남편을 배반하고 집을 나가 넉 달을 잠잠하였다면 아내는 그예 용서받을 자격이 없는 것이오 남편은 굴꺽 참아서라도 용서하여서는 안 된다.

"이 천하의 공규公規를 너는 어쩌려느냐"

와서 그야말로 단죄를 달게 받아보려는 것일까.

어떤 점을 붙잡아 한 여인을 믿어야 옳을 것인가. 나는 대체 종잡을 수가 없어졌다.

하나같이 내 눈에 비치는 여인이라는 것이 그저 끝없이 경조부박輕佻浮薄***한 음란한 요물에 지나지 않는 것이 없다.

생물의 이렇다는 의의를 훌떡 잃어버린 나는 환관이나 무엇이 다르랴. 산다는 것은 내게 딴은 필요 이상의 '야유'에 지나지 않는다.

그것은 무슨 한 여인에게 배반당하였다는 고만 이유로 해서 그렇다는

---

* 前後不覺. 앞뒤를 알 수 없을 정도.
** 어떤 서류에 간단한 의견을 적어서 덧붙이는 쪽지.
*** 원문에는 '輕非浮薄'임. 말하고 행동하는 것이 신중하지 못하고 가벼움.

것 아니라 사물의 어떤 '포인트'로 이 믿음이라는 역학의 지점을 삼아야 겠느냐는 것이 전혀 캄캄하여졌다는 것이다.

"믿다니 어떻게 믿으라는 것인구"

함부로 예제 침을 퉤퉤 배앝으면서 보조步調는 자못 어지럽고 비창悲愴한 것이었다. 술을 한 모금이라도 마시고 나면 약삭빨리* 내 심경에 아첨하는 이 전신의 신경은 번번이 대담하게도 천변지이天變地異가 이 일신에 벼락치기를 바라고 바라고 하는 것이었다.

"경칠 화물자동차에나 질컥 치여 죽어버리지 그랬으면 이렇게 후덥지근헌 생활을 면허기래두 허지"

하고 주책없이 중얼거려본다. 그러나

짜장 화물자동차가 탁 앞으로 닥칠 적이면 뎅급**을 해서 피하는 재주가 세상의 어떤 사람보다도 능히 빠르다고는 못 해도 비슷했다. 그럴 적이면 혀를 쑥 내밀어 제 자신을 조롱하였습네 하고 제 자신을 속여 버릇하였다.

이런 넉 달—

이런 넉 달이 지나고 어리석은 꿈을 그럭저럭 어리석은*** 꿈으로 돌릴 줄 알 만한 시기에 아내는 꿈을 거치른 걸음걸이로 역행하여 여기 폭군의 인상으로 나타난 것이다.

×

나는 어떻게 해야 하나? 거암巨岩과 같은 불안이 공기와 호흡의 중압이 되어 덤벼든다. 나는 야행 열차와 같이 자야 옳을지도 모른다.

---

* 원문에는 '약속빨리'임.
** 뎅겁. 뜻밖의 일을 당하거나 겁에 질려 어찌할 바를 모르고 허둥지둥함.
*** 원문에는 '어린석은'임.

추악한 화물

그예 찾아내고 말았다.

나는 안을 들여다보았다. 풀칠한 현관 유리창에 거무테테한 내 얼굴의 '하이라이트'가 비칠 뿐이다. 물론 아무것도 보이지는 않았다.

나는 그 자리에 주저앉고 만다. 내 바로 옆에서 한 마리의 개가 흙을 파고 있다. 드러누웠다. 혀를 내민다. 혀가 깃발같이 굽이치는 게 퍽 고단해 보였다

―온돌방 한 칸과 '이첩간二疊間'

이렇단다. 굳게 못질을 하여놓았다. 분주하게 드나드는 쥐새끼들은 이 집에 관해서 아무것도 나에게 전하지 않는다.

안면 근육이 별안간 바작바작 오그라드는 것 같다. 살이 내리나 보다. 사람은 이렇게 하루에도 몇 번씩 살이 내리고 오르고 하나 보다.

―날라 와야겠다, 그 오물투성이의 대화물大貨物을!

절이나 하는 듯이 '화가貨家'*라 써 붙인 목패 옆에 조그마한 명함 한 장이 꽂혀 있다. 한韓○○, 전등료는 ○○정町 ○○번지로 받으러 오시오. (거짓말 말아라) 이 한○○란 사나이도 오물투성이의 대화물을 질질 끌고 이리저리 방황했을 것이어늘―○○정이 어디쯤인가?

(거짓말 말아라)

왜 사람들은 이삿짐이란 대화물을 운반해야 할 구차 기구한 책임을 가졌나.

나는 집 뒤로 돌아가 보려 했다. 그러나 길은 곧장 온돌방까지 뚫린 모

---

* '집을 판다'는 뜻.

양이다. 반 칸도 못 되는 컴컴한 부엌이 변소와 마주 붙었다. 나는 기가 막혔다. 거기도 못이 굳게 박혀 있다. 나는 기가 맥혔다.

×

성격 파산 무엇 때문에? 나의 교식敎食*은 나의 생애와 다름없이 되었다. 헌 누더기 수염도 길렀다. 거리. 땅.

한 번도 아내가 나를 사랑하지 않는 줄 생각해본 일조차 없다 나는 어느 틈에 고상한 국화 모양으로 금시에 쑤섬이**가 되고 말았다. 아내는 나를 버렸다. 아내를 찾을 길이 없다.

나는 아내의 구두 속을 들여다본다. 공복空腹—절망적 공허가 나를 조롱하는 것 같다. 숨이 가빴다.

그다음에 무엇이 왔나.

적빈赤貧—중요한 오물들은 집안사람들이 하나, 둘 집어내었다. 특히 더러운 상품 가치 없는 오물만이 병균같이 남아 있었다.

하룻날, 탕아는 이 처참한 현상을 내 집이라 생각하고 돌아와 보았다. 뜰 앞에 화초만이 향기롭게 피어 있다. 붉은 열매가 열린 것도 있었다. 그러나 가족들은 여지없이 변형되고 말았고, 기성奇聲을 발하여 욕지거리다.

종시 나는 암말 없었다.

이미 만사가 끝났기 때문이다. 나는 혼자서 손바닥만 한 마당에 내려서서 주위를 둘러본다. 내 손때가 안 묻은 물건은 하나도 없다.

나는 책을 태워버렸다. 산적했던 서신을 태워버렸다. 그리고 나머지 나의 기념을 태워버렸다.

---

* '교양教養'의 오식인 듯함.
** 수세미.

가족들은 나의 아내에 관해서 나에게 질문하거나 하지는 않는다. 나도 말하지 않는다.

밤이면 나는 유령과 같이 흥분하여 거리를 쏘다녔다. 나는 목표를 갖지 않았다. 공복만이 나를 지휘할 수 있었다. 성격의 파편—그런 것을 나는 꿈에도 돌아보려 않는다. 공허에서 공허로 말과 같이 나는 광분하였다. 술이 시작되었다. 술은 내 몸속에서 향수같이 빛났다.

바른팔이 왼팔을, 왼팔이 바른팔을 가혹하게 매질했다. 날개가 부러지고 파랗게 멍든 흔적이 남았다.

×

몹시 피곤하다. 아방궁을 준대도 움직이기 싫다. 이 집으로 정해버려야겠다.

—빨리 운반해야 한다. 그 악취가 가득한 육신들을 피를 토하는 내가 헌 구루마 위에 걸레짝같이 실어가지고 운반해야 한다.

노동勞動이다. 나에게는 생각할 여유조차 없다.

불행의 실천

나는 닭도 보았다. 또 개도 보았다. 또 소 이야기도 들었다. 또 외국서섬 그림*도 보았다. 그러나 나는 너희들에게 이 행운의 열쇠를 빌려주려고는 않는다. 내가 아니면은—보아라 좀 오래 걸렸느냐—이런 것을 만들어놓을 수는 없다.

책상다리를 하고 앉은 채 그냥 앉아 있기만 하는 것으로 어떻게 이렇게

힘이 드는지 모른다. 벽은 육중한데 외풍은 되이고 천장은 여름 모자처럼 이 방의 감춘 것을 뚜껑 제치고 고자질하겠다는 듯이 선뜻하다. 장판은 뼈가 제리게 하지 않으면 안절부절*을 못 하게 달른다. 반닫이에 바른 색종이는 눈으로 보는 폭탄이다.

그저께는 그끄저께보다 여위고 어저께는 그저께보다 여위고 오늘은 어저께보다 여위고 내일은 오늘보다 여윌 터이고—나는 그럼 마지막에는 보숭보숭한 해골이 되고 말 것이다.

이 불쌍한 동물들에게 무슨 방법으로 죽을 먹이나. 나는 방탕한 장판 위에 넘어져서 한없는 '죄'를 섬겼다(종사從事). '죄'—나는 시냇물 소리에서 가을을 들었다. 마개 뽑힌 가슴에 담을 무엇을 나는 찾았다. 그리고 스스로 달래었다. 가만있으라고, 가만있으라고—

그러나 드디어 참다못하여 가을비가 소조하게 내리는 어느 날 나는 화덕을 팔어서 냄비를 사고, 냄비는 팔어서 풍로를 사고, 냉장고를 팔어서 식칼을 사고, 유리그릇을 팔어서 사기그릇을 샀다.

처음으로 먹는 따뜻한 저녁 밥상을 낯설은 네 조각의 벽이 에워쌌다. 육 원—육 원어치를 완전히 다 살기 위하여 그는 방바닥에서 섣불리 일어서거나 하지는 않았다. 언제든지 가구와 같이 주저앉었거나 서까래처럼 드러누웠거나 하였다. 식을까 봐 연거퍼 군불을 때었고, 구들을 어디 흠씬 얼궈보려고 중양重陽**이 지난 철에 사날식*** 검부래기 하나 아궁지에 안 넣었다.

---

* 원문에는 '안질부질'임.
** 중양절. 세시 명절의 하나로 음력 9월 9일. 이날 남자들은 시를 짓고 각 가정에서는 국화전을 만들어 먹고 놀았다.
*** '사날씩'의 뜻으로 보임.

나는 나의 친구들의 머리에서 나의 번지수를 지워버렸다. 아니 나의 복장服裝까지도 말갛게 지워버렸다. 은근히 먹는 나의 조석이 게으르게 낳은 육신에 만연하였다. 나의 영양의 찌꺼기가 나의 피부에 지저분한 수염을 낳았다. 나는 나의 독서를 뾰죽하게 접어서 종이비행기를 만든 다음 어린아이와 같이 나의 자기自棄를 태워서 죄다 날려버렸다.

아무도 오지 마라 안 들일 터이다. 내 이름을 부르지 마라. 칠면조처럼 심술을 내이기 쉽다. 나는 이 속에서 전부를 살아버릴 작정이다. 이 속에서는 아픈 것도 거북한 것도 동에 닿지 않는 것*도 아무것도 없다. 그냥 쏟아지는 것 같은 기쁨이 즐거워할 뿐이다. 내 맨발이 값비싼 향수에 질컥질컥 젖었다.

×

한 달─맹렬한 절뚝발이의 세월─그동안에 나는 나의 성격의 서막을 닫아버렸다.

두 달─발이 마저 들어왔다

호흡은 깨끼저고리처럼 찰싹 안팎이 달라붙었다. 탄도를 잃지 않은 질풍이 가리키는 대로 곧잘 가는 황금과 같은 절정의 세월이었다. 그동안에 나는 나의 성격을 서랍 같은 그릇에다 담아버렸다. 성격은 간데온데가 없어졌다.

석 달─그러나 겨울이 왔다. 그러나 장판이 카스텔라 빛으로 타 들어왔다. 얄팍한 요 한 겹을 통해서 올라오는 온기는 가히 비밀을 끄시를 만하다. 나는 마지막으로 나의 특징까지 내어놓았다. 그리고 단 한 가지 재조才操를 샀다 송곳과 같은─송곳 노릇밖에 못 하는─송곳만도 못한 재

---

* 동에 닿지 않다. '조리에 맞지 않다'의 의미로 보기도 함.

조를—과연 나는 녹슬은 송곳 모양으로 멋도 없고 말라버리기도 하였다

×

혼자서 나쁜 짓을 해보고 싶다 이렇게 어둠컴컴한 방 안에 표본과 같이
혼자 단좌하여 창백한 얼굴로 나는 후회를 기다리고 있다

—《매일신보》, 1937. 4. 25.~5. 15.

종생기終生記

극유산호郤遺珊瑚―요 다섯 자 동안에 나는 두 자 이상의 오자를 범했는가 싶다. 이것은 나 스스로 하늘을 우러러 부끄러워할 일이겠으나 인지가 발달해가는 면목이 실로 약여하다.*

죽는 한이 있더라도 이 산호 채찍을랑 꽉 쥐고 죽으리라. 네 폐포파립廢袍破笠** 위에 퇴색한 망해亡骸 위에 봉황이 와 앉으리라.

나는 내 '종생기'가 천하 눈 있는 선비들의 간담을 서늘하게 해놓기를 애틋이 바라는 일념 아래의 만큼 인색한 내 맵시의 절약법을 피력하여 보인다.

일발 포성에 부득이 영웅이 되고 만 희대의 군인 모某는 아흔에 귀를 단 황송한 일생을 끝막던 날 이렇다는 유언 한마디를 지껄이지 않고 그 임종의 장면을 곧잘 (무사히 후― 한숨이 나올 만큼) 넘겼다.

그런데 우리들의 레우오치카―애칭 톨스토이―는 괴나리봇짐을 짊어지고 나선 데까지는 기껏 그럴 상싶게 꾸며가지고 마지막 오 분에 가서 그만 잡았다. 자자레한 유언 나부랭이로 말미암아 칠십 년 공든 탑을 무

---

* 눈앞에 생생하다.
** 해진 옷과 부서진 갓. 초라한 차림새를 비유적으로 이르는 말.

너트렸고 허울 좋은 일생에 가실* 수 없는 흠집을 하나 내어놓고 말았다.

나는 일개 교활한 옵서버**의 자격으로 그런 우매한 성인들의 생애를 방청하여 있으니 내가 그런 따위 실수를 알고도 재범할 리가 없는 것이다.

거울을 향하여 면도질을 한다. 잘못해서 나는 생채기를 내인다. 나는 골을 벌컥 내인다.

그렇나 와글와글 들끓는 여러 '나'와 나는 정면으로 충돌하기 때문에 그들은 제각기 베스트를 다하여 제 자신만을 변호하는 때문에 나는 좀처럼 범인을 찾아내이기는 어렵다는 것이다.

그리기에 대저 어리석은 민중들은 '원숭이가 사람 흉내를 내이네' 하고 마음을 놓고 지내는 모양이지만 사실 사람이 원숭이 흉내를 내이고 지내는 바짜 지당한 전고典故***를 이해하지 못하는 탐****이리라.

오호라 일거수일투족이 이미 아담 이브의 그런 충동적 습관에서는 탈각한 지 오래다. 반사 운동과 반사 운동 틈사구니에 끼워서 잠시 실로 전광석화만큼 손가락이 자의식의 포로가 되었을 때 나는 머처럼***** 내 허무한 세월 가운데 한각閑却******되어 있는 기암奇岩 내 콧잔등이를 좀 만이적 만지적했다거나, 고귀한 대화와 대화 늘어선 쇠사슬 사이에도 정히 간발을 허용하는 들창이 있나니 그 서슬 퍼런 날[刀]이 자의식을 걷잡을 사이도 없이 양단하는 순간 나는 내 명경같이 맑아야 할 지보至寶******* 두

눈에 혹시 눈곱이 끼지나 않았나 하는 듯이 적절하게 주름살 잡힌 손수건을 꺼내어서는 그 두 눈의 만지작만지작했다거나—

내 혼백과 사대四大*의 점잖은 태만성이 그런 사소한 연화煙火들을 일일이 따라다니면서(보고 와서) 내 통괄되는 처소에다 일러바쳐야만 하는 그런 압도적 망쇄忙殺**를 나는 이루 감당해내는 수가 없다.

그렇나 나는 내 지중至重한 산호편珊瑚鞭***을 자랑하고 싶다.

'쓰레기' '우거지'

이 구즈레한 단자單字의 분위기를 족하足下****는 족히 이해하십니까.

족하는 족하가 기독교식으로 결혼하던 날 네이브 앤드 아일*****에서 이 '쓰레기' '우거지'에 근이近邇한****** 감흥을 맛보았으리라고 생각이 되는데 과연 그렇지는 않으십니까.

나는 그런 '쓰레기'나 '우거지' 같은 테이프를—내 종생기 처처에다 가련히 심어놓은 자자레한 치레를 위하여—뿌려보려는 것인데—

다행히 박수하다. 이상以上.

×

'치사侈奢*******한 소녀는', '해동기의 시냇가에 서서', '입술의 낙화 지듯 좀 파래지면서', '박빙 밑으로는 무엇이 저리도 움직이는가', '고개를 갸웃거리는 듯이 숙이고 있는데', '봄 운기를 품은 훈풍이 불어와서',

---

* 두 팔, 두 다리, 머리, 몸뚱이라는 뜻. 즉 온몸을 이르는 '사대육신四大六身'의 줄임말.
** 정신을 차릴 수 없을 정도로 매우 바쁨.
*** 산호로 꾸민 채찍.
**** 흔히 편지를 받는 사람 이름에 붙여 쓰는 존칭어.
***** nave and aisle. 교회의 본당 회중석과 측면 통로.
****** 가까운.
******* 奢侈의 어운을 바꿔 '사치'와 '치사'의 중의적 효과를 노린 것으로 해석하기도 함.

'스커트', 아니 아니, '너무나'. 아니, 아니, '좀', '슬퍼 보이는 홍발紅髮을 건드리면' 그만. 더 아니다. 나는 한마디 가련한 어휘를 첨가할 성의를 보이자.

'나붓나붓'

이만하면 완비된 장치에 틀림없으리라. 나는 내 종생기의 서장을 꾸밀 그 소문 높은 산호편을 더 여실히 하기 위하여 위와 같은 실로 나로서는 너무나 과람過濫히 치사스럽고 어마어마한 세간살이를 장만한 것이다.

그런데—

혹 지나치지나 않았나. 천하에 형안炯眼*이 없지 않으니까 너무 금칠을 아니 했다가는 서툴리 들킬 염려가 있다. 허나—

그냥 어디 이대로 써[用]보기로 하자.

나는 지금 가을바람이 자못 소슬한 내 구중중한 방에 홀로 누워 종생하고 있다.

어머니 아버지의 충고에 의하면 나는 추호의 틀림도 없는 만 이십오 세와 십일 개월의 '홍안 미소년'이라는 것이다. 그렇건만 나는 확실히 노옹이다. 그날 하루하루가 '인생은 짧고 예술은 길다랗다' 하는 엄청난 평생이다.

나는 날마다 운명하였다. 나는 자던 잠—이 잠이야말로 언제 시작한 잠이더냐—을 깨이면 내 통절한 생애가 개시되는데 청춘이 여지없이 탕진되는 것은 이불을 푹 뒤집어쓰고 누웠지만 역력히 목도한다.

나는 노래老來에 빈한한 식사를 한다. 열두 시간 이내에 종생을 맞이하고 그리고 할 수 없이 이리 궁리 저리 궁리 유언다운 어디 유실되어 있지

---

* 빛나는 눈 또는 날카로운 눈매. 사물에 대한 뛰어난 관찰력을 비유적으로 이르는 말.

않나 하고 찾고, 찾아서는 그중 의젓스러운 놈으로 몇 추린다.

그렇나 고독한 만년 가운데 한 구의 에피그램을 얻지 못하고 그대로 처참히 나는 물고物故*하고 만다.

일생의 하루—

하루의 일생은 대체(위선) 이렇게 해서 끝나고 끝나고 하는 것이었다.

자—보아라.

이런 내 분장扮裝은 좀 과하게 치사스럽다는 느낌은 없을까 없지 않다.

그렇나 위풍당당 일세를 풍미할 만한 참신무비嶄新無比**한 햄릿(망언다사妄言多謝***)을 하나 출세시키기 위하여는 이만한 출자는 아끼지 말아야 하지 않을까 하는 느낌도 없지 않다.

나는 가을. 소녀는 해동기.

어느제나 이 두 사람이 만나서 즐거운 소꿉장난을 한번 해보리까.

나는 그해 봄에도—

부질없는 세상이 스스러워서 상설霜雪**** 같은 위엄을 갖춘 몸으로 한심한 불우의 일월日月을 맞고 보내지 않으면 안 되었다.

미문美文, 미문, 애아曖呀!***** 미문.

미문이라는 것은 저으기 조처하기 위험한 수작이니라

나는 내 감상의 꿀방구리****** 속에 청산 가던 나비처럼 마취혼사痲醉昏死

* 사람의 죽음을 완곡하게 이르는 말. 그 사람이 쓰던 물건이 낡은 것으로 되었다는 뜻에서 온 말.
** '비할 데 없이 참신하다'로 해석함.
*** 자기가 한 말 속에 망언이 있으면 깊이 사과한다는 뜻. 편지나 비평문 등의 글에서 자신의 글을 낮추어 이르는 말.
**** 눈서리.
***** 아아! 오오! 같은 감탄사.
****** 꿀 항아리.

死하기 자칫 쉬운 것이다. 조심조심 나는 내 맵시를 고쳐야 할 것을 안다.

나는 그날 아침에 무슨 생각에서 그랬던지 이를 닦으면서 내 작성 중에 있는 유서 때문에 끙끙 앓았다.

열세 벌의 유서가 거의 완성해가는 것이었다. 그렇나 그 어느 것을 집어내 보아도 다 같이 서른여섯 살에 자수自殊*한 어느 '천재'가 머리맡에 놓고 간 개세蓋世**의 일품逸品의 아류에서 일보를 나서지 못했다. 내게 요만 재조밖에는 없느냐는 것이 다시없이 분하고 억울한 사정이었고 또 초조의 근원이었다. 미간을 찌푸리되 가장 고매한 얼굴은 지속해야 할 것을 잊어버리지 않고 그리고 계속하여 끙끙 앓고 있노라니까 (나는 일시 일각을 허송하지는 않는다. 나는 없는 지혜를 끊지지 않고 쥐어짠다) 속달 편지가 왔다. 소녀에게서다.

선생님! 어제저녁 꿈에도 저는 선생님을 만나 뵈었습니다. 꿈 가운데 선생님은 참 다정하십니다. 저를 어린애처럼 귀여해주십니다.

그렇나 백일 아래 표표하신 선생님은 저를 부르시지 않습니다.

비굴이라는 것이 무슨 빛으로 되어 있나 보시려거든 선생님은 거울을 한번 보아보십시오. 거기 비치는 선생님의 얼굴빛이 바로 비굴이라는 것의 빛입니다.

헤어진 부인과 삼 년을 동거하시는 동안에 너 가거라 소리를 한마디도 하신 일이 없다는 것이 선생님의 유일의 자만이십디다그려! 그렇게까지 선생님은 인정에 구구하신가요.

R과도 깨끗이 헤어졌습니다. S와도 절연한 지 벌써 다섯 달이나 된다는 것은 선생님께서도 믿어주시는 바지요? 다섯 달 동안 저에게는 아모것도 없습니다. 저의 청절淸節을 인정해주시기 바랍니다.

저의 최후까지 더럽히지 않은 것을 선생님께 드리겠습니다. 저의 희멀건 살의 매력이 이렇게 다섯 달 동안이나 놀고 없는 것은 참 무엇이라고 말할 수 없이 아깝습니다 저의 잔털 나스르르한 목 영한* 온도가 선생님을 기다리고 있습니다. 선생님이어! 저를 부르십시오. 저더러 영영 오라는 말을 안 하시는 것은 그것 역시 가신 쩍 경우와 똑같은 이론에서 나온 구구한 인생 변호의 치사스러운 수법이신가요?

영원히 선생님 '한 분'만을 사랑하지요. 어서어서 저를 전적으로 선생님만의 것을 만들어주십시오. 선생님의 '전용'이 되게 하십시오.

제가 아주 어수룩한 줄 오산하고 계신 모양인데 오산치고는 좀 어림없는 큰 오산이리다.

네 딴은 제법 든든한 줄만 믿고 있는 네 그 안전지대라는 것을 너는 아마 하나 가진 모양인데 그까짓 것쯤 내 말 한마디에 사태가 나고 말리라, 이렇게 일러드리고 싶습니다. 또—

예끼! 구역질 나는 인생 같으니 이러고도 싶습니다.

3월 3일 날 오후 두 시에 동소문 버스정류장 앞으로 꼭 와야 되지 그렇지 않으면 큰일 나요. 내 징벌을 안 받지 못하리라.

만 십구 세 이 개월을 맞이하는

정희貞姬 올림

이상李箱 선생님께

---

* '영靈한', '영겁한' 등으로 보기도 함.

물론 이것은 죄다 거짓부렁이다. 그렇나 그 일촉즉발의 아슬아슬한 용심법用心法이 특히 그중에도 결미의 비견할 데 없는 청초함이 장히 질풍신뢰疾風迅雷를 품은 듯한 명문이다.

나는 까무러칠 뻔하면서 혀를 내어둘렀다. 나는 깜빡 속기로 한다. 속고 만다.

여기 이 이상 선생님이라는 허수아비 같은 나는 지난밤 사이에 내 평생을 경력經歷*했다. 나는 드디어 쭈글쭈글하게 노쇠해버렸던 차에 아침(이 온 것)을 보고 이키! 남들이 보는 데서는 나는 가급적 어쭙지않게 (잠을) 자야 되는 것이어늘, 하고 늘 이를 닦고 그리고는 도로 얼른 자 버릇하는 것이었다. 오늘도 또 그럴 세음이었다.

사람들은 나를 보고 짐짓 기이하기도 해서 그러는지 경천동지의 육중한 경륜을 품은 사람인가 보다고들 속는다. 그러니까 고렇게 하는 것이 내 시시한 자세나마 유지시킬 수 있는 유일무이의 비결이었다. 즉 나는 남들 좀 보라고 낮에 잔다.

그러나 그 편지를 받고 흔희작약欣喜雀躍,** 나는 개세의 경륜과 유서의 고민을 깨끗이 씻어버리기 위하여 바로 이발소로 갔다. 나는 여간 아니 호걸답게 입술에다 치분***을 허옇게 묻혀가지고는 그 현란한 거울 앞에 가 앉아 이제 호화 장려하게 개막하려 드는 내 종생을 유유히 즐기기로 거기 해당하게 내 맵시를 수습하는 것이었다.

위선 그 작소鵲巢****라는 뇌명雷名*****까지 있는 봉발을 썰어서 상고머

리라는 것을 만들었다. 오각수五角鬚*는 깨끗이 도태해버렸다. 귀를 우비고 코털을 다듬었다. 안마도 했다. 그리고 비누 세수를 한 다음 문득 거울을 들여다보니 品品 있는 데라고는 한 구통이도 없이 보이는 듯하면서 또한 태생을 어찌 어기리오, 좋도록 말해서 라파엘 전파前派** 일원같이 그렇게 청초한 백면서생이라고도 보아줄 수 있지 하고 실없이 제 얼굴을 미남자거니 고집하고 싶어 하는 구주레한 욕심을 내심 탄식하였다.

아차! 나에게도 모자가 있다. 겨우내 꾸겨 박질러 두었던 것을 부득부득 끄집어내어다. 십오 분간 세탁소로 가지고 가서 멀쩡하게 만들었다. 그리고 흰 바지저고리에 고동색 대님을 다치고 차림차림이 제법 이색이 있다. 공단은 못 되나마 능직 두루마기에 이만하면 고왕금래古往今來*** 모모한 천재의 풍모에 비겨도 조금도 손색이 없으리라. 나는 내 그런 여간 이만저만하지 않은 풍모를 더욱더욱 이만저만하지 않게 모디파이어****하기 위하여 가늘지도 굵지도 않은 고다지 알맞은 단장을 하나 내 손에 쥐여주어야 할 것도 때마침 잊어버리지는 않았다.

별수 없이—

오늘이 즉 3월 3일인 것이다.

나는 점잖게 한 삼십 분쯤 지각해서 동소문 지정받은 자리에 도착하였다. 정희는 또 정희대로 아주 정희답게 한 삼십 분쯤 일찍 와서 있다.

정희의 입상은 제정 러시아***** 적 우표딱지처럼 적잖이 슬프다. 이것

---

* 윗입술의 양쪽, 양볼, 턱에 난 털이 다섯모꼴을 이루고 있다는 뜻. 즉 수염을 이르는 말.

** 19세기 중엽 영국에서 일어난 예술 운동. 헌트, 로세티 등이 1848년 그룹을 결성해 라파엘로 이전의 르네상스 예술에서 겸허하게 배우는 사실적이고 소박한 화풍을 지향함.

*** 예전과 지금을 아울러 이르는 말. 고금古今.

**** modifier. 꾸미다, 수식하다, 변경하다.

***** 원문에는 '로서아'임.

은 아직도 얼음을 품은 바람이 해토머리*답게 싸늘해서 말하자면 정희의 모양을 얼마간 침통하게 해 보일 탓이렷다.

나는 이런 경우에 천만뜻밖에도 눈물이 핑 눈에 그뜩 돌아야 하는 것이 꼭 맞는 원칙으로서의 의표가 아닐까 그렇게 생각하면서 저벅저벅 정희 앞으로 다가갔다.

우리돌**은 이 땅을 처음 찾아온 제비 함 쌍***처럼 잘 앙증스럽게 만보하기 시작했다. 걸어가면서도 나는 내 두루마기에 잡히는 주름살 하나에도 단장을 한 번 휘는 곡절에도 세세히 조심한다. 나는 말하자면 내 우연한 종생을 깜쪽스럽도록 찬란하게 허식虛飾하기 위하여 내 박빙을 밟는 듯한 포즈를 아차 실수로 무너트리거나 해서는 절대로 안 된다는 것을 굳게굳게 명하고 있는 까닭이다.

그렇면 맨 처음 발언으로는 나는 어떤 기절참절奇絶慘絶한 경구를 내어놓아야 할 것인가, 이것 때문에 또 잠깐 머뭇머뭇하지 않을 수도 없었지만 그렇다고 바로 대이고 거 어쩌면 그렇게 똑 제정 러시아 적 우표딱지같이 초초하니 어쩌니 하는 수는 차마 없다.

나는 선뜻

"설마가 사람을 죽이느니"

하는 소리를 저 뱃속에서부터 우러나오는 듯한 그런 가라앉은 목소리에 꽤 명료한 발음을 얹어서 정희 귀 가까이다 대고 지껄여버렸다. 이만하면 아마 그 경우의 최초의 발성으로는 무던히 성공한 편이리다. 뜻인즉, 네가 오라고 그랬다고 그렇게 내가 불쑥 올 줄은 너 꿈에도 생각하지 못했

---

* 얼었던 땅이 녹아서 풀리기 시작할 때.
** '우리 둘'은 혹은 '우리들은'으로 해석함.
*** 한 쌍.

으리라는 꼼꼼한 의도다.

나는 아침 반찬으로 콩나물을 삼 전어치는 안 팔겠다는 것을 교묘히 무사히 삼 전어치만 살 수 있는 것과 같은 미끈한 쾌감을 맛본다. 내 딴은 다행히 노랑돈 한 푼도 참 용하게 낭비하지는 않은 듯싶었다.

그렇나 그런 내 청천에 벽력이 떨어진 것 같은 인사에 대하여 정희는 실로 대답이 없다. 이것은 참 큰일이다.

아이들이 고추 먹고 맴맴 담배 먹고 맴맴 하고 노는 그런 암팡진 수단으로 그냥 단번에 나를 어지러트려서는 넘어트려 버릴 작정인 모양이다.

정말 그렇다면!

이 상쾌한 정희의 확호確乎 부동자세야말로 엔간치 않은 출품이 아닐 수 없다. 내가 내어놓은 바 살인촌철殺人寸鐵은 그만 즉석에서 분쇄되어 가없은 부작不作으로 내려 떨어지고 마는 것이다 하고 나는 느꼈다.

나는 나로서 할 수 있는 가장 큰 규모의 손짓 발짓을 한 벌 해 보이고 이윽고 낙담하였다는 것을 표시하였다. 일이 여기 이른 바에는 내 포즈 여부가 문제 아니다. 표정도 인제 더 써먹을 것이 남아 있을 상싶지도 않고 해서 나는 겸연쩍게 안색을 좀 고쳐가지고 그리고 정희! 그럼 나는 가겠소, 하고 깍듯이 인사하고 그리고?

나는 발길을 돌쳐서 집을 향해 걷기 시작했다. 내 파란만장의 생애가 자자레한 말 한마디로 하여 그만 회신灰燼*으로 돌아가고 만 것이다. 나는 세상에도 참혹한 풍채 아래서 내 종생을 치룬 것이라고 생각하면서 그렇다면 그럼 그럴 상싶기도 하게 단장도 한두 번 휘두르고 입도 좀 일기죽일기죽 해보기도 하고 하면서 행차하는 체해 보인다.

---

* 불에 타고 남은 끄트러기나 재.

오 초— 십 초— 이십 초— 삼십 초— 일 분—

결코 뒤를 돌아다보거나 해서는 못쓴다. 어디까지든지 사심 없이 패배한 체하고 걷는 체한다. 실심失心한 체한다.

나는 사실은 좀 어지럽다. 내 쇠약한 심장으로는 이런 자약自若한 체조를 그렇게 장시간 계속하기가 썩 어려운 것이다.

묘지명이라. 일세의 귀재 이상은 그 통생通生의 대작「종생기」일 편을 남기고 서력 기원후 일천구백삼십칠년 정축丁丑 3월 3일 미시未時 여기 백일 아래서 그 파란만장(?)의 생애를 끝막고 문득 졸卒하다. 향년 만 이십오 세와 십일 개월. 오호라! 상심커다. 허탈이야 잔존하는 또 하나의 이상 구천을 우러러 호곡하고 이 한산寒山 일편석—片石을 세우노라. 애인 정희는 그대의 몰후* 수삼 인의 비첩 된 바 있고 오히려 장수하니 지하의 이상아! 바라건댄 명목瞑目하라.

그리 칠칠치는 못하나마 이만큼 해가지고 이 꼴 저 꼴 구주레한 흠집을 살짝 도회**하기로 하자. 고만 실수는 여상如上의 묘기로 검사검사 메꾸고 다시 나는 내 반생의 진용陣容 후일에 관해 차근차근 고려하기로 한다. 이상以上.

역대의 에피그램과 경국傾國의 철칙이 다 내에 있어서는 내 위선을 암장暗葬하는 한 스무드한 구실에 지나지 않는다. 실로 나는 내 낙명落命의 자리에서도 임종의 합리화를 위하여 코로***처럼 도색의 팔레트를 볼 수도 없거니와 톨스토이처럼 탄식해주고 싶은 쥐꼬리만 한 금언의 추억도 가지지 않고 그냥 난데없이 다리를 삐어 넘어지듯이 스르르 죽어가리라.

---

* 사후.
** 韜晦. 재능이나 학식 따위를 숨겨 감춤.
*** Jean-Baptiste-Camille Corot(1796~1875). 프랑스의 화가.

거룩하다는 칭호를 휴대하고 나를 찾아오는 '연애'라는 것을 응수하는 데 있어서도 어디서 어떤 노소간의 의뭉스러운 선인들이 발라먹고 내어 버린 그런 유훈을 나는 헐값에 걸어 들여다가는 제련 재탕 다시 써먹는다.

는 줄로만 알았다가도 또 내게 혼나는 경우가 있으리라.

나는 찬밥 한술 냉수 한 모금을 먹고도 넉넉히 일세를 위압할 만한 '고언품言'을 적적摘摘할* 수 있는 그런 지혜의 실력을 가졌다.

그러나 자의식의 절정 위에 발돋움을 하고 올라선 단말마의 비결을 보통 야시夜市 국수 버섯을 팔러 오신 시골 아주먼네에게 서너 푼에 그냥 넘겨주고 그만두는 그렇게까지 자신의 에티켓을 미화시키는 겸허의 방식도 또한 나는 무루無漏**히 터득하고 있는 것이다. 당목瞠目***할지어다. 이상 以上

난마亂麻와 같이 갈피를 잡을 수 없는 얼마간 비극적인 자기 탐구.

이런 흙발 같은 남루한 주제는 문벌이 버젓한 나로서 채택할 신세가 아니거니와 나는 태서泰西****의 에티켓으로 차 한 잔을 마실 적의 포즈에 대하여도 세심하고 세심한 용의가 필요하다.

휘파람 한 번을 분다 치더라도 내 극비리에 정선精選 은닉된 절차를 온고하여야만 한다. 그런 다음이 아니고는 나는 희망 잃은 황혼에서도 휘파람 한마디를 마음대로 불***** 수는 없는 것이다.

동물에 대한 고결한 지식?

* 찾아낼, 골라낼.
** 번뇌에서 벗어나거나 번뇌가 없음.
*** 놀라거나 괴이쩍게 여기어 눈을 휘둥그렇게 뜨고 물끄러미 쳐다봄.
**** '서양'을 예스럽게 이르는 말.
***** 원문에는 '마튼대로 불'임.

사슴, 물오리, 이 밖의 어떤 종류의 동물도 내 애니멀 킹덤*에서는 낙탈落脫되어 있어야 한다. 나는 이 수렵용으로 귀여이 가엾이 되어먹어 있는 동물 외의 동물에 언제든지 무가내하**로 무지하다.

또—

그럼 풍경에 대한 오만한 처신법?

어떤 풍경을 묻지 않고 풍경의 근원, 중심, 초점이 말하자면 나 하나 '도련님'다운 소행에 있어야 할 것을 방약무인으로 강조한다. 나는 이 맹목적 신조를 두 눈을 그대로 딱 부르감고 믿어야 된다.

자진한 '우매', '몰각'이 참 어렵다.

보아라. 이 자득하는 우매의 절기絕技를! 몰각의 절기를.

백구白鷗는 의백사宜白沙하니 막부춘초벽莫赴春草碧하라.***

이태백. 이 전후만고前後萬古의 으리으리한 '화족華族'. 나는 이태백을 닮기도 해야 한다. 그렇기 위하여 오언절구 한 줄에서도 한 자가량의 태연자약한 실수를 범해야만 한다. 현란한 문벌이 풍기는 가히 범할 수 없는 기품과 세도가 넉넉히 고시古詩 한 절쯤 서슴지 않고 생채기를 내어놓아도 다들 어수룩한 체들 하고 속느니 하는 교만한 미신이다.

곱게 빨아서 곱게 다리미질을 해놓은 한 벌 슈미즈의 꼬빡 속는 청절처럼 그렇게 아담하게 나는 어떠한 질차蛭蹉****에서도 거뜬하게 얄미운 미소와 함께 일어나야만 하는 것이니까—

오늘날 내 한 씨족이 분명치 못한 소녀에게 섣불리 딴죽을 걸러 넘어진

---

* animal kingdom.
** 막무가내로.
*** 조선 후기의 문신 이상연(1771~1853)의 작품 중 한 구절로 알려짐. '흰 갈매기는 흰 모래에 어울리니 봄물 푸른 위에 가지 말라'는 뜻.
**** 발을 헛디뎌 넘어짐.

다기로서니 이대로 내 숙망宿望의 호화 유려한 종생을 한 방울 하잘것없는 오점을 내이는 채 투시投匙*해서야 어찌 초지初志의 만일에 응답할 수 있는 면목이 족히 서겠는가, 하는 허울 좋은 구실이 영일永日** 밤보다도 오히려 한 뼘 짧은 내 전정에 대두하기 시작하는 것이었다.

완만 착실한 서술!

나는 과히 눈에 띠울 상***싶지 않은 한 지점을 재재바르게 붙들어서 거기서 공중 담배를 한 갑 사 (주머니에 넣고) 피워 물고 정희의 뻔—한 걸음을 다시 뒤따랐다.

나는 그저 일상의 다반사를 간과하듯이 범연하게 휘파람을 불고 내, 구두 뒤축이 아스팔트, 를 디디는 템포 음향, 이런 것들의 귀찮은 조절에도 깔끔히 정신 차리면서 넉넉잡고 삼 분, 다시 돌친 걸음은 정희와 어깨를 나란히 걸을 수 있었다. 부질없는 세상에 제 심각하면 침통하면 또 어쩌겠느냐는 듯싶은 서운한**** 눈의 위치를 동소문 밖 신개지 풍경 어디라고 정치 않은 한 점에 두어두었으니 보라는 듯한 부득부득 지근거리는 자세면서도 또 그렇지도 않을 상싶은 내 묘기 중에도 묘기를 더한층 허겁지겁 연마하기에 골똘하는 것이었다.

일모日暮 창산—

날은***** 저물었다. 아차! 아직 저물지 않은 것으로 하는 것이 좋을까 보다.

날은 아직 저물지 않았다.

---

* 숟가락을 던짐. '죽는다'는 뜻.
** 봄이나 여름처럼 하루해가 긴 날.
*** 원문에는 '띠울 삼'임.
**** 원문에는 '서울한'임.
***** 원문에는 '알은'임.

그러면 아까 장만해둔 세간 기구를 내세워 어디 차근차근 살림살이를 한번 치러볼 천우의 호기가 배 앞으로 다다랐나 보다. 자—

태생은 어길 수 없어 비천한 '타'*를 감추지 못하는 딸—

(전기前記 치사侈奢한 소녀 운운은 어디까지든지 이 바보 이상李箱의 호의에서 나온 곡해다. 모파상의 「지방 덩어리」**를 생각하자. 가족은 미만 십사 세의 딸에게 매음시켰다. 두 번째는 미만 십구 세의 딸이 자진했다. 아— 세 번째는 그 나이 스물두 살이 되던 해 봄에 얹은 낭자를 내리우고 게다 다홍 댕기를 드려 늘어트려 편발*** 처자를 위조하여는 대거하여 강행으로 매끽賣喫****하여버렸다)

비천한 뉘 집 딸이 해빙기의 시냇가에 서서 입술이 낙화 지듯 좀 파래지면서 박빙 밑으로는 무엇이 저리도 움직이는가 고개를 갸웃거리는 듯이 숙이고 있는데 봄 방향芳香을 품은 훈풍이 불어와서 스커트, 아니 너무나, 슬퍼 보이는, 아니, 좀 슬퍼 보이는 홍발을 건드리면—

좀 슬퍼 보이는 홍발을 나붓나붓 건드리면—

여상如上이다. 이 개기름 도는 가소로운 무대를 앞에 두고 나는 나대로 나답게 가문이라는 자사레한 '투'는 어떤 일이 있더라도 잊어버리지 않고 채석장 희멀건 단층을 건너다보면서 탄식 비슷이

"지구를 저며내는 사람들은 역시亦是***** 자연 파괴자리라"

는 둥

---

* '타' 혹은 'true altitude'의 약어로 보기도 함.
** 프랑스 소설가 모파상의 대표적인 단편소설인 「비곗덩어리」를 가리킴.
*** 관례를 하기 전에 머리를 길게 땋아 늘이던 일. 또는 그 머리. '편발 처자'는 결혼 안 한 여자를 가리킴.
**** 물건을 팔아먹음.
***** 원문에는 '光是'임. 오식인 듯함.

"개아미집이야말로 과연 정연하구나"라는 둥

"비가 오면, 아— 천하에 비가 오면"

"작년에 났던 초목이 올해에도 또 돋으려누, 귀불귀歸不歸란 무엇인가"
라는 둥—

치레 잘하면 제법 의젓스러워도 보일 만한 가장 한산한 과제로만 골라
서 점잖게 방심해 보여놓는다.

정말일까? 거짓말일까. 정희가 불쑥 말을 한다. 한 소리가 "봄이 이렇
게 왔군요" 하고 윗니는 좀 사이가 벌어져서 보기 흉한 듯하니까 살짝 가
리고 곱다고 자처하는 아랫니를 보이지 않으려고 했지만 부지불식간에
그렇게 내어다보인 것을 또 어쩝니까 하는 듯싶이 가증하게 내어보이면
서 또 여간해서 어림이 서지 않는 어중간 얼굴을 그 위에 얹어 내세우는
것이었다.

좋아, 좋아, 좋아, 그만하면 잘되었어,

나는 고개 대신에 단장을 끄떡끄떡해 보이면서 창졸간에 그만 정희 어
깨 위에다 손을 얹고 말았다.

그랬더니 정희는 저윽히 해괴해하노라는 듯이 잠시는 묵묵하더니—

정희도 문벌이라든가 혹은 간편히 말해 에티켓이라든가 제법 배워서
짐작하노라고 속삭이는 것이 아닌가.

꿀꺽!

넘어가는 내 지지한 종생, 이렇게도 실수가 허許해서야 물화物貨적 전
생애를 탕진해가면서 사수하여온 산호편의 본의가 대체 어디 있느냐? 내
내 울화가 복받쳐 혼도할 것 같다.

흥천사興天寺 으슥한 구석방에 내 종생의 갈력竭力이 정희를 이끌어 들이
기도 전에 나는 밤 쏠쏠히 거짓말깨나 해놓았나 보다.

나는 내가 그윽이 음모한 바 천고불역千古不易*의 탕아, 이상이 자자레한 문학의 빈민굴을 교란시키고자 하던 가지가지 진기한 연장**이 어느 겨를에 빼물르기 시작한 것을 여기서 께단해야*** 되나 보다. 사회는 어떠쿵, 도덕이 어떠쿵, 내면적 성찰 추구 적발 징벌은 어떠쿵, 자의식 과잉이 어떠쿵, 제 깜냥에 번지레한 칠을 해내어 건 치사스러운 간판들이 미상불 우스꽝스럽기가 그지없다.

'독화毒花'

족하는 이 꼭두각시 같은 어휘 한마디를 잠시 맡아가지고 계셔보구려?

예술이라는 허망한 아궁지 근처에서 송장 근처에서보다도 한결 더 썰썰 기고 있는 그들 해반주룩한**** 사도死都이 혈족들 뗏국 내 나는 틈에가 끼기어서, 나는—

내 계집의 치마 단속곳을 갈가리 찢어놓았고, 버선 켤레를 걸레를 만들어놓았고, 검던 머리에 곱던 양자, 영악한 곰의 발자국이 질컥 디디고 지나간 것처럼 얼굴을 망가트려놓았고, 지기知己 친척의 돈을 뭉청 떼어먹었고, 좌수터 유래 깊은 상호를 쑥밭을 만들어놓았고, 겁쟁이 취리자取利者*****는 고랑때******를 먹여놓았고 대금업자의 수금인을 졸도시켰고, 사장과 취체역取締役******과 사돈과 아범과 애비와 처남과 처제와 또 애비와 애비의 딸과 딸 이 허다 중생으로 하여금 서로서로 이간을 붙이고 붙이

---

* 영원히 바꿀 수 없음.
** 원문에는 '엔장'임.
*** 께단하다. 오랫동안 생각해내지 못하던 일 따위를 어떠한 실마리로 말미암아 깨닫거나 분명히 알다.
**** 해반주그레한. 얼굴이 해말쑥하고 반주그레한.
***** 돈이나 곡식을 빌려주고 그 변리를 받는 사람.
****** 골탕.
******* 주식회사의 이사를 이르던 말.

게 하고 얼버무려져 싸움질을 하게 해놓았고, 사글셋방 새 다다미에 잉크
와 요강과 팥죽을 엎질렀고, 누구누구를 임포텐스*를 만들어놓았고―

'독화'라는 말의 콕 찌르는 맛을 그만하면 어렴풋이나마 어떻게 짐작이
서는가 싶소이가.

잘못 빚은 증편 같은 시 몇 줄 소설 서너 편을 꾀어 차고 조촐하게 등장
하는 것을 아 무엇인 줄 알고 깜빡 속고 섣불리 손뼉을 한두 번 쳤다는 죄
로 제 계집 간음당한 것보다도 더 큰 망신을 일신에 짊어지고 그리고는
앙탈 비슷이 시치미를 떼지 않으면 안 되는 어디까지든지 치사스러운 예
의 절차― 마귀(터주가)의 소행(덧났다)이라고 돌려버리자?

'독화'

물론 나는 내일 새벽에 내 길들은 노상에서 무려 내게 필적하는 한 숨
은 탕아를 해후할는지도 마치 모르나, 나는 신바람이 난 무당처럼 어깨를
치켰다 젖혔다 하면서라도 풍마우세風磨雨洗**의 고행을 얼른 그렇게 쉽사
리 그만두지는 않는다.

아― 어쩐지 전신이 몹시 가렵다. 나는 무연한 중생의 뭇 원한 탓으로
악역惡疫의 범함을 입나 보다. 나는 은근히 속으로 앓으면서 토일렛*** 정
한 대야에다 양손을 정하게 씻은 다음 내 자리로 돌아와 앉아 차근차근
나 자신을 반성 회오―쉬운 말로 자자레한 세음을 좀 놓아보아야겠다.

에티켓? 문벌? 양식? 변신술翻身術?

그렇다고 내가 찔끔 정희 어깨 위에 얹었던 손을 뚝 떼인다든지 했다가
는 큰 망발이다. 일을 잡치리라. 어디까지든지 내 뺨의 홍조만을 조심하

---

* impotence. 남성의 발기부전.
** 바람에 갈리고 비에 씻김.
*** toilet. 화장실.

면서 좋아, 좋아, 좋아, 그래만 주면 된다. 그리고 나서 피차 다 알아들었다는 듯이 어깨에 손을 얹은 채 어깨를 나란히 홍천사 경내로 들어갔다. 가서 길을 별안간 잃어버린 것처럼 자분참 산 위로 올라가 버린다. 산 위에서 이번에는 정말 포즈를 하릴없이 무너트렸다는 것처럼 정교하게 머뭇머뭇해준다. 그렇나 기실 말짱하다.

풍경 소리가 똑 알맞다. 이런 경우에는 제법 번듯한 식자가 있는 사람이면—

아— 나는 왜 늘 항례恒例에서 비켜서려 드는 것일까? 잊었느냐? 비싼 월사月謝*를 바치고 얻은 고매한 학문과 예절을.

현역 육군 중좌에게서 받은 추상열일秋霜烈日**의 훈육을 왜 나는 이 경우에 버젓하게 내세우지를 못하느냐?

창연한 고찰 유루遺漏*** 없는 장치에서 나는 정신 차려야 한다. 나는 내 쟁쟁한 이력을 솔직하게 써먹어야 한다. 나는 고개를 숙이고 담배를 한 대 피워 물고 도장屠場에 들어가는 소, 죽기보다 싫은 서툴고 근질근질한 포즈 체모독주體貌獨奏에 어지간히 성공해야만 한다.

그랬더니 그만두 한다. 당신의 그 어림없는 몸치렐랑 그만두세요. 저는 어지간히 식상이 되었습니다 한다.

그렇다면?

내 꾸준한 노력도 일조일석에 수포로 돌아가는 것이 아닌가.

대체 정희라는 가련한 '석녀石女'가 제 어떤 재간으로 그런 음흉한 내 간

---

* 월사금. 다달이 내는 수업료.
** 가을에 내리는 찬 서리와 여름의 뜨거운 태양이라는 뜻으로, 형벌이 엄하고 권위가 있음을 비유적으로 이르는 말.
*** 빠져나가거나 새어 나감.

계를 요만큼까지 간파했다는 것이다.

일시에 기진한다. 맥은 탁 풀리고는 앞이 팽 돌다 아찔하는 것이 이러다가 까무러치려나 보다고 극력 단장*을 의지하여 버텨보노라니까 희噫라! 내 기사회생의 종생도 이번만은 회춘하기 장히 어려울 듯싶다.

이상李箱! 당신은 세상을 경영할 줄 모르는 말하자면 병신이오. 그다지도 '미혹'하단 말씀이오? 건너다보니 절터지오? 그렇다 하더라도 『카라마조프의 형제』**나 『사십 년』***을 좀 구경 삼아 들러보시지오.

아니지! 정희! 그게 뭐냐 하면 나도 살고 있어야 하겠으니 너도 살자는 사기, 속임수, 일부러 만들어 내어놓은 미신, 중에도 가장 우수한 무서운 주문이오.

이상李箱! 그러지 말고 시험 삼아 한 발만 한 발자국만 저 개흙밭에다 들여놓아 보시지오.

이 악보같이 스무드한 담소 속에서 비철비철하노라면 나는 내게 필적하는 천의무봉天衣無縫****의 탕아가 이 목첩目睫*****간에 있는 것을 느낀다. 누구나 제 내어놓았던 협수룩한 포즈를 걷어치우느라고 허겁지겁들 할 것이다. 나도 그때 내 슬하의 이렇게 유산되는 자손을 느끼면서 만재萬載에 드리우는 이 극흉극비極凶極秘 종가宗家의 부적符籍******을 앞에 놓고서 저윽히 불안하게 또 한편으로는 저윽히 안일하게 운명하는 마지막 낙백落魄의 이 내 종생을 애오라지 방불히 하는 것이었다.

---

* 원문에는 '당장'임.
** 러시아 소설가 도스토옙스키의 장편소설.
*** 러시아 소설가 고리키의 장편소설 『클림 삼긴의 생애』의 부제.
**** 천사의 옷은 꿰맨 흔적이 없다. 즉 일부러 꾸민 데 없이 자연스럽고 아름다우면서 완전함을 이름.
***** 아주 가까운 때나 장소를 비유적으로 이르는 말.
****** 부적.

나는 내 분묘 될 만한 조촐한 터전을 찾는 듯한 그런 서글픈 마음으로 정희를 재촉하여 그 언덕을 내려왔다. 등 뒤에 들리는 풍경 소리는 진실로 내 심통함을 도웁는 듯하다고 사자寫字하면 정경을 한층 더 반듯하게 매많어 놓는 한 도움이 되리라. 그럼 진실로 풍경 소리는 내 등 뒤에서 내 마지막 심통함을 한층 더 들볶아놓는 듯하더라.

미문美文에 견줄 만큼 위태위태한 것이 절승絶勝에 혹사酷似한 풍경이다. 절승에 혹사한 풍경을 미문으로 번안 모사해놓았다면 자칫 실족 익사하기 쉬운 웅덩이나 다름없는 것이니 첨위僉位*는 아예 가까이 다가서서는 안 된다. 도스토옙스키나 고리키는 미문을 쓰는 버릇이 없는 체했고 또 황량, 아담한 경치를 '취급'하지 않았으되 이 의뭉스러운 어른들은 직 미문은 쓸 듯 쓸 듯, 절승경개絶勝景槪는 나올 듯 나올 듯, 해만 보이고 끝끝내 아주 활짝 꼬랑지를 내보이지는 않고 그만둔 구렁이 같은 분들이기 때문에 그 기만술은 한층 더 진보된 것이며, 그런 만큼 효과가 또 절대하여 천년을 두고 만년을 두고 내리내리 부질없는 위무를 바라는 중속衆俗들을 잘 속일 수 있는 것이다. 그렇나—

왜 나는 미끈하게 솟아 있는 근대 건축의 위용을 보면서 먼저 철근 철골, 시멘트와 세사細沙, 이것부터 선뜩하니 감응하느냐는 말이다. 씻어버릴 수 없는 숙명의 호곡號哭, 몽골리안플렉〔蒙古痣〕** 오뚝이처럼 쓰러져도 일어나고 쓰러져도 일어나고 하니 쓰러지나 섰으나 마찬가지 의지할 얄판한 벽 한 조각 없는 고독, 고고枯槁,*** 독개獨介,**** 초초楚楚.

---

* 여러분, 제위.
** Mongolian fleck. 몽고반점.
*** 초목이 바짝 마름. 신세 따위가 형편없게 됨을 비유적으로 이르는 말.
**** 혼자 끼어 있음.

나는 오늘 대오大悟한 바 있어 미문을 피하고 절승의 풍광을 격하여 소조하게 왕생하는 것이며 숙명의 슬픈 투시벽은 깨끗이 벗어놓고 온아종용溫雅慫慂,* 외로우나마 따뜻한 그늘 안에서 실명失命하는 것이다.

의료意料**하지 못한 이 홀홀忽忽한 '종생' 나는 요절인가 보다. 아니 중세최절中世摧折***인가 보다, 이길 수 없는 육박肉迫, 눈멀은 떼까마귀의 매리罵詈**** 속에서 탕아 중에도 탕아, 술객術客 중에도 술객 이 난공불락의 관문의 괴멸, 구세주의 최후연最後然히 방방곡곡이 독여毒餘는 삼투하는 장식 중에도 허식의 표백*****이다. 출색出色의 표백이다.

내부乃夫******가 있는 불의不義. 내부가 없는 불의. 불의는 즐겁다. 불의의 주가낙락酒價落落한 풍미를 족하는 아시나이까. 윗니는 좀 잇새가 벌고******* 아랫니만이 고운 이 한경漢鏡********같이 결함의 미를 갖춘 깜쪽스럽게 시치미를 뗄 줄 아는 얼굴을 보라. 칠 세까지 옥잠화 속에 감춰두었던 장분粉만을 바르고 그 후 분을 바른 일도 세수를 한 일도 없는 것이 유일의 자랑거리. 정희는 사팔뜨기다. 이것은 무엇으로도 대항하기 어렵다. 정희는 근시 육도다. 이것은 무엇으로도 대항할 수 없는 선천적 훈장이다. 좌난시 우색맹 아— 이는 실로 완벽이 아니면 무엇이랴.

속은 후에 또 속았다. 또 속은 후에 또 속았다. 미만 십사 세에 정희를

---

* '온아'는 온화하고 아담함, '종용'은 달래서 권함을 뜻함. 그러나 '차분하고 침착함'을 뜻하는 '從容'의 오식으로 보기도 함.
** 뜻을 헤아림.
*** 살아가는 도중에 억눌리어 좌절하다, 젊은 나이에 죽다.
**** 심하게 욕하며 나무람. 매도.
***** 드러내 밝히거나 말함.
****** '그의 남편'으로 해석함.
******* 원문에는 '별고'임.
******** 중국 한나라 때의 거울.

그 가족이 강행으로 매춘시켰다. 나는 그런 줄만 알았다. 한 방울 눈물—

그렇나 가족이 강행하였을 때쯤은 정희는 이미 자진하여 매춘한 후 오래오래 후다. 당홍 댕기가 늘 정희 등에서 나부꼈다. 가족들은 불의에 올 재앙을 막아줄 단 하나 값나가는 다홍 댕기를 기탄없이 믿었건만—

그렇나—

불의는 귀인답고 참 즐겁다. 간음한 처녀— 이는 불의 중에도 가장 즐겁지 않을 수 없는 영원의 밀림이다.

그럼 정희는 게서 멈추나?

나는 자기소개를 한다. 나는 정희에게 분모分毛*를 지기 싫기 때문에 잔인한 자기소개를 하는 것이다.

나는 벼[稻]를 본 일이 없다. 자전거를 탈 줄 모른다. 생년월일을 가끔 잊어버린다. 구십 노조모가 이팔소부二八少婦로 어느 하늘에서 시집온 십대조의 고성古城을 내 손으로 헐었고 녹엽 천년의 호두나무 아름드리 근간을 내 손으로 베었다. 은행나무는 원통한 가문을 골수에 지니고 찍혀 넘어간 뒤 장장 사 년 해마다 봄만 되면 독시毒矢** 같은 싹이 엄돋는 것이었다.

나는 그렇나 이 모든 것에 견뎠다. 한번 석류나무를 휘어잡고 나는 폐허를 나섰다.

조숙早熟 난숙爛熟 감[柿] 썩는 골머리 때리는 내. 생사의 기로에서 완이이소莞爾而笑,*** 표한무쌍剽悍無雙****의 척구瘠軀***** 음지에 창백한 꽃이 피

---

* '털끝' 또는 '분수分手'의 오식으로 보기도 함. 분수는 '서로 작별하다'는 의미다.
** 독화살.
*** 빙그레 웃음.
**** 억세고 사나운 것이 비할 데 없음.
***** 바싹 마른 몸.

었다.

나는 미만 십사 세 적에 수채화를 그렸다. 수채화와 파과破瓜.* 보아라 목저木箸같이 야윈 팔목에서는 삼동三冬에도 김이 무럭무럭 난다. 김 나는 팔목과 잔털 나스르르한 매춘하면서 자라나는 회충같이 매혹적인 산결.** 사팔뜨기와 내 흰자위 없는 짝짝이 눈. 옥잠화 속에서 나오는 기술奇術 같은 석일昔日의 화장과 화장 전폐全廢, 이에 대항하는 내 자전거 탈 줄 모르는 아슬아슬한 천품. 당홍 댕기에 불의와 불의를 방임하는 속수무책의 내 나태.

심판이어! 정희에 비교하여 내게 부족함이 너무나 많지 않소이까?

비등비등? 나는 최후까지 싸워보리라.

홍천사 으슥한 구석방 한 칸 방석 두 개 화로 한 개. 밥상 술상—

접전接戰 수십 합. 좌충우돌. 정희의 허전한 관문을 나는 노사老死의 힘으로 들이친다. 그렇나 돌아오는 반발의 흉기는 갈 때보다도 몇 배나 더 큰 힘으로 나 자신의 손을 시켜 나 자신을 살상한다.

지느냐. 나는 그럼 지고 그만두느냐.

나는 내 마지막 무장을 이 전장에 내어세우기로 하였다. 그것은 즉 주란酒亂이다.

한 몸을 건사하기조차 어려웠다. 나는 게울 것만 같았다. 나는 게웠다. 정희 스커트에다. 정희 스타킹에다.

그리고도 오히려 나는 부족했다. 나는 일어나 춤추었다. 그리고 그 방 뒤 쌍창 미닫이를 열어 제치고 나는 예서 떨어져 죽는다고 마지막 한 벌

힘만을 아껴 남기고는 나머지 있는 힘을 다하여 난간을 잡아 흔들었다. 정희는 나를 붙들고 말린다. 말리는데 안 말리는 것도 같았다. 나는 정희 스커트을 잡아 제쳤다. 무엇인가 철썩 떨어졌다. 편지다. 내가 집었다. 정희는 모른 체한다.

속달(S와도 절연한 지 벌써 다섯 달이나 된다는 것은 선생님께서도 믿어주시는 바지요? 하던 S에게서다).

　정희! 노하였소. 어젯밤 태서관泰西館 별장의 일! 그것은 결코 내 본의는 아니었소. 나는 그 요구를 하려 정희를 그곳까지 데리고 갔던 것은 아니오. 내 불민不憫을 용서하여주기 바라오. 그렇나 정희가 뜻밖에도 그렇게까지 다소곳한 태도를 보여주었다는 것으로 저으기 자위를 삼겠소.

　정희를 하루라도 바삐 나 혼자만의 것을 만들어달라는 정희의 열렬한 말을 물론 나는 잊어버리지는 않겠소. 그렇나 지금 형편으로는 '아내'라는 저 추물을 처치하기가 정희가 생각하는 바와 같이 그렇게 쉬운 일은 아니오.

　오늘(3월 3일) 오후 여덟 시 정각에 금화장金華莊 주택지 그때 그 자리에서 기다리고 있겠소. 어제 일을 사과도 하고 싶고 달이 밝을 듯하니 송림을 거닙시다. 거닐면서 우리 두 사람만의 생활에 대한 설계도 의논하여봅시다.

3월 3일 아침 S

내게 속달을 띄우고 나서 곧 뒤이어 받은 속달이다.

모든 것은 끝났다. 어젯밤의 정희는—

그 낮으로 오늘 정희는 내게 이상 선생님께 드리는 속달을 띄우고 그 낮으로 또 나를 만났다. 공포에 가까운 변신술이다. 이 황홀한 전율을 즐기기 위하여 정희는 무고無辜의 이상을 징발했다. 나는 속고 또 속고 또

또 속고 또 또 또 속았다.

나는 물론 그 자리에 혼도하여버렸다. 나는 죽었다. 나는 황천을 헤매었다. 명부에는 달이 밝다. 나는 또다시 눈을 감았다. 태허太虛에 소리 있어 가로되 너는 몇 살이뇨? 만 이십오 세와 십일 개월이올시다. 요사夭死로구나. 아니올시다. 노사老死올시다.

눈을 다시 떴을 때에 거기 정희는 없다. 물론 여덟 시가 지난 뒤였다. 정희는 그리 갔다. 이리하여 나의 종생은 끝났으되 나의 종생기는 끝나지 않는다. 왜?

정희는 지금도 어느 빌딩 걸상 위에서 드로어즈의 끈을 푸는 중이오 지금도 어느 태서관 별장 방석을 비이고 드로어즈의 끈을 푸는 중이오 지금도 어느 송림 속 잔디 벗어놓은 외투 위에서 드로어즈의 끈을 성盛히 풀르는 중이니까.

이것은 물론 내가 가만히 있을 수 없는 재앙이다.

나는 이를 간다.

나는 걸핏하면 까무러친다.

나는 부글부글 끓는다.

그렇나 지금 나는 이 철천의 원한에서 슬그머니 좀 비켜서고 싶다. 내 마음의 따뜻한 평화 따위가 다 그리워졌다.

즉 나는 시체다. 시체는 생존하여 계신 만물의 영장을 향하여 질투할 자격도 능력도 없는 것이리라는 것을 나는 깨닫는다.

정희, 간혹 정희의 후틋한 호흡이 내 묘비에 와 슬쩍 부딛는 수가 있다. 그런 때 내 시체는 홍당무처럼 화끈 달으면서 구천을 꿰뚫어 슬피 호곡한다.

그동안에 정희는 여러 번 제(내 때꼽재기도 묻은) 이부자리를 찬란한 일광 아래 널어 말렸을 것이다. 누누累累한 이 내 혼수昏睡 덕으로 부디 이 내 시체에서도 생전의 슬픈 기억이 창궁蒼穹 높이 훨훨 날아가나 버렸으면—

나는 지금 이런 불쌍한 생각도 한다. 그럼—

—만 이십육 세와 삼 개월을 맞이하는 이상 선생님이어! 허수아비여!

자네는 노옹일세. 무릎이 귀를 넘는 해골일세. 아니, 아니.

자네는 자네의 먼 조상일세. 이상以上

(11월 20일 동경서)

—《조광》, 1937. 5.

환시기幻視記

태석太昔에 좌우를 난변難辨*하는 천치 있더니

그 불길한 자손이 백대百代를 겪으매

이에 가지가지 천형병자天刑病者를 낳았더라

암만 봐두 여편네 얼굴이 왼쪽으로 좀 삐뚜러징 거 같단 말야 싯?

결혼한 지 한 달쯤 해서.

처녀가 아닌 대신에 고리키 전집을 한 권도 빼놓지 않고 독파했다는 처녀 이상의 보배가 송宋 군을 동하게 하였고 지금 송 군의 은근한 자랑거리리라.

결혼하였으니 자연 송 군의 서가와 부인 순영 씨(이 순영이라는 이름자 밑에다 씨 자를 붙이지 않으면 안 되는 지금 내 가엾은 처지가 말하자면 이 소설을 쓰는 동기지)의 서가가 합병할밖에―합병을 하고 보니 송 군의 최근에 받은 고리키 전집과 순영 씨의 고색창연한 고리키 전집이 얼렀다.

결혼한 지 한 달쯤 해서 송 군은 드디어 자기가 받은 신판 고리키 전집

---

* 잘 분별하지 못함.

한 질*을 내다 팔았다.

반만 먹세―

반은?

반은 여편네 갖다 주어야지―지난달에 그 지경을 해놓아서 이달엔 아주 죽을 지경일세―

난 또 마누라 화장품이나 사다 주는 줄 알았네그려―

화장품? 암만 봐두 여편네 얼굴이라능 게 왼쪽으로 '야간' 비뚜러졌다는 감이 없지 않단 말야― 자네 사 년 동안이나 쪼차당겼다니 삐뚜러징 거 알구두 그랬나 끝끝내 모르구 그만두었나?

좋은 하늘에 별까지 똑똑히 잘 박힌** 밤이 사 년 전 첫여름 어느 날이었던지? 방송국 넘어가는 길 성벽에 가 기대선 순영의 얼굴은 월광 속에 있는 것처럼 아름다웠다. 항라 적삼 성긴 구멍으로 순영의 소맥 빛 호흡이 드나드는 것을 나는 내 가장 인색한 원근법에 의하여서도 썩 가쁘게 느꼈다. 어떻게 하면 가장 민첩하게 그러면서도 가장 자연스럽게 순영의 입술을 건드리나―

나는 약 삼 분가량의 지도를 설계하였다. 위선 나는 순영의 정면으로 다가서 보는 수밖에―

그때 나는 참 이상한 것을 느꼈다. 월광 속에 있는 것처럼 아름다운 순영의 얼굴이 웬일인지 왼쪽으로 좀 삐뚤어져 보이는 것이다.

나는 큰 범죄나 한 사람처럼 냉큼 바른편으로 비켜섰다. 나의 그런 불손한 시각을 정정하기 위하여―

(그리하여) 위치의 불리로 말미암아서도 나는 순영의 입술을 건드리지

---

* 원문에는 '길'임.
** 원문에는 '백인'임.

못하고 그만두었다. (실로 사 년 전 첫여름 어느 별빛 좋은 밤) 경관이 무엇
하러 왔는지 왔다. 나는 삼천포읍에 사는 사람이라고 그리니까 순영은 회
령읍에 사는 사람이라고 그린다. 내 그 인색한 원근법이 일사천리지세로
남북 이천오백 리라는 거리를 급조하여 나와 순영 사이에다 펴놓는다. 순
영의 얼굴에서 순간 원광이 사라졌다.

　아내가 삼천포에서 편지를 했다. 곧 돌아가게 될는지 좀 지체가 될는지
지금 같아서는 도무지 짐작이 서지 않는단다.
　내 승낙 없이 한 아내의 외출이다. 고물 장수를 불러다가 아내가 벗어
놓고 간 버선짝까지 모조리 팔아먹으려다가―
　아내가 십 중의 다섯은 돌아올 것 같았고 십 중의 다섯은 안 돌아올 것
같았고 해서 사실 또 가랬댔자 갈 데가 있는 배 아니고 예라 자빠져서 어
디 오나 안 오나 기다려보자꾸나―
　싫어서 나는 저녁이면 윤ⓚ 군을 이용해서는 순영이 있는 바―모로코
에를 부리나케 드나들었다.
　아내가 달아났다는 궁상이 술 먹는 남자에게는 술 먹기 좋은 구실이다.
십 중 다섯은 아내가 돌아올 가능성이 있다는 눈치를 눈곱만치라도 거죽
에 나타내어서는 안 된다. 나는 내 조금도 슬프지 않은 슬픔을 재조껏 과
장해서 순영의 동정심을 끌기에 노력했다. 그렇나 이런 던적스러운 청승
이 결국 순영을 어쩔 수도 없었다.
　그 후 얼마 되지 않아 순영은 광주로 갔다. 가던 날 순영은 내게 술을
먹였다. 나는 그의 치맛자락을 잡아 찢고 싶었다. 나는 울었다. 인생은 허
무하외다 그리면서―그랬더니 순영은 이것은 아마 술이 부족해서 그리나
보다고 여기고 맥주 한 병을 더 청하는 것이었다.

반년 동안 나는 순영을 잊을 수가 없었다. 그동안에 십 중 다섯으로 아내가 돌아왔다. 나는 이 아내를 맞을 수밖에 없었다. 사랑하지 않는 아내를 나는 전의 열 곱절이나 사랑할 수 있었다. 내 순영에게 향하여 잔뜩 곪은 애정이 이에 순영이 돌아오기 전에 터져버린 것이다. 아내는 이런 나를 넘보기 시작했다.

반년 만에 돌아온 순영이 돌아서서 침을 탁 배앝는다. 반년 동안 외출했던 아내를 말 한마디 없이 도로 맞은 내 얼굴 위에다ー

부질없은 세월이 사 년 흘렀다. 아내의 두 번째 외출은 십 중 다섯은 돌아오지 않는 것이었다. 나는 내 고독을 일급 일 원 사십 전과 바꾸었다. 인쇄 공장 우중충한 속에서 활자처럼 오늘도 내일도 모레도 똑같은 생활을 찍어내었다. 그러면서도 나는 순영이 그의 일터를 옮기는 대로 어디까지든지 쫓아다니지 않을 수 없었다. 일급 일 원 사십 전에 팔아버린 내 생활에 그래도, 얼마간 기꺼운 시간이 있었다면 그것은 오직 순영 앞에서 술잔을 주무르는 동안뿐이었다. 그렇나 한번 돌아선 순영의 마음은ー아니 한 번도 나를 향하지 않은 순영의 마음은 남북 이천오백 리와 같이 차디찬 거리 저편의 것이었다. 그 차디찬 거리 이편에는 늘 나와 나처럼 고독한 송 군이 오들오들 떨고 있었다.

나는 이미 순영 앞에서 내 고독을 호소할 수조차 없어졌다. 나는 송 군의 고독을 빌려다가 순영 앞에서 울었다. 송 군의 직업은 송 군의 양심이 증발해버린 뒤의 것이었다. 그 때문에 그는 몹시 고민한다. 얼굴이 종이처럼 창백하다. 나는 이런 송 군의 불행을 이용하여 내 슬픔을 입증시켜보느라고 실로 천만 어의 단자單字를 허비했다. 순영의 얼굴에는 봄다운 홍조가 돌기 시작하는 것 같았다. 나는 어느 틈엔지 나 자신의 위치를 그만 잃어버리고 말았다. 필사의 노력으로 겨우 내 위치를 다시 탈환했을 때에는 이미

송 선생님이세요? 이상李箱 씨하구 같이 (이것은 과연 객쩍은 덧부치개였다) 오늘 밤에 좀 놀라 오세요— 네?

이런 전화가 끝난 뒤였다. 송 군은 상반기 상여금을 받았노라고 한잔 먹잔다.

먹었다.

취했다.

몽롱한 가운데서 나는 이 땅을 떠나리라 생각했다. 머얼리 동경으로 가버리리라.

갈 테야 갈 테야 가버릴 테야(동경으로)

아이 더 놀다 가세요. 벌써 가시면 주므시나요? 네? 송 선생님—

송 선생님은 점占을 쳐보나 보다. 괘는 이상李箱에게 '고기'를 대접하라 이렇게 나온 모양이다. 그래서 송 군은 나보다도 먼저 일어섰다. 자동차를 타자는 것이다. 나는 한사코 말렸다. 그의 재정을 생각해서도 나는 그를 그의 하숙까지 데려다 주는 데 그칠 수밖에 없었다. 하숙 이층 그의 방에서 그는 몹시 게웠다. 말간 맥주만이 올라왔다. 나는 송 군을 청결하기 위하여 한 시간을 진땀을 흘렸다. 그를 눕히고 밖으로 나왔을 때에는 유월의 밤바람이 아카시아의 향기를 가지고 내 피곤한 피부를 간즐르는 것이었다. 나는 멕시코에서 커피를 마시면서 토하면서 울고 울다가 잠이 든 송 군을 생각했다.

순영에게 전화나 걸어볼까.

순영이? 나 상箱이야— 송 군 집에 잘 갖다 두었으니 안심헐 일—

오늘은 어쩐지 그냥 울적해서 견딜 수가 없단다 집으로 가 일찍 잠이나
자리라 했는데 멕시코에―

와두 좋지― 헐 이애기두 좀 있구―

조용히 마주 보는 순영의 얼굴에는 사 년 동안에 확실히 피로의 자취가
늘어 보였다. 직업에 대한 극도의 염증을 순영은 나지막한 목소리로 호소
한다 나는 정색하고

송 군과 결혼하지 응? 그야말루 송 군은 지금 절벽에 매달린 사람이
오―송 군이 가진 양심 그와 배치되는 현실의 박해로 말미암은 갈등 자
살하고 싶은 고민을 누가 알아주나―

송 선생님이 불연드키 만나 뵙구 싶군요.

십 분 후 나와 순영이 송 군 방 미닫이를 열었을 때 자살하고 싶은 송
군의 고민은 사실화하여 우리들 눈앞에 놓여 있었다.

아로날 서른여섯 개의 공동空洞* 곁에 이상李箱의 주소와 순영의 주소가
적힌 종잇조각이 한 자루 칼보다도 더 냉담한 촉각을 내쏘으면서 무엇을
재촉하는 듯이 놓여 있었다.

나는 밤 깊은 거리를 무릎이 척척 접히도록 쏘다녀 보았다. 그렇나 한
사람의 생명은 병원을 가진 의사에게 있어서 마작의 패 한 조각 한 컵의
맥주보다도 우스꽝스러운 것이었다. 한 시간만에 나는 그냥 돌아왔다. 순
영은 쩡쩡 천장이 울리도록 코를 골며 인사불성 된 송 군 위에 엎더 입술
이 파르스레하다.

어쨌든 나는 코 고는 '사체'를 업어 내려 자동차에 실었다. 그리고 단숨

---

* 빈통.

에 의전병원으로 달렸다. 한 마리의 셰퍼드와 두 사람의 간호부와 한 분의 의사가 세 사람의 환자를 맞아주었다.

독약은 위에서 아직 얼마밖에 흡수되지 않았다. 생명에는 '별조'가 없으나 한 시간에 한 번씩 강심제 주사를 맞아야겠고 또 이 밤중에 별달리 어쩌는 도리도 없고 해서 입원했다.

시계를 들고 송 군의 어지러운 손목을 잡아 맥박을 계산하면서 한밤을 새우라는 의사의 명령이었다. 맥박은 '백삼십'을 드나들면서 곤두박질을 친다. 순영은 자기도 밤을 새우겠다는 것을 나는 굳이 보냈다.

가서 자구 아침에 일찍 와요. 그래야 아침에 내가 좀 자지 둘이 다 지쳐버리면 큰일 아냐?

동이 훤히 터왔다. 복도로 유령 같은 입원 환자의 발자취 소리가 잦아간다. 수도는 쏴— 기침은 쿨룩쿨룩— 어린애는 으아—

거기는 완연 석탄산수* 냄새 나는 활지옥에 틀림없었다. 맥박은 '백'을 조끔 넘나 보다.

병원 문이 열리면서 순영은 왔다. 조그만 보따리 속에는 송 군을 위한 깨끗한 내의 한 벌이 들어 있었다. 나는 소태같이 써 들어오는 입을 수도에 가서 양치질했다.

내가 밥을 먹고 와도 송 군은 역시 깨지 않은 채다. 오전 중에 송 군 회사에 전화를 걸고 입원 수속도 끝내고 내가 있는 공장에도 전화를 걸고 하느라고 나는 병실에 없었다. 오후 두 시쯤 해서야 겨우 병실로 돌아와 보니 두 사람은 손을 맞붙들고 낮은 목소리로 이야기를 하고 있다 나는 당장에 눈에서 불이 번쩍 나면서

---

* 페놀. 소독살균제.

망신—아니 나는 대체 지금 무슨 '역할'을 하고 있는 것이냐 순간 나자신이 한없이 미워졌다. 얼마든지 나 자신에 매질하고 싶었고 침 배알으며 조소하여주고 싶었다.

나는 커다란 목소리로

자네는 미친놈인가? 그럼 천친가? 그럼 극악무도한 사기한인가? 부처님 허리 토막인가?

이렇게 부르짖는 외에 나는 내 맵시를 수습하는 도리가 없지 않은가. 울음이 곧 터질 것 같았다. 지난밤에 풀린 아랫도리가 덜덜 떨려 들어왔다.

태산이 무너지는 줄만 알구 나는 십년감수를 허다시피 했네—그래 이 병실 어느 구석에 쥐 한 마리나 있단 말인가 없단 말인가?

순영은 창백한 얼굴을 푹 숙이고 있다. 송 군은 우는 것도 같은 얼굴로 나를 쳐다보면서

미안허이—

나는 이 이상 더 이 방 안에 머무를 의무도 필요도 없어진 것을 느꼈다. 병실 뒤 종친부로 통하는 곳에 무성한 화단이 있다. 슬리퍼를 이끈 채 나는 그 화단 있는 곳으로 나갔다. 이름 모를 가지가지 서양 화초가 6월 볕 아래 피어 어우러졌다. 하나같이 향기 없는 색채만의 꽃들— 그렇나 그 남국적인 정열이 애타게 목말라서 벌들과 몇 사람의 환자가 화단 속을 초조히 거니는 것이었다.

어째서 나는 하는 족족 이따위 못난 짓밖에 못 하나—그렇지만 이 허리가 부러질 희극도 인제 아마 어떻게 종막이 돼왔나 보다.

잔디 위에 앉아서 볕을 쪼였다. 피로가 일시에 쏟아지는 것 같다. 눈이 스르르 저절로 감기면서 사지가 노곤해 들어온다. 다리를 쭉 뻗고

이번에야말루 동경으루 가버리리라—

잔디 위에는 곳곳이 가제와 붕대 끄트러기가 널려 있었다. 순간 먹은 것을 당장에라도 게우지 않고는 건디기 어려울 것 같은 극도의 오예汚穢* 감이 오관五官을 스쳤다. 동시에 그 불붙는 듯한 열대성 식물들의 풍염한 화변조차가 무서운 독을 품은 요화로 변해 보였다. 건드리기만 하면 그 자리에서 손가락이 썩어 문드러져서 뭉청뭉청 떨어져 나갈 것만 같았다.

마누라 얼굴이 왼쪽으루 삐뚜러져 보이거든 슬쩍 바른쪽으루 한번 비켜서 보게나―

흥―

자네 마누라가 회령서 났다능 건 거 정말이든가―

요샌 또 블라디보스토크에서 났다구 그리데―내 무슨 수작인지 모르지―그래 난 동경서 났다구 그랬지―좀 더 멀찌감치 해둘걸 그랬나 봐―

블라디보스토크허구 동경이면 남북이 일만 리로구나 굉장한 거리다―

자꾸 삐뚜러졌다구 그랬드니 요샌 곧 화를 내애데―

아까 바른쪽으루 비켜스란 소리는 괜헌 소리구 비켜스기 전에 자네 시각을 정정―그 때문에 다른 물건이 죄다 바쪽**으루 삐뚜러져 보이드래두 사랑하는 아내 얼굴이 똑바루만 보인다면 시각의 직능은 그만 아닌가―그렇면 자연 그 블라디보스토크 동경 사이 남북 만 리 거리두 베제***처럼 바싹 맞다가서구 말 테니.

(2월 13일 미명)

―《청색지》, 1938. 6.

* 지저분하고 더러움. 또는 그런 것.
** '바른쪽'의 오식인 듯함.
*** 키스, 입맞춤.

실화失花

1

사람이

비밀이 없다는 것은 재산 없는 것처럼 가난하고 허전한 일이다.

2

꿈— 꿈이면 좋겠다. 그렇나 나는 자는 것이 아니다. 누운 것도 아니다.

앉아서 나는 듣는다.(12월 23일)

"언더—더 워치—시계 아래서 말이에요—파이브 타운스—다섯 개의
동리란 말이지오—이 청년은 요 세상에서 담배를 제일 좋아합니다—기
다랗게 꾸브러진 파이프*에다가 향기가 아주 높은 담배를 피워 뻑—뻑—
연기를 품기고 앉았던 것이 무엇보다도 낙이었답니다."

(내야말로 동경 와서 쓸데없이 담배만 늘었지. 울화가 푹— 치밀을 때 저—
폐까지 쭉— 연기나 들이켜지 않고 이 발광할 것 같은 심정을 억제하는 도리가

---

* 원문에는 '파잎'임.

없다.)

　"연애를 했어요! 고상한 취미—우아한 성격—이런 것이 좋았다는 여자의 유서예요—죽기는 왜 죽어—선생님—저 같으면 죽지 않겠습니다—죽도록 사랑할 수 있나요—있다지오—그렇지만 저는 모르겠어요."

　(나는 일찌기 어리석었더니라. 모르고 연娟이와 죽기를 약속했더니라. 죽도록 사랑했건만 면회가 끝난 뒤 대략 이십 분이나 삼십 분만 지나면 연이는 내가 '설마' 하고만 여기던 S의 품 안에 있었다.)

　"그렇지만 선생님—그 남자의 성격이 참 좋아요—담배도 좋고 목소리도 좋고—이 소설을 읽으면 그 남자의 음성이 꼭—웅얼웅얼 들려오는 것 같아요. 이 남자가 같이 죽자면 그때 당해서는 또 모르겠지만 지금 생각 같아서는 저도 죽을 수 있을 것 같아요 선생님 사람이 정말 죽을 수 있도록 사랑할 수 있나요 있다면 저도 그런 연애 한번 해보고 싶어요"

　(그렇나 철부지 C 양이어. 연이는 약속한 지 두 주일 되는 날 죽지 말고 우리 살자고 그럽디다. 속았다. 속기 시작한 것은 그때부터다. 나는 어리석게도 살 수 있을 것을 믿었지. 그뿐인가 연이는 나를 사랑하느니라고까지.)

　"공과功課는 여기까지밖에 안 했어요—청년이 마즈막에는—멀—리 여행을 간다나 봐요. 모든 것을 잊어버리려고."

　(여기는 동경이다. 나는 어쩔 작정으로 여기 왔나? 적빈*이 여세如洗—콕토**—가 그랬느니라—재조 없는 예술가야 부질없이 네 빈곤을 내세우지 말라고—아—내게 빈곤을 팔아먹는 재조 외에 무슨 기능이 남아 있누. 여기는 간다쿠 진

---

* 아무것도 가진 것이 없을 정도의 가난.
** Jean Cocteau(1889~1963). 프랑스의 소설가, 시인, 영화인.

보초[神田區 神保町],* 내가 어려서 제전帝展** 이과二科에 하가끼*** 주문하던 바로 게가 예다. 나는 여기서 지금 앓는다.)

"선생님! 이 여자를 좋아하십니까─좋아하시지오─좋아요─아름다운 죽음이라고 생각해요─그렇게까지 사랑을 받은─남자는 행복되지오─네─선생님─선생님 선생님."

(선생님 이상李箱 턱에 입언저리에 아─ 수염 숱하게도 났다. 좋게도 자랐다.)

"선생님─뭘─그렇게 생각하십니까─네─담배가 다 탔는데─아이─파이프에 불이 붙으면 어떻게 합니까─눈을 좀─뜨세요 이얘기는─끝났습니다. 네─무슨 생각 그렇게 하셨나요."

(아─참 고운 목소리도 다 있지. 십 리나 먼─밖에서 들려오는─값비싼 시계 소리처럼 부드럽고 정확하게 윤택이 있고─피아니시모****─꿈인가. 한 시간 동안이나 나는 스토리─보다는 목소리를 들었다. 한 시간─한 시간같이 길었지만 십 분─나는 졸았나? 아니 나는 스토리─를 다 외운다. 나는 자지 않았다. 그 흐르는 듯한 연연한 목소리가 내 감관을 얼싸안고 목소리가 잤다.)

꿈─꿈이면 좋겠다. 그렇나 나는 잔 것도 아니오 또 누웠던 것도 아니다.

3
파이프에 불이 붙으면?

---

* 일본 도쿄의 행정구역 이름.
** 일본에서 매년 개최되던 제국미술전람회.
*** はがき. 엽서.
**** 악보에서 매우 여리게 연주하라는 말.

끄면 그만이지. 그렇나 S는 껄껄―아니 빙그레 웃으면서 나를 타이른다.

"상箱! 연이와 헤어지게. 헤어지는 게 좋을 것 같으니. 상이 연이와 부부? 라는 것이 내 눈에는 똑 부러 그러는 것 같아서 못 보겠네."

"거 어째서 그렇다는 건가."

이 S는, 아니 연이는 일찌기 S의 것이었다. 오늘 나는 S와 더불어 담배를 피우면서 마주 앉아 담소할 수 있다. 그러면 S와 나 두 사람은 친우였던가.

"상! 자네 「EPIGRAM」이라는 글 내 읽었지. 한 번―허허―한 번. 상! 상의 서푼짜리 우월감이 내게는 우쉬 죽겠다는 걸세. 한 번―한 번―허허―한 번"

"그렇면(나는 실신할 만치 놀랜다) 한 번 이상―몇 번. S! 몇 번인가"

"그저 한 번 이상이라고만 알아두게나그려"

꿈―꿈이면 좋겠다. 그렇나 10월 23일부터 10월 24일까지 나는 자지 않았다. 꿈은 없다.

(천사는―어디를 가도 천사는 없다. 천사들은 다 결혼해버렸기 때문에다)

23일 밤 열 시부터 나는 가지가지 재조를 다 피워가면서 연이를 고문했다.

24일 동이 훤―하게 터올 때쯤에야 연이는 겨우 입을 열었다. 아―장구한 시간!

"첫 뻔―말해라"

"인천 어느 여관"

"그건 안다. 둘째 뻔―말해라"

"……"

"말해라"

"N 삘딩 S의 사무실"

"쎈째 번—말해라"

"……"

"말해라"

"동소문 밖 음벽정飮碧亭"

"넷째 뺀— 말해라"

"……"

"말해라"

"……"

"말해라"

머리맡 책상 서랍 속에는 서슬이 퍼런 내 면도칼이 있다. 경동맥을 따면—요물은 선혈이 댓줄기 뻗치듯 하면서 급사하리라. 그렇나—

나는 일찌감치 면도를 하고 손톱을 깎고 옷을 갈아입고 그리고 예년 시월 24일경에는 사체가 며칠 만이면 썩기 시작하는지 곰곰 생각하면서 모자를 쓰고 인사하듯 다시 벗어 들고 그리고 방—연이와 반년 침식을 같이하던 냄새 나는 방을 휘—둘러 살피자니까 하나 사다 놓네 놓네 하고 기어 뜻을 이루지 못한 금붕어도—이 방에는 가을이 이렇게 짙었건만 국화 한 송이 장식이었다.*

4

그렇나 C 양의 방에는 지금—고향에서는 스케이트를 지친다는데—국

---

* 원문에는 '장이어였다'임. '장식이 없다'로 해석하기도 함.

화 두 송이가 참 싱싱하다.

이 방에는 C 군과 C 양이 산다. 나는 C 양더러 '부인'이라고 그랬더니 C 양은 성을 냈다. 그렇나 C 군에게 물어보면 C 양은 '아내'란다. 나는 이 두 사람 중의 누구라고 정하지 않고 내 동경 생활이 하도 적막해서 지금 이 방에 놀러 왔다.

언더—더 워치—시계 아래서의 렉처*는 끝났는데 C 군은 조선 곰방대를 피우고 나는 눈을 뜨지 않는다. C 양의 목소리는 꿈같다. 인토네이션**이 없다. 흐르는 것같이 끊임없으면서 아주 조용하다.

나는 그만 가야겠다.

"선생님(이것은 실로 이상李箱 옹을 지적하는 참담한 인칭대명사다) 왜 그리세요—이 방이 기분이 나쁘세요?(기분? 기분이란 말은 필시 조선말은 아니리라) 더 놀다 가세요—아직 주무실 시간도 멀었는데 가서 뭐하세요? 네? 얘—기나 하세요"

나는 잠시 그 계간유수溪間流水 같은 목소리의 주인 C 양의 얼굴을 들여다본다. C 군이 범과 같이 건강하니까 C 양은 혈색이 없이 입술조차 파르스레하다. 이 오사게***라는 머리를 한 소녀는 내일 학교에 간다. 가서 언더—더 워치의 계속을 배운다.

사람이—

비밀이 없다는 것은 재산 없는 것처럼 가난하고 허전한 일이다.

강사는 C 양의 입술이 C 양이 좀 횟배****를 앓는다는 이유 외에 또 무

---

* lecture. 강의.
** intonation. 억양.
*** おさげ. (소녀의) 둘로 갈라서 땋아 늘어뜨린 머리.
**** 회충으로 인한 배앓이.

슨 이유로 조렇게 파르스레한가를 아마 모르리라.

강사는 맹랑한 질문 때문에 잠깐 얼굴을 붉혔다가 다시 제 지위의 현격히 높은 것을 느끼고 그리고 외쳤다.

"쪼꾸만 것들이 무얼 안다고—"

그렇나 연이는 히힝 하고 코웃음을 쳤다. 모르기는 왜 몰라—연이는 지금 방년이 이십, 열여섯 살 때 즉 연이가 여고 때 수신과 체조를 배우는 여가에 간단한 속옷을 찢었다. 그리고 나서 수신과 체조는 여가에 가끔 하였다.

여섯— 일곱— 여덟— 아홉— 열—

다섯 해—개 꼬리도 삼 년만 묻어두면 황모黃毛가 된다든가 안 된다든가 원—

수신 시간에는 학감 선생님, 할팽割烹* 시간에는 올드미스 선생님, 국문 시간에는 곰보딱지 선생님—

"선생님 선생님—이 귀염성스럽게 생긴 연이가 엊저녁에 무엇을 했는지 알아내면 용하지"

흑판 위에는 '절조숙녀窈窕淑女'라는 액額의 흑색이 임리淋漓**하다.

"선생님 선생님—제 입설이 왜 요렇게 파르스레한지 알아맞히신다면 참 용하지"

연이는 음벽정에 가던 날도 R 영문과에 재학 중이다. 전날 밤에는 나와 만나서 사랑과 장래를 맹세하고 그 이튿날 낮에는 기싱***과 호손****을

---

* 베고 삶는다는 뜻으로, 음식을 조리함을 이르는 말. 또는 그 음식.
** 사람의 몸이나 글씨, 그림 따위에 힘이 넘치는 모양.
*** George Robort Gissing(1857~1903). 영국의 작가.
**** Nathaniel Hauthdorne(1804~1864). 미국의 소설가.

배우고 밤에는 S와 같이 음벽정에 가서 옷을 벗었고 그 이튿날은 월요일이기 때문에 나와 같이 같은 동소문 밖으로 놀러 가서 베제*했다. S도 K 교수도 나도 연이가 엊저녁에 무엇을 했는지 모른다. S도 K 교수도 나도 바보요 연이만이 홀로 눈 가리고 아웅 하는 데 희대의 천재다.

연이는 N 빌딩에서 나오기 전에 WC라는 데를 잠깐 들르지 않으면 안 되었다. 나오면 남대문통 십오 칸 대로 GO STOP의 인파.

"여보시오 여보시오. 이 연이가 조 이층 바른편에서부터 둘째 S 씨의 사무실 안에서 지금 무엇을 하고 나왔는지 알아맞히면 용하지"

그때에도 연이의 살결에서는 능금과 같은 신선한 생광生光이 나는 법이다. 그렇나 불쌍한 이상 선생님에게는 이 복잡한 교통을 향하여 빈정거릴 아무런 비밀의 재료도 없으니 내가 재산 없는 것보다도 더 가난하고 싱겁다.

"C 양! 내일도 학교에 가셔야 할 테니까 일즉 주므셔야지오."

나는 부득부득 가야겠다고 우긴다. C 양은 그럼 이 꽃 한 송이 가져다가 방에다 꽂아놓으란다.

"선생님 방은 아주 살풍경이라지오?"

내 방에는 화병도 없다. 그렇나 나는 두 송이 가운데 흰 것을 달래서 왼편 깃에다 꽂았다. 꽂고 나는 밖으로 나왔다.

5

국화 한 송이도 없는 방 안을 휘―한 번 둘러보았다. 잘―하면 나는 이

---

* 키스, 입맞춤.

추악한 방을 다시 보지 않아도 좋을 수—도 있을까 싶었기 때문에 내 눈에는 눈물도 고일밖에—

나는 썼다 벗은 모자를 다시 쓰고 나니까 그만하면 내 연이에게 대한 인사도 별로 유루 없이* 다 된 것 같았다.

연이는 내 뒤를 서너 발자국 따라왔던가 싶다. 그렇나 나는 예년 시월 24일경에는 사체가 며칠 만이면 상하기 시작하는지 그것이 더 급했다.

"상! 어디 가세요?"

나는 얼떨결에 되는 대로

"동경"

물론 이것은 허담이다. 그렇나 연이는 나를 만류하지 않는다. 나는 밖으로 나갔다.

나왔으니, 자—어디로 어떻게 가서 무엇을 해야 되누.

해가 서산에 지기 전에 나는 이삼일 내로는 반드시 썩기 시작**해야 할 한 개 '사체'가 되어야만 하겠는데, 도리는?

도리는 막연하다. 나는 십 년 긴— 세월을 두고 세수할 때마다 자살을 생각하여왔다. 그렇나 나는 결심하는 방법도 결행하는 방법도 아무것도 모르는 채다.

나는 온갖 유행약을 암송하여보았다.

그리고 나서는 인도교, 변전소, 화신상회 옥상, 경원선, 이런 것들도 생각해보았다.

나는 그렇다고—정말 이 온갖 명사의 나열은 가소롭다—아직 웃을 수

---

* 빠질 것 없이.
** 원문에는 '지작'임.

는 없다.

웃을 수는 없다. 해가 저물었다. 급하다. 나는 어딘지도 모를 교외에 있다. 나는 어쨌든 시내로 들어가야만 할 것 같았다. 시내—사람들은 여전히 그 알아볼 수 없는 낯짝들을 처들고 와글와글 야단이다. 가등街燈이 안개 속에서 축축해한다. 영경英京 윤돈倫敦*이 이렇다지—

6

NAUKA사**가 있는 진보초 스즈란도〔神保町鈴蘭洞〕에는 고본古本 야시가 선다. 설달 대목—이 영란동도 곱게 장식되었다. 이슬비에 젖은 아스팔트를 이리 디디고 저리 디디고 저녁 안 먹은 내 발길은 자못 창랑蹌踉***하였다. 그렇나 나는 최후의 이십 전을 던져 타임스판 상용 영어 사천 자라는 서적을 샀다. 사천 자—

사천 자면 참 많은 수효다. 이 해양만 한 외국어를 겨드랑이 낀 나는 섣불리 배고파할 수도 없다. 아—나는 배부르다.

진따****—(옛날 활동사진 상설관에서 사용하던 취주 악대) 진동야*****의 진따가 슬프다.

진따는 전원 네 사람으로 조직되었다. 대목의 한몫을 보려는 소백화점의 번영을 위하여 이 네 사람은 클라리넷과 코넷과 북과 소고를 가지고

* 영국의 수도 런던.
** 일본 도쿄에 있던 러시아 전문 서점.
*** 비틀거리는 모양.
**** ジンタ. 영화관·서커스 등의 선전을 위해 통속적인 음악을 연주하는 소규모 취주 악대 또는 그 음악.
***** ちんどん屋. 19세기 후반 일본에 생겨난 상업 선전 가무단.

선조 유신維新 당초에 부르던 유행가를 연주한다. 그것은 슬프다 못해 기가 막히는 가각街角 풍경이다. 왜? 이 네 사람은 네 사람이 다 묘령의 여성들이더니라. 그들은 똑같이 진홍색 군복과 군모와 '꼭구마'*를 장식하였더니라.

아스팔트는 젖었다. 영란동 좌우에 매달린 그 영란鈴蘭꽃 모양 가등도 젖었다. 클라리넷 소리도―눈물에―젖었다. 그리고 내 머리에는 안개가 자옥―히 끼었다.

영경 윤돈이 이렇다지?

"이상! 은 무슨 생각을 그렇게 하십니까?"

남자의 목소리가 내 어깨를 쳤다. 법정대학 Y 군, 인생보다는 연극이 재미있다는 이다. 왜? 인생은 귀찮고 연극은 실없으니까.

"집에 갔드니 안 계시길래!"

"죄송합니다."

"엠프레스에 가십시다."

"좋―지오"

ADVENTURE IN MANHATTAN**에서 진 아서***가 커피 한잔 맛있게 먹더라. 크림을 타 먹으면 소설가 구보 씨****가 그랬다―쥐 오줌 내가 난다고. 그렇나 나는 조엘 마크리*****만큼은 맛있게 먹을 수 있었으니―

MOZART의 사십일 번은 〈목성〉이다. 나는 몰래 모차르트의 환술幻術

---

* 창기나 모자 꼭대기에 달아 장식해 늘어뜨린 깃털 같은 것.
** 1936년에 제작된 미국의 흑백영화.
*** 영화 〈Adventure in manhattan〉의 여자 주인공.
**** 소설가 박태원(1909~1986)의 호.
***** 영화 〈Adventure in manhattan〉의 남자 주인공.

을 투시하려고 애를 쓰지만 공복으로 하여 저윽히 어지럽다.

"신주쿠〔新宿〕 가십시다"

"신주쿠라?"

"NOVA에 가십시다"

"가십시다 가십시다"

마담은 루파시카. 노바는 에스페란토. 헌팅을 얹은 놈의 심장을 아까부터 벌레가 연해 파먹어 들어간다. 그렇면 시인 지용芝溶이어! 이상은 물론 자작의 아들도 아무것도 아니겠습니다그려!

12월의 맥주는 선뜩선뜩하다. 밤이나 낮이나 감방은 어둡다는 이것은 고리키의 『나드네』* 구슬픈 노래, 이 노래를 나는 모른다.

7

밤이나 낮이나 그의 마음은 한없이 어두우리라. 그렇나 유정兪政** 아! 너무 슬퍼 마라. 너에게는 따로 할 일이 있느니라.

이런 지비紙碑가 붙어 있는 책상 앞이 유정에게 있어서는 생사의 기로다. 이 칼날같이 선 한 지점에 그는 앉지도 서지도 못하면서 오직 내가 오기를 기다렸다고 울고 있다.

"각혈이 여전하십니까?"

"네— 그저 그날이 그날 같습니다"

"치질이 여전하십니까?"

---

* 고리키의 대표적인 희곡 『밤 주막』을 말함.
** 소설가 김유정(1908~1937). 작품에 「봄봄」, 「동백꽃」, 「따라지」 등이 있음.

"네— 그저 그날이 그날 같습니다"

안개 속을 헤매던 내가 불연드키 나를 위하여는 마코*—두 갑, 그를 위하여는 배 십 전어치를, 사가지고 여기 유정을 찾은 것이다. 그렇나 그의 유령 같은 풍모를 도회韜晦하기 위하여 장식된 무성한 화병에서까지 석탄산 내음새가 나는 것을 지각하였을 때는 나는 내가 무엇하러 여기 왔나를 추억해볼 기력조차도 없어진 뒤였다.

"신념을 빼앗긴 것은 건강이 없어진 것처럼 죽음의 꼬염을 받기 마치 쉬운 경우드군요"

"이상 형! 형은 오늘이야 그것을 빼앗기셨습니까! 인제—겨우—오늘이야—겨우—인제"

유정! 유정만 싫다지 않으면 나는 오늘 밤으로 치러버리고 말 작정이었다. 한 개 요물에게 부상해서 죽는 것이 아니라 이십칠 세를 일기로 하는 불우의 천재가 되기 위하여 죽는 것이다.

유정과 이상—이 신성불가침의 찬란한 정사情死—이 너무나 엄청난 거짓을 어떻게 다 주체를 할 작정인지.

"그렇지만 나는 임종할 때 유언까지도 거짓말을 해줄 결심입니다"

"이것 좀 보십시오"

하고 풀어 헤치는 유정의 젖가슴은 초롱草籠**보다도 앙상하다. 그 앙상한 가슴이 부풀었다 구겼다 하면서 단말마의 호흡이 서글프다.

"명일의 희망이 이글이글 끓습니다"

유정은 운다. 울 수 있는 외의 그는 온갖 표정을 다 망각하여버렸기 때문이다.

"유 형! 저는 내일 아침 차로 동경 가겠습니다"

"……"

"또 뵈옵기 어려울껄요."

"……"

그를 찾은 것을 몇 번이고 후회하면서 나는 유정을 하직하였다. 거리는 늦었다. 방에서는 연이가 나 대신 내 밥상을 지키고 앉아서 아직도 수없이 지니고 있는 비밀을 만지작만지작하고 있었다. 내 손은 연이 뺨을 때리지는 않고 내일 아침을 위하여 짐을 꾸렸다.

"연이! 연이는 야웅의 천재요. 나는 오늘 불우의 천재라는 것이 되려다가 그나마도 못 되고 도루 돌아왔소. 이렇게 이렇게! 응?"

8

나는 버티다 못해 조그만 종잇조각에다 이렇게 적어 그놈에게 주었다.

"자네도 야웅의 천잰가? 암만해도 천잰가 싶으이. 나는 졌네. 이렇게 내가 먼저 지껄였다는 것부터가 패배를 의미하지"

일고─高* 휘장이다. HANDSOME BOY─해협 오전 두 시의 망토를 두르고** 내 곁에 가 버티고 앉아서 동動치 않기를 한 시간(이상以上?)

나는 그동안 풍선처럼 잠자코 있었다. 온갖 재조를 다 피워서 이 미목수려한 천재로 하여금 먼저 입을 열도록 갈팡질팡했건만 급기해하에 나

---

* 제일보통고등학교를 뜻함.
** 정지용의 시 「해협」의 한 구절.

는 졌다. 지고 말았다.

"당신의 텁석뿌리는 말(馬)을 연상시키는구려. 그렇면 말아! 다락같은 말아!* 귀하는 점잖기도 하다마는 또 귀하는 왜 그리 슬퍼 보이오? 네?" (이놈은 무례한 놈이다)

"슬퍼? 응—슬플밖에—이십 세기를 생활하는데 십구 세기의 도덕성밖에는 없으니 나는 영원한 절름발이로다. 슬퍼야지—만일 슬프지 않다면—나는 억지로라도 슬퍼해야지—슬픈 포즈라도 해 보여야지— 왜 안 죽느냐고? 헤헹! 내게는 남에게 자살을 권유하는 버릇밖에 없다. 나는 안 죽지. 이따가 죽을 것만 같이 그렇게 중속衆俗을 속여주기만 하는 거야. 아— 그렇나 인제는 다 틀렸다. 봐라. 내 팔. 피골이 상접. 아야 아야. 웃어야 할 터인데 근육이 없다. 울려야 근육이 없다. 나는 형해다. 나—라는 정체는 누가 잉크 짓는 약으로 지워버렸다. 나는 오즉 내—흔적일 따름이다"

NOVA의 웨이트리스 나미꼬는 아부라에**라는 재조를 가진 노라***의 따님 콜론타이의 누이동생이시다. 미술가 나미꼬 씨와 극작가 Y 군은 사차원 세계의 테마를 불란서 말로 회화한다.

불란서 말의 리듬은 C 양의 언더 더 워치 강의처럼 애매하다. 나는 하도 답답해서 그만 울어버리기로 했다. 눈물이 좔좔 쏟아진다. 나미꼬가 나를 달랜다.

"너는 뭐냐? 나미꼬? 너는 엊저녁에 어떤 마찌아이****에서 방석을 비

---

* 정지용의 시 「말」의 한 구절.
** あぶらえ. 유화油畵.
*** 헨릭 입센의 희곡 『인형의 집』에 나오는 여자 주인공.
**** まちあい. 서로 약속하고 기다리는 곳.

고 십오 분 동안—아니 아니 어떤 삘딩에서 아까 너는 걸상에 포개 앉았었느냐. 말해라—헤헤—음벽정? N 삘딩 바른편에서부터 둘째 S의 사무실?(아—이 주책없는 이상아 동경에는 그런 것은 없습네) 계집의 얼굴이란 다마네기*다. 암만 베껴보려므나. 마즈막에 아주 없어질지언정 정체는 안 내놓느니"

　신주쿠의 오전 한 시—나는 연애보다도 위선 담배를 한 대 피우고 싶었다.

　9

12월 23일 아침 나는 진보초[神保町] 누옥 속에서 공복으로 하여 발열하였다. 발열로 하여 기침하면서 두 벌 편지는 받았다.

　"저를 진정으로 사랑하시거든 오늘로라도 돌아와 주십시오. 밤에도 자지 않고 저는 형을 기다리고 있습니다. 유정"

　"이 편지 받는 대로 곧 돌아오세요. 서울에서는 따뜻한 방과 당신의 사랑하는 연이가 기다리고 있습니다. 연서妍書"

　이날 저녁에 내 부질없는 향수를 꾸짖는 것처럼 C 양은 나에게 백국白菊 한 송이를 주었느니라. 그러나 오전 한 시 신주쿠 역 폼에서 비칠거리는 이상의 옷깃에 백국은 간데없다. 어느 장화가 짓밟았을까? 그러나—검정 외투에 조화를 단, 댄서—한 사람. 나는 이국종 강아지**올시다. 그러면 당신께서는 또 무슨 방석과 걸상의 비밀을 그 농화장濃化粧*** 그늘에 지니

━━━
* たまねぎ. 양파.
** 정지용의 시 「카페 프란스」의 한 구절.
*** 짙은 화장.

고 계시나이까?

사람이— 비밀 하나도 없다는 것이 참 재산 없는 것보다도 더 가난하외다그려! 나를 좀 보시지오?

—《문장》, 1939. 3.

단발

　그는 쓸데없이 자기가 애정의 거자遽者*인 것을 자랑하려 들었고 또 그렇지 않고 그냥 있을 수가 없었다.

　공연히 그는 서먹서먹하게 굴었다. 이렇게 함으로 자기의 불행에 고귀한 탈을 씌워놓고 늘 인생에 한눈을 팔자는 것이었다.

　이런 그가 한 소녀와 천변을 걸어가다가 그만 잘못해서 그의 소녀에게 대한 애욕을 지껄여버리고 말았다.

　여기는 분명히 그의 음란한 충동 외에 다른 아무런 이유도 없다. 그렇나 소녀는 그의 강렬한 체취와 악의의 태만에 역설적인 흥미를 느끼느라고 그냥 그저 흐리멍텅하게 그의 애정을 용납하였다는 자세를 취하여두었다. 이것을 본 그는 곧 후회하였다. 그래서 그는 이중의 역얼**을 구사하여 동물적인 애정의 말을 거침없이 소녀 앞에 쏟고 쏟고 하였다. 그렇면서도 그의 육체와 그 부속품은 이상스러울 만치 게을렀다.

　소녀는 조금 왔다가 이 드문 애정의 형식에 그만 갈팡질팡하기 시작하

---

* 인부, 심부름꾼, 사령.
** ‘역설’, ‘역어’ 등의 오식으로 보기도 함.

였다. 그리고는 내심 이 남자를 어디까지든지 천하게 대접했다. 그랬더니 또 그는 옳지 하고 카멜레온처럼 태도를 바꾸어서 소녀에게 하루라도 얼른 애인이 생기기를 희망한다는 둥 하여가면서 스스롭게 구는 것이었다.

소녀의 눈은 이런 허위가 그대로 무사히 지내갈 수가 없었다. 투시한 소녀의 눈이 오만을 장치하기 시작하였다. 그렇기 위한 세상의 '교심驕心한 여인'으로서의 구실을 찾아놓고 소녀는 빙그레 웃었다.

"세상 사람들이 모두 연衍 씨를 욕허니까 어디 제가 고쳐드리지요. 연 씨는 정말 악인인지두 모르니까요."

이런 소녀의 말버릇에 그는 가슴이 뜨끔했다. 그냥 코웃음으로 대접할 일이 못 된다. 왜? 사실 그는 무슨 그렇게 세상 사람들에게 욕을 먹고 있는 것도 아닐 뿐만 아니라 악인일 것도 없었다. 말하자면 애호하는 가면을 도적을 맞는 위에 그 가면을 뒤집어 이용당하면서 놀림감이 되고 말 것밖에 없다.

그렇나 그리고 해서 소녀에게 자그마한 욕구가 없는 바는 아니었다. 아니 차라리 이것은 한 무적 '에고이스트'가 할 수 있는 최대 욕구이었는지도 모른다.

그는 결코 고독 가운데서 제법 하수下手*할 수 있는 진짜 염세주의자는 아니었다. 그의 체취처럼 그의 몸뚱이에 붙어 다니는 염세주의라는 것은 어디까지든지 게으른 성격이요 게다가 남의 염세주의는 어느 때가 우습게 알려 드는 참 고약한 아리아욕我利我慾**의 염세주의였다.

죽음은 식전의 담배 한 모금보다도 쉽다. 그렇건만 죽음은 결코 그의

---

* 손을 대어 사람을 죽임. 여기서는 '자살'을 의미.
** 자기 자신의 이익과 욕심.

창호를 두드릴 리가 없으리라고 미리 넘겨짚고 있는 그였다. 그렇나 다만 하나 이 예외가 있는 것을 인정한다.

A Double Suicide

그것은 그렇나 결코 애정의 방해를 받아서는 안 된다는 조건이 붙는다. 다만 아무것도 이해하지 말고 서로서로 '스프링보드'* 노릇만 하는 것으로 충분히 이용할 것을 희망한다. 그들은 또 유서를 쓰겠지. 그것은 아마 힘써 화려한 애정과 염세의 문자로 가득 차도록 하는 것인가 보다.

이렇게 세상을 속이고 일부러 자기를 속임으로 하여 본연의 자기를 얼른 보기에 고귀하게 꾸미자는 것이다. 그렇나 가뜩이나 애정이라는 것에 서먹서먹하게 굴며 생활하여오고 또 오는 그에게 고런 마침 기회가 올까 싶지도 않다.

당연히 오지 않을 것인데도 뜻밖에 그가 소녀에게 가지는 감정 가운데 좀 세속적인 애정에 가까운 요소가 섞인 것을 알아차리자 그 때문에 몹시 자존심이 상하지나 않았나 하고 위구하고 또 쩔쩔매었다. 이것이 엔간치 않은 힘으로 그의 정신생활을 섣불리 건드리기 전에 다른 가장 유효한 결과를 예기하는 처벌을 감행치 않으면 안 될 것을 생각하고 좀 무리인 줄은 알면서 노름하는 세음 치고 소녀에게 Double Suicide를 '프러포즈'하여본 것이었다.

되어도 그만 안 되어도 그만 편리한 도박이다. 되면 식전에 담배 한 모금이오, 안 되면 소녀를 회피하는 구실을 내외에 선고할 수 있지 않느냐는 것이다.

거기는 좀 너무 어둔 그런 속에서 그것은 조인된 일이라 소녀가 어떤

* Spring board.

표정을 하나 자세히 볼 수는 없으나 그의 이런 도박적 심리는 그의 앞에서 늘 태연한 이 소녀를 어디 한번 마음껏 놀려먹을 수 있었대서 속으로 시원해하였다. 그런데 나온 패는 역시 '노'였다. 그는 후―한번 한숨을 쉬어보고 말은 없이 몸짓으로만

"혼자 죽을 수 있는 수양을 허지"

이렇게 한 번 배를 퉁겨보았다. 그렇나 이것 역시 빨간 거짓인 것은 물론이다.

황량한 방풍림 가운데 저녁노을을 멀거니 바라다보고 섰는 소녀의 모양이 퍽 아팠다.

늦은 가을이라기보다 첫겨울 저물게 강을 건너서 부첩符牒*과 같은 검은빛 새들이 떼를 지어 날았다. 그렇나 발아래 낙엽 속에서 거의 생물이랄 만한 생물을 찾아볼 수조차 없는 참 적멸寂滅의 인외경人外境이었다.

"싫습니다. 불행을 짊어지고 살아가는 것이 제게는 더없는 매력입니다. 그렇게 내어버리구 싶은 생명이거든 제게 좀 빌려주시지요"

연애보다도 한 구 위티시즘**을 더 좋아하는 그였다. 그런 그가 이때만은 풍경에 자칫하면 패배***할 것 같기만 해서 갈팡질팡 그 자리를 피해보았다.

소녀는 그때부터 그를 경멸하였다느니보다는 차라리 염오하는 편이었다. 그의 틈사구니투성이의 점잖으려는 재능을 걸핏하면 향하여 소녀의 침착한 재능의 창끝이 걸핏하면 침략하여 왔다.

---

* 부적.
** witticism. 재치 있는 말, 재담.
*** 원문에는 '패북'임. 오식인 듯함.

5월이 되어서 한 돌발 사건이 이들에게 있었다. 소녀의 단 하나의 동지 소녀의 오빠가 소녀로부터 이반하였다는 것이다. 오빠에게 소녀보다 세속적으로 훨씬 아름다운 애인이 생긴 것이다. 이 새 소녀는 그 오빠를 위하여 애정에 빛나는 눈동자를 가졌다. 이 소녀는 소녀의 가까운 동무였다.

오빠에게 하루라도 빨리 애인이 생겼으면 하고 바랐고 그래서 동무가 오빠를 사랑하였다고 오빠가 동생과의 굳은 약속을 저버려야 되나?

소녀는 비로소 '세월'이라는 것을 느꼈다. 소녀의 방심을 어느 결에 통과해버린 '세월'의 소녀로서는 차라리 자신에게 고소하였다.

고독—그런 어느 날 밤 소녀는 고독 가운데서 그만 별안간 혼자 울었다. 깜짝 놀라 얼른 울음을 끊혔으나* 이것을 소녀는 자기의 어휘로 설명할 수 없었다.

이튿날 소녀는 그가 하자는 대로 교외 조용한 방에 그와 대좌하여보았다. 그는 또 그의 그 '위티시즘'과 '아이러니'를 아무렇게나 휘두르며 산비酸鼻**할 연막을 펴는 것이었다. 또 가장 이 소녀가 싫어하는 몸맵시로 넙적 드러누워서 그냥 장정 없이 지껄여대는 것이다. 이런 그 앞에서 소녀도 인제는 어지간히 피곤하였던지 이런 소용없는 감정의 시합은 여기쯤서 그만두어야겠다고 절실히 생각하는 모양 같았다. 그렇나 이런 경우에 소녀는 그에게보다도 자기 자신에게 이기고 싶었다.

"인제 또 만나 뵙기 어려워요 저는 내일 E하구 같이 동경으루 가요"

이렇게 아주 순량하게 도전하여보았다. 그때 그는 아마 이 도전의 상대

가 분명히 그 자신인 줄만 잘못 알고 얼른 모가지 털을 불끈 일으키고 맞선다.

"그래? 그건 섭섭허군. 그럼 내 오늘 밤에 기념 스탬프를 하나 찍기루 허지"

소녀는 가벼이 흥분하였고 고개를 아래위로 흔들어 보이기만 하였다. 얼굴이 소녀가 상기한 탓도 있었겠지만 암만 보아도 이것은 가장 동물적인 동물 이외의 아무것도 아니었다.

마지막 승부를 가릴 때가 되었나 보다. 소녀는 도리어 초조하면서 기다렸다. 즉 도박적인 '성미'로!

(도박은 타기와 모멸! 뿐이려나 보다)

(그가 과연 그의 훈련된 동물성을 가지고 소녀 위에 스탬프를 찍거든 소녀*는 그가 보는 데의 그 스탬프와 얼굴 위에 침을 뱉는다.

그가 초조하면서도 결백한 체하고 말거든 소녀는 그의 비겁한 정도와 추악한 가면을 알알이 폭로한 후에 소인少人으로 천대해준다.)

그렇나 아마 그가 좀 더 윗길 가는 배우였던지 혹 가련한 불감증이었던지 오전 한 시가 훨씬 지난 산길을 달빛을 받으며 그들은 내려왔다. 내려오면서—

어느 날 그는 이 길을 이렇게 내려오면서 소녀의 삼 전 우표처럼 얄팍한 입술에 그의 입술을 건드려본 일이 있었건만 생각하여보면 그것은 그저 입술이 서로 닿았었다 뿐하지—아니 역시 서로 음모를 내포한 암중모

---

* 원문에는 '산녀山女'임.

색이었다. 두 사람은 서로 그리 부드럽지도 않은 피부를 느끼고 공기와 입술과의 따끈한 맛은 이렇게 다르구나를 시험한 데 지나지 않았다.

이방 소녀는 그의 거치른 행동이 몹시 기다려졌다. 이것은 거의 역설적이었다. 안 만나기는 누가 안 만나—하고 조심조심 걷는 사이에 그만 산길은 시가에 끝나고 시가로 그의 이럴 행동에 과히 적당치 않다.

소녀는 골목 밖으로 지나가는 자동차의 '헤드라이트'를 보고 경칠 나쪽에서 서둘러볼까까지 생각하여도 보았으나 그는 그렇게 초조한 듯한데 그때만은 웬일인지 바늘귀만 한 틈을 소녀에게 엿보이지 않는다. 그렇느라고 그랬는지 걸으면서 그는 참 잔소리를 퍽 하였다.

"가량 자기가 제일 싫어하는 음식물을 상 찌푸리지 않고 먹어보는 거 그래서 거기두 있는 '맛'인 '맛'을 찾아내구야 마는 거, 이게 말하자면 '패러독스'지. 요컨댄 우리들은 숙망적으로 사상, 즉 중심이 있는 사상 생활을 할 수가 없도록 돼먹었거든. 지성—흥 지성의 힘으로 세상을 조롱할 수야 얼마든지 있지, 있지만 그게 그 사람의 생활을 '리드'할 수 있는 근본에 있을 힘이 되지 않는 걸 어떡허나? 그러니까 선仙이나 내나 큰소리는 말아야 해 일체 맹세하지 말자—허는 게 즉 우리가 해야 할 맹세지."

소녀는 그만 속이 발끈 뒤집혔다. 이 씨름은 결코 여기서 그만둘 것이 아니라고 내심 분연하였다. 이따위 연막에 대항하기 위하여는 새롭고 효과적인 엔간치 않은 무기를 장만하지 않을 수 없다. 생각해두었다.

또 그 이튿날 밤은 질척질척 비가 내렸다. 그 빗속을 그는 소녀의 오빠와 걷고 있었다.

"연! 인젠 내 힘으로는 손을 대일 수가 없게 되구 말았으니까 자넨 뒷갈망이나 좀 잘해주게. 선이가 대단히 흥분한 모양인데—"

"그건 왜 또"

"그건 왜 딴천을 허는 거야"

"딴천을 허다니 내가 어떻게 딴천을 했단 말인가?"

"정말 모르나?"

"뭐를?"

"내가 E허구 거치 동경 간다는 걸—"

"그걸 자네 입에서 듣기 전에 내가 어떻게 안단 말인가?"

"선이는 그렇니까 갈 수가 없게 된 거지. 선이허구 E허구 헌 약속이 나때문에 깨어졌으니까."

"그래서"

"게서버팀은 자네 책임이지"

"홍"

"내가 동생버텀 애인을 더 사랑했다구 그렇게 선이가 생각헐까 봐서 걱정이야."

"허는 수 없지."

선이—오빠에게서 모든 이야기를 듣고 나는 참 깜짝 놀랐소. 오빠도 그렇디다—운명에 억지로 거역하려 들어서는 못쓴다고. 나도 그렇게 생각하오.

나는 오랫동안 '세월'이라는 관념을 망각해왔소 이번에 참 한참 만에 느끼는 '세월'이 퍽 슬펐소. 모든 일이 '세월'의 마음으로부터의 접대에 늘 우리들은 다 조신하게 제 부서에 나아가야 하지 않나 생각하오. 흥분하지 말어요.

아무쪼록 이제부터는 내게 괄목하면서 나를 믿어주기 바라오. 그 맨 처음 선물로 우리 같이 동경 가기를 내가 '프러포즈'할까? 아니 약속하지. 선이 안 기뻐하여준다면 나는 나 혼자 힘으로 이것을 실현해 보이리다.

　　그럼 선이의 승낙서를 기다리기로 하오.

　　그는 좀 겸연쩍은 것을 참고 어쨌든 이 편지를 포스트에 넣었다. 저로서도 이런 협기俠氣 우스꽝스러웠다. 이 소녀를 건사한다?—당분간만 내게 의지하도록 해?—이렇게 수작을 해가지고 소녀가 듣나 안 듣나 보자는 것이었다. 더 그에게 발악을 하려 들지 않을 만하거든 그는 소녀를 한마리 '자나리아'*를 놓아주듯이 그의 '위티시즘'의 지옥에서 석방—아니 제풀에 나가나? 어쨌든 소녀는 길게 그의 길에 같이 있을 것은 아니니까다. 답장이 왔다.

　　처음부터 이렇게 되었어야 하지 않았나요? 저는 지금 조금도 흥분하거나 하지는 않았습니다. 이런 제가 연께 감사하다고 말씀드린다면 연께서는 역정을 내이시나요? 그럼 감사한다는 기문만은** 제 기분에서 삭제하기로 하지요.

　　연을 마음에 드는 좋은 교수로 하고 저는 연의 유쾌한 강의를 듣기로 하렵니다. 이 교실에서는 한 폭독한 교수가 사나운 목소리로 무엇인가를 강의하고 있다는 것을 안 지는 오래지만 그 문간에서 머뭇머뭇하면서 때때로 창틈으로 새어나오는 교수의 '위티시즘'을 귓결에 들었다 뿐이지 차마 쑥 들어가

---

* '카나리아'의 오식인 듯함.
** '기분만은', '그 문장만은' 등으로 해석하기도 함.

지 못하고 오늘까지 왔습니다. 그렇지만 지금은 벌시 들어와 앉았습니다. 자─무서운 강의를 어서 시작해주시지요. 강의의 제목은 '애정의 문제'가요. 그렇지 않으면 '지성의 극치를 흘낏 들여다보는 이야기'를 하여주시나요.

엊그제 연을 속였다고 너무 꾸지람은 말아주세요. 오빠의 비장한 출발을 같이 축복하여주어야겠지요. 저는 결코 오빠를 야속하게 여긴다거나 하지 않아요. 애정을 계산하는 버릇은 언제든지 미움받을 버릇이라고 생각하니까요. '세월'이요? 연께서 가르쳐주셔서 참 비로소 이 '세월'을 느꼈습니다. '세월'! 좋군요─교수─, 제가 제 맘대로 교수를 사랑해도 좋지요? 안 되나요? 괜찮지요? 괜찮겠지요 뭐?

단발했습니다. 이렇게도 흥분하지 않는 제 자신이 그냥 미워서 그랬습니다.

단발? 그는 또 한 번 가슴이 뜨끔했다. 이 편지는 필시 소녀의 패배를 의미하는 것인데 그에게 의논 없이 소녀는 머리를 짤렸으니. 이것은 새로워진 소녀의 새로운 힘을 상징하는 것일 것이라고 간파하였다. 그러면서도 그는 눈물이 났다.* 왜?

머리를 자를 때의 소녀의 마음이 필시 제 마음 가운데 제 손으로 제 애인을 하나 만들어놓고 그 애인으로 하여금 저에게 머리를 자르도록 명령하게 한, 말하자면 소녀의 끝없는 고독이 소녀에게 일인이역을 시킨 게에 틀림없었다.

소녀의 고독!

혹은 이 시합은 승부 없이 언제까지라도 계속하려나─이렇게도 생각이

───────
* 원문에는 '눈물났다'임.

들었고―그것보다도 머리를 싹뚝 자르고 난 소녀의 얼굴―몸 전체에서 오는 인상은 어떠할까 하는 것이 차라리 더 그에게는 흥미 깊은 위선 유혹 이었다.

―《조선문학》, 1939. 4.

김유정

—소설체로 쓴 김유정론

 암만해도 성을 안 낼 뿐만 아니라 누구를 대할 때든지 늘 좋은 낯으로 해야 쓰느니 하는 타입의 우수한 견본이 김기림金起林이라.

 좋은 낯을 하기는 해도 적이 비례非禮를 했다거나 끔찍이 못난 소리를 했다거나 하면 잠자코 속으로만 꿀꺽 없이 여기고* 그만두는 그러기 때문에 근시 안경을 쓴 위험 인물이 박태원朴泰遠이다.

 없이 여겨야 할 경우에 "이놈! 네까진 놈이 뭘 아느냐"라든가 성을 내면 "여! 어디 뎀벼봐라"쯤 할 줄 아는, 하되, 그저 그럴 줄 알다 뿐이지 그만큼 해두고 주저앉는 파에, 고만 이유로 코 밑에 수염을 저축한 정지용鄭芝溶이 있다.

 모자를 홱 벗어 던지고 두루마기도 마고자도 민첩하게 턱 벗어 던지고 두 팔 훌떡 부르걷고 주먹으로는 적의 벌마구니를 발길로는 적의 사타구니를 격파하고도 오히려 행유여력行有餘力**에 엉덩방아를 찧고야 그치는 희유의 투사가 있으니 김유정金裕貞이다.

---

* '업신여기고'로 해석함.
** 일을 다 하고도 오히려 힘이 남음.

누구든지 속지 마라. 이 시인 가운데 쌍벽과 소설가 중 쌍벽은 약속하고 분만된 듯이 교만하다. 이들이 무슨 경우에 어떤 얼굴을 했댔자 기실은 그 즐만驕慢에서 산출된 표정의 디포메이션* 외의 아무것도 아니니까 참 위험하기 짝이 없는 분들이라는 것이다.

이분들을 설복할 아무런 학설도 이 천하에는 없다. 이렇게들 또 고집이 세다.

나는 자고로 이렇게 교만하고 고집 센 예술가를 좋아한다. 큰 예술가는 그저 누구보다도 교만해야 한다는 일이 내 지론이다.

다행히 이 네 분은 서로들 친하다. 서로 친한 이분들과 친한 나 불초 이상李箱이 보니까 여상의 성격의 순차적 차이가 있는 것은 재미있다. 이것은 혹 불행히 나 혼자의 재미에 그칠는지 우려지만 그래도 좀 재미있어야 되겠다.

작품 이외의 이분들의 일을 적확히 묘파해서 써내 비교교우학比較交友學을 결정적으로 여실히 하겠다는 비장한 복안이어늘,

소설을 쓸 작정이다. 네 분을 각각 주인으로 하는 네 편의 소설이다.

그런데 족보에 없는 비평가 김문집金文輯** 선생이 내 소설에 오십구 점이라는 좀 참담한 채점을 해놓으셨다. 오십구 점이면 낙제다. 한 끗만 더 했다면―그렇니까 서울말로 '낙제 첫찌'다. 나는 참 낙담했습니다. 다시는 소설을 안 쓸 작정입니다―는 즉 거짓말이고, 이 경우에 내 어쭙잖은 글이 네 분의 심사를 건드린다거나 읽는 이들의 조소를 산다거나 하지나 않을까 생각을 하니 아닌 게 아니라 등어리가 꽤 서늘하다.

---

* deformation. 변형, 기형.
** 평론가(1907~?). 비평집으로 『비평문학』, 『아리랑 고개』 등이 있음.

그렇거든 오십구 점짜리가 그럼 그렇지 하고 그저 눌러 덮어주어야겠고 뜻밖에 제법 되었거든 네 분이 선봉을 서서 김문집 선생께 좀 잘 좀 말해주셔서 부디 급제 좀 시켜주시기 바랍니다.

김유정 편

이 유정은 겨울이면 모자를 쓰지 않는다. 그러면 탈몬가? 그의 그 더벙머리 위에는 참 우글쭈글한 벙거지가 얹혀 있는 것이다. 나는 걸핏하면

"김 형! 김 형이 쓰신 모자는 모자가 아닙니다"

"김 형!(이 김 형이라는 호칭인즉은 이상을 가리키는 말이다) 거 어떻거시는 말씀입니까"

"거 벙거지, 벙거지지요"

"벙거지! 벙거지! 옳습니다"

태원도 회남懷南*도 유정의 모자 자격을 인정하지 않는다. 벙거지라고밖에!

엔간해서 술이 잘 안 취하는데 취하기만 하면 딴사람이 되고 만다. 그것은 무엇을 보고 아느냐 하면—

보통으로 주먹을 쥐이고 쓱 둘째손가락만 쭉 펴면 사람 가리키는 신호가 되는데 이래가지고는 그 벙거지 차양 밑을 우벼 파면서 나사못 박는 흉내를 내는 것이다. 하릴없이 젖먹이 곤지곤지 형용에 틀림없다.

창문사彰文社에서 내가 집무랍시고 하는 중에 떠억 나를 찾아온다. 와서는 내 집무 책상 앞에 마주 앉는다. 앉아서는 바윗덩어리처럼 말이 없다.

---

* 안회남(1910~?). 소설가 · 평론가. 「소년과 기생」 등이 있음.

낸들 또 무슨 그리 신통한 이야기가 있으리오. 그저 서로 벙벙히 앉았는 동안에 나는 나대로 교정 등속 일을 한다. 가지가지 부호를 써서 내가 교정을 보고 있노라면 그는 불쑥

"김 형! 거 지끔 그 표는 어떻거라는 푠구요"

이런다. 그럼 나는 기가 막혀서

"이거요, 글짜가 곤두섰으니 바루 놓으란 표지오"

하고 나서는 또 그만이다. 이렇게 평소의 유정은 뚱보다. 이런 양반이 그 곤지곤지만 시작되면 통성通姓 다시 해야 한다.

그날 나도 초저녁에 술을 좀 먹고 곤해서 한참 자는데 별안간 대문을 뚜드리는 소리가 요란하다. 한 시나 가까웠는데―하고 눈을 비비고 나가 보니까 유정이 B 군과 S 군과 작반해 와서 이 야단이 아닌가. 유정은 연해 성히 곤지곤지 중이다. 나는 일견에 '익키! 이건 곤지곤지구나' 하고 내심 벌써 각오한 바가 있자니까 나가잔다.

"김 형! 이 유정이가 오늘 술, 좀, 먹었습니다. 김 형! 우리 또 한잔허십시다"

"아따 그러십시다그려"

이래서 나도 내 벙거지를 쓰고 나섰다.

나는 단박에 취해버려서 역시 그 비장의 가요를 기탄없이 내뽑은가 싶다. 이렇게 밤이 늦었는데 가무음곡歌舞音曲으로써 가구街衢*를 소란케 하는 것은 법규상 안 된다. 그래 주파酒婆가 이러니저러니 좀 했더니 S 군과 B 군은 불온하기 짝이 없는 언사로 주파를 탄압하면, 유정은 또 주파를

* 길거리.

의미 깊게 흘낏, 한 번 흘겨보더니

"김 형! 우리 소리합시다"

하고 그 척척 붙어 올라올 것 같은 끈적끈적한 목소리로 강원도 아리랑 팔만구암자八萬九庵子를 내뽑는다. 이 유정의 강원도 아리랑은 바야흐로 천하일품의 경지다.

나는 소독젓가락으로 추탕鰍湯 보새기 전을 갈기면서 장단을 맞춰 좋아하는데 가만히 보니까 한쪽에서 S군과 B군이 불화다. 취중 문학담이 자연 아마 그리된 모양인데 부전부전하게 유정이 또 거기 가 한몫 끼이는 것이다. 나는 술들이나 먹지 저 왜들 저러누, 하고 서서 보고만 있자니까 유정이 예의 그 벙거지를 떡 벗어 던지더니 두루마기 마고자 저고리를 차례로 벗어 제치고는 S군과 맞달라붙는 것이 아닌가.

싸움의 테마는 아마 춘원의 문학적 가치 운운이던 모양인데 어쨌든 피차 어지간히들 취중이라 문학은 저리 집어치우고 인제 문제는 체력이다. 뺨도 치고 제법 태견도들 한다. S군은 이리 비철 저리 비철 하면서 유정의 착의일식着衣一式을 주워 들고 바로 뜯어말린답시고 한가운데 가 끼어서 꾸기적꾸기적하는데 가는 발길 오는 발길에 이래저래 피해가 많은 꼴이다.

놀란 것은 주파와 나다.

주파는 술은 더 못 팔아도 좋으니 이분들을 좀 밖으로 모셔 내라는 애원이다. 나는 B군과 협력해서 가까수로 용사들을 밖으로 끌고 나오기는 나왔으나 이번에는 자동차가 줄 다서* 왕래하는 대로 한복판에서들 활약이다. 구경꾼이 금시로 모여든다. 용사들의 사기는 백열화한다.

---

* '대서'로 해석하기도 함.

나는 섣불리 좀 뜯어말리는 체하다가 얼떨결에 벙거지 벗어진 것이 당장 용사들의 군용화에 유린을 당하고 말았다. 그만 나는 어이가 없어서 전선주에 가 기대서서 이 만화를 서서히 감상하자니까—

B군은 이건 또 언제 어디서 획득했는지 모를 오합들이 술병을 거꾸로 쥐고 육모방망이 내휘두르듯 하면서 중재 중인데 여전히 피해가 많다. B군은 이윽고 그 술병을 한 번 허공에 한층 높이 내휘두르더니 그 우렁찬 목소리로 산명곡응山鳴谷應*하라고 최후의 대갈일성大喝一聲을 시험해도 전황은 여전하다.

B군은 그만 화가 벌컥 난 모양이다. 그 술병을 지면 위에다 내던지고 가로되

"네놈들을 내 한까번에 쥐기겠다"

고 결의의 빛을 표시하더니 좌충우돌로 동에 번쩍 서에 번쩍 S군, 유정의 분간이 없이 막 구타하기 시작이다.

이 광경을 본 나도 놀랐거니와 더욱 놀란 것은 전사 두 사람이다. 여태껏 싸움 말리는 역할을 하느라고 하던 B군이 별안간 이처럼 태도를 표변하니 교전하던 양인이 놀라지 않을 수가 없다.

B군은 위선 유정의 턱 밑을 주먹으로 공격했다. 경악한 유정은 방어의 자세를 취하면서 한쪽으로 비키니까 B군은 이번에는 S군을 걷어찼다. S군은 눈이 뚱그래서 이 역 한켠으로 비키면서 이건 또 무슨 생각으로

"너! 유정이! 뎀벼라"

"오냐! S! 너! 나헌테 좀 맞어봐라"

---

* 산이 울면 골짜기가 응한다는 뜻.

하면서 원래의 적이 다시금 달라붙이니까 B 군은 그냥 두 사람을 얼러서 걷어차면서 주먹비를 내리는 것이다. 두 사람은 일제히 공세를 B 군에게로 모아가지고 쉽사리 B 군을 격퇴한 다음 이어 본전을 계속 중에 B 군은 이번에는 S 군의 불두덩을 걷어찼다. 노발대발한 S 군은 B 군을 향하여 맹렬한 일축을 수행하니까 이 틈을 타서 유정은 S 군에게 이 또한 그만 못지않은 일축을 결행한다. 이러면 B 군은 또 선수를 돌려 유정을 겨누어 거룩한 일축을 발사한다 유정은 S 군을, S 군은 B 군을, B 군은 유정을, 유정은 S 군을, S 군은—

이것은 그냥 상상만으로도 족히 포복절도할 절경임에 틀림없다. 나는 그만 내 벙거지가 여지없이 파멸한 것은 활연히 잊어버리고 웃음보가 곧 터질 지경인 것을 억지로 참고 있자니까 사람은 점점 꼬여드는데 이 진무류珍無類*의 혼전은 언제나 끝날는지 자못 묘연하다.

이때 옆 골목으로부터 순행하던 경관이 칼 소리를 내이면서 나왔다. 나와서 가만히 보니까 이건 싸움은 싸움인 모양인데 대체 누가 누구하고 싸우는 것인지 종을 잡을 수가 없는 것이다.

경관도 기가 막혀서

"이게 날이 너무 춥드니 실진失眞들을 헌 게로군"

하는 모양으로 뒷짐을 지고 서서 한참이나 원망한 끝에 대갈일성

"가엣!"**

나는 이 추운 날 유치장에를 들어갔다가는 큰일이겠으므로

"곧 집으로 데리구 가겠습니다. 용서하십쇼. 술들이 몹시*** 취해 그랬

---

* 비슷한 것이 없을 만큼 진기함.
** '돌아가!'라는 뜻.
*** 몹시.

습니다"

하고 고두백배叩頭百拜한 것이다.

경관의 두 번째 '가에렛' 소리에 겨우 이 삼국지는 아마 종식하였든가
한다.

이 이야기를 듣고 태원이 "거 요코미쓰 리이치[橫光利—]이 『기계』 같소
그려" 하였다. (물론 이 세 동무는 그 이튿날은 언제 그런 일 있었더냐는 듯이
계속하여 정다웠다)

유정은 폐가 거의 결단이 나다시피 못쓰게 되었다. 그가 웃통 벗은 것
을 보았는데 기구崎嶇한 수신瘦身*이 나와 비슷하다. 늘
"김 형이 그저 두 달만 약주를 끊었으면 건강해지실 텐데"
해도 막무가내하더니 지난 7월 달부터 마음을 돌려 정릉리貞陵里 어느 절
간에 숨어 정양 중이라니, 추풍이 점기漸起에 건강한 유정을 맞을 생각을
하면 나도 독자도 함께 기쁘다.

—《청색지》, 1939. 5.

---

* 마르고 야윈 몸.

불행한 계승*

한여름 대낮 거리에 나를 배반하여 사람 하나 없다.

패배에 이은 패배의 이행, 그 고통은 절대한 것일 수밖에 없다.

나는 그것을 잘 알고 있다―자살마저 허용되지 않고 있다는 것을.

그래 그렇기에―

나는 곧 다시 즐거운 산 즐거운 바다를 생각하지 아니하면 아니 된다.―달 뜬 친절한 말씨와 눈길―그리고 나는 슬퍼하기보다는 우선 괴로워하기부터 실천하지 아니하면 아니 된다.

한여름 대낮 거리 사람들 모두 날 배반하여 허허롭고야＊＊

1

상箱은 참으로 후회하지 아니할까? 그렇진 않겠지. 그건 참을 수 없는

---

* 원문은 일본어로 되어 있으며 유정柳呈이 번역한 것이다.

＊＊ 원문은 일본 고유의 단문학 정기시 단까[短歌]의 형식을 취함.

냉정함보다도 더욱 냉정하여 참을 수 없는 것. 그럼에도 불구하고 그는 기다리고 있다. 후회를—상에게서 후회하지 아니하는 시간은 더욱 위태하다는 그런 말일까. 그는 절실히 후회를 고대하고 있다.

그런 꼴이었다.

혼자서 못된 짓 하고 싶다. 난 이제 끝내 살아나지 못할 것 같다. 필경 살아나지 못할 테지.

허나 언제나 상과 꼬옥 같은 모양을 한, 바로 상 자신이 이 아니면 아니된다. 그림자보다도 불투명한 한 사나이가 그의 앞에 막아서면서 어정버정하는 것이었다.

그는 그 빛바랜 세피아 색 그림자 앞에선 고개를 들지 못한다.

어차피 살아날 수 없는 것이라면, 혼자서 한껏 잔인한 짓을 해보고 싶구나.

그래 상대방을 죽도록 기쁘게 해주고 싶다. 그런 상대는 여자—역시 여자라야 한다. 그래 여자라야만 할지도 모르지.

그래 그는 후회하지 아니했는가. 거듭될수록 오히려 후회는 심각해지지 아니했던가. 그럴 때 그의 지쳐버린 머리로 어떤 것을 생각했던가. 이 경우의 여자—그의 이른바 여자란 무엇인가.

상은 사실은 이토록 후회하고 있단 말이다. 그의 머리는—이성은, 참으로 그가 고대하고 있는 것은 물론 후회 같은 쓸쓰레한 서툰 요리는 아니다. 후회하지 아니하고 되는 일.

그래 이번만은 후회하지 않고 되는 첩경을 찾아내리라.

아니 이거 무슨 물건이 바로 이 내 몸에 달라붙어서 떨어지지 않기 때문이겠지. 요놈을 떼쳐버려야지—

그러나 그건 대체 무슨 놈일까

그는 이성은 멀쩡했었다. 그것이 보였을 만큼―그러나 그가 피로를 회복하기가 무섭게 이내 그의 그러한 이성은 다시 무디어지고 마는 것이었다.

그래 표본처럼 혼자 의자에 단좌端坐하여 창백한 얼굴이 후회를 기다리고 있었던 것이다.

이제 금시 도어가 열리면 사건이―사건이라고 하기엔 너무나도 초라한 장난이, 혹은 친구의 호주머니에 혹은 미지의 남의 가십gossip에 숨겨져 들어오지나 아니할까.

상은 보기에도 딱하게 벌벌 떨고 있었다.

아아, 후회하긴 싫다, 아무것도 갖다 주지 않는 게 좋겠다.

그렇지 그래, 오전 중에 잘라 파는 꽃을 어린아이가 사러 온다. 그 뒤로는 반드시 그 꽃보다도 어린아이보다도 신선한 유혹이 전연 유혹이라는 그 면모를 바꿔가지고 제법 신나게 들어오는 것이었다.

2

목부용木芙蓉은 인사하듯 나가버렸다. 이젠 그 이상 그는 참을 수가 없다. 그도 그 뒤를 쫓아서 나간다.

읽다 만 교과서를 접기보다도 더욱 쉽게 육친 위에 덮쳐오는 온갖 치욕마저 그의 앞서의 후회와 함께 치워버리곤, 그는 행복한 곤충처럼 뛰어가는 것이다.

범죄 냄새가 나는 그러한 신식 좌석은 없을 것인가. 허나 그는 다시 공기총 가진 사람보다도 쉽게 그 비슷한 것을 발견해낸다. 그는 그만 미소하면서 인사를 하고 마는 것이다.

오늘 밤은 둘이 함께 해야 하나 보다. 그 언짢은 그림자의 사나이와 상은 한 의자 위에 걸터앉고 이젠 요리도 아주 한 사람 몫이다.

누이처럼 생각한 적도 있답니다.

케티 폰 나기같이 아름다운 오뎅집 딸한테 그는 인제 그야말로 전혀 의미 없는 말을 한마디 해보았다.

누굴 말입니까?(정말 별난 소리 다 한다. 누이처럼 생각했던 사람이란 대체 누구를 말하는 건가)

난 야단친 적도 있답니다, 좀 더 견문을 넓히라고요.

허어,

한데 그 여자와 악마가 걸으니까 거참 지독한 절름발이었지요. 하지만 어느 쪽이 길고 어느 쪽이 짧은지는 전혀 알 수 없었지요.

나기 양은 웃었다. 그건 상의 수다에 언제나 번쩍이는, 더럽게 기독교 냄새만 나는 사고방식을 슬쩍 조소한 것일까. 어떻든 그는 별안간 아연해지고 말았다.

주기酒氣로 뻘개진 얼굴의 내면에 발그레 홍조가 도는 걸 느꼈다. 평소 그가 업신여기고 있던 것들이 실은 그로서 업신여겨선 안 될 것들이라는 사실이 내심 몹시 창피했기 때문이다.

뭐 이런 건 이 언짢은 그림자의 사나이가 집게손가락으로 장난스런 주름살을 만들면서 나를 쿡쿡 찔러대기 때문이다.

(대단할 건 없다. 따돌려 버려라) 해서─난 이후로도 그를 누인 줄 알고 위로해주곤 할 작정입니다.

나기 양은 비로소 알아차린 것 같다. 허나 나기 양을 깨우치게 한 그 한마디는 또 얼마나 세상에 어리석기 그지없는 수작이었겠는가.

이상야릇한 밤이었다. 허나 또 결정적인 밤이었다. 집 밖에서 저회低徊

하며 가지 않는 나그네가 그제서야 겨우 집 안에다 짐을 부리운 것 같은……

농후한 지방색脂肪色 사색思素에 결코 접근시켜선 안 된다. 하나의 백금선白金線의 정체를 마침내 백일하에 폭로하고 만 조롱받아야 할 밤이 아니면 아니 된다.

단 한 줄기의 백금선—(나기 양, 당신만 해도 모노그램과 같은 백금선의 바둑무늬란 말이오)

고단한 인생에 이건 또 부질없는 농담이다. 주기酒氣가 그의 혈액 속에 도도히 밀려 흐르고 있는 불행한 조상祖上의 체취를 더욱더 부채질하고 있다. 허나 이 경우만은 그는 제멋대로 여전히 불길한 호흡을 시작할 수는 없는 것 같았다.

피해자를 낼 만한 농담은 금해야 할 것이다. 그의 뇌리에 첫째로 떠오르는 금제禁制의 소리는 몽롱하나마 그것은 피해자에의 경계인 것 같았다. 그렇다, 상의 앞에 피해자는 육안이라는 조건을 가지고 상을 위협하는 포즈를 계속할 것이다. 그것은 괴롭다.

차라리 이렇게 하자. 저 언짢은 그림자의 사나이가 나중에 무엇이라고 나무라든 아랑곳할 것이 뭐냐.

옳지, 하고 그는 후회보다도 더욱 냉정한 푼돈을 집어 던지고는 오뎅집 콘크리트 바닥을 차고 일어섰다.

그리곤 가을바람처럼 비틀거리면서 일로—路—

차압이다. 특히 네놈이 이번엔 지명당하고 있단 말이다. 그런 기세로 상의 속도速度에는 시뻘거니 발홍發紅한 노여움이 충만해 있었다.

3

불길한 예감에는 그는 무섭도록 민감했다. 불길한 사건 앞에선 반드시 무슨 일에나 불길한 조짐이 그를 괴롭히는 것이었다.

그는 이런 괴로움에서 벗어날 수는 없었다. 항상 전전긍긍하여 겁을 먹고 있지 아니하면 아니 되었다.

머리 정수리를 분쇄당한 부동명왕不動明王*같이 그의 민감은 이미 전기의자 위에 단좌하고 있었다. 푸른 눈은 허망한 전방前方에 무형의 일점을 택하여 불꽃 튀듯 응시하고 있었다. 아니나 다를까―그렇다, 딱 잘라 말하겠다. 그렇다, 하지만 그러면 나쁠까, 죄악이 될까, 부도덕이 될까.

그러는 소운素雲**의 한마디에―상은 가슴팍 전면에 한 잎발〔簾〕의 미끄러져 내리는 소리를 들었다. 이것이 불길不吉이었던가―허나 이젠 이것을 똑바로 볼 수는 없다. 발 너머로 보이는 이 불길의 정체라는 건 그다지 대단한 것도 아닌 듯했다.

그렇다면 무엇일까―한 걸음 앞에 있는 그는 아직껏 겁을 먹고 있다. 아까보다 더욱 한층 파랗게 질려 있다.

난 우정인지 뭔지를 통 믿지 않는다는 것쯤 알아채고 있을 게다. 이런 내 말의 근거일랑 그래 가령 우정에서라고 해두기로 하자. 그러고 보면 너는 살았고나?―이봐―

가볍게 주먹으로 소운의 허리께를 쿡 찌르면서, 상은 울며 웃는 상판이었다. 이런 때 그는 가장 많이 가면假面을 사용하는 것인데, 그 가면이야말로 상 자신의 본얼굴에 제일 가까운 것인 줄을, 그 자신의 본얼굴을 한

---

* 8대 명왕의 하나. 중앙을 지키며 일체의 악마를 굴복시키는 왕으로, 보리심이 흔들리지 않는다 하여 이렇게 이름.
** 김소운(1907~1981). 시인, 소설가, 번역가.

번도 보지 못한 사람으로선 결코 알아챌 수는 없다. 모르면 몰라도 상 자신조차—가 그 정교함에는 미처 주의하지 못한다.

이젠 더 내 평생엔 사랑을 한다든가 하는 기회는 없을 것이라고 단정하고 있었단다. 설령 어느 경우 이쪽에서 연연한 연정을 느낀다손 치더라도, 결국은 바닷가 조개비의 짝사랑*이 되고 말 것이라고 굳게 체념하고 있었단다. 불긋불긋 녹슨 들판만 아득한 천 리란다.

사귀면 손해 본다. 허나 되려 반갑다. 두셋 친구 이외에 내 자살을 만류해줄 이유의 근원이 있을 턱이 없다.

자넨 혹은, 하필이면 네가 그러느냐 그럴지도 모른다. 허나 난 정당방위 그것마저 준비하고 있었단다—아니지, 어느 경우이건 놀림 받기는 싫단 말이야. 그래서 그 손쉬운, 즉 조그마한 희생을 택했던 게야. 이러한 점에서 내가 하수인이라는 책임을 지게 될지도 모르지만, 그 점에서만 말하자면 난 굳이 그 책임을 회피하려곤 하지 않을 작정이다.

아니, 자넨 아주 무관심한 것 같군. 하나의 조소嘲笑 거리를 얻은 것 같을지도 모르지. 허나,

이런 날에도 어찔다 떠오르는 추억의 조각 한강 물 반짝이는 여름 햇살 보누나**

여름 햇살이라고 한 것은 안 좋다. 더더구나 안 좋다.

(한여름 햇살이 퍼붓는 거리에 사람들은 나를 배반한 것이다. 한 사람도 없다. 허나 나 또한 즐거운 산 회롱거리는 해변을 생각할 것을 잊지는 아니한다. 지껄대는 친절한 말과 말. 정겨운 눈매—나는 거리를 쏘다니지 아니하면 아니 된다. 한여름 살갗을 어여 흐르는 땀에 헐떡이면서 사람 하나 없는 거리를 쏘다니지 아니하면 아니 된다.)

4

상은 그러나 조종을 받고 있었다. 그는 저 십 년이 하루 같은 몸짓을 그만두지는 못한다. 산다는 것은 어쩌면 이다지도 재미없는 몸짓의 연속인 것일까.

허나 그만두든 그만두지 않든 인형 자신의 의사에 의하는 것은 아니다. 7월 보름 밤 한강에 사람 많이 나온 것을 말하면서 주가酒家의 일부분(그는 쓰러지면 점원 아이의 물세례를 받을 것만 같았다……)

가랑비가 내리다가 이윽고 제법 쏟아져 내렸다. 사람들은 그래도 흩어지려곤 하지 않았다. 그래 속세는 더욱더 공기를 독獨하게 해갔다.

타자꾸나

타자꾸나

꼭두각시 인형을 태운 보트는 그 인형을 다시 조종하면서, 또 한 사람에 의해 조종받고 있었다. 상은 어떻게 하면 좋단 말인가. 이 무슨 궁지. 그는 양말을 벗어 던지고 여차할 때 헤엄칠 준비를 했다. 허나 그는 헤엄쳤던가. 알고 보면 그는 헤엄칠 줄 모르는 것이다.

무슨 생각에서일까. 배는 반드시 뒤집히는 거라고만 단정하고 있는 근거는 어디에 있단 말인가.

그는 전날 밤의 그의 실언?을 상기해보았다. 혹은 전복轉覆을 불러올 것 같은—심장의 어떤 어두운 공기를 자아낼 것 같은—

무관심하다니, 무슨 소리냐?

이 한마디가 과연 어떻게 받아졌을 것인가. 이제 와서 생각해보면, 그 것은 분명 의외의 폭언이었다. 그렇지, 폭언이지.

상은 그 한마디만을 뉘우쳤다. 묘한 데까지 손을 내밀고 싶어 하는 놈 이라는 소리를 듣고 싶지 않기 때문에—

손을 내밀어? 어느 쪽이 손을 내밀었던 말인지? 아니면 손은 양쪽에서 함께 내밀었던 것일까. 우습기 짝이 없다. 사람을 우습게 보는군.

상은 소리를 내어(그때 그의 앞에 비굴한 몸짓으로 막아서는 자가 있었기에)

(비켓— 비키라니깐—)

언짢은 그림자의 사나이는 경악했다. 처음으로, 정녕 처음으로 그의 성 난 꼴이 무서웠던 것이다. 위험햇, 뭘 하고 있나?

바보 같군—물이야, 한강이란 말야—보트는 크고 그리고 강물은 작 다. 가랑비는 친절하지 뭐냐. 예서 난 혼자 낮잠을 자고 싶다.

난 젊어질 작정이야—(그리고 상은 한꺼번에 십 년이나 늙을 작정이야)

그러면서 소운은 무엇인지 상에게 몰래 명령했다. 알고 있어. 난 그렇 게 할게. 산다, 살지 못한다 그런 문제가 아니야. 자존심, 이건 또 어쩌면 이렇게도 낡은 장난감 훈장일까. 결코 그런 건 아니다. 그런 식으론 진짜 어쩌지는 못할걸.

그럼 왜? 왜 잠자코 보트를 둘이서 탔느냐 말이다. 반대—소운이 물에 빠지면 그는 배 안에 점잖이 있어야 하는 것쯤은 알고 있었을 게다. 알고 있었지. 허나 이건 '하는 후회'가 아닌 '있는 후회'가 시킨 일일 게다.

기슭 위에 있는 것은 모두가 따스하다. 그리고 배 안에 있는 그는 차갑다. 그리고 그가 기슭에 있을 땐, 후회 때문에 모두가 반대가 아니면 아니 되었다.

피하지 아니하면 아니 되는 것, 피해서 안전한 것을 어째서 피하지 아니하였느냐 말이다. 한 줄기의 백금선을 백일에 드러냈던 때의 후회—아니다—

그래 그것은 나중이냐, 아니면 정녕 먼저냐? 예감이라니 정말이냐.

허나 분명 얻은 것은 아니다. 무엇인가 송두리째 잃은 것만은 사실이다. 속일 순 없다. 이건 또 치명적인 결석缺席이었다.

무엇일까. 누이인 줄 알고 있던 두 가지의 성격을 두 가지의 방법으로 생각했던 그것일까. 아니면, 한꺼번에 십 년 후로 후퇴해버린 자신의 위치일까. 아니면, 십 년이란 먼 곳에 미소 짓는 해변의 소운—그 친구일까.

아니면, 그것들과는 전혀 다른 그 무엇일까.

5

훗훗한 풀 냄새가 코를 쿠욱 찔러왔다. 피로한 두 사람은 어렴풋한 어둠 속에서 께느른하게 잠자고 있다. 모든 직업, 모든 실망, 모든 무료를 분담하면서 시방 두 사람이 내려다보고 있는 주택군—그 속에서 사람들은 역시 서로 사랑하고 있는 것일까. 역시 걱정을 하고들 있을 테지. 보게, 이렇게.

이 레일은 경의선이었나.

예전의 그, 지금은 근교 일주, 동경東京의 성선省線* 같은 거지. 한번 타

---

* 옛 철도성(현재의 국토교통성)이 관리하던 철도 또는 전차 노선의 통칭.

보지 않겠나, 천하태평한 기차라구. 동녘이 밝아왔구먼.

자아, 가자구. 그러지 말고 가자구. 고집부리지 말고. 멋꼬라지 없게, 새삼스레, 자아, 자아.

그렇지. 상은 결국 가만히 있을 수는 없었다. 가만히 있는다는 것은─전연 손을 내밀지 않는다는 것. 그래, 그렇게 하려고 한다면, 대체 그는 어떻게 하고 있으면 좋단 말인가. 결국 가만히 있는 것. 그런 일은 있을 수 없거든.

가만히 있기는커녕, 정녕 가만히 있진 못하겠다. 이건 또 불가사의한 처지인 것 같았다. 왜 가만히 있지 못한단 말인가?

소운은 집에 가겠노라 했던 것이다. 집에 가서 혼자 조용한 시간을 가지고 싶다는 것이었다. 슬픈 심정을 주체스러워하고 싶다는 것이었다. 그리고 괴로워해하겠노라고─

괴로워해?

그 괴로움이야말로 사람들이 원해도 쉬이 얻을 수 없는, 말하자면 괴로움 같은 그런 것은 절대로 아닌, 어떤 그 무엇이지 않을까.

조용한 시간만큼 적어도 두 사람에게 있어서 싫은 것은 없을 터이다. 실상 상은 그것이 무엇보다도 무서운 것이었다.

그러나 완전히 외톨로 남게 되어─상은 소운의 팔을 잡아끌면서, 저릴 만큼의 서러움을 몸에 느끼지 않을 수가 없었던 것이었다.

무슨 수를 쓰든 이 자리를 면하지 아니하면 아니 된다. 아니다, 소운으로 하여금 이 '눈물의 장場'에서 달아나게 해선 안 된단 말이다.

억지로, 오기로도─(혹은 있고 싶지는 않단 말이다. 혼자 있는 건 무서워)

혼자서? 혼자서 있는 것일까 그것이? 그리고 그런 내용을 가지고서의 혼자서 있는 것, 그것이 허용될 수 있는 일일까.

숫자는 삼이다. 이와 일이라는 짝 맞춤밖에는 전혀 방법은 없는 것이다.

그리하여 이미 결정된 것이나 다름없지 않은가. 그런데도 무엇을 그렇게 우물쭈물하고 있는 것이냐? 얌전하게 단념해야지—

그러고 싶어. 사실은 그래도 좋다곤 생각해. 허나 그저 가만히 있지는 못하겠다 그런 소리일 따름이야. 이걸 달래주는 법은 없을까.

상은 체념한 듯 또다시 레일 위에 걸터앉았다. 풀 냄새가 한층 드세게 코로 왔다. 자연은 결코 게으르진 않은 것이다.

동녘은 더욱 밝아왔다. 그것은 체념하는 표정과도 같은 가냘픈 탄식이었다. 벌써 아침이 오지 않는가.

절망의 새끼줄을 붙잡고—이 무슨 멋꼬라지 없는 하룻밤이었던가. 이미 분리된 것을 끌어당긴다는 것은 적어도 비굴한 일이 아닐 수 없다.

밤이 밝아온다. 절망은 절망인 채, 밤이 사라져 없어지듯 놓아주지 아니하면 아니 될 성질의 것이다.

날뛰는 망념妄念 위에, 광기 어린 야유 위에, 그야말로 희디흰 새벽빛 베일이 덮쳐오는 것이었다.

레일은 더욱더 차갑다. 매질하듯 상의 저주받은 육체를 가로질렀다. 그리고 뺨엔 두 줄기 차가운 것이 있었다.

레일 앞에는 무엇이 있었는가. 거기엔 오로지 그의 재능을 짓밟는 후회가 있을 따름이었다. 그럼에도 불구하고, 거기 아니면 그는 살아날 수 없다고—아니다, 그릇된 생각이다—내뿜는 분류奔流*를 막아낼 수는 없다고 생각했던 것일까.

---

* 내달리듯 아주 빠르고 세차게 흐름. 또는 그런 물줄기.

바보 같은—상은 돌아다보듯 하면서, 저만치 선착先着해 있는 자신의 무모하고 치둔痴鈍*함을 비웃으려 했던 것이다. 허나 돌연—

가자, 상箱! 가자꾸나 —좋은 앨(창녀) 사자꾸나.

아니야, 난 이젠 단념했어. 벌써 날도 샜어. 저것 봐, 제법 붉어왔는걸.

일언—를 중천금重千金! 뿔뿔이 갈라진 역류가 예기치 않은 방향으로— 그리하여 그들은 숙소로부터 더욱더 멀어져갈 따름이었다.

6

밤이 사라졌다. 벗어 던져진 전등에는 아련한 애수와 외잡한 수다가 이 국인처럼 오도카니 버림받고 있었다.

은화銀貨에 의한 정조의 새 색칠—상의 생명은 이런 섬에 당도하여 비로소 찬란한 광망光芒을 발하는 것 같았다.

모든 것은 현관 신발장께에 구두와 함께 벗어 던져져 있다. 이제 이 지폐 냄새 물씬거리는 실내엔 고독이란 찾아볼 수가 없다.

상은 녹음된 완구玩具처럼 토키** 브로마이드—신나게 지껄였다. 그의 얼굴은 웃음으로 넘쳐 있었다.

—은선銀仙아! 전등이 꺼졌어, 졸립질 않니?(등불이 꺼지면 잠이 깬다는 걸 아는 사람들은 여기 없다.)

—아아뇨.

—난 말야, 애인을 친구한테 뺏겼단 말야. 분명하진 않지만, 아무래도

---

* 몹시 어리석고 하는 짓이 굼떠서 흐리터분함.
** talkie. '유성 영화'를 달리 이르는 말. 1927년 유성 영화를 처음 들여왔을 때 '말하는 영화'라는 뜻으로 사용하기 시작함.

그런 것 같아. 아냐, 난 그 애가 내 애인인지 아닌지 그런 거 쇠통* 알지 못했어. 허지만 내 친구가—어느 틈에 내 친구가 그 앨 좋아하게 됐단 말야. 그랬더니 그때 그 애는 내 애인이란 사실을 깨닫게 됐단 말야. 그러고 보면 뺏기고 만 셈이지 뭐냐.

그래서 난 지각遲刻했다고나 할까 그렇게 되고 만 꼴인데, 이제 새삼 그 앤 내 애인이란 주장은 못 하게 됐지. 그렇지, 주장할 수가 없지. 그래서 난 친구한테 그런 말을 들었을 때, 아 그런가, 그건 안 되지. 아니, 괜찮어. 아니, 역시 안 되겠어. 그렇게 어린 애를, 그건 죄악이야. 허지만 잘됐어. 그렇다면 그 애도 살게 되는 셈이니, 자네 같은 거시기 다소 나이 많은 신뢰할 만한 사람에게 자기 일생을 맡길 수 있다는 건, 그건 그 애로선 행복된 일임에 틀림없어. 그런 소릴 하고 얼버무려버렸던 것인데……

—예쁜 여진가?

—글쎄 그렇군. 예쁘달 수도 있겠지만, 아무튼 아주 두드러지게 특색이 있는 여자인데, 얼굴은 창백하고 작달막한 몸집에 근시이고 머리털이 빨갛고 절대로 웃지 않는다구. 그래 웃지 않기는커녕 입을 열지 않는다구. 그런 아주 색다른, 어쩌면 내일 당장 자살해버리지나 않을까 싶은 염세형厭世型인데,

그러면서도 개성이 강해서 남의 말은 쉬이 들어먹지 않거든.

그렇지, 입술이 퍼렇지. 난 또 그 애 눈알의 검은자위를 본 적이 없어. 즉 사람을 똑바로는 절대로 보지 않는다 그 말야.

—근사한 여학생?

—여자 대학생 그런 종류 같은데……

---

* '전혁'의 방언.

은선은 곧잘 면도칼을 갖다 대고 밋밋한 상의 뺨을 두 손으로 만지곤 했다. 털 밑 피부 언저리에 찌르듯 한 아픔을 느꼈다.

—그런 이상야릇한 여자 좋아할 것 뭐예요. 내가 사랑해드릴게요.

그러고 보니 은선은 미인이었다. 정사情死하려다 남자만 죽였는지, 목 언저리에 끔찍스런 칼날 자국이 있던 것으로 기억한다.

—그래서 난 홧김에 여기로 끌고 들어왔단 말이야. 내일 아침, 그러니까 오늘 아침이지, 랑데부한다는 거야. 그렇지. 저 꼴 좀 보라구. 분한 김에 그러긴 했지만, 좀 안됐군.(말 말라구. 저 사람이 내 애인을 뺏은 사람이거든.)

—촌뜨기 같은 소리—깔보지 말라구요.

(어째서 너보곤 내 심정을 이렇게 똑똑히 말할 수 있을까. 그리고 넌 또 영리해. 이 심정을 참 잘도 알아.)

—나이는 열아홉, 처녀란 말씀이야. 이래도 마음이 동하지 않는 작자는, 그렇지 거세당한 놈이랄 수밖에.

—하지만 뺏길 때꺼정 자기 애인인지 아닌지조차 알지 못했다니, 댁도 어지간히 칠칠치가 못했나 보군요.

—그게 글쎄 알고 보니 짝사랑이더라 이거야.

—아이고, 사람 작작 웃겨요.(요점은 그곳에 있는 모든 것은 아무 일도 없었던 양 지극히 무사태평하다 그 말씀이야.)

—그래 난 실은 아무 말도 안 했어. 물론 둘이 다 그런 걸 알아챌 까닭은 애당초 없었지.

계산과 같은 햇살이 유리 장지문을 가로질렀다. 그리하여 일 회분 표를 가진 사나이가 하나 정조貞操의 건널목을 바람을 헤치듯 가로질러 간다. 땀이 납덩이처럼 냉랭한 도면圖面 위에 침전했다.

—《문학사상》, 1976. 7.

수필

●

산촌여정
조춘점묘
동생 옥희 보아라
추등잡필
권태

산촌여정山村餘情

—성천成川 기행 중의 몇 절

　향기로운 MJR*의 미각을 잊어버린 지도 이십여 일이나 됩니다. 이곳에는 신문도 잘 아니 오고 체전부는 이따금 '하도롱'** 빛 소식을 가져옵니다. 거기는 누에고치와 옥수수의 사연이 적혀 있습니다. 마을 사람들은 멀리 떨어져 사는 일가 때문에 수심이 생겼나 봅니다. 나도 도회에 남기고 온 일이 걱정이 됩니다.

　건너편 팔봉산에는 노루와 멧도야지가 있답니다. 그리고 기우제 지내던 개골창까지 내려와서 가재를 잡아먹는 '곰'을 본 사람도 있습니다. 동물원에서밖에 볼 수 없는 김승,*** 산에 있는 김승들을 사로잡아다가 동물원에 갖다 가둔 것이 아니라, 동물원에 있는 김승들을 이런 산에다 내어 놓아준 것 같은 착각을 자꾸만 느낍니다. 밤이 되면, 달도 없는 그믐칠야 팔봉산도 사람이 침소로 들어가듯이 어둠 속으로 아주 없어져버립니다.

　그러나 공기는 수정처럼 맑아서 별빛만으로라도 넉넉히 좋아하는 「누가」 복음도 읽을 수 있을 것 같습니다. 그리고 또 참 별이 도회에서보다

---

* MJB의 오식인 듯함. 커피 이름.
** 화학 펄프를 사용한 다갈색의 질긴 종이.
*** '짐승'의 오식인 듯함.

갑절이나 더 많이 나옵니다. 하도 조용한 것이 처음으로 별들의 운행하는 기척이 들리는 것도 같습니다.

객줏집 방에는 석유 등잔을 켜놓습니다. 그 도회지의 석간과 같은 그윽한 내음새가 소년 시대의 꿈을 부릅니다. 정鄭 형! 그런 석유 등잔 밑에서 밤이 이슥하도록 '호까'―연초갑지煙草匣紙―붙이던 생각이 납니다. 베짱이*가 한 마리 등잔에 올라앉아서 그 연둣빛 색채로 혼곤한 내 꿈에 마치 영어 '티' 자를 쓰고 건너긋듯이** 유다른 기억에다는 군데군데 '언더라인'을 하여놓습니다 슬퍼하는 것처럼 고개를 숙이고 도회의 여차장이 차표 찍는 소리 같은 그 성악을 가만히 듣습니다. 그러면 그것이 또 이발소 가위 소리와도 같아집니다. 나는 눈까지 감고 가만히 또 자세히 들어봅니다.

그리고 비망록을 꺼내어 머루 빛 잉크로 산촌의 시정을 기초합니다.

그저께 신문을 찢어버린

때 묻은 흰나비

봉선화는 아름다운 애인의 귀처럼 생기고

귀에 보이는 지난날의 기사

얼마 있으면 목이 마릅니다. 자리물***―심해처럼 가라앉은 냉수를 마십니다. 석영질 광석 내음새가 나면서 폐부에 한난계寒暖計**** 같은 길을 느낍니다. 나는 백지 위에 그 싸늘한 곡선을 그리라면 그릴 수도 있을 것

---

* 원문에는 '벼쨍이'임.
** 원문에는 '근너긋듯이'임.
*** 자리끼.
**** 온도계.

같습니다.

청석靑石 얹은 지붕에 별빛이 내려쪼이면 한겨울에 장독 터지는 것 같은 소리가 납니다. 벌레 소리가 요란합니다. 가을이 이런 시간에 엽서 한 장에 적을 만큼씩 오는 까닭입니다. 이런 때 참 무슨 재조로 광음을 헤아리겠습니까? 맥박 소리가 이 방 안을 방채 시계를 만들어버리고 장침과 단침의 나사못이 돌아가느라고 양짝 눈이 번갈아 간질간질합니다. 코로 기계기름 내음새가 드나듭니다. 석유 등잔 밑에서 졸음이 오는 기분입니다.

'파라마운트' 회사 상표처럼 생긴 도회 소녀가 나오는 꿈을 조금 꿉니다. 그리다가 어느 도회에 남겨두고 온 가난한 식구들을 꿈에 봅니다. 그들은 포로들의 사진처럼 나란히 늘어섭니다. 그리고 내게 걱정을 시킵니다. 그러면 그만 잠이 깨어버립니다.

죽어버릴까 그런 생각을 하여봅니다. 벽 못에 걸린 다 해어진 내 저고리를 쳐다봅니다. 서도西道 천 리를 나를 따라 여기 와 있습니다. 그려!

등잔 심지를 돋우고 비망록에 불을 켠 다음 철필로 군청 밖 '모'를 심어갑니다. 불행한 인구가 그 위에 하나하나 탄생합니다. 조밀한 인구가—

내일은 진종일 화초만 보고 놀리라, 탈지면에다 '알코올'을 묻혀서 온갖 근심은 문지르리라, 이런 생각을 먹습니다. 너무도 꿈자리가 뒤숭숭하여서 그리는 것입니다. 화초가 피어 만발하는 꿈 '그라비어'* 원색판 꿈 그림책을 보듯이 즐겁게 꿈을 꾸고 싶습니다. 그러면 간단한 설명을 위하

---

* 사진 제판법에 의한 오목판 인쇄. 잉크 층의 얇고 두꺼움에 따라 사진, 그림 등의 밝고 어두운 정도를 나타냄.

여 상쾌한 시를 지어서 칠 '포인트' 활자로 배치하는 것도 좋습니다.

도회에 화려한 고향이 있습니다. 활엽수만으로 된 산이 고향의 시각을 가려버린 이 산촌에 팔봉산 허리를 넘는 철골 전신주가 소식의 제목만을 부호로 전하는 것 같습니다.

아침에 볕에 시달려서 마당이 부시럭거리면 그 소리에 잠을 깨입니다. 하루라는 '짐'이 마당에 가득한 가운데 새빨간 잠자리가 병균처럼 활동입니다. 끄지 않고 잔 석유 등잔에 불이 그저 켜진 채 소실된 밤의 흔적이 낡은 조끼 '단추'처럼 남아 있습니다. 작야를 방문할 수 있는 '요비링'*입니다. 지난밤의 체온을 방 안에 내어던진 채 마당에 나서면 마당 한 모퉁이에는 화단이 있습니다. 불타오르는 듯한 맨드라미꽃 그리고 봉선화.

지하에서 빨아올리는 이 화초들의 정열에 호흡이 더워오는 것 같습니다. 여기 처녀 손톱 끝에 물들을 봉선화 중에는 흰 것도 섞였습니다. 흰 봉선화도 붉게 물들까—조금 이상스러울 것 없이 흰 봉선화는 꼭두서니 빛으로 곱게 물듭니다.

수수깡 울타리에 '오렌지' 빛 여주가 열렸습니다. 당콩** 넝쿨과 어우러져서 '세피아' 빛을 배경으로 하는 일폭의 병풍입니다. 이 끝으로는 호박 넝쿨 그 소박하면서도 대담한 호박꽃에 '스파르타' 식 꿀벌이 한 마리 앉아 있습니다. 농황색濃黃色에 반영되어 '세실 B 데밀'***의 영화처럼 화려하며 황금색으로 치사侈奢합니다. 귀를 기울이면 '르네상스' 응접실에

---

* よびりん. 초인종.
** 강낭콩.
*** Cecil Blount DeMille(1881~1959). 미국의 영화 감독 · 제작자. 작품에 〈십계〉, 〈왕중왕〉 등이 있음.

서 들리는 선풍기 소리가 납니다.

야채 '사라다'에 놓이는 '아스파라거스' 잎사귀 같은 또 무슨 화초가 있습니다. 객줏집 아이에게 물어봅니다. '기상꽃'─기생화妓生花란 말입니다.

무슨 꽃이 피나─진홍 비단꽃이 핀답니다.

선조先朝가 지정하지 아니한 '조셋트' 치마에 '웨스트민스터' 권연卷煙을 감아놓은 것 같은 도회의 기생의 아름다움을 연상하여봅니다. 박하보다도 훈훈한 '리그레 추잉껌' 내음새 두꺼운 장부를 넘기는 듯한 그 입맛 다시는 소리─그러나 아마 여기 필 기생꽃은 분명히 혜원蕙園* 그림에서 보는 것 같은─혹은 우리가 소년 시대에 보던 떨떨 인력거에 홍일산紅日傘** 받은 지금은 지난날의 삽화인 기생일 것 같습니다.

청둥호박이 열렸습니다 호박꼬자리에 무시루떡─그 훅훅 끼치는 구수한 김에 쫓아서 증조할아버지의 시골뚜기 망령들은 정월 초하룻날 한식날 오시는 것입니다. 그러나 저 국가 백 년의 기반을 생각케 하는 넓적하고도 묵직한 안정감과 침착한 색채는 '럭비' 구毬를 안고 뛰는 이 '제너레이션'의 젊은 용사의 굵직한 팔뚝을 기다리는 것도 같습니다.

유자가 익으면 껍질이 벌어지면서 속이 비어져*** 나온답니다. 하나를 따서 실 끝에 매어서 방에다가 걸어둡니다. 물방울 져 떨어지는 풍염豊艷한 미각 밑에서 연필같이 수척하여가는 이 몸에 조금씩 조금씩 살이 오르는 것 같습니다. 그러나 이 야채도 과실도 아닌 '유머러스'한 용적에 향기

---

* 조선 후기의 풍속화가인 신윤복(1758~?)을 말함.
** 의장으로 쓰던 붉은 빛깔의 일산日傘. 햇볕을 가리기 위해 세우는 큰 양산.
*** 원문에는 '비저'임.

가 없습니다. 다만 세숫비누에 한 겹씩 한 겹씩 해소되는 내 도회의 육향이 방 안에 회배徊徘*할 뿐입니다.

팔봉산 올라가는 초경 입구 모퉁이에 최○○ 송덕비와 또 ○○○○ 아무개의 영세불망비永世不忘碑가 항공우편 '포스트'처럼 서 있습니다. 듣자니 그들은 다 아직도 생존하여 계시다 합니다. 우습지 않습니까.

교회가 보고 싶었습니다. 그래서 '예루살렘' 성역을 수만 리 떨어져 있는 이 마을의 농민들까지도 사랑하는 신 앞에서 회개하고 싶었습니다 발길이 찬송가 소리 나는 곳으로 갑니다 '포플러' 나무 밑에 '염소' 한 마리를 매어놓았습니다 구식으로 수염이 났습니다 나는 그 앞에 가서 그 총명한 동공을 들여다봅니다. '셀룰로이드'로 만든 정교한 구슬을 '오브라드'**로 싼 것같이 맑고 투명하고 깨끗하고 아름답습니다. 도색桃色 눈자위가 움직이면서 내 삼정三停***과 오악五岳****이 고르지 못한 빈상貧相을 업수여기는 중입니다.

옥수수밭은 일대관병식一大觀兵式입니다 바람이 불면 갑주甲冑***** 부딪치는 소리가 우수수 납니다. '카마인'****** 빛 꼭구마가 뒤로 휘면서 너울거립니다. 팔봉산에서 총소리가 들렸습니다. 장엄한 예포 소리가 분명합니다. 그러나 그것은 내 곁에서 소조小鳥의 간을 떨어트린 공기총 소리였

---

* '배회徘徊'의 오식으로 보기도 함.
** 가루약 등을 싸는 얇은 막.
*** 주로 얼굴 부위를 가리키는 관상 용어.
**** 우리나라의 이름난 다섯 산인 금강산, 묘향산, 지리산, 백두산, 삼각산을 말함.
***** 갑옷과 투구.
****** carmine. 암적색.

습니다. 그리면 옥수수밭에서 백白, 황黃, 흑黑, 회灰, 또 백白, 가지각색의 개가 퍽 여러 마리 열을 지어서 걸어 나옵니다. '센슈얼'한 계절의 흥분이 이 '코사크' 관병식을 한층 더 화려하게 합니다.

산삼이 풀어져 흐르는 시내 징검다리 위에는 백채白菜 씻은 자취가 있습니다. 풋김치의 청신한 미각이 안약 '스마일'을 연상시킵니다. 나는 그 화성암으로 반들반들한 징검다리 위에 삐뚤어진 N 자로 쪼쿠리고 앉았노라면 시야에 물동이를 이고 주저하는 두 젊은 새악시가 있습니다. 나는 미안해서 일어나기는 났으면서도 일부러 마주 보면서 그리로 걸어갑니다. 스칩니다. '하도롱' 빛 피부에서 푸성귀 내음새가 납니다. '코코아' 빛 입술은 머루와 다래로 젖었습니다. 나를 아니 보는 동공에는 정제된 창공이 '간쓰메'*가 되어 있습니다.

M 백화점 '미소노' 화장품 '스위트 걸'이 신은 양말은 이 새악시들의 피부색과 똑같은 소맥 빛이었습니다. 삐뚜름히 붙인 초유선형 모자 고양이 배에 '화스너'**를 장치한 가뿟한 '핸드백'―이렇게 도회의 참신하다는 여성들을 연상하여봅니다 그리고 새벽 '아스팔트'를 구르는 창백한 공장 소녀들의 회충과 같은 손가락을 연상하여봅니다. 그 온갖 계급의 도회 여인들 연약한 피부 위에는 그네들의 빈부를 묻지 않고 온갖 육중한 지문을 늦기지 않습니까.

그러나 가난하나마 무명같이 튼튼한 피부 위에 오점이 없고 '추잉껌' '초콜릿' 대신에 응어리는 빼어먹고 달적지근한 꼬아리를 불며 숭굴숭굴

---

* 통조림.
** fastener. 지퍼, 클립, 단추 등 잠금 장치.

한 이 시골 새악시들을 더 나는 끔찍이 알고 싶습니다. 축복하여주고 싶습니다. 교회는 보이지 않습니다. 도회인의 교활한 시선이 수집어서 수풀 사이로 숨어버리고 종소리의 여운만이 근처에 내음새처럼 남아서 배회하고 있습니다. 혹 그것은 안식을 잃은 내 혼이 들은 바 환청에 지나지 않는지도 모릅니다.

조밭 한복판에 높은 뽕나무가 있습니다. 뽕 따는 새악시가 전공부電工夫처럼 높이 나무 위에 올랐습니다. 순백의 가장 탐스러운 과실이 열렸습니다 둘이서는 나무에 오르고 하나이 나무 밑에서 다랭이를 채우고 있습니다. 한두 잎만 따도 다랑이가 철철 넘는 민요의 무태면舞台面입니다.

조 이삭은 다 말라 죽었습니다 '코르크'처럼 가벼운 이삭이 근심스럽게 고개를 숙였습니다. 오— 비야 좀 오려무나 해면海綿처럼 물을 빨아들이고 싶어 죽겠습니다. 그러나 하늘은 금禁한 듯이 구름이 없고 푸르고 맑고 또 부숭부숭하니 깊지 못한 뿌리의 SOS의 암반 아래를 흐르는 지하수에 다다르겠습니까.

두 소년이 고무신을 벗어 들고 시냇물에 발을 잠가 고기를 잡습니다. 지상의 원한이 스며 흐르는 정맥—그 불길하고 독한 물에 어떤 어족이 살고 있는지—시내는 대지의 신열을 뚫고 벌판 기울어진 방향으로 흐르고 있습니다. 그것은 가을의 풍설風說입니다.

가을이 올 터인데 와도 좋으냐고 쏘근쏘근하지 않습니까. 조 이삭이 초례청 신부가 절할 때 나는 소리같이 부수수 구깁니다 노회한 바람이 조 잎새에게 난숙을 최촉하는 것입니다. 그러나 조의 마음은 푸르고 초조하고 어립니다.

조밭을 어지러트린 자는 누구냐—기왕 한 될 조거든—그런 마음으로 그랬나요 몹시 어지러트려 놓았습니다 누에—호호戸戸에 누가 있습니다 조 이삭보다도 굵직한 누에가 삽시간에 뽕잎을 먹습니다 이 건강한 미각은 왕후와 같이 지존스러우며 치사스럽습니다. 새악시들은 뽕 심부름하는 것으로 몸의 마지막 광영을 삼습니다. 그러나 뽕이 떨어졌습니다. 온갖 폐백이 동이 난 것과 같이 새악시들의 정열*은 허둥지둥하는 것입니다.

×

야음을 타서 새악시들은 경장輕裝으로 나섭니다. 얼굴의 홍조가 가리키는 방향으로—뽕나무에 우승배가 놓여 있습니다. 그리로만 가면 되는 것입니다. 조밭을 짓밟습니다. 자외선에 맛있게 끄시른 새악시들의 발이 그대로 조 이삭을 무찌르고 '스크럼'**입니다. 그리하여 하늘에 닿을 지성至誠이 천고마비 잠실 안에 있는 성스러운 귀족 가축들을 살지게 하는 것입니다. '코렛트'*** 부인의 '빈묘牝猫'****를 생각게 하는 말캉말캉한 '로맨스'입니다.

간이학교 곁집 길가에서 들여다보이는 방에 틀이 떠들고 있습니다. 편발 처녀가 맨발로 기계를 건드리고 있습니다. 그러면 기계는 허리를 스치는 가느다란 실이 간지럽다는 듯이 깔깔깔깔 대소하는 것입니다. 웃으며 지근대이며 명산名産 ○○ 명주가 짜여 나오니 열댓자 수건이 성묘 갈 때 입을 때때를 만들고 시집살이 설움을 씻어주고 또 꿈과 꿈을 말소하는 씨레받기도 되고—이렇게 실없는 내 환희입니다.

---

* 원문에는 '惜熱'임.

** scrum.

*** Sidonie Gabrelle Collette(1873~1954). 프랑스의 여성 소설가.

**** 암고양이.

담배 가게 곁방 안에는 오늘 황혼을 미리 가져다 놓았습니다 침침한 몇 '갤런'의 공기 속에 생생한 침엽수가 울창합니다 황혼에만 사는 이민 같은 이국 초목에는 순백의 갸름한 열매가 무수히 열렸습니다. 고치—귀화한 '마리아'들이 최신 지혜의 과실을 단려한 맵시로 따고 있습니다. 그 아들의 불행한 최후를 슬퍼하며 '크리스마스트리'를 헐어 들어가는 '피에타' 화폭 전도입니다.

학교 마당에는 '코스모스'가 피어 있고 생도들은 글을 배우고 있습니다. 그들은 열심히 간단한 산술을 놓아 그들의 정직과 순박을 지혜와 교활로 환산하고 있습니다. 탄식할 이식산利息算*이 아니겠습니까. 족보를 찢어버린 것과 같은 흰나비 두어 마리 백묵 내음새 나는 화단 위에서 번복이 무상합니다. 또 연식軟式 '테니스' 공의 마개 뽑는 소리가 음향의 혼적이 되어서는 등고선의 각점 모양으로 남아 있는 것 같습니다. 이 마당에서 오늘 밤에 금융조합선전 활동사진회가 열립니다. 활동사진? 세기의 총아—온갖 예술 위에 군림하는 '넘버' 제팔예술第八藝術의 승리. 그 고답적이고도 탕아적인 매력을 무엇에다 비하겠습니까? 그러나 이곳 주민들은 활동사진에 대하여 한낱 동화적인 꿈을 가진 채 있습니다. 그림이 움직일 수 있는 이것은 참 홍모紅毛 오랑캐의 요술을 배워가지고 온 것 같으면서도 같지 않은 동포의 부러운 재간입니다.

활동사진을 보고 난 다음에 맛보는 담박淡泊한 허무—장주莊周의 호접몽胡蝶夢이 이러하였을 것입니다. 나의 동글납작한 머리가 그대로 '카메라'가 되어 피곤한 '더블렌즈'로나마 몇 번이나 이 옥수수, 무르익어 가는 초추初秋의 정경을 촬영하였으며 영사하였던가—'플래시백'**으로 흐르는 엷은 애수—도회에 남아 있는 몇 고독한 '팬'에게 보내는 단장의 '스틸'이다.

밤이 되었습니다. 초열흘 가까운 달이 초저녁이 조금 지나면 나옵니다 마당에 멍석을 펴고 전설 같은 시민이 모여듭니다. 축음기 앞에서 고개를 갸웃거리는 북극 '펭귄' 새들이나 무엇이 다르겠습니까. 짧고도 기다란 인생을 적어 내려갈 편전지***—'스크린'이 박모薄暮 속에서 '바이오그래피'의 예비 표정입니다. 내가 있는 건너편 객줏집에 든 도회풍 여인도 왔나 봅니다. 사투리의 합음이 마당 안에서 들립니다.

시작입니다. 부산 잔교가 나타납니다. 평양 모란봉입니다. 압록강 철교가 역사적으로 돌아갑니다. 박수와 갈채—태서泰西의 명감독이 바야흐로 안색顔色이 없습니다. 십 분 휴식 시간에 조합 이사의 통역부 연설이 있었습니다.

달은 구름 속에 있습니다. 금연—이라는 느낌입니다. 연설하는 이사 얼굴에 전등이 '스포트'도 비쳤습니다. 산천초목이 다 경동할 일입니다. 전등—이곳 촌민들은 ○○행 자동차 '헤드라이트' 외에 전등을 본 일이 없습니다 그 눈이 부시게 밝은 광선 속에서 창백한 이사는 강단降壇****하였습니다. 우매한 백성들은 이 이사의 웅변에 한 사람도 박수치 않았습니다—물론 나도 그 우매한 백성 중의 하나일 수밖에 없었습니다마는—.

밤 열한 시나 지나서 영화 감상의 밤은 '해피엔드'였습니다. 조합원들과 영사 기사는 이 촌 유일의 음식점에서 위로회를 열었습니다. 나는 객사로 돌아와서 죽어가는 등잔 심지를 돋우고 독서를 시작하였습니다. 그것은 이웃 방에 묵고 계신 노신사께서 내 나타懶惰와 우울을 훈계하는 뜻

---

* 원금, 이율, 기간, 이자 중에서 3개의 값을 알 때 나머지 하나의 값을 구하는 셈법. 이자산.
** 영화나 텔레비전 등에서 장면의 순간적인 변화를 연속으로 보여주는 기법.
*** 편지지.
**** 강단에서 내려옴.

으로 빌려주신 고다 로한[幸田露伴] 박사의 지은 바 『인人의 도道』라는 진서입니다. 개가 멀리서 끊일 사이 없이 이어 짖어댑니다. 그윽한 '하이칼라' 방향芳香을 못 잊어 군중은 아직도 헤어지지 않았나 봅니다.

구름이 걷히고 달이 나왔습니다. 벌레가 무도회의 창문을 열어놓은 것처럼 와짝 요란스럽습니다. 알지 못하는 노방路傍의 인人을 사모하는 도회인적인 향수가 있습니다. 신간 잡지의 표지와 같이 신선한 여인들― '넥타이'와 동갑인 신사들 그리고 창백한 여러 동무들―나를 기다리지 않는 고향―도회에 내 나체의 말씀을 번안하여 보내주고 싶습니다. 잠―성경을 채자採字*하다가 엎질러버린 인쇄 직공이 아무렇게나 주워 담은 지리멸렬한 활자의 꿈 나도 갈가리 찢어진 사도使徒가 되어서 세 번 아니라 열 번이라도 굶는 가족을 모른다고 그럽니다.

근심이 나를 제한 세상보다 큽니다. 내가 갑문을 열면 폐허가 된 이 육신으로 근심의 조수가 스며 들어옵니다. 그러나 나는 나의 '마조히스트' 병마개를 아직 뽑지는 않습니다 근심은 나를 싸고돌며 그리는 동안에 이 육신은 풍마우세로 저절로 다 말라 없어지고 말 것입니다.

밤의 슬픈 공기를 원고지 위에 깔고 창백한 동무에게 편지를 씁니다. 그 속에는 자신의 부고도 동봉하여 있습니다.

―《매일신보》, 1935. 9. 27.~10. 11.

---

* 활판 인쇄에서 원고 내용대로 활자를 골라 뽑는 일.

조춘점묘早春點描

보험 없는 화재

격장隔墻*에서 불이 났다. 흐린 하늘에 눈발이 성기게 날리면서 화염은 오적어烏賊魚 모양으로 덩어리 먹을 퍽퍽 토한다. 많은 약품을 취급하는 큰 공장이란다. 거대한 불데미 속에서는 간헐적으로 재채기하듯이 색다른 연기 뭉텅이가 내뿜긴다. 약품이 폭발하나 보다.

역 송구스러운 말이나 불구경 싫어하는 사람은 없는 것 같다. 뒤꼍으로 돌아가서 팔짱을 끼고 서서 턱살밑으로 달겨드는 화광火光을 쳐다보고 섰자니까 얼굴이 후끈후끈해 들어오는 것이 꽤 할 만하다. 잠시 황홀한 '엑스터시' 속에 놀아본다.

불을 붙여놓고 보니까 뜻밖에 너무도 엉성한 그 공장 바라크**는 삽시간에 불길에 휘감겨 버리고 그리고 그 휘말린 혓바닥이 인접한 게딱지 같은 빈민굴을 향하여 널름거리기 시작해서야 겨우 소방대가 달려왔다. 인

---

* 담 하나를 사이에 두고 이웃함.
** 막사, 가건물.

제 정말 재미있다. 삼방三方으로 '호스'를 들이대고는 빈민굴 지붕 위에 올라서서 야단들이다. 하릴없이 까치다.

이만큼 떨어져서 얼굴이 뜨거워 못 견디겠으니 거진 화염 속에 들어서다시피 바싹 다가선 소방대들은 어지간하렸다 하면서 여전히 점점 더 사나워오는 훈훈한 불길을 쪼이고 있자니까 인제는 게서 더 못 견디겠는지 호스 꼭지를 쥐인 채 지붕에서 뛰어 내려온다. 그러면 그렇지 하고 그 실오래기만도 못한 물줄기를 업신여기자니까 이번에는 호스를 화염 쪽에서 돌려서 잇닿은 빈민굴을 막 축이기 시작이다. 이미 화염에 굴뚝 빨래 널어놓은 장대를 끄실리우기 시작한 집에서들은 세간 기명을 끌어내느라고 허겁지겁들 법석이다 하더니 헐어내기 시작이다.

타는 것에서는 손을 떼고 성한 집을 헐어내는 이유는 이 좀 심한 서북풍에 화염의 진로를 차단하자는 속일 것이다. 그러나 아직 불은 붙지도 않았는데 덮어놓고 헐리고 물을 끼얹고 해서 세간 기명을 그냥 엉망을 만들어버린 빈민굴 주민들로 치면 또 예서 더 억울할 데가 없을 것이다.

하도들 디리몰리고 내몰리고들 좁은 골목 안에서 복작질들을 치길래 좀 내다보니까 삼층장 의걸이 양푼 납세독촉장 바이올린 여우목도리 다 해진 돗자리 단장 스파이크 구두 구공탄* 풍로 뭐 이따위 나부랭이가 장이 서다시피 내쌓였다. 그중에서도 이부자리는 물벼락을 맞아서 결딴이 난 것이 보기 사납다.

그제서야 예까지 타 들어오려나 보다 하고 선뜩 겁이 난다 집으로 얼른 들어가 보니까 어머니가 덜―덜― 떨면서 때 묻은 이불 보퉁이를 뭉쳤다 끌렀다 하면서 갈팡질팡하신다. 코웃음이―문득―나오는 것을 참으면

---

* 연탄.

서—그건 그렇게 싸서 어따가 내놀 작정이십니까—하고 묻는다. 생각하여보면 남의 셋방 신세거니 탄들 다 탄대야 집 한 채 탄 것의 몇 분의 일도 못 되리라.

불길은 인제는 서향 유리창에 환—하다. 타려나 보다. 타면 탔지—하는 일종 비유키 어려운 허무한 생각에서 다시 뒤곁으로 돌아가서 불구경을 계속한다.

그동안에도 만일 불이 정말 이 일대를 소진하고야 말 작정이라면 제일 먼저 꺼내 와야 할 것이 무엇일까를 생각하여보았다.

그러나 아무것도 선뜻 떠오르는 게 없다. 그럼 다 타도 좋다는 심리일까? 아마 그런 게다 그러나 어머니는 그 다 떨어진 포대기와 빈대투성이 반닫이가 무한이 아까운 모양이었다.

또 저 걸레 나부랭이를 길에 내놓았다가 그것을 줌네줌네 들고 찾아갈 곳이 있나 그것도 생각해보았으나 그 역시 없다. 일가 혹은 친구—내 한 몸동이 같으면 몰라도 이 때 묻은 가족들을 일시에 말없이 수용해줄 곳은 암만해도 없는 것이다.

불행히 불은 예까지는 오기 전에 꺼졌다. 그 좋은 불구경이 너무 허잘것없이 끝난 것도 섭섭했지만 그와는 달리 무엇이라고 형언할 수 없는 적막을 느꼈다.

들자니 공장은 화재보험 덕에 한 파운드짜리 알코올병 하나 꺼내놓지 않고 수만 원의 보상을 받으리라 한다. 화재보험—참 이것은 어떤 종류의 고마운 하느님보다도 훨씬 더 고마운 하느님에 틀림없다.

어머니는 어찌 되든지 간에 그때 마음 같아서는 "빌어먹을! 몽탕 다 타나버리지" 하고 실없이 심술이 났다. 재산도 그 대신 걸레 조각도 없는 알 몸동이가 한번 되어보고 싶었던 게다. 물론 화재보험 하느님이 내게 아무

런 보상도 끼칠 바는 아니련만······

단지斷指한 처녀

들판이나 나무에* 핀 꽃을 똑 꺾어본 일이 없다. 그건 무슨 제법 야생
것을 더 귀해한답시고 해서 그런 게 아니라 대체가 성격이 비겁하게 생겨
먹은 탓이다.

못 꺾는 축보다는 서슴지 않고 꺾을 수 있는 사람이 역시—매사에 잔
인하다는 소리를 듣는 수는 있겠지만—영단英斷**이란 우수한 성격적 무
기를 가진 게 아닌가 한다.

끝의 누이 동무 되는 새악시가 그 어머니 임종에 왼손 무명지를 끊었
다. 과연 동양 도덕의 최고 수준을 건드렸대서 무슨 상인지 돈 삼 원을 탔
단다. 세월이 세월 같으면 번듯한 홍문이 서야 할 계제에 돈 삼 원이란 어
떤 도량형법으로 산출한 '액수'인지는 알 바가 없거니와 그보다도 잠깐
이 단지한 새악시 자신이 되어 생각을 해보니 소름이 끼친다. 사뭇 식도
로다 한 번 찍어 안 찍히는 것을 두 번 찍고 세 번 찍고 열 번 찍어 안 넘
어가는 나무가 없다는 격으로 기어이 찍어 떨어트렸다니 그 하늘이 동할
효성도 효성이지만 위선 이 끔찍끔찍한 잔인성은 상상만 해도 몸서리가
치고 오히려 남음이 있는가 싶다. 이렇게 해서 더러 죽은 어머니를 살리
는 수가 있다니 그것을 의학이 어떻게 교묘하게 설명해줄지는 모르나 도
무지 신화 이상의 신화다.

---

* 원문에는 '남게'임.
** 지혜롭고 용기 있는 결단.

원체가 동양 도덕으로는 신체발부身體髮膚에 창이瘡痍*를 내는 것을 엄중히 취체한다고 과문寡聞히 들어왔거늘 그럼 이 무시무시한 훼상毀傷을 왈曰, 중中에도 으뜸이라는 효도의 극치로 대접하는 역설적 이론의 근거를 찾기 어렵다.

무슨 물질적인 문화에 그저 맹종하자는 게 아니라 시대와 생활 시스템의 변천을 좇아서 거기 따르는 역시 새로운 즉 이 시대와 이 생활에 준구準矩되는 적확한 윤리적 척도가 생겨야 할 것이고가 아니라 의식적으로 입법해내야 할 것이다.

단지—이 너무나 독한 도덕 행위는 오늘 우리가 짊어지고 있는 어떤 종류의 생활 시스템이나 사상적 프로그램으로 재어보아도 송구스러우나 일종의 무지한 만적蠻的 사실인 것을 부정키 어려운 외에 아무 취할 것이 없다.

알아보니까 학교도 변변히 못 가본 규중 처녀라니 물론 학교에서 얻어 배운 것은 아니겠고 그렇다면—어른들의 호랑이 담배 먹는 옛이야기나 그렇지 않으면 울긋불긋한 각설이 떼 체體 효자충신전孝子忠臣傳이 되겨준 것임에 틀림없을 것이다. 그 밖에 손가락을 잘라서 죽는 부모를 살릴 수 있다는 가엾은 효법孝法을 이 새악시에게 여실히 가르쳐줄 수 있을 만한 길이 없다. 아—전설의 힘의 이렇듯 큼이어.

그러자 수삼 일 전에 이 새악시를 보았다. 어머니를 잃은 크낙한 슬픔이 만면에 형언할 수 없는 수색을 빚어내는 새악시의 인상은 독하기는커녕 어디 한 군데 흠잡을 데조차 없는 가련한 온순한 '하디'**의 '테스' 같

---

* 병기에 다친 상처라는 뜻. 전쟁으로 인한 파괴를 이르는 말.
** Thomas Hardy(1840~1928). 영국의 소설가, 시인. 작품에 소설 『테스』, 『귀향』 등이 있음.

은 소녀였다. 누이는 그냥 제 일같이 붙들고 울고 하는 곁에서 단지에 대한 그런 아포리즘과는 딴 감격과 슬픔을 느끼지 않을 수 없었다. 기적으로 상처는 도지지도 않고 그냥 앙그렀으니 하늘이 무심치 않구나 했다.

하여간 이 양이나 다름없이 부드럽게 생긴 소녀가 제 손가락을 넓적한 식도로다 데걱 찍어내었거니는 꿈에도 생각할 수 없다.

다만 그의 가련한 무지와 가증한 전통이 이 새악시로 하여금 어머니 잃고 또 저는 종생終生의 불구자가 되게 한 이중의 비극을 낳게 한 것이다.

극구 칭찬하는 어머니와 누이에게 억제하지 못한 슬픔은 슬쩍 감추고 일부러 코웃음을 치고―여자란 대개가 도모지 잔인하게 생겨먹었습넨다. 밤낮으로 고기도 썰고 두부도 썰고 생선 대가리도 족이고 나물도 뜯고 버들가지를 꺾어서는 피리도 만들고 피류도 찢고 버선감도 싹뚝싹뚝 썰어내고 허구헌 날 하는 일이 일일이 잔인하기 짝이 없는 것뿐이니 아따 제 손가락 하나쯤 비웃* 한 마리 토막 치는 세음만 치면 찍히지―하고 흘려버린 것은 물론 기변이오 속으로는 역시 그 갸륵한 지성과 범키 어려운 일편단심에 아파하지 않을 수 없었고 존경하는 마음으로 하여 머리 수그리지 않을 수는 없었다.

불행히 시대에서 비켜선 지고한 효녀 그 새악시! 그래 돈 삼 원에다 어느 신문 사회면 저 아래에 칼표딱지만 한 우메구사**를 장만해준 밖에 무엇이 소저小姐의 적막해진 무명지 억울한 사정을 가로맡아 줍디까. 당신을 공경하면서 오히려 '단지'를 미워하는 심사 저 뒤에는 아조 근본적으로 미워해야 할 무엇이 가로놓여 있는 것을 소저! 그대는 꿈에도 모르리다.

---

* 청어.
** うめくさ. '여백을 채우는 기사'를 뜻함.

차생윤회此生輪廻

길을 걷자면 '저런 인간을랑 좀 죽어 없어졌으면' 하고 골이 벌컥 날 만큼이나 이 세상에 살아 있지 않아도 좋을 산댔자 되려 가지가지 해독이나 끼치는 밖에 재조가 없는 인생들을 더러 본다. 일전 영화 〈죄와 벌〉에서 얻어들은 '초인법률초월론超人法律超越論'이라는 게 뭔지는 모르지만 진보된 인류 우생학적 위치에서 보자면 가령 유전성이 확실히 있는 불치의 난병자難病者 광인 주정중독자酒精中毒者, 소소所 유전의 위험이 없더라도 접촉 혹은 공기 전염이 꼭 되는 악저惡疽*의 소유자 또 도모지 어떻게도 손을 대일 수 없는 절대 걸인 등 다 자진해서 죽어야 하든지 그렇지 않으면 모종의 권력으로 일조일석에 깨끗이 소탕을 하든지 하는 게 옳을 것이다. 극흉극악의 범죄인도 물론 그 종자를 절멸시켜야 옳을 것인데 이것만은 현행의 법률이 잘 행사해준다. 그러나―법률에 대한 어려운 이론을 알 배 없거니와―물론 충분한 증거와 함께 범죄 사실이 노현露顯한 경우에 한하여서이다. 영화 〈프랑켄슈타인〉에 나오는 지상 최대의 흉악한 용모의 소유자가 여기도 있다면 그 흉리에는 어떤 극악의 범죄 계획을 내함內숍하고 있다 하더라도 다만 그의 용모 골상이 흉악하다는 이유만으로는 법률이 그에게 판재判裁나 처리를 할 수는 없으리라. 법률은 그런 경우에 미행을 붙여서 차라리 이자의 범죄 현장을 탐탐히 기다릴 것이다. 의아한 자는 벌치 않는다니 그럴 법하다.

×

그러나 또 생각해보면 걸인도 없고 병자도 없고 범죄인도 없고 하여간

---

* 악성 종기.

오늘 우리 눈에 거슬리는 온갖 것이 다 깨끗이 없어져버린 타작마당 같은 말쑥한 세상은 만일 그런 것이 지상에 실현할 수 있다면 지상은 그야말로 심심하기 짝이 없는 권태 그것과 같은 세상일 것이다. 그러니까 자선가의 허영심도 채울 길이 없을 것이고 의사도 변호사도 아니 재판소도 온갖 것이 다 소용이 없어질 것이고 따라서 그날이 그날 같고 이럴 것이니 이래서야 참 정말 속수무책으로 바야흐로 할 일이 없어질 것이다. 이런 춘풍春風 태탕駘蕩*한 세월 속에서 어쩌다가 우연히 부시럼이라도 좀 나는 사람이 하나 있다면 참괴慚愧 이것을 이기지 못하여 천하 만민 앞에서 아조 깨끗하게 일신을 자결할 것이고 또 그런 세상의 도덕이 그러기를 무언중에 요구해놓아 둘 것이다.

×

그게 겁이 나서 그런지는 모르지만 천하의 어떤 우생학자도 초인법률 초월론자도 행정자에게 대하여 정말 이 '살아 있지 않아도 좋을 인간들'의 일제一齊 학살을 제안하거나 요구치는 않나 보다. 혹 요구된 일이 전대에 더러 있었는지는 모르지만 일즉이 한 번도 이런 대영단적大英斷的 우생학을 실천한 행정자는 없는가 싶다. 없을 뿐만 아니라 나환자 사구금救救金이니 빈민구제기관이니 시료施療 병실이니 해서 어쨌든 이네들의 생명에 대하여 아무런 위협도 가하지 않을 뿐 아니라 한편 그윽이 보호하는 기색이 또한 무르녹는다. 가령 종로에서 전차를 기다리자면 "나리 한 푼 줍쇼" 하고 달겨든다. 더러 준다. 중에는 "내 십 전 줄게 다시는 거지 노릇 하지 마라" 한 부인이 있다니 포복할 일이다. 또 점두店頭에 그 호화 장려한 풍모로 나타나서 "한 푼 줍쇼" 소리를 될 수 있는 대로 듣기 싫게 연

---

* 봄날의 바람이나 날씨가 화창함.

발하는 인간에게도 불성문不成文으로 한 푼 주어 보내기로 되어 있다. 그래서 암암리에 사람들은 이 지상의 암癌을 잘 기를 뿐만 아니라 은연히 엄호한다. 역 눈에 띄지 않는 모순이다.

×

즉 그런 그다지 많지 않은 그러나 결코 적지 않은 한 층을 길러서 이쪽이 제 생활의 어떤 원동력을 게서 얻자는 것인지도 모른다. 목숨이 끊어지지 않을 만큼만 먹여 살려서는 그런 것이 역연히 지상에 있다는 것을 사실로 지적해서는 제 인생 생활의 가치와 '레종 데트르'*를 교만하게 긍정하자는 기획일 것이다. 그러면서 부절히 이 악저로 하여 고통과 위협을 느끼는 중에 '네놈이 어디 나 같은 인간이 될 수 있나 해보아라' 하는 형언할 수 없는 무슨 투쟁심을 흉중에 축적시켜서는 '저게 겨우내 안 죽고 또 살앗' 하는 의외에도 생활의 원동력을 흡취하자는 것일 게다.

×

하루 종로를 오르내리는 동안에 세 번 적선의 베푼 일이 있다.

파기록적破記錄的 사실임에 틀림없다. 한 푼 받아 들고 여내 고개를 끄덕이고 꽁무니를 빼는 꼴을 보면서 '네놈 덕에 내가 사람 노릇을 하는 것이다. 알기나 아니?' 하고 심히 궁한 허영심에서 고소하였다. 자신 역 지상에 살 자격이 그리 없다는 것을 가끔 느끼는 까닭이다. 그러나 다음 순간 '나를 먹여 살리는 내 바로 상부 구조가 또 이렇게 만족해하겠지' 하고 소름이 연聯 쫙 끼쳤다. 그때의 나는 틀림없이 어떤 점잖은 분들의 허영심과 생활 원동력을 제공하기 위하여 꾸멀꾸멀하는 '거지적 존재'구나 눈의 불이 번쩍 나지 않을 수 없었다.

---

* Raison D'etre. 존재 이유.

공지空地에서

얼음이 아직 풀리기 전 어느 날 덕수궁 마당에 혼자 서 있었다. 마른 잔디 위에 날이 따뜻하면 여기저기 쌍쌍이 벌려 놓일 사람 떼미가 이날은 그림자도 안 보인다. 이렇게 넓은 마당을 텅 이렇게 비워두는 뜻이 알 길 없다. 땅이 심심할 것 같다. 땅도 인제는 초목이 우거지고 기암괴석이 배치되는 데만 만족해하지는 않을 게다. 차라리 초목이 없고 괴석이 없더라도 집이 서고 집 속에 사람들이 북적북적하고 또 집과 집 사이에 참 아끼고 아껴서 남겨놓은 가늘고 길고 요리 휘고 조리 휘인 얼마간의 지면地面—즉 길에는 늘 구두 신은 남녀가 뚜걱뚜걱 오고 가고 여러 가지 차량들이 굴러가고 하기를 희망할 것이다. 그렇게 땅의 성격도 기호로 변하였을 것이다.

그래 이건 아마 겨울 동안에는 인마人馬의 통행을 엄금해놓은 각별한 땅이나 아닌가 하고 대단히 겸연쩍어서 부리나케 대한문으로 내닫으려니까 하늘에 소리 있으니 사람의 소리로다—그러나 역시 잔디밭 위에는 아무도 없고 지난가을에 해뜨리고 간 캐러멜 싸개가 바람에 이리 날고 저리 날고 할 뿐이다.

그러나 다음 순간 반드시 덕수궁에 적을 둔 금리金鯉* 떼나 놀아야 할 연못 속에 겨울 차리를 한 남녀가 무수히 헤어져 놀고 있는 것이 눈에 띄었다. 하나도 육지에 올라선 이가 없이 말짱 그 손바닥만 한 연못에 들어서서는 스마트한 스케이팅을 즐기는 것이 아닌가.

요컨대 새로 발견된 공지로군—하고 경이의 눈을 옮길 길이 없어 가까

---

* 금잉어.

이 다가서서는 그 새로 점령된 미끈미끈한 공지를 조심성스러이 좀 들여다보았다. 그러니 금리어들은 다 어디로 쫓겨 갔을까? 어족은 냉혈 동물이라니 물이 얼어도 밑바닥까지만 얼지 않으면 그 얼음장 밑 냉수 속에서 족히 살아갈 수 있다는 것인가. 그러나 그 예리한 스케이트 날로 너무 걸커미어 놓아서 얼음은 영 불투명하다. 투명만 하면 불그스레한 금리어 꽁지가 더러 들여다보이기도 하련만—하여간 이 손바닥만 한 연못이 깊으면 얼마나 깊을까—바탕까지 다 꽝꽝 얼었다면 어족은 일거에 몰사하였을 것이고 얼음장 밑에 물이 흐르고 있다면 이 까닭 모를 소요에 얼마나 어족들이 골치를 앓을가? 이 신기한 공지를 즐기기 위하여는 물론 그들은 어족의 두통 같은 것은 가산加算하지 않았을 것이다.

그날 황혼 천하에 공지 없음을 한탄하며 뉘 집 이층에서 저물어가는 도회를 내려다보고 있었다 그때 실로 덕수궁 연못 같은 날만 따뜻해지면 제 출물에 해소될 엉성한 공지와는 비교가 안 되는 참 훌륭한 공지를 하나 발견하였다.

○○보험회사 신축 용지라고 대서특필한 높다란 판장으로 둘러막은 목산目算* 범 천 평 이상의 명실상부의 공지가 아닌가.

잡초가 우거졌다가 우거진 채 말라서 일면이 세피아 빛으로 덮인 실로 황량한 공지인 것이다. 입추의 여지가 가히 없는 이 대도시 한복판에 이런 인외경人外境의 감을 풍기는 적지 않은 공지가 있다는 것은 기적 아닐 수 없다.

인마의 발자취가 끊인 지—아니 그건 또 처음부터 없었는지도 모르지만—오랜 이 공지에는 강아지가 서너 마리 모여 석양의 그림자를 끌고

---

* 말없이 눈으로 셈함. 눈셈.

희롱한다. 정말 공지—참말이지 이 세상에는 인제는 공지라고는 없다. 아스팔트를 깐 뻔질한 길도 공지가 아니다 질펀한 논밭, 임야, 석산石山, 다 아무개의 소유답所有畓이오, 아무개 소유의 산깇*이오, 아무개 소유의 광산인 것이다. 생각하면 들에 나는 풀 한 포기가 공지에 뿌리를 내리지 못한다. 이치대로 하자면 우리는 소유자의 허락이 없이 일보의 반보를 어찌 옮겨놓으리오. 오늘 우리가 제법 교외로 산보도 할 수 있는 것은 아직도 세상인심이 좋아서 모두들 묵허默許를 해주니까 향유할 수 있는 치사侈奢다 하나도 공지가 없는 이 세상에 어디로 갈까 하던 차에 이런 공지다운 공지를 발견하고 저기 가서 두 다리 쭉—뻗고 누워서 담배나 한 대 피웠으면 하고 나서 또 생각해보니까 이것도 역 ○○보험회사가 이윤을 기다리고 있는 건조물인 것을 깨달았다. 다만 이 건조물은 콘크리트로 여러 층을 쌓아 올린 것과 달라 잡초가 우거진 형태를 하고 있을 뿐인 것이다. 봄이 왔다. 가난한 방 안에 왜꼬아리 분 하나가 철을 찾아서 요리조리 싹이 튼다. 그 닥굽** 한 되도 안 되는 흙 위에다가 늘 잉크병을 올려놓고 하다가 싹 트는 것을 보고 잉크병을 치우고 겨우내 그대로 두었던 낙엽을 거두고 맑은 물을 한 주발 주었다. 그리고 천하에 공지라곤 요 분 안에 놓인 땅 한 군데밖에는 없다고 좋아하였다 그러나 두 다리를 뻗고 누워서 담배를 피우기에는 이 동글납작한 공지는 너무 좁다.

도회의 인심

　도회의 인심이란 어느 만큼이나 박해가려는지 알 길이 없다.

------

* 산림.
** '닷굽'의 오기로 보임.

이런 이야기를 들은 일이 있다. 상해에서는 기아棄兒를—그것도 보통 죽은 것을—흔히 쓰레기통에다 한다. 새벽이면 쓰레기 쳐 가는 인부가 와서는 휘파람을 불어가며 쓰레기를 치는데 그는 이 흉악한 기아를 보고도 별반 놀라지 않을 뿐만 아니라 그 애총을 이리 비켜놓고 저리 비켜놓고 해서 쓰레기만 쳐가지고 잠자코 돌아간다는 것이다. 요컨대 기아야 뭐이 그리 이상하랴. 다만 이것은 쓰레기는 아니니까 내가 쳐 가지 안을 따름 어떻게 되는 걸 누가 알겠소—이 뜻이다.

설마—했지만 또 생각해보면 있을 법도 한 일이다. 참 도회의 인심은 어느 만큼이나 박하고 말려는지 종잡을 수가 없다.

이 '나가야'*로 이사 온 지도 벌써 돌이 가까워오나 보다. 같은 들보 한 지붕 밑에 죽—칸칸이 산다 박 서방 김 씨 이상 최 주사, 이렇게 크고 작은 문패가 칸칸이 붙었다. 그러나 그들은 서로 사귀지 않는다. 그중에도 직업은 서로 절대 비밀이다. 남편들은 나 같은 아내 없는 장성한 아들들은 앞문으로 드나든다. 그러나 아내 혹은 말만 한 누이동생들은 뒷문으로 드나든다. 남편은 아침 혹 낮에 나가면 대개 저녁 혹은 밤에나 들어온다.

그러나 아낙네들은 집에 있다. 저녁때가 되면 자연 쌀을 씻어야겠으니까 수도로 모여든다. 모여들면 남자들처럼 서로 꺼리고 기피하지 않고 곧잘 언어노출증을 나타낸다. 그래서는 잠자코 있었으면 모를 이야기 안 해도 좋을 이야기 흥아잡이 무릎마침이 시작되어서 가끔 여류 무용전武勇傳을 만들기도 한다. 그리하여 힘써 감추는 남편 씨의 직업도 탄로가 나고 해서 바깥양반의 자존심을 여지없이 분쇄하고 마는 것이다. 그러나 기압은 대체로 보아 무풍 상태.

---

* *ながや*. 길게 지은 집 또는 (칸을 막아 여러 가구가 입주할 수 있도록 지은) 연립주택.

우리 집 변소 유리창에서 똑바로 보이는 제이열 나가야 ○호 칸 애들은 젊은 세대는 작하昨夏* 이래 내외 싸움이 그칠 사이가 없더니 가을로 들어서자 추풍낙엽과 같이 남편이 남편직에서 떨어졌다. 부인은 ○○카페 화형花形** 여급이라는 것이다. '메리 위도'***가 된 화형은 남편을 경질하기에는 환경의 이롭지 못함을 깨달았던지 떠나버리고 그 칸은 빈 채다. 물론 이사를 하는 경우에도 이웃에 인사를 하는 수고스러운 미덕은 이 '나가야' 규정에 없다. 그 바로 이웃 칸에 든 젊은이의 감상담에 의하면 앓는 이 빠진 것 같다고—왜냐하면 그 풍기를 문란케 하는 종류의 '레코드' 소리를 안 듣게 되었다는 것이다. 그리자 또 그 이웃 아주 지방분이 잘—침착한 젊은이는 젖먹이를 잃어버렸다. 그와 동시에 그 죽은 아이 체중보다도 훨신 더 많을 지방분도 깨끗이 잃어버렸다. 그러나 그 어린애를 위해서나, 애어머니 지방분을 위해서나 부의賻儀 한 푼 있을 리 없다. 나도 훨씬 뒤에야 알았으니까—

날이 훨씬 추워지자 우리 바로 격장에 사 남매로 조직된 가족이, 떠나왔다 B 전문학교 다니는 오빠가 한 쌍—W 여고보에 다니는 매씨가 한 쌍—매양 석각夕刻이면 혼성 사중창의 유행가가 우리 아버지 완고한 사상을 고롭苦힌다 한다. 그렇건만 나는 한 번도 그 오빠들을 본 일이 없고 누이는 한 번도 그 매씨들과 말을 바꾸어본 일이 없는 것이다.

정월에 반대편 이웃집에서 흰떡을 했다. 한 가락 주겠지 했더니 과연 한 가락도 안 준다. 우리는 지짐이만 부쳤다. 좀 줄까 하다가 흰떡 한 가락 안 주는걸, 뭘 하고 혼자 먹었다. 사 남매 집은 원래 계산에 넣지 않은

---

* 지난여름.
** '가장 인기 있는 사람'을 뜻함.
*** merry widow. 행복한 과부.

이유가 그믐날 밤까지도 아무것도 부치지도 지지지도 않았기 때문이다. 그것은 전혀 흰떡과 지짐이를 이웃집에 기대하고 있는 수작이 아닌가 해서 미워서 그런 것이다. 물론 이것은 내 오해인지도 모르지만—

해토解土하면서 막다른 칸에 든 젊은이가 본처에서 일약 첩으로 실격한 사건이 생겼다. 그러나 아무도 그 젊은이를 동정하지는 않고 그 남편이 배불뚜기라고 험담들만 실컷 하다 나자빠졌다. 그리고 우리 집에는 나날이 찾아오는 빚쟁이 수효가 늘어가기 시작이다. 그리다가 건물 회사에서 집달리를 데리고 나와 세간 기명 등속에다가 딱지를 붙이고 갔다. 집세가 너무 많이 밀렸다는 이유다. 이런 뒤법석이 일어난 것을 사 남매는 모두 학교에 갔으니 알 길이 없고 이쪽 이웃 역 어느 장님이 눈을 떴누 하는 식이다. 차라리 나는 다행하다 생각하였다. 동내방네가 죄다 알고 야단들을 치면 더 창피다.

"이료노라—" "누굴 찾으시오"—"○씨 집이오?" "아뇨!" "그럼 어듸오—" "그걸 내가 아오?" 하는 문답이 우리 집 문간에서 있나 보더니 아버지 말씀이—"알아도 안 가르쳐주는 게 옳아"—"왜요?"—"아 빚쟁일 시 분명하니 거 남 못할 노릇 아니냐—" 하신다. 도회의 인심은 대체 얼마나 박하고 말려고 이러나?

골동벽骨董癖

가령 신라나 고려 적 사람들이 밥상에다 콩나물도 좀 담고 또 장조림도 담고 또 약주도 좀 딸코 해서 조석으로 올려놓고 쓰던 식기 나보랭이가 분묘 등지에서 발굴되었다고 해서 떠들썩하나 대체 어쨌다는 일인지 알 수 없다. 그게 무엇이 그리 큰일이며 그 사금파리 조각이 무엇이 그리 가치 높이 평가되어야 할 것이냐는 말이다. 황차况此* 그렇지도 못한 이조 항아리 나보랭이를 가지고 어쩌니어쩌니 하는 것들을 보면 알 수 없는 심사이다.

우리는 선조의 장한 일들을 잊어버려서는 못쓴다. 그러나 오늘 눈으로 보아서 그리 값도 나가지 않는 것을 놓고 얼싸안고 혀로 핥고 하는 꼴은 진보한 '커트 글라스'** 그릇 하나를 만들어내는 부지런함에 비하여 그 태타怠惰***의 극을 타기唾棄하고 싶다.

가끔 아는 이에게서 자랑을 받는다. 내 이조 항아리 좋은 것 우연히 싸게 샀으니 와 보시오―다. 싸다는 그 값이 결코 싸지도 않을 뿐만 아니라 가보면 대개는 아무 예술적 가치도 없는 태작인 경우가 많다. 그야 오늘 우리가 미쓰코시[三越] 백화점 식기부에서 살 수 없는 물건이니 볼 점이야 있겠지―허지만 그 볼 점이라는 게 실로 하찮은 것이다.

항아리 나보랭이는 말할 것 없이 그 시대에 있어서 의식적으로 미술품으로 만들어진 것은 아니다. 간혹 꽤 미술적인 요소가 풍부히 섞인 것이 있기는 있으되 역시 여기餘技**** 정도요 하다못해 꽃을 꽂으려는 실용이래도 실용을 목적으로 된 것임에 틀림없다. 이것이 오랜 세월을 지하에 파묻혔다가 시대도 풍속도 영 딴판인 세상인 눈에 띄우니 위선 역설적으로 신기해서 얼른 보기에 교묘한 미술품 같아 보인다. 이것을 순수한 미술품으로 알고 왁자지껄들 하는 것은 가경할 무지다.

어느 박물관에서 허다한 점수點數의 출토품을 연대순으로 나열해놓고

---

* 하물며.
** 표면을 커트하고 문양을 가해 빛의 굴절 반사에 따라 미관을 만든 유리 그릇.
*** 게으름.
**** 전문적으로 하는 것이 아니라 틈틈이 취미로 하는 재주나 일.

또 경향이며 여러 가지 분류 방법을 적확히 구별해서 일목요연토록 해놓은 것을 구경하고 처음으로 그런 출토품의 아름다움과 가치 있음을 느꼈다.

결국 골동품의 가치는 그런 고고학적인 요구에서 생기는 것일 것이다. 겸하여 느끼는 아름다운 심정은 즉 선조에 대한 그윽한 향수에서 오는 것이 아닐까. 역사라는 학문을 부정할 수는 없으리라. 어느 시대 생활양식 민속 민속예술 등을 알고자 할 때에 비로소 골동품의 지위가 중해지는 것이지 그러니까 골동품은 골동품을 모아놓는 박물관과 병존하지 않고는 그 존재 이유가 소멸할 뿐 아니라 하등의 '구실'을 못 한다. 같은 시대 것 같은 경향 것을 한데 모아놓고 봄으로 해서 과연 구체적인 역사적인 지식을 얻을 수 있는 것이지—그러니까 물론 많을수록 좋다—그렇지 않고 외따로 떨어진 한 파편은 원인原人 '피테칸트로푸스'의 단 한 개의 골편처럼 너무 짐작을 세울 길에 빈곤하다. 그것을 항아리 한 개 접시 두 조각 해서 자기 침두에 늘어놓고 그중에 좋은 것은 누가 알까 봐 쉬쉬 숨기기까지 하는 당세 골동인 기질은 위선 아까 말한 고고학적 의의에서 가증한 일이오 둘째 그 타기할 수전노적 사유 관념이 밉다.

그러나 이 좋은 것을 쉬쉬하는 패쯤은 양민이다. 전혀 오 전에 사서 백 원에 파는 것으로 큰 미덕을 삼는 골동가가 있으니 실로 경탄할 화폐제도의 혼란이다. 모 씨는 하루 이런 이야기를 한다—요전에 샀던 것 깜짝 속았어 그러나 오 원만 밑지고 겨우 다른 사람한테 넘겼지 큰일 날 뻔했는 걸—이다. 위조 골동을 모르고 고가에 샀다가 그것이 위조라는 것을 알자 산 값에서 오 원만 밑지고 딴 사람에게 팔아먹었다는 성공 미담이다.

재떨이로 쓸 수도 없다는 점에 있어서 위선 '제로'에 가까운 가치밖에 없는 한 개 접시를 위조하는 심리를 상상키 어렵거니와 그런 이매망량魑魅魍魎이 이렇게 교묘하게 골동 세계를 유영하고 있거니 생각하면 소름이 끼칠 일이다. 누구는 수만 원의 명도名刀를 샀다가 위조라는 것을 알고 눈물을 머금고 장사*를 지내버렸다 한다. 그러나 이 가짜 항아리 접시 나보랭이는 속은 사람이 또 속이고 또 속은 사람이 또 속이고 해서 잘하면 몇백 년도 견디리라. 하면 그동안에 선대에는 이런 위조 골동품이 있었담네—하고 그것마저가 유서 깊은 골동품이 되고 말 것이다.

이런 타기할 괴취미밖에 가지지 않은 분들에게 위졸랑은 눈에 띄우는 대로 때려 부수시오—하고 권하기는커녕 골동품—물론 이 경우에 순수한 미술품 말고 항아리 나보랭이를 말함—은 고고학적 민속학적 요구에서 박물관에 모여서만 값이 있는 것이지 그렇지 않곤 의미 없소 하니 죄다 박물관에 기부하시오, 하는 권하면 권하는 이더러 천한 놈이라고 꾸지람을 하실 것이 뻔하다.

동심 행렬

아침 길이 똑, 보통학교 학동들 등교 시간하고 마주치는 고로 자연 허다한 어린이들을 보게 된다. 그네들의 일거수일투족 눈 한 번 끔벅하는 것 말 한 마디가 모두 경이다. 경이인 것이 위선 자신이 그런 어린이들과 너무 멀고 또 제 몸이 책보를 끼는 생활을 그만둔 지 너무 오래고 또 학교 다니는 어린 동생들도 다—장성해서 집안이 그런 학동을 기르는 집안 분위기에서 퍽 멀어진 지가 오래되기 때문일 것이다. 그저 먼—꿈의 세계를 너무나 똑똑히 눈앞에 보는 것 같아서 가슴이 뿌듯할 적이 많다.

학동들은 칠팔 세로 열아믄 살까지 남녀가 뒤섞인 현란한 행렬이다. 이

---

* 원문에는 '장자'임. 오식인 듯함.

것도 엄격한 중고中古 교육을 받은 우리로는 경이다. 자전거가 멋모르고 좁은 골목에 들어섰다가 혼이 난다. 암만 벨을 울려도 이 아침 거리의 폭군들은 길을 비켜주지는 않는다. 자전거는 하는 수 없이 하마下馬를 하고 또 뭐라고 중얼거려도 보나 그런 것에 귀를 기울이는 사심이 없다. 저희끼리 이야기가 너무나 재미있어 견딜 수가 없는 것이다. 물론 누구하고 동무도 없고 행렬에도 낑기지 못하고 화제도 없는 인물은 골목 한편 인가 담벼락에 비켜서서 이 화려한 행렬에 공손히 길을 치워주어야 한다.

우리는 구경도 못한 '란도셀'*이란 것을 하나씩 짊어졌다. 그것도 부럽다. 그 속에는 우리는 한 번도 가주고 놀아보지 못한 찬란한 그림책이 들었다. 십이색 '크레용'도 들었다. 불란서 근대 화파들보다도 훨씬 무서운 자유분방한 그들의 자유화自由畵를 기억한다. 우리는 일생을 통하여 기어코 완전한 거짓말 속에서 시종하라는 건가 보다. 우리는 이제 시작해서 저런 자유화 한 장을 그릴 수 있을까. '란도셀'이라는 것 속에는 하고많은 보배가 들어 있다. 그러나 장난꾼이들 '란도셀'이란 '란도셀'이 어쩌면 그렇게 모조리 해어져 떨어져서 헌털뱅인구.

단발이 부쩍 늘었다. 열아문 살 먹은 여학동 단발한 것은 깨끗하고 신선하고 칠팔 세 여학동 단발한 것은 인형처럼 귀엽다.

남학동들은 일제히 양복이다. 양복에다가 보통학교 아동 이외에는 이행을 불허하는 경편輕便 운동화들을 신었다. 그래서는 좁은 골목 넓은 길을 살과 같이 닫고 또 한군데 한없이 머물러서는 장난한다. 이렇게 등교 시간 자체가 그네들에게는 황홀한 것이고 규정 이상의 과정인 것이다.

중에는 셋 혹 넷 무더기가 져서 걸어가면서 무슨 책인지 한 책에 집중

* ransel. 주로 초등학교 학생들이 어깨에 메는 네모난 배낭형 가방.

되어 열중한다. 안경 쓴 학동이 드문드문 끼었다. 유리에 줄이 좍좍 간 것이 제법 근시들이다.

무에 저리 재밌을까―고 궁금해서 흘깃 좀 훔쳐본다. 양홍洋紅 군청群靑 등 현란한 극채색 판의 소년 잡지다. 그림은 무슨 군함 등속인가 싶다. 그러나 글자는 그저 줄이 죽죽 가 보일 뿐이지 눈에 들어오지 않는다.

보통학교 학동이 안경을 썼다는 것은 사실 해괴망측한 일이다.

일인 것이 첫째 깜쪽스럽다. 하도 앙증스럽고 해서 처음에는 웃고 그만두었으나 생각해보면 웃고 말 일이 아니다. 근시는 무슨 절름발이나 벙어리 같은 류의 그야말로 불구자라곤 할 수 없으되 불구자는 불구자다. 세상에는 치레로 금테 안경을 쓰는 못생긴 백성도 있기는 있으나 '오페라글라스' 비행사의 그 툭 불거진 안경 이외에 안경은 없는 게 좋다. 그것을 저런 아직 나이 들지 않은 연골 어린이들에게까지 씌우지 않으면 안 된다는 세상은 그리 고맙지 않은 세상임에 틀림없다.

예는 여러 가지 원인이 있겠으나 현대의 고도화한 인쇄술에도 트집을 아니 잡을 수 없다. 과연 보통학교 교과서만은 활자의 제한이 붙어서 굵직굵직한 것이 괜찮다. 그만만 하면 선천적 근시안이 아닌 다음에는 활자 탓으로 눈을 옥지르거나 하는 일은 없을 것 같다.

그러나 학동들이 교과서만 주무르다 그만두느냐 하면 천만에 위선, 참고서라는 것이 대개가 구 '포인트' 활자로 되어먹었다. 급기 소년 잡지 등속에 이르른 즉슨 심지어 육 호 칠 '포인트' 반을 사용하여 오히려 태연한 출판업자―게다가 추악한 극채색을 덮어서 예의銳意 학동들의 동공을 노리고 총공격의 자세를 일각도 게을리하지는 않는다.

아직도 안경 쓴 학동보다 안 쓴 학동의 수효가 더 많은 것으로 보아 한편 괴이도 하나 한편 아직 그들의 독서열이 사십 도에 이르지 않은 것을 차라리 다행히 생각하고 싶다 누구에게라도 안경상을 추장推奬하고 싶다. 오늘 같은 부덕한 활자 허무 시대에 가하여 불완전한 조명 장치밖에 없는 이 땅에 늘어갈 것은 근시안뿐일 터이니 말이다.

—《매일신보》, 1936. 3. 3~26.

●

동생 옥희玉姫 보아라

―세상 오빠들도 보시오

8월 초하룻날 밤차로 너와 네 애인은 떠나는 것처럼 나한테는 그래놓고 기실은 이튿날 아침 차로 가버렸다.

내가 아무리 이 사회에서 또 우리 가정에서 어른 노릇을 못하는 변변치 못한 인간이라기로서니 그래도 너희들보다야 어른이다.

"우리 둘이 떨어지기 어렵소이다"

하고 내게 그야말로 '강담판強談判'을 했다면 낸들 또 어쩌랴. 암만

"못한다"

고 딱 거절했던 일이래도 어머니나 아버지 몰래 너희 둘 안동*시켜서 쾌히 전송錢送**할 내 딴은 이해도 아량도 있다.

그것을, 나까지 속이고 그랬다는 것을 네 장래의 행복 이외의 아무것도 생각할 줄 모르는 네 큰오빠 나로서 꽤 서운히 생각한다.

예정대로 K가 8월 초하룻날 밤 북행 차로 떠난다고, 그것을 일러주려

---

* 眼同. 사람을 딸리거나 물건을 지니고 감.
** 서운하여 잔치를 베풀고 보낸다는 뜻. 예를 갖추어 떠나보냄을 이르는 말.

하룻날 아침에 너와 K 둘이서 나를 찾아왔다. 요 전날 너희 둘이 의논차로 내게 왔을 때 말한 바와 같이 K만 떠나고 옥희 너는 네 큰오빠 나와 함께 K를 전송하기로 한 것인데, 또 일의 순서상 일은 그렇게 하는 것이 옳지 않았더냐.

그것을 너는 어쩌면 그렇게 천연스러운 얼굴로

"그럼 오빠, 이따가 정거장에 나오세요"

"암! 나가구말구, 이따 게서 만나자꾸나"

하고 헤어진 것이 그게 사실로 내가 너희들을 전송한 모양이 되었고 또 너희 둘로서 말하면 너희끼리는 미리 그렇게 짜고 그래도 내게 작별 모양이 되었다.

나는 고지식하게도 밤에 차 시간을 맞춰서 비 오는데 정거장까지 나갔겠다. 내가 속으로 미리미리 꺼림칙이 여겨오기를

'요것들이 필시 내 앞에서 뺀지르르하게 대답을 해놓고 뒤꽁무니로는 딴 궁리들을 채렸지ㅡ'

했더니 아니나 다를까.

개찰도 아직 안 했는데 어째 너희 둘 모양이 아니 보이더라 '이것 필시!' 하면서도 그래도 끝까지 기다려보았으나 종시 너희 둘의 모양은 보이지 않고 말았다. 나는 그냥 입맛을 쩍쩍 다시고 집으로 돌아왔다.

와서는 그래도

'아마 K의 양복 세탁이 어쩌니어쩌니 하드니 그래지래 차 시간을 못 대인 게지, 좌우간에 무슨 통지가 있으렷다'

하고 기다렸다.

못 갔으면 이튿날 아침에 반드시 내게 무슨 통지고 통지가 있어야 할

터인데 역시 잠잠했다. 허허—하고 나는 주춤주춤하다가 동경서 온 친구들과 그만 석양판부터 밤새도록 술을 먹고 말았다.

물론 옥희 네 얼굴 대신에 한 통의 전보가 왔다. 옥희 함께 왔어도 근심 말라는 K의 '독백'이구나.

나는 전보를 받아 들고 차라리 회심의 미소를 금할 수 없을 만하였다 너희들의 그런 이도利刀가 물을 베이는 듯한 용단을 쾌히 여긴다.

옥희야! 내게만은 아무런 불안한 생각도 가지지 마라!

다만 청천벽력처럼 너를 잃어버리신 어머니 아버지께는 마음으로 잘못했습니다고 사죄하여라.

나 역 집을 나가야겠다. 열두 해 전 중학을 나오던 열여섯 살 때부터 오늘까지 이 허망한 욕심을 변함이 없다.

작은오빠는 어디로 또 갔는지 들어오지 않는다.

너는 국경을 넘어 지금은 이역의 인人이다.

우리 삼 남매는 모조리 어버이 공경할 줄 모르는 불효자식들이다.

그러나 우리들은 이것을 그르다고 생각하지는 않는다.

갔다 와야 한다, 갔다 비록 못 돌아오는 한이 있더라도 가야 한다.

너는 네 자신을 위하여서도 또 네 애인을 위하여서도 옳은 일을 하였다. 열두 해를 두고 벼르나 남의 맏자식 된 은애의 정에 이끌려선지 내 위인이 변변치 못해 그랬던지 지금껏 이 땅에 머물러 굴욕의 조석을 송영送迎하는 내가 지금 차라리 부끄럽기 짝이 없다.

너희들의 연애는 물론 내게만은 양해된 바 있었다. K가 그 인물에 비겨서 지금 불우의 신상이라는 것도 나는 잘 알고 있다.

다행히 K는 밥 먹을 걱정은 안 해도 좋은 집안에 태어났다. 그렇다고 밥이나 먹고 지내면 그만이지 하는 인간은 아니더라.

K가 내게 말한 바 K의 이상이라는 것을 나는 비판하지 않는다. 그것도 인생의 한 방도리라. 다만 그것이 어디까지든지 굴욕에서 벗어나려는 일 념인 것이니 그렇다는 이유만으로도 나는 인정해야 하리라.

나는 차라리 그가 나처럼 남의 맏자식임에도 불구하고 집을 사뭇 떠나 겠다는 '술회'에 찬성했느니라.

허허벌판에 쓰러져 까마귀밥이 될지언정 이상理想에 살고 싶구나. 그래 서 K의 말대로 삼 년, 가 있다 오라고 권하다시피 한 것이다.

삼 년―삼 년이라는 세월은 상사想思의 두 사람으로서는 좀 긴 것같이 생각이 들더라. 그래서 옥희 너는 어떻게 하고 가야 하나 하는 문제가 났 을 때 나는―

너희 두 사람의 교제도 일 년이나 가까워오니 그만하면 서로 충분히 서 로를 알았으리라. 그놈이 재상 재목이면 무엇하겠느냐, 네 눈에 안 들면 쓸 곳이 없느니라. 그러니 내가 어쭙잖게 주둥이를 디밀어 이러쿵저러쿵 할 계제가 못 되는 일이지만―

나는 나 류流로 그저 이러는 것이 어떻겠느냐는 정도로 또 그래도 네 혈족의 한 사람으로서 잠자코만 있을 수도 없고 해서―

삼 년은 과연 너무 기니 위선 삼 년 작정하고 가서 한 일 년 있자면 웬 만큼 생활의 터는 잡히리라. 그렇거든 돌아와서 간단히 결혼식을 하고 데 려가는 것이 어떠냐, 지금 이대로 결혼식을 해도 좋기는 좋지만 그것은 어째 결혼식을 위한 결혼식 같애서 안됐다. 결혼식 같은 것은 나야 그야 우습게 알았다. 하지만 어머니 아버지도 계시고 사람들의 눈도 있고 하니 그저 그까짓 일로 해서 남의 조소를 받을 것도 없는 일이요―

이만큼 하고 나서 나는 K와 너에게 번갈아 또 의사를 물었다.

K는 내 말대로 그러만다. 내년 봄에는 꼭 돌아와서 남 보기 흉하지 않을 정도로 결혼식을 한 다음 데려가겠다는 것이다.

그러나 네 말은 이와 다르다. 즉 결혼식 같은 것은 언제 해도 좋으니 같이 나서겠다는 것이다. 살아도 같이 살고 죽어도 같이 죽고 해야지 타력에 가서 어떻게 되는지도 모르는 것을 그냥 입을 딱 벌리고 돌아와서 데려가기만 기다릴 수 없단다. 그러고 또 남자의 마음 믿기도 어렵고—우물 안 개구리처럼 자라난 제가 고생 한번 해보는 것도 좋지 않으냐는 네 결의였다.

아직은 이 사회 기구가 남자 표준이다. 즐거울 때 같이 즐기기에 여자는 좋다. 그러나 고생살이에 여자는 자칫하면 남자를 결박하는 포승 노릇을 하기 쉬우니라. 그래서 어느 만큼 자리가 잡히도록은 K 혼자 내어버려 두라고 재삼 내가* 다시 충고하였더니 너도 OK의 빛을 보이고 할 수 없이 승낙하였다. 그러고 나는 너 보는 데서 K에게 굳게굳게 여러 가지로 다짐을 받아두었건만—

이제 와서 알았다. 너희 두 사람의 애정에 내 충고가 끼기울 백지 두께의 틈사구니도 없었다는 것을 말이다. 또한 내 마음이 든든하지 않으랴.

삼 남매의 막내둥이로, 내가 너무 조숙인데 비해서 너는 응석으로 자라느라고 말하자면 '만숙晩熟'이었다. 학교 시대에 인천이나 개성을 선생님께 이끌려 가본 이외에 너는 집 밖으로 십 리를 모른다. 그런 네가 지금

---

* 원문에는 '네가'임.

국경을 넘어서 가 있구나 생각하면 정신이 번쩍 난다.

어린애로만 생각하던 네가 어느 틈에 그런 엄청난 어른이 되었누.

부모들도 제 따님들을 옛날 당신네들이 자라나던 시절 따님 대접하듯 했다가는 엉뚱하게 혼이 나실 시대가 왔다. 오빠들이 어림없이 동생을 허명무실하게 '취급'했다가는 코 떼인 시대다. 나는 그렇게 느꼈다.

나는 망치로 골통을 얻어맞은 것처럼 어찔어찔한 가운데서도 네가 집을 나가지 않으면 안 된 이유를 생각해본다.

첫째 너는 네 애인의 전부를 독점해야 하겠다는 생각이겠으니 이것이야 인력으로 좌우되는 일도 아니겠고 어쩔 수도 없는 일이다.

둘째, 부모님이 너희들의 연애를 쾌히 인정하려 들지 않은 까닭이다.

제 자식들의 연애가 정당했을 때 부모는 그 연애를 인정해주어야 할 뿐만 아니라 나아가서는 그 연애를 좋게 지도할 의무가 있을 터인데—

불행히 우리 어머니 아버지는 늙으셔서 그러실 줄을 모르신다. 네게는 이런 부모를 설복할 심경의 여유가 없었다. 그냥 행동으로 보여주는 밖에는 없었다.

셋째, 너는 확실치 못하나마 생활이라는 인식을 가졌다. '여자에게도 직업이 있어서 경제적으로 언제든지 독립해 보일 실력이 있어야만 한다'는 것이 부모님 마음에는 안 드는 점이었다. '돈 버는 것도 좋지만 기집애 몸 망치기 쉬우니라'는 것은 부모님들의 말씀이시다.

너 혼자 힘으로 암만해도 여기서 취직이 안 되니까 경도京都 가서 여공 노릇을 하면서 사는 네 동무에게 편지를 하여 그리 가서 같이 여공이 되려고까지 한 일이 있지.

그냥 살자니 우리 집은 네 양말 한 켤레를 마음대로 사줄 수 없을 만치 가난하다. 이것은 네 큰오빠 내가 네게 다시없이 부끄러운 일이다만—그러나 네가 한 번도 나를 원망한 일은 없는 것을 나는 고맙게 안다.

그런 너다. K의 포승이 되기는커녕 족히 너도 너대로 활동하면서 K를 도우리라고 나는 믿는다.

이왕 나갔다. 나갔으니 집의 일에 연연하지 말고 너희들의 부끄럽지 않은 성공을 향하여 전심을 써라. 삼 년 아니라 십 년이라도 좋다. 패잔한 꼴이거든 그 벌판에서 개밥이 되더라도 다시 고토를 밟을 생각을 마라.

나도 한 번은 나가야겠다. 이 흙을 굳게 지켜야 할 것도 잘 안다. 그러나 지켜야 할 직책과 나가야 할 직책과는 스스로 다를 줄 안다.

네가 나갔고 작은오빠가 나가고 또 내가 나가버린다면 늙으신 부모는 누가 지키느냐고? 염려 마라. 그것은 맏자식 된 내 일이니 내가 어떻게라도 하마. 해서 안 되면,—

혁혁한 장래를 위하여 불행한 과거가 희생되었달 뿐이겠다.

너희들이 국경을 넘던 밤에 나는 주석酒席에서 올림픽 보도를 듣고 있었다. 우리들은 이대로 썩어서는 안 된다. 당당히 이들과 열列하여 똑똑하게 살아야 하지 않겠느냐.

정신 차려라!

신당리新堂里 버터고개 밑 오동나뭇골 빈민굴에는 송장이 다 되신 할머님과 자유로 기동도 못 하시는 아버지와 오십 평생을 고생으로 늙어 쭈그러진 어머니가 계시다.

네 전보를 보시고 이분들이 우시었다. 너는 날이면 날마다 그 먼 길을 문

안으로 내게 왔다. 와서 그날의 양식거리를 타 갔다. 이제 누가 다니겠니.

어머니는

"내가 말(馬)을 잃어버렸구나. 이거 허전해서 어디 살겠니"

하시더라. 그날부터는 내가 다 떨어진 구두를 찍찍 끌고 말 노릇을 하는 중이다.

이런 것 저런 것을 비판 못 하시는 부모는 그저 별안간 네가 없어졌대서 눈물이 비 오듯 하시더라. 그것을 내가

"아 왜들 이리 야단이십니까. 아 죽어 나갔단 말입니까."

이렇게 큰소리를 해가면서 무마시켜 드리기는 했으나 나 역 한 삼 년 너를 못 보겠구나 생각을 하니 갑자기 네가 그리웠다. 형제의 우애는 떨어져봐야 아는 것이던가.

한 삼 년 나도 공부하마. 그래서 이 '노멀'*하지 못한 생활의 굴욕에서 탈출해야겠다. 그때 서로 활발한 낯으로 만나자꾸나.

너도 아무쪼록 성공해서 하루라도 속히 고향으로 돌아오너라.

그야 너는 여자니까 아무 때 나가도 우리 집안에서 나가기는 해야 할 사람이지만 일이 너무 그렇게 급하게 되어놓아서 어머니 아버지께서 놀라셨다 뿐이지. 나야 어떻겠니.

하여간 이번 너의 일 때문에 내가 깨달은 바 많다, 나도 정신 차리마.

원래가 포류지질蒲柳之質로 대륙의 혹독한 기후에 족히 견뎌낼는지 근심스럽구나. 특히 몸조심을 잊어서는 안 된다. 우리 같은 가난한 계급은 이

---

* normal, 정상적인.

몸둥이 하나가 유일 최후의 자산이니라.

편지하여라.

이해 없는 세상에서 나만은 언제라도 네 편인 것을 잊지 마라. 세상은 넓다. 너를 놀라게 할 일도 많겠거니와 또 배울 것도 많으리라.

이 글이 실리거든 《중앙》 한 권 사 보내주마. K와 같이 읽고 이 큰오빠 이야기를 더 잘 하여두어라.

축복한다.

내가 화가를 꿈꾸던 시절 하루 오 전 받고 '모델' 노릇 하여준 옥희, 방탕 불효한 이 큰오빠의 단 하나 이해자인 옥희, 이제는 어느덧 어른이 되어서 그 애인과 함께 만 리 이역 사람이 된 옥희, 네 장래를 축복한다.

이틀이나 걸렸다 쓴 이 글이 두서를 잡기 어려울 줄 아나 세상의 너 같은 동생을 가진 여러 오빠들에게도 이 글을 읽히고 싶은 마음에 감히 발표한다. 내 충정만을 사다고.

닷샛날 아침
너를 사랑하는 큰오빠 쓴다.

—《중앙》, 1936. 9.

추등잡필 秋燈雜筆

추석 삽화

일 년 삼백육십 일 그중의 몇 날을 추려 적당히 계절 맞춰 별러서 그날만은 조상을 추억하며 생의 즐거움에서 멀어진 지 오래된 그들 망령을 있다 치고 위로하는 풍속을 아름답다 아니할 수 없으리라.

이것을 굳이 뜻을 붙여 생각하자면—

그날그날의 생의 향락 가운데서 때로는 사死의 적막을 가끔 상기해보며 그러함으로써 생의 의의를 더한층 깊이 뜻있게 인식하도록 하는 선인들의 그윽한 의도에서 나온 수법이 아닐까.

이번 추석날 나는 돌아가신 삼촌 산소를 찾았다. 지난 한식 날은 비가 와서 거기다 내 나태가 가하여 드디어 삼촌 산소에 가지 못했으니 이번 추석에는 부디 가보아야겠고 또 근래 이 삼촌이 지금껏 살아 계셨던들 하는 생각이 문득 드는 적이 많아서 중년에 억울히 가신 삼촌을 한번 추억해보고도 싶고 한 마음에서 나는 미아리행 버스를 타고 나갔던 것이다.

온 산이 희고 온 산이 곡성으로 하여 은은하다. 소조한 가을바람에 추초秋草가 나부끼는 가운데 분묘는 오 년 전에 비하여 몇 배수나 늘었다.

사람들은 나날이 저렇게들 죽어가는구나 생각하니 저으기 비감하다. 물론 오 년 동안에 더 많은 애기가 탄생하였으리라―그러나 그렇게 날로 날로 지상의 사람이 바뀐다는 것도 또한 슬픈 일이 아닌가.

다섯 번 조락凋落과 맹동萌動*을 거듭한 삼촌 산소가 꽤 거치른 모양을 바라보고 퍽 슬펐다. '시멘트'로 땜질한 석상은 틈이 벌었고 친우 일동이 해 세운 석비도 좀 기운 듯싶었다

분토한 곁에 앉은 잠시 생전의 삼촌, 그 중엄하기 짝이 없는 풍모를 추억해보았다. 그리고 운명하시던 날, 장사 지내던 날 내 제복祭服 입었던 날들의 일, 이런 다섯 해 전 일들이 내 심안을 쓸쓸히 지나가는 것이었다.

나는 또 비명碑銘을 읽어보았다. 하였으되

　　　公廉正直 信義友篤(공렴정직 신의우독)

　　　金蘭結契 矢同憂樂(금란결계 시동우락)

　　　中世摧折 士友咸慟(중세최절 사우함통)

　　　寒山片石 以表衷情(한산편석 이표충정)**

삼촌 구우舊友 K 씨의 작으로 내 붓 솜씨다. 오늘 이 친우 일동이 세운 석비 앞에 주과酒果가 없는 석상이 보기에 한없이 쓸쓸하다.

그때 고 이웃 분묘에 사람이 왔다. 중로中老의 여인네가 한 분 젊은 내외인 듯싶은 남녀, 십 세 전후의 소학생이 하나, 네 사람이다. 젊은 남정네는 양복을 입었고 젊은 여인네는 구두를 신었다. 중로의 여인네가 보통

---

* 싹이 남.

** 공평 청렴 정직하고 신의와 우애가 두터웠으며/군은 우정으로 근심과 즐거움을 함께하자 했는데/중년에 요절하여 벗들이 모두 슬퍼하며/쓸쓸한 산에 한 조각 돌로 충정을 표현한다.

이를 펴더니 주과를 갖춘 조촐한 제상을 차리는 것이다. 그리고 향을 피우고 잔을 갈아 부으며 네 사람은 절한다.

양복 입은 젊은 내외의 하는 절이 더한층 슬프다. 그리고 교복 입은 소학생의 하는 절은 너무나 애련하다.

중로의 여인네는 호곡한다. 호곡하며 일어날 줄을 모른다. 젊은 내외는 소리 없이 몇 번이나 향 피우고 잔 붓고 절하고 하더니 슬쩍 비켜서는 것이다. 소학생도 따라 비켜선다.

비켜서서 그들은 멀리 건너편 북망산을 손가락질도 하면서 잠시 담화하더니 돌아서서 언제까지라도 호곡하려 드는 어머니를 일으킨다. 그러나 좀처럼 일어나려 하지 않는다.

그때 이날만 있는 이 북망산 전속의 걸인이 왔다. 와서 채 제사도 끝나지 않은 제물을 구걸하는 것이다. 그 태도가 마치 제 것을 제가 요구하는 것과 같이 퍽 거만하다. 부처夫妻는 완강히 꾸짖으며 거절한다. 승강이가 잠시 계속된다.

이 광경을 바라보고 앉았는 동안에 내 등 뒤에서 이 또한 중로의 여인네가 한 분 손자인 듯싶은 동자 손을 이끌고 더듬더듬 내려오는 것이었다. 오면서 분묘 말뚝을 하나하나 자세히 조사한다 필시 영감님의 산소 위치를 작년과도 너무 달라진 이 천지에서 그만 묘연히 잊어버린 것이리라.

이 두 사람은 이윽고 내 앞도 지나쳐 다시 돌아 그 이웃 언덕으로 올라간다. 그래도 좀처럼 여기구나 하고 서지 않는다.

건너편 그 거만한 걸인은, 시비의 무득함을 깨달았던지, 제물을 단념하고 다시 다음 시주를 찾아서 간다.

걸인은 동쪽으로 과부는, 서쪽으로―

해는 이미 일반日半을 지났으니 나는 또 삶의 여항閭巷으로 돌아가지 않으면 안 되리라. '코스모스' 핀 언덕을 터벅터벅 내려오면서 그 과부는 영 감님의 무덤을 찾았을까 걱정하면서 버스 선 곳까지 오니까 모퉁이 목로 술집에서는 일장의 싸움이 벌어진 중이었다 말할 것도 없이 거성* 입은 사람끼리다.

구경

전문한 것이 나는 건축인 관계상 재학 시대에 형무소 견학을 간 일이 더러 있다. 한번은 마포 벽돌 공장을 보러 간 일이 있는데 그것은 건물을 보러 간 것이 아니라 벽돌 제조의 여러 가지 속을 보러 간 것이니까 말하 자면 건축 재료 제조 실제를 연구하는 한 시간이었다. 그러니까 죄수들의 생활이라든가 혹은 그들의 생활에 건물 구조를 어떻게 적응시켰나를 보 러 간 것이 아니고 다만 한 공장을 보러 간 것에 지나지 않는 것이니까 직 공들은 반드시 죄수들일 필요도 없거니와 또 거기가 하국何國의 형무소가 아니어도 좋다 '클래스' 전부래야 열두 명이었는데 그날 간 사람은 겨우 칠팔 명에 불과하였다고 기억한다.

옥리獄吏의 안내를 받아 공장 각 부분을 차례차례 구경하기로 되었다. 구경하기 전에 옥리는 우리들에게 부디부디 다음 몇 가지 점에 주의해달 라고 일러주는 것이었다. 즉 담배를 피우지 말 것, 그들에게 무슨 필요로 든 결코 말을 건네지 말 것 그네들의 얼굴을 너무 차근차근히 들여다보지 말 것 등이다. 차례대로 이윽고 견학이 시작되었다. 그러나 나는 처음부 터 벽돌 제조 같은 것에는 추호의 흥미도 가지지는 않았다. 죄수들의 생

---

* '상복喪服'을 속되게 이르는 말. 거상居喪.

활, 동정의 자태를 볼 수 있다는 것이 이 견학이 나로 하여금 즐겁게 하여 주는 이유의 전부였다. 나는 일부러 끝으로 좀 처지면서 그 똑같이 적토색 복장에 몸을 두르고 깃에다 번호찰을 붙인 이네들의 모양을 살피기로 하였다 그런데 과연 아니나 다를까, 그들은 끝없는 증오의 시선을 우리들에게 던지는 것이 아니냐 나는 놀랐다. 가슴이 두근두근해왔다. 그리고 제출물에 겁이 나서 얼굴이 달아 들어오는 것을 어찌하는 수가 없었다. 너무나 똑똑히 불쾌한 표정을 지어 보이는 그들을 나는 차마 바로 쳐다보는 재조가 없었다.

자기의 치욕의 생활의 내면을 혹 치욕이라고까지 하지는 않더라도 결코 남에게 떠벌려 자랑할 것이 못 되는 제 생활의 내면을 어떤 생면부지 사람들에게 막부득이 구경시키지 않으면 안 되는 것을 누구나 다 싫어하리라. 앙부괴어천 부불쾌어인仰不愧於天 俯不快於人* 이런 심경에서 사는 사람이라도 그런 일점—點의 흐린 구름이 지지 않은 생활을 남이 그야말로 구경거리로 알고 보려 달려들 때에는 저윽히 불쾌할 것이다. 황차 죄수들이 자기네들의 치욕적 생활을 백일 아래서 여지없이 구경거리로 어떤 몇 사람 앞에 내놓지 않으면 안 되는 경우에 그들의 심통함이 또한 복역의 괴로움보다 오히려 배대倍大할 것이다.

소록도의 나원癩院을 보고 온 이의 이야기를 들으면 아무리 석존 같은 자비스러운 얼굴을 한 사람이 내도來到하여도 그들은 그저 무한한 증오의 눈초리로 맞이할 줄밖에 모른다 한다. 코가 떨어지고 수족이 망가진 자기네들 추악한 군상을 사실 동류 이외의 어떤 사람에게도 보이기 싫을 것이다. 듣자니 그네들끼리는 희희낙락하기도 하며 때로는 연애까지도 할 듯

---

* '하늘을 우러러 한 점 부끄러움이 없고 아래를 굽어보아 사람에게 불쾌하다'는 뜻.

싶은 일이 다 있다 한다.

형무소 죄수들도 내가 본 대로는 의외로 활발하게 오히려 생활난에 쫓기어 헐떡헐떡하는 사바娑婆의 노역꾼들보다도 즐거울 듯이 일하고 있는 것이었다 다만 그러면서도 남의 어떤 눈도 싫어하는 까닭은 말하자면 대등의 지위를 떠난 연민* 모멸 동정, 기자忌恣,** 이런 것을 혐오하는 인정 본연의 발로가 아니고, 다름없는 것이 아닐까 한다.

가량 천형병天刑病의 병원病源을 근절코자 할진대 보는 족족 이 병 환자는 살육해버려야 할는지도 모르지만 이왕 끔찍한 인정을 발휘해서 그들을 보호하는 바에는 될 수 있는 대로 그들의 심정을 거슬러주어서는 안 될 것이다 그러하다면 그들이 제일 싫어하는 '구경'을 절대로 금해야 할 것이다. 형무소 같은 것은, 성盛히 구경시켜서 써 죄과를 미연에 방지하는 것이 좋지나 않을까 하는 생각이 들기도 하지만 좀처럼 구경을 잘 시키지 않는 것은 역시 죄수 그들의 심정을 건드리지 않토록 하는 깊은 용의에서가 아닌가 한다.

예의

걸핏하면 끽다점에 가 앉아서 무슨 맛인지 알 수 없는 차를, 마시고 또 우리 전통에서는, 무던히 먼 음악을 듣고 그리고 언제까지라도 우두커니, 머물러 있는 취미를 업수여기리라. 그러나 전기 기관차의 미끈한 선, 강철과 유리 건물 구성, 예각, 이러한 데서 미를 발견할 줄 아는 세기의 인ㅅ

---

* 원문에는 '연한憐恨'임.
** 시기심이 많고 방자함.

에게 있어서는 다방의 일게一憩*가 신선한 도락이오 우아한 예의가 아닐 수 없다.

생활이라는 중압은 늘 훤조喧噪**하며 인간의 부드러운 정서를, 언눌르려 드는 것이다. 더욱이, 현대라는 데 깃들이는 사람들은 이 중압을 한층 더 확실히, 인지하지 않을 수 없다. 어디를 보아도 교착된 강철과 거암과 같은 콘크리트 벽의 숨찬 억압 가운데 자칫하면 거칠기 쉬운 심정을 조용히 쉬일 수 있도록, 그렇게 알맞은 한 개의 의자와, 한 개의 테이블이 있다면 어찌, 촌가寸暇를 어여 내어*** 발길이 그리로 옮겨지지 않을 것인가. 가하기를 한 잔의 따뜻한 차와 가구街衢의 훤조한 잡음에 바뀌는 아름다운 음악이었다면 그 심령들의 위안됨이 더한층 족하다고 하지 않으리오.

그가 제철 공장의 직인이건, 그가 외과의실의 집도인이건, 그가 교통정리 경찰이건, 그가 법정의 논고인이건, 그가 하잘것없는 일고용인日雇傭人이건, 그가 천만장자의 외독자이건, 묻지 않는다. 그런 구구한 간판은 '네온사인'이 달린 다방 문간에 다 내려놓고 들어가는 것이다. 그곳에서는 다 같이 심정의 회유를 기원하는 티 없는 '사람'의 하나가 되는 것이다. 그리기에 이곳에서는 누구나 다 겸손하다. 그리고 다 같이 부드러운 표정을 하는 것이다. 신사는 다 조신하게 차를 마시고 숙녀는 다 다소곳이 음악을 즐긴다.

거기는 오직 평화가 있고 불성문의 정연하고도 우아 담박한 예의 준칙이 있는 것이다.

결코 이웃 좌석에는 들리지 않을 만큼 그만큼 낮은 목소리로 담화한다.

---

* 잠깐의 휴식.
** 시끄럽게 지껄이며 떠듦.
*** '어서 내어', '도려내어' 등으로 해석함.

직업을 떠나서 투쟁을 떠나서 여기서 바뀌는 담화는 전면繩綿*한 정서를 줄 수 있는 그런 그윽한 화제리라.

다 같이 입을 다물고 눈을 흡뜨지 않고 '슈베르트'나 '쇼팽'을 듣는다. 그때 육중한 구두로 마룻바닥을 건드리며 장단을 맞춘다거나 익숙한 곡조라 하여 휘파람으로 합주를 한다거나 해서는 아주 못쓴다. 왜? 그렇게 하는 것은 이곳의 불성문인 예의를 깨트림이 지극히 큰 고로.

나는 그날 밤에도 몸을 스미는 추냉秋冷을 지닌 채 거리를 걸었다. 천심天心에 달이 교교하여 일보 일보가 저으기 무겁고 또한 황막하여 슬펐다. 까닭 모를 애수 고독이 불현듯이 인간다운 훈훈한 호흡을 연모케 하는 것이었다. 나는 달빛을 등지고 늘 드나드는 한 다방으로 들어섰다.

양 삼 인씩의 남녀가 벌써 다정해 보이는 따뜻한 한 잔씩의 차를 앞에 놓고 때마침 '사운드박스'를 울리는 현악 중주의 명곡을 즐기고 있는 것이 아닌가.

나도 또한 신사다웁게 삼가는 보조로 그들 가운데 한 자리를 차지하고 그리고 차와 음악을 즐기기로 하였다.

오 분 십 분 이십 분, 이 적당한 휴게가 냉화하려 들던 내 혈관의 피를 얼마간 덥혀주기 시작하는 즈음에—

문이 요란히 열리며 사오 인의 취한이 고성질타하면서 폭풍과 같이 틈입하였다. 그들은 한복판 그중 번듯한 좌석에 어지러이 자리를 잡더니 차를 청하여 수선스러이 마시며 방약무인하게 방가放歌하는 것이었다. 그 바람에 음악은 간곳없고 예의도 간곳없고 그들의 추외醜猥한 성향聲響이 실내를 흔들 뿐이다.

---

* 실이나 노끈 따위가 친친 뒤엉킴. 남녀의 애정 등이 서로 헤어지기 어려울 정도로 깊이 얽힘.

내 심정은 다시 거칠어 들어갔다. 몸부림하려 드는 내 서글픈 심정을 나 자신이 이기기 어려웠다. 나는 일 초라도 바빠 이곳을 떠나고 싶어서 자리를 걷어차고 일어서 문간으로 나가려 하는 즈음에—

이번에는 유두백면油頭白面의 일 장한壯漢*이 사자만이나 한 '셰퍼드'를 한 마리 끌고 들어오는 것이 아닌가. 나는 대경실색하여 뒤로 물러서면서 보자니까 그 개는 그 육중한 꼬리를 흔들흔들 흔들며 이 좌석 저 좌석의 객을 두루두루 코로 맡아보는 것이다.

그때 취한 중의 한 사람이 마시다 남은 차를 이 무례한 개를 향하여 끼얹었다. 개는 질겁을 하여 뒤로 물러서더니 그 산이 울고 골짝이 무너질 것 같은 크낙한 목소리로 이 취한을 향하여 짖어대는 것이었다.

나는 창황히 찻값을 치르고 그곳을 나와 보도를 디뎠다. 걸으면서도 그 예술의 전당에서 울려 나오는 해괴한 견폐성犬吠聲을 한참 동안이나 등 뒤에 들을 수 있었다.

기여

그다지 명예롭지 못한 그러나 생각해보면 또 그렇게 불명예라고까지 할 것도 없는 질환을 가지고 어떤 학부 부속 병원에를 갔다. 진찰이 끝나고 인제 치료를 시작하려 그 그리 보기 좋지 않은 베드 위에 올라 누웠다 그랬더니 난데없이 수십 명의 흑장속黑裝束**의 장정 일단이 우— 틈입하여서는 내 침상을 둘러싸는 것이다. 말할 것도 없이 이 학부 재학의 학생

---

* 몸집이 건장하고 힘이 센 남자.
** 검은 옷을 입은 무리를 뜻함.

들이오 이것은 임상 강의 시간임에 틀림없다. 손에는 각각 노트를 들었고 시선을 내 환부인 한 점에 집중시키고 있는 것이다 의사 즉 교수는 서서히 입을 열어 용의주도하게 내 치료받고자 하는 개소個所를 주무르면서 유창한 어조로 강의를 개시하는 것이 아닌가. 이것은 나에게 있어서 참으로 천만의외의 일일 뿐 아니라 정말로 불쾌하기 짝이 없는 봉변일 수밖에 없는 일이다.

그들은 대체 누구의 허락을 얻어 나를 실험동물로 사용하는 것인가. 옆구리에 종기 하나가 나도 그것을 남에게 내어보이는 것이 불쾌하겠거늘 아픈 탓으로 치부를 내보이지 않으면 안 되는 그 자그마한 기회를 타서 밑천 들이지 않고 그들의 실험동물을 얻고자 하는 것일 것이니 치료를 받기 위하여는 반드시 이런 굴욕을 받아야만 된다는 제도라면 사차불피辭此不避*일 것이나 그렇다 하더라도 이 변만은 어디까지든지 불쾌한 일이다.

의학의 진보 발달을 위하여 노구찌** 박사는 황열병에 넘어지기까지도 하여도 또 최근 어떤 학자는 호열자***균을 스스로 삼켰다 한다. 이와 같은 예에 비긴다면 치부를 잠시 학생들에게 구경시켰다는 것쯤 심술부릴 거리조차 못 될 것이다. 차라리 잠시의 아픔과 부끄러움을 참았다는 것이 진지한 연구의 한 도움이 된 것을 광영으로 알아야 할 것이오 기뻐하여야 할 것이다.

그러나 또 생각해보면 사람은 누구나 다 반드시 이렇게 실험동물로 제공되어야 할 책임이 있다는 것은 아니리라. 환부를 내어보이는 것은 어느 사람에게 있어서도 유쾌치 못한 일일 것이다. 의학만이 홀로 문화의 발달

---

* 어찌할 수 없음.
** 野口英世(1876~1928). 일본의 세균학자. 아프리카에서 황열병을 연구하다 감염되어 죽음.
*** 콜레라.

향상을 짊어진 것은 아니겠고, 이 사회에서 생활을 향유하는 이 치고는 누구나 적든 많든 문화를 담당하는 일원임에 틀림없다. 허락 없이 의학의 연구 재료로 제공될 그런 호락호락한 몸은 하나도 없을 것이다. 그렇다면 의사는, 교수는, 박사는 그가 어떤 종류의 미미한 인간에 불과한 경우일지라도 반드시 그의 감정을 존중히 하여 일언 간곡한 청탁의 말이 있어야 할 것이오 일언 승낙의 말이 있은 다음에야 교재로 사용할 수 있을 것이겠다.

요는 이런 종류의 기여를 흔연히 하게 하는 새로운 도덕관념의 수립과 새로운 감정 관습의 보급에 있을 것이다.

어떤 해부학자는 자기의 유해를 담임하던 교실에 기부할 뜻을 유언하였다 한다. 그의 제자들이 차마 그 스승의 유해에 해부도를 대이기 어려웠을 줄 안다.

또 어떤 학술적인 전람회에서 사형수의 두개골을 여러 조각에 조각조각 켜놓은 것을 본 일이 있다. 얼른 생각에 사형수 같은 인류의 해독을 좀 가혹히 짓주물렀기로니 차라리 그래 싼 일이지, 이렇게도 생각이 되지만 또 한편으로 생각해보면 혼백이 이미 승천해버린 유해에는 죄가 없는 것일 것이니 같이 사람 대접으로 취급하는 것이 지당한 일일 것이 아닐까. 또한 본인의 한마디 승낙하는 유언을 얻어야 할 것이오 그렇지 않으면 통상의 예를 갖추어주어야 옳으리라.

나환인을 위하여―첫째 격리가 목적이겠으나―지상의 낙원을 꾸며놓았어도 소록도에서는 탈출하는 일이 빈빈히 있다 한다.

만일 그런 감정이나 도덕의 새로운 관념이 보급된다면 사형수는 의례히 해부를 유언할 것이오 나환자는 자진하여 소록도로 갈 것이다.

"내 치부에 이러이러한 질환이 발생하였는데 일찍이 듣지도 못하고 보지도 못한 듯하오니 아모조록 여러 학자와 학생들이 모여 연구해주기 바랍니다"
하고 나서는 기특한 인사가 출현할는지도 마치 모른다. 그렇다면 여러 학생들 앞에 치부를 노출시키는 영광을 얻기에 투쟁들을 하는 고마운 세월이 올는지도 또 마치 모르는 것이오, 오기만 한다면 진실로 희대의 기관奇觀일 것은 기관일 것이나 인류 문화의 향상 발달에 기여하는 바만은 오늘에 비하여 훨씬 클 것이다.

실수

몇 해 전까지도 동경 역두에는 릭샤*—즉 인력거가 있었다 한다. 외국 관광객을 실은 호화선이 와 닿으면 제국호텔을 향하는 어마어마한 인력거의 행렬을 볼 수 있었다 한다. 그들 원래遠來의 이방인들을 접대하는 갸륵한 예의리라.

그러나 오늘 그 '달러'를 헤뜨리고 가는 귀중한 손님을 맞이하는데 인력거는 폐지되었고 통속적인, 그들에게 있어서는 너무나 통속적인 자동차로 한다고 한다.

이것은 원래의 진객을 접대하는 주인으로서의 갸륵한 위신을 지키는 심려에서이리라.

그러나 그 코 높은 인종을 모시는 인력거는 이 나라에서 아주 없어진 것이 아니다. 아닐 뿐만 아니라 아직도 너무 많다.

수일 전 본정 좁고도 복작복작하는 거리를 관류하는 세 채의 인력거를

---

* rickshaw.

목도하였다. 말할 것도 없이 백인의 중년 부부를 실은 인력거와 모 호텔 전속의 안내인을 실은 인력거다.

그들은 우리 시민이 정히 못 알아들을 수밖에 없는 국어로 지껄이며 간혹 조소 비슷이 웃기도 하고 손에 쥐인 단장을 들어 어느 방향을 가리키기도 한다. 자못 호기에 그득 찬 표정이었다.

과문寡聞에 의하면 저짝 의례 준칙으로는 이 손가락질하는 버릇은 크낙한 실례라 한다. 하면 세계 만유漫遊를 하옵시는 거룩한 신분의 인사니 필시 신사리라.

그리하면 이 젠틀맨 및 레이디는 인력거 위에 앉아서 이 낯설은 거리와 시민들에게 서슴지 않고 실례를 하는 모양이다.

'이까짓 데서는 예를 갖추지 않아도 좋다' 하는 애초부터의 괘씸한 배짱임에 틀림없다.

일순 나는 말할 수 없는 불쾌한 감정에 사로잡혀 마음대로 하라면 위선 다수굿이 그 인력거의 채를 잡고 있는 차부를 난타한 다음 그 무례한의 부부를 완력으로 징계하여주고 싶었다.

그러나 또 생각하여보면 그들은 내가 채 알지 못하는 바 세계적 지리학자거나 고현학자인지도 모른다. 그러지 않은 단지 일개 평범한 만유객에 지나지 않는다 하더라도 그들은 적지 않은 '달러'를 이 땅에 널어놓고 갈 것이오 고국에 이 땅의 풍광과 민속을 소개할 것이다. 어쨌든 이들은 족히 진중히 접대하여야만 할 손님임에는 틀림이 없다.

그렇다면?

내가 이들을 징계하였다는 것이 도리어 내 고향을 욕되게 하는 것이리라. 그렇건만─

그때 느낀 그 불쾌한 감정은 조곰도 사라지지 않는다.

아무쪼록 많은 수효의 외국 관광단을 유치하는 것은 우리들 이 땅의 주인 된 임무일 것이며 내방한 그들을 겸손하고도 친절한 예의로 접대하여서 그들로 하여금 이 땅 이 백성들의 인상을 끝끝내 좋도록 하는 것 또한 지켜야 할 임무일 것이다.

그러나 겸손을 지나쳐 그들의 오만과 모욕을 용납할 수 없다. 이것을 말 없이 감수하는 것은 위에 말한 주인으로서의 임무에도 배치되는 바 크다.

이 땅에 있는 것을 그들에게 구경시켜주는 것은 결코 동물원의 곰이나 말승냥이*가 제 몸뚱이를 구경시키는 심사와는 다르다. 어디까지든지 그들만 못하지 않은 곳 그들에게 없는 그들보다 나은 곳을 소개하고 자랑하자는 것일 것이어늘—

인력거 위에 앉아서 단장 끝으로 손가락질을 하는 그들의 태도는 확실히 동물원 구경에 근사한 태도요 따라서 무례오 더없는 굴욕이다.

국가는 마땅히 법규로써 그들에게 어떠한 산간벽지에서라도 인력거를 타지 못하도록 취체하여야 할 것이다.

그들이 부두, 역두에 닿았을 때 직접 간접으로 이 땅의 위신을 제시하여놓아야 할 것이다. 그것을 위선 인력거로 실어 숙소로 모신다는 것은 해괴망측하기가 짝이 없는 일이다. 동경뿐만 아니라 서울 거리에서도 이 괘씸한 인력거의 행렬을 보지 않게 되어야 옳을 것이 아닌가.

연전에 나는 어느 공원에서 어떤 백인이 한 걸식에게 오십 전 은화를 시여施與한 다음 카메라를 희롱하는 것을 지나가던 일위 무골 청년이 구타하는 것을 목도한 일이 있다. 이 청년 역 향토를 아끼는 갸륵한 자존심에서 우러난 행동이었음에 틀림없으리라. 그러나 이것은 그 이방인은 어

---

* 늑대.

찌 되었든 잘못된 일일 것이니 '투어리스트 뷰로'는 한낱 관광단 유치에
만 부심할 것이 아니라 이런 실수가 미연에 방지되도록 안으로서의 차림
차림에도 유의하는 바가 있어야 할 것이다.

—《매일신보》, 1936. 10. 14~28.

권태

어서―차라리―어둬버리기나 했으면 좋겠는데―벽촌의 여름―날은 지루해서 죽겠을 만치 길다.

동東에 팔봉산. 곡선은 왜 저리도 굴곡이 없이 단조로운고?

서西를 보아도 벌판, 남南을 보아도 벌판, 북北을 보아도 벌판, 아―이 벌판은 어쩌자고 이렇게 한이 없이 늘어놓였을꼬? 어쩌자고 저렇게까지 똑같이 초록색 하나로 되어먹었노?

농가가 가운데 길 하나를 두고 좌우로 한 십여 호씩 있다. 휘청거린 소나무 기둥 흙을 주물러 바른 벽 강냉대로 둘러싼 울타리, 울타리를 덮은 호박 넝쿨 모두가 그게 그것같이 똑같다.

어제 보던 답싸리 나무, 오늘도 보는 김 서방 내일도 보아야 할 신둥이 검둥이.

해는 백 도 가까운 볕을 지붕에도 벌판에도 뽕나무에도 암탉 꼬랑지에도 내려쪼인다. 아침이나 저녁이나 뜨거워서 견딜 수가 없는 염서炎署 계속이다.

나는 아침을 먹었다. 할 일이 없다. 그러나 무작정 널따란 백지 같은 '오늘'이라는 것이 내 앞에 펼쳐져 있으면서 무슨 기사記事라도 좋으니 강요한다 나는 무엇이고 하지 않으면 안 된다. 무엇을 해야 할 것인가 연구해야 된다. 그럼— 나는 최 서방네 집 사랑 툇마루로 장기나 두러 갈까. 그것 좋다.

최 서방은 들에 나갔다. 최 서방네 사랑에는 아무도 없나 보다. 최 서방의 조카가 낮잠을 잔다. 아하—내가 아침을 먹은 것은 열 시나 지난 후니까 최 서방의 조카로서는 낮잠 잘 시간에 틀림없다.

나는 최 서방의 조카를 깨워가지고 장기를 한판 벌이기로 한다. 최 서방의 조카와 열 번 두면 열 번 내가 이긴다. 최 서방의 조카로서는 그러니까 나와 장기 둔다는 것 그것부터가 권태다. 밤낮 두어야 마찬가질 바에는 안 두는 것이 차라리 나았지—그러나 안 두면 또 무엇을 하나? 둘밖에 없다.

지는 것도 권태어늘 이기는 것이 어찌 권태 아닐 수 있으랴? 열 번 두어서 열 번 내리 이기는 장난이란 열 번 지는 이상으로 싱거운 장난이다. 나는 참 싱거워서 견딜 수 없다.

한 번쯤 져주리라 나는 한참 생각하는 체하다가 슬그머니 위험한 자리에 장기 조각을 갖다 놓는다. 최 서방의 조카는 하품을 쓱 한 번 하더니 이윽고 둔다는 것이 딴전이다. 의례히 질 것이니까 골치 아프게 수를 보고 어쩌고 하기도 싫다는 사상이리라. 아무렇게나 생각나는 대로 장기를 갖다 놓고는 그저 얼른얼른 끝을 내어 져줄 만큼 져주면 이 상승장군常勝將軍은 이 압도적 권태를 이기지 못해 제출물에 가버리겠지 하는 사상이리라. 가고 나면 또 낮잠이나 잘 작정이리라.

나는 부득이 또 이긴다 인제 그만 두잔다. 물론 그만두는 수밖에 없다.

일부러 져준다는 것조차가 어려운 일이다. 나는 왜 저 최 서방의 조카처럼 아주 영영 방심 상태가 되어버릴 수가 없나? 이 질식할 것 같은 권태 속에서도 사세些細한 승부에 구속을 받나? 아주 바보가 되는 수는 없나?

내게 남아있는 이 치사스러운 인간 이욕利慾이 다시없이 밉다. 나는 이 마지막 것을 면해야 한다. 권태를 인식하는 신경마저 버리고 완전히 허탈해버려야 한다.

나는 개울가로 간다. 가물로 하여 너무나 빈약한 물이 소리 없이 흐른다. 뼈처럼 앙상한 물줄기가 왜 소리를 치지 않나?

너무 덥다. 나뭇잎들이 다 축 늘어져서 허덕허덕하도록 덥다. 이렇게 더우니 시냇물인들 서늘한 소리를 내어보는 재간도 없으리라.

나는 그 물가에 앉는다. 앉아서 자─무슨 제목으로 나는 사색해야 할 것인가 생각해본다. 그러나 물론 아무런 제목도 떠오르지는 않는다.

그렇다면 아무것도 생각 말기로 하자. 그저 한량없이 넓은 초록색 벌판, 지평선, 아무리 변화하여보았댔자 결국 치열한 곡예의 성城을 벗어나지 않는 구름, 이런 것을 건너다본다.

지구 표면적의 백분의 구십구가 이 공포의 초록색이리라 그렇다면 지구야말로 너무나 단조 무미한 채색이다 도회에는 초록이 드물다. 나는 처음 여기 표착하였을 때 이 신선한 초록빛에 놀랐고 사랑하였다. 그러나 닷새가 못 되어서 이 일망무제一望無際의 초록색은 조물주의 몰취미와 신경의 조잡성으로 말미암은 무미건조한 지구의 여백인 것을 발견하고 다시금 놀라지 않을 수 없었다.

어쩔 작정으로 저렇게 퍼러냐. 하루 온종일 저 푸른빛은 아무 짓도 하지 않는다 오직 그 푸른 것에 백치와 같이 만족하면서 푸른 채로 있다.

이윽고 밤이 오면 또 거대한 구덩이처럼 빛을 잃어버리고 소리도 없이 잔다. 이 무슨 거대한 겸손이냐.

　이윽고 겨울이 오면 초록은 실색失色한다. 그러나 그것은 남루를 갈기 갈기 찢은 것과 다름없는 추악한 색채로 변하는 것이다. 한겨울을 두고 이 황막하고 추악한 벌판을 바라보고 지내면서 그래도 자살 민절悶絶하지 않는 농민들은 불쌍하기도 하려니와 거대한 천치다.

　그들의 일생이 또한 이 벌판처럼 단조한 권태 일색으로 도포된 것이리라. 일할 때는 초록 벌판처럼 더워서 숨이 칵칵 막히게 싱거울 것이오 일하지 않을 때에는 겨울 황원처럼 거칠고 구주레하게 싱거울 것이다.

　그들에게는 흥분이 없다. 벌판에 벼락이 떨어져도 그것은 뇌성 끝에 가끔 있는 다반사에 지나지 않는다. 촌동村童이 범에게 물려 가도 그것은 맹수가 사는 산촌에 가끔 있는 신벌神罰에 지나지 않는다. 실로 전신주 하나 없는 벌판에서 그들이 무엇을 대상으로 흥분할 수 있으랴.

　팔봉산 등을 넘어 철골 전선주가 늘어섰다. 그러나 그 동선銅線은 이 촌락에 엽서 한 장을 내려트리지 않고 섰는 채다. 동선으로는 전류도 통하리라. 그러나 그들의 방이 아직도 송명松明*으로 어둠침침한 이상 그 전선주들은 이 마을 동구에 늘어선 포플러 나무와 조금도 다를 것이 없다

　그들에게 희망은 있던가. 가을에 곡식이 익으리라? 그러나 그것은 희망은 아니다. 본능이다.

　내일. 내일도 오늘 하던 계속의 일을 해야지 이 끝없는 권태의 내일은 왜 이렇게 끝없이 있나? 그러나 그들은 그런 것을 생각할 줄 모른다. 간혹 그런 의혹이 전광과 같이 그들의 흉리를 스치는 일이 있어도 다음 순간 하루의 노역으로 말미암아 잠이 오고 만다. 그러니 농민은 참 불행하

---

* 관솔, 관솔불.

권태 | 317

도다. 그럼―이 흉악한 권태를 자각할 줄 아는 나는 얼마나 행복된가.

댑싸리 나무도 축 늘어졌다. 물은 흐르면서 가끔 웅뎅이를 만나면 썩는다.

내가 앉아 있는 데는 그런 웅뎅이 가이다. 내 앞에서 물은 조용히 썩는다.

낮닭 우는 소리가 무던히 한가롭다. 어제도 울던 낮닭이 오늘도 또 울었다는 외에 아무 흥미도 없다. 들어도 그만 안 들어도 그만이다 다만 우연히 귀에 들려왔으니까 그저 들었달 뿐이다.

닭은 그래도 새벽, 낮으로 울기나 한다. 그러나 이 동리의 개들은 짖지를 않는다. 그러면 모두 벙어리 개들인가 아니다 그 증거로는 이 동리 사람 아닌 내가 돌팔매질을 하면서 위협하면 십 리나 달아나면서 나를 돌아다보고 짖는다.

그렇건만 내가 아무 그런 위험한 짓을 하지 않고 지나가면 천 리나 먼 데서 온 외인外人 더구나 안면이 이처럼 창백하고 봉발이 작소鵲巢를 이룬 기이한 풍모를 쳐다보면서도 짖지 않는다. 참 이상하다 어째서 여기 개들은 나를 보고 짖지를 않을까? 세상에도 희귀한 겸손한 겁쟁이 개들도 다 많다.

이 겁쟁이 개들은 이런 나를 보고도 짖지를 않으니 그럼 대체 무엇을 보아야 짖으랴?

그들은 짖을 일이 없다. 여인旅人은 이곳에 오지 않는다. 오지 않을 뿐만 아니라 국도 연변에 있지 않는 이 촌락을 그들은 지나갈 일도 없다. 가끔 이웃 마을의 김 서방이 온다. 그러나 그는 여기 최 서방과 똑같은 복장과 피부색과 사투리를 가졌으니 개들이 짖어 무엇하랴. 이 빈촌에는 도적이 없다. 인정 있는 도적이면 여기 너무나 빈한한 새악시들을 위하여 흠친 바 비녀나 반지를 가만히 놓고 가지 않으면 안 되리라. 도적에게는 이 마을은 도적의 도심盜心을 도적맞기 쉬운 위험한 지대리라.

그러니 실로 개들이 무엇을 보고 짖으랴. 개들은 너무나 오랫동안—아마 그 출생 당시부터—짖는 버릇을 포기한 채 지내왔다. 몇 대를 두고 짖지 않은 이곳 견족犬族들은 드디어 짖는다는 본능을 상실하고 만 것이리라. 인제는 돌이나 나무토막으로 얻어맞아서 견딜 수 없을 만큼 아파야 겨우 짖는다. 그러나 그와 같은 본능은 인간에게도 있으니 특히 개의 특징으로 쳐둘 것은 못 되리라.

개들은 대개 제가 길리우고 있는 집 문간에 가 앉아서 밤이면 밤잠 낮이면 낮잠을 잔다. 왜? 그들은 수위守衛할 아무 대상도 없으니까라.

최 서방네 집 개가 이리로 온다. 그것을 김 서방네 집 개가 발견하고 일어나서 영접한다. 그러나 영접해본댔자 할 일이 없다. 양구良久에 그들은 헤어진다.

설레설레 길을 걸어본다. 밤낮 다니던 길, 그 길에는 아무것도 떨어진 것이 없다. 촌민들은 한여름 보리와 조를 먹는다. 반찬은 날된장 풋고추다. 그러니 그들의 부엌에조차 남는 것이 없겠거늘 하물며 길가에 무엇이 족히 떨어져 있을 수 있으랴.

길을 걸어본댔자 소득이 없다. 낮잠이나 자자. 그리하여 개들은 천부의 수위술을 망각하고 낮잠에 탐닉하여버리지 않을 수 없을 만큼 타락하고 말았다.

슬픈 일이다. 짖을 줄 모르는 벙어리 개, 지킬 줄 모르는 겔름뱅이 개, 이 바보 개들은 복伏날 개장국을 끓여 먹기 위하여 촌민의 희생이 된다. 그러나 불쌍한 개들은 음력도 모르니 복날은 몇 날이나 남았나 전연 알 길이 없다.

이 마을에는 신문도 오지 않는다. 소위 승합자동차라는 것도 통과하지 않으니 도회의 소식을 무슨 방법으로 알랴?

오관五官이 모조리 박탈된 것이나 다름없다. 답답한 하늘 답답한 지평선 답답한 풍경 답답한 풍속 가운데서 나는 이리 디굴 저리 디굴 굴고 싶을 만치 답답해하고 지내야만 된다.

아무것도 생각할 수 없는 상태 이상으로 괴로운 상태가 또 있을까. 인간은 병석에서도 생각한다. 아니 병석에서는 더욱 많이 생각하는 법이다. 끝없는 권태가 사람을 엄습하였을 때 그의 동공은 내부를 향하여 열리리라. 그리하여 망쇄忙殺할 때보다도 몇 배나 더 자신의 내면을 성찰할 수 있을 것이다.

현대인의 특질이오 질환인 자의식 과잉은 이런 권태치 않을 수 없는 권태 계급의 철저한 권태로 말미암음이다. 육체적 한산 정신적 권태 이것을 면할 수 없는 계급이 자의식 과잉의 절정을 표시한다.

그러나 지금 이 개울가에 앉은 나에게는 자의식 과잉조차가 폐쇄되었다.

이렇게 한산한데 이렇게 극도의 권태가 있는데 동공은 내부를 향하여 열리기를 주저한다.

아무것도 생각하기 싫다. 어제까지도 죽는 것을 생각하는 것 하나만은 즐거웠다. 그러나 오늘은 그것조차가 귀찮다. 그러면 아무것도 생각하지 말고 눈뜬 채 졸기로 하자.

더워 죽겠는데 목욕이나 할까. 그러나 웅덩이 물은 썩었다. 썩지 않은 물을 찾아가는 것은 귀찮은 일이고—

썩지 않은 물이 여기 있다기로서니 나는 목욕하지 않았으리라. 옷을 벗기가 귀찮다. 아니—그보다도 그 창백하고 앙상한 수구瘦軀*를 백일 아래 널어 말리는 파렴치를 나는 견디기 어렵다.

땀이 옷에 배이면? 배인 채 두자.

그렇다 하더라도 이 더위는 무슨 더위냐. 나는 내가 있는 집으로 돌아와서 세수를 하기로 한다. 나는 일어나서 오던 길을 돌치는 도중에서 교미하는 개 한 쌍을 만났다. 그러나 인공의 기교가 없는 축류畜類의 교미는 풍경이 권태 그것인 것같이 권태 그것이다. 동리 동해童孩들에게도, 젊은 촌부들에게도 흥미의 대상이 못 되는 이 개들의 교미는 또한 내게 있어서도 흥미의 대상이 되지 않는다.

함석 대야는 그 본연의 빛을 일찍이 잃어버리고 그들의 피부색과 같이 붉고 검다. 아마 이 집 주인아주머니가 시집올 때 가지고 온 것이리라.

세수를 해본다. 물조차가 미지근하다. 물조차가 이 무지한 더위에는 견딜 수 없었나 보다. 그러나 세수의 관례대로 세수를 마친다.

그리고 호박 넝쿨이 축 늘어진 울타리 밑 호박 넝쿨의 뿌리 돋친 데를 찾아서 그 물을 준다. 너라도 좀 생기를 내라고.

땀내 나는 수건으로 얼굴을 훔치고 툇마루에 걸터앉았자니까 내가 세수할 때 내 곁에 늘어섰던 주인집 아이들 넷이 제각기 나를 본받아 그 대야를 사용하여 세수를 한다

저 애들도 더위서 저리는구나. 하였더니 그렇지 않다. 그 애들도 나처럼 일거수일투족을 어찌하였으면 좋을까 당황해하고 있는 권태들이었다. 다만 내가 세수하는 것을 보고 그럼 우리도 저 사람처럼 세수나 해볼까 하고 따라서 세수를 해보았다는 데 지나지 않는다.

원숭이가 사람의 흉내를 내이는 것이 내 눈에는 참 밉다. 어쩌자고 여

---

* 수척한 몸.

기 아이들이 내 흉내를 내이는 것일까? 귀여운 촌동들을 원숭이를 만들어서는 안 된다.

나는 다시 개울가로 가본다. 썩은 물 늘어진 댑싸리 외에 아무것도 없다. 그러나 나는 거기 앉아서 이번에는 그 썩는 중의 웅뎅이 속을 들여다본다.

순간 나는 진기한 현상을 목도한다. 무수한 오점이 방향을 정돈해가면서 움직이고 있는 것이다. 이것은 생물임에 틀림없다. 송사리 떼임에 틀림없다. 이 부패한 소택沼澤 속에 이런 앙증스러운 어족이 서식하리라고는 나는 참 꿈에도 생각하지 못했다.

요리 몰리고 조리 몰리고 역시 먹을 것을 찾음이리라 무엇을 먹고 사누 벌러지를 먹겠지. 그러나 송사리보다도 더 작은 벌러지라는 것이 있을까?

잠시를 가만있지 않는다. 저물도록 움직인다. 대략 같은 동기와 같은 모양으로들 그러는 것 같다. 동기! 역시 송사리의 세계에도 시급한 목적이 있는 모양이다.

차츰차츰 하류를 향하여 군중적으로 이동한다. 저렇게 하류로 하류로만 가다가 또 어쩔 작정인가. 아니 그들은 중로에서 또 상류를 향하여 거슬러 올라올는지도 모른다. 그러나 당장 하류로 향하여 가고 있는 것이 확실하다. 하류로 하류로!

오 분 후에는 그들의 모양이 보이지 않을 만치 그들은 멀리 하류로 내려갔다. 그리고 웅뎅이는 아까와 같이 도로 썩은 물의 웅뎅이로 조용해지고 말았다.

나는 그 자리에서 일어나서 풀밭으로 가보기로 한다. 풀밭에는 암소 한 마리 있다. 고 웅뎅이 속에 고런 맹랑한 현상이 잠복해 있을 수 있다니— 하고 나는 적잖이 흥분했다. 그러나 그 현상도 소낙비처럼 지나가고 말았으니 잊어버리고 그만두는 수밖에.

소의 뿔은 벌써 소의 무기는 아니다. 소의 뿔은 오직 안경의 재료일 따름이다. 소는 사람에게 얻어맞기로 위주니까 소에게는 무기가 필요 없다. 소의 뿔은 오직 동물학자를 위한 표식이다. 야우野牛 시대에는 이것으로 적을 돌격한 일도 있습니다—하는 마치 폐병廢兵의 가슴에 달린 훈장처럼 그 추억성이 애상적이다.

암소의 뿔은 수소의 그것보다도 더한층 겸허하다. 이 애상적인 뿔이 나를 받을 리 없으니 나는 마음 놓고 그 곁 풀밭에가 누워도 좋다. 나는 누워서 위선 소를 본다.

소는 잠시 반추反芻를 그치고 나를 응시한다.

'이 사람의 얼굴이 왜 이리 창백하냐 아마 병인인가 보다 내 생명에 위해를 가하려는 거나 아닌지 나는 조심해야 되지'

이렇게 소는 속으로 나를 심리하였으리라. 그러나 오 분 후에는 소는 다시 반추를 계속하였다. 소보다도 내가 마음을 놓는다.

소는 식욕의 즐거움조차를 냉대할 수 있는 지상 최대의 수태자다. 얼마나 권태에 지질렸기에 이미 위에 들어간 식물食物을 다시 게워 그 시금털털한 반소화물의 미각을 역설적으로 향락하는 체해 보임이리오?

소의 체구가 크면 클수록 그의 권태도 크고 슬프다. 나는 소 앞에 누워 내 세균같이 사소한 고독을 겸손하면서 나도 사색의 반추는 가능할는지 불가능할는지 몰래 좀 생각해본다.

길 복판에서 육칠 인의 아이들이 놀고 있다. 적발동부赤髮銅斧의 반라군牛裸群이다. 그들의 혼탁한 안색 흘린 콧물 두른 베 두렁이 벗은 웃통만을 가지고는 그들의 성별조차 거의 분간할 수 없다.

그러나 그들은 여아가 아니면 남아요, 남아가 아니면 여아인 결국에는 귀여운 오륙 세 내지 칠팔 세의 '아이들'임에는 틀림이 없다. 이 아이들이 여기 길 한복판을 선택하여 유희하고 있다.

돌멩이를 주워 온다. 여기는 사금파리도 벽돌 조각도 없다. 이 빠진 그릇을 여기 사람들은 버리지 않는다.

그리고는 풀을 뜯어 온다. 풀―이처럼 평범한 것이 또 있을까. 그들에게 있어서는 초록빛의 물건이란 어떤 것이고 간에 다시없이 심심한 것이다. 그러나 하는 수 없다. 곡식을 뜯는 것도 금제禁制니까 풀밖에 없다.

돌멩이로 풀을 짓찧는다 푸르스레한 물이 돌에가 염색된다. 그러면 그 돌과 그 풀을 팽개치고 또 다른 풀과 다른 돌멩이를 가져다가 똑같은 짓을 반복한다. 한 십 분 동안이나 아무 말이 없이 잠자코 이렇게 놀아본다.

십 분 만이면 권태가 온다. 풀도 싱겁고 돌도 싱겁다. 그러면 그 외에 무엇이 있나? 없다.

그들은 일제히 일어선다. 질서도 없고 충동의 재료도 없다. 다만 그저 앉았기 싫으니까 이번에는 일어서보았을 뿐이다.

일어서서 두 팔을 높이 하늘을 향하여 쳐든다. 그리고 비명에 가까운 소리를 질러본다. 그리더니 그냥 그 자리에서들 경중경중 뛴다. 그리면서 그 비명을 겸한다.

나는 이 광경을 보고 그만 눈물이 났다. 여북하면 저렇게 놀까. 이들은 놀 줄조차 모른다. 어버이들은 너무 가난해서 이들 귀여운 애기들에게 장난감을 사다 줄 수가 없었던 것이다.

이 하늘을 향하여 두 팔을 뻗치고 그리고 소리를 지르면서 뛰는 그들의 유희가 내 눈에는 암만해도 유희같이 생각되지 않는다. 하늘은 왜 저렇게 어제도 오늘도 내일도 푸르냐, 산은, 벌판은 왜 저렇게 어제도 오늘도 내

일도 푸르냐는 조물주에게 대한 저주의 비명이 아니고 무엇이랴.

아이들은 짖을 줄조차 모르는 개들과 놀 수는 없다. 그렇다고 머이* 찾느라고 눈이 벌건 닭들과 놀 수도 없다. 아버지도 어머니도 너무나 바쁘다. 언니 오빠조차 바쁘다. 역시 아이들은 아이들끼리 노는 수밖에 없다. 그런데 대체 무엇을 가지고 어떻게 놀아야 하나 그들에게는 장난감 하나가 없는 그들에게는 영영 엄두가 나서지를 않는 것이다. 그들은 이렇듯 불행하다.

그 짓도 오 분이다. 그 이상 더 길게 이 짓을 하자면 그들은 피로할 것이다. 순진한 그들이 무슨 까닭에 피로해야 되나? 그들은 위선 싱거워서 그 짓을 그만둔다.

그들은 도로 나란히 앉는다. 앉아서 소리가 없다. 무엇을 하나. 무슨 종류의 유희인지 유희는 유희인 모양인데―이 권태의 왜소 인간들은 또 무슨 기상천외의 유희를 발명했나.

오 분 후에 그들은 비키면서 하나씩 둘씩 일어선다. 제각각 대변을 한무데미씩 누어놓았다. 아―이것도 역시 그들의 유희였다. 속수무책의 그들 최후의 창작 유희였다. 그러나 그중 한 아이가 영 일어나지를 않는다. 그는 대변이 나오지 않는다. 그럼 그는 이번 유희의 못난 낙오자임에 틀림없다. 분명히 다른 아이들 눈에 조소의 빛이 보인다. 아―조물주여 이들을 위하여 풍경과 완구를 주소서.

날이 어두웠다. 해저海底와 같은 밤이 오는 것이다. 나는 자못 이상하다.

가만히 생각해보면 나는 배가 고픈 모양이다. 이것이 정말이라면 그럼

---

* '모이'의 오식인 듯함.

나는 어째서 배가 고픈가. 무엇을 했다고 배가 고픈가.

자기 부패 작용이나 하고 있는 웅덩이 속을 실로 송사리 떼가 쏘다니고 있더라. 그럼 내 장부 속으로도 나로서 자각할 수 없는 송사리 떼가 준동하고 있나 보다. 아무렇든 밥을 아니 먹을 수는 없다.

밥상에는 마늘장아찌와 날된장과 풋고추 조림이 관성의 법칙처럼 놓여 있다. 그러나 먹을 때마다 이 음식이 내 입에 내 혀에 다르다. 그러나 나는 그 까닭을 설명할 수 없다.

마당에서 밥을 먹으면 머리 위에서 그 무수한 별들이 야단이다. 저것은 또 어쩌라는 것인가. 내게는 별이 천문학의 대상될 수 없다. 그렇다고 시상詩想의 대상도 아니다. 그것은 다만 향기도 촉감도 없는 절대 권태의 도달할 수 없는 영원한 피안이다. 별조차가 이렇게 싱겁다.

저녁을 마치고 밖으로 나와보면 집집에서는 모깃불의 연기가 한창이다.

그들은 마당에서 명석을 펴고 잔다. 별을 쳐다보면서 잔다. 그러나 그들은 별을 보지 않는다. 그 증거로는 그들은 명석에 눕자마자 눈을 감는다. 그리고는 눈을 감자마자 쿨쿨 잠이 든다. 별은 그들과 관계없다.

나는 소화를 촉진시키느라고 길을 왔다 갔다 한다. 돌칠 적마다 명석 위에 누운 사람의 수가 늘어간다.

이것이 시체와 무엇이 다를까? 먹고 잘 줄 아는 시체—나는 이런 실례로운 생각을 정지해야만 되겠다. 그리고 나도 가서 자야겠다.

방에 돌아와 나는 나를 살펴본다. 모든 것에서 절연된 지금의 내 생활—자살의 단서조차를 찾을 길이 없는 지금의 내 생활은 과연 권태의 극권태 그것이다.

그렇건만 내일이라는 것이 있다. 다시는 날이 새이지 않는 것 같기도 한 밤 저쪽에 또 내일이라는 놈이 한 개 버티고 서 있다 마치 흉맹凶猛한 형리처럼— 나는 그 형리를 피할 수 없다 오늘이 되어버린 내일 속에서 또 나는 질식할 만치 심심해레야 되고 기막힐 만치 답답해해야 된다.

그럼 오늘 하루를 나는 어떻게 지냈던가 이런 것은 생각할 필요가 없으리라 그냥 자자 자다가 불행히—아니 다행히 또 깨거든 최 서방의 조카와 장기나 또 한판 두지 웅덩이에 가서 송사리를 볼 수도 있고—몇 가지 안 남은 기억을 소처럼—반추하면서 끝없는 나태를 즐기는 방법도 있지 않으냐.

불나비가 달려들어 불을 끈다 불나비는 죽었든지 화상을 입었으리라 그러나 불나비라는 놈은 사는 방법을 아는 놈이다 불을 보면 뛰어들 줄을 알고—평상에 불을 초조히 찾아다닐 줄도 아는 정열의 생물이니 말이다.

그러나 여기 어디 불을 찾으려는 정열이 있으며 뛰어들 불이 있느냐. 없다. 나에게는 아무것도 없고 아무것도 없는 내 눈에는 아무것도 보이지 않는다.

암흑은 암흑인 이상 이 좁은 방 것이나 우주에 꽉 찬 것이나 분량상 차이가 없으리라. 나는 이 대소 없는 암흑 가운데 누워서 숨 쉴 것도 어루만질 것도 또 욕심나는 것도 아무것도 없다. 다만 어디까지 가야 끝이 날지 모르는 내일 그것이 또 창밖에 등대하고 있는 것을 느끼면서 오들오들 떨고 있을 뿐이다

(12월 19일 미명, 동경서)

—《조선일보》, 1937. 5. 4~11.

인상기

이상의 편모

이상의 모습과 예술

이상李箱의 편모片貌

박태원*

내가 이상을 안 것은 그가 아직 다료茶寮 '제비'를 경영하고 있었을 때다. 나는 누구한테선가 그가 고공高工 건축과建築科 출신이란 말을 들었다. 나는 상식적인 의자나 탁자에 비하여 그 높이가 절반밖에는 안 되는 기형적인 의자에 앉아 점 안을 둘러보며 그를 괴팍한 사나이다 하였다.

'제비' 헤멀슥한 벽에는 10호 인물형의 초상화가 걸려 있었다. 나는 누구에겐가 그것이 그 집 주인의 자화상임을 배우고 다시 한 번 치어다보았다. 황색 계통의 색채는 지나치게 남용되어 전 화면은 오직 누런 것이 몹시 음울하였다. 나는 그를 '얼치기 화가로군' 하였다.

다음에 또 누구한테선가 그가 시인이란 말을 들었다.

"그러나 무슨 소린지 한 마디 알 수 없지……"

나는 그 무슨 소린지 알 수 없는 시가 보고 싶었다. 이상은 방으로 들어가 건축 잡지를 두어 권 들고 나와 몇 수의 시를 내게 보여주었다. 나는 쉬르리얼리즘에 흥미를 갖고 있지는 않았으나 그의 「운동運動」일 편은 그

* 소설가(1909~1986). 작품에 「사흘 굶은 봄달」, 「소설가 구보 씨의 일일」, 『천변 풍경』 등이 있음.

자리에서 구미가 당겼다.

지금 그 첫 두 머리 한 토막이 기억에 남아 있을 뿐이나 그것은

일층 우에 이층 우에 삼층 우에 옥상 정원에를 올라가서 남쪽을 보아도 아모것도 없고 북쪽을 보아도 아모것도 없길래 다시 옥상 정원 아래 삼층 아래 이층 아래 일층으로 나려와……

로 시작되는 시였다.

나는 그와 몇 번을 거듭 만나는 사이 차차 그의 재주와 교양에 경의를 표하게 되고 그의 독특한 화술과 표정과 제스처는 내게 적지 않은 기쁨을 주었다.

어느 날 나는 이상과 당시 《조선중앙일보》에 있던 상허尚虛*와 더불어 자리를 함께하여 그의 시를 《중앙일보》 지상에 발표할 것을 의논하였다.

일반 신문 독자가 그 난해한 시를 능히 용납할 것인지 그것은 처음부터 우려할 문제였으나 우리는 이미 그 전에 그러한 예술을 가졌어야만 옳았을 것이다.

그의 「오감도」는 나의 「소설가 구보 씨의 일일」과 거의 동시에 《중앙일보》 지상에 발표되었다. 나의 소설의 삽화도 '하융河戎'이란 이름 아래 이상의 붓으로 그리어졌다. 그러나 예기豫期하였던 바와 같이 「오감도」의 평판은 좋지 못하였다. 나의 소설도 일반 대중에게는 난해하다는 비난을 받았던 것이나 그의 시에 대한 세평은 결코 그러한 정도의 것이 아니다. 신문사에는 매일같이 투서가 들어왔다. 그들은 「오감도」를 정신이상자의

___

* 이태준(1904~?). 소설가. 8·15 광복 이후 월북하였으며 작품에 「그림자」, 「까마귀」, 「복덕방」 등이 있음.

잠꼬대라 하고 그것을 게재하는 신문사를 욕하였다. 그러나 일반 독자뿐이 아니다. 비난은 오히려 사내社內에서도 커서 그것을 물리치고 감연敢然히 나가려는 상허의 태도가 내게는 퍽이나 민망스러웠다. 원래 약 1개월을 두고 연재할 예정이었으나 그러한 까닭으로 하여 이상은 나와 상의한 뒤 오직 십수 편을 발표하였을 뿐으로 단념하여버리지 않으면 안 되었다.

그러나 당시에 이상이 느낀 울분은 제법 큰 것이어서 미발표대로 남아 있는 「오감도 작자의 말」이라는 것은 다음과 같다.

왜 미쳤다고들 그리는지 대체 우리는 남보다 수십 년씩 떨어져도 마음 놓고 지낼 작정이냐. 모르는 것은 내 재주도 모자랐겠지만 게을러빠지게 놀고만 지내던 일도 좀 뉘우쳐보아야 아니 하느냐. 열아문 개쯤 써보고서 시 만들 줄 안다고 잔뜩 믿고 굴러다니는 패들과는 물건이 다르다. 2천 점에서 30점을 고르는 데 땀을 흘렸다. 31년 32년 일에서 용대가리를 떡 끄내어놓고 하도들 야단에 배암 꼬랑지커녕 쥐 꼬랑지도 못 달고 그만두니 서운하다. 깜박 신문이라는 답답한 조건을 잊어버린 것도 실수지만 이태준, 박태원 두 형이 끔찍이도 편을 들어준 데는 절한다. 철鐵―이것은 내 새길의 암시요 앞으로 제 아모에게도 굴하지 않겠지만 호령하여도 에코가 없는 무인지경은 딱하다. 다시는 이런―물론 다시는 무슨 다른 방도가 있을 것이고 위선 그만둔다. 한동안 조용하게 공부나 하고 딴은 정신병이나 고치겠다.

그러나 오감도를 발표하였던 것은 그로서 아주 실패는 아니었다. 그는 일반 대중의 비난을 받은 반면에 그것으로 하여 물론 소수이기는 하여도 자기 예술의 열렬한 팬을 이때에 이미 확실히 획득하였다 할 수 있다.

그 뒤로 그는 또 수 편의 시와 산문을 발표하였으나 평판은 역시 좋지 못하였던 것으로 문단적으로도 그가 일개 작가로 대우를 받게 된 것은 작년 9월호 《조광》에 실렸던 「날개」에서부터가 아닌가 한다. 최재서崔載瑞* 씨가 그에 대하여 이미 호의 있는 세평細評을 시험하였으므로 이곳에서 다시 말하지 않으나 「날개」 일 편은 이렇든 저렇든 우리 문단에 있어 문제의 작품으로 모든 점에 있어 미완성한 것임에도 불구하고 우리가 우리의 문학을 논의할 때 반드시 들어 말하지 않으면 안 될 '소설'이다.

그러나 그는 그 독특한 경지를 개척하여놓았을 뿐으로 요절하였다. 영원한 미완성품인 채 그는 지하로 돌아갔다. 이상이 동경으로 떠나기 전에 정인택鄭人澤**에게 하였다는 말을 들어보면 그는 이제는 다시 「오감도」나 「날개」를 쓰는 일 없이 오로지 정통적인 시 정통적인 소설을 제작하리라 하였다지만 만약 그것이 그의 참말 마음의 고백이라면 「오감도」나 「날개」 부류에 속할 작품만을 남겨놓은 채 돌아간 그는 지하에 있어서도 눈을 감지 못할 게다.

그러나 그것은 어떻든 우리가 이상의 작품을 이해하려면 먼저 그의 위인과 생활을 알지 않으면 안 된다.

'괴팍한 사람이다'라는 것은 그에 대한 나의 첫인상이거니와 물론 그렇게 단순한 것은 아니었어도 역시 '괴팍'하다는 형용만은 결코 그르지 않은 듯싶다.

일즉 《여성》지에서 나에게 「문단기형이상론文壇畸型李箱論」을 청탁하여 왔을 때 그 문자가 물론 아모러한 그에게도 그다지 유쾌한 것은 아닌 듯싶었으나 세상이 자기를 문단의 기형으로 대우하는 것에 스스로 크게 불

---

* 문학평론가·영문학자(1908~1964). 저서에 『문학 원론』, 『셰익스피어 예술론』 등이 있고 『아메리카의 비극』, 『포 단편집』 등을 우리말로 번역함.
** 소설가(1909~1953). 작품으로 「여수」, 「시계」, 「촉루」 등이 있음.

만은 없었던 듯싶다. 그러나 그 이상李箱론은 발표되지 않은 채 편집자가 갈리고 그러는 사이 원고조차 분실되어 나는 그때 어떠한 말을 하였던 것인지 적력的歷하게 기억하지 못하고 있으나 하여튼 다점茶店 플라타느에 앉아서 당자 이상을 앞에 앉혀놓고 그것을 초草하며 돈을 벌려면 마땅히 부지런하여야만 하는 것을 이상은 너무나 게을러서,

"그래 언제든 가난하다"

하는 구절에 이르러 둘이 소리를 높여 서로 웃던 것만은 지금도 눈앞에 또렷하다.

사실 이상의 빈궁은 너무나 유명하였다. 그리고 그것은 대부분은 그의 도저히 구할 길 없는 게으름에 기인하는 것이었다.

'제비'가 차차 경영 곤란에 빠졌을 때 어느 날 그의 모교 상공商工에서 전화로 그를 부른 일이 있다. 당시 신축 중에 있었던 신촌 이화여전 공사장에 현장 감독으로 가볼 의향의 있고 없음을 물은 것이다.

"하로 1원 50전이랍디다. 어디 담뱃값이나 벌러 나가볼까 보오"

그리고 이튿날 벤또를 싸가지고 신촌으로 갔던 것이나 그다음 날은 다시 '제비' 뒷방에서 언제나 한가지로 늦잠을 잤다.

"그 참 못하겠습디다. 벌이두 시원치 않지만 나 같은 약질은 어디 그런 일 견디어나겠습듸까"

그것은 사실이다. 그의 가난은 이렇게 그의 허약한 체질과 수년래의 절제 없는 생활이 가져온 불건강에도 말미암아 오는 것이었으나 집주인이 점방을 내어달라고 지방 법원에 소송을 제기하였을 때에 출두하라는 오전 9시에 대어 일어나는 재주가 없어 가장 불리한 결석 판결을 받고 그래 좀 더 가난하지 않으면 안 되었던 것은 역시 너무나 철저한 그의 게으름을 들어 논하지 않으면 안 될 일이다.

현재 '보스턴'의 전신 '69' '식스나인—'을 오직 시작하였을 뿐으로 남에게 넘겨버리고 '제비'에 또한 실패한 이상은 그래도 단념하지 않고 명치정明治町에다 '무기むぎ'*라는 다방을 또 만들어놓았다. 그곳의 실내 장식에는 '제비'의 것에보다도 좀 더 이상의 '괴팍한 취미' 내지 '악취미'가 나타나 있었다. 결코 다른 다점茶店에는 통용되지 않은 괴이한 형상의 다탁이며 사면 벽에 그림이나 사진을 걸어놓는 대신 르나르의 『전원수첩』에서 몇 편을 골라 붙여놓는 등 일반 선량한 끽다점 순방인巡訪人의 기호에는 결코 맞지 않는 것이었다.

'악취미'로 말하면 '69'와 같은 온건치 않은 문구를 공연하게 다점의 옥호로 사용한 이상以上의 것은 없을 것으로 그 주석을 나는 이 자리에서 하지 않거니와 모르는 사람이 고개를 기웃거리며

"69? 六九? 육구라…… 하하 육구리** 놀다 가란 말인 게로군"

이라고라도 하면 그는 경우에 따라 냉소도 하고 홍소도 하였다. 그렇기로 말하면 그에게는 변태적인 곳이 적지 아니 있었다. 그것은 그의 취미에 있어서나 성행性行에 있어서만이 아니라 그의 인생관, 도덕관, 결혼관, 그러한 것에 있어서도 우리는 보통 상식인과의 사이에 적지 않은 현격을 깨닫지 않으면 안 된다.

그러나 그의 사상을 명백하게 안다고 나설 사람은 그의 많은 지우知友 중에도 혹은 누구 하나라 없을 것이다. 그의 참마음을 그대로 그의 표정이나 언동 위에서 우리는 포착하기가 힘들다.

이상은 사람과 때와 경우를 따라 마치 카멜레온과 같이 변한다. 그것은

---

* '보리'를 뜻함.
** ゆつくり. 천천히, 느긋하게.

천성에보다도 환경에 의한 것이다. 그의 교우권이라 할 것은 제법 넓은 것이어서 물론 그 친소와 심천深淺의 정도는 다르지만 한번 거리에 나설 때 그는 거의 온갖 계급의 사람과 알은체하지 않으면 안 된다. 그러한 모든 사람에게 자기의 감정과 생각을 그대로 내어 보여주는 것은 무릇 어리석은 일이다. 그래 그는 '우울'이라든 그러한 몽롱한 것 말고 희로애락과 같은 일체의 감정을 솔직하게 표현하지 않는 것에 어느 틈엔가 익숙하여졌다. 나는 이 앞에서 변태적이라는 문자를 사용하였거니와 그것은 이상에게 있어서는 그 문자가 흔히 갖는 그러한 단순한 것이 아니고 좀 더 그 성질이 불순한—?—것이었다. 가령 그는 온건한 상식인 앞에서 기탄없이 그 독특한 화술로써 일반 선량한 시민으로서는 규지窺知할 수 없는 세계의 비밀을 폭로한다. 그러나 그는 그것을 이야기하고 싶은 충동을 느껴서가 아니라 실로 그것을 처음 안 신사들이 다음에 반드시 얼굴을 붉히고 또 아연하여할 그 꼴이 보고 싶어서인 듯싶다.

사실 이상은 한때 상당히 발전하였던 외입쟁이로 그러한 방면에 있어서도 놀라운 지식을 가져 그것은 그의 유고 중에도 한두 편 산견散見되나 기생이라든 창부라든 그러한 인물을 취급하여 작품을 쓴다면 가히 외국 문단에 있어서도 대적할 사람이 없을 것이다.

다만 그러한 점으로만도 조선 문단이 이상을 잃은 것은 가히 애석하여 마땅한 일이나 그는 그렇게 계집을 사랑하고 술을 사랑하고 벗을 사랑하고 또 문학을 사랑하였으면서도 그것의 절반도 제 몸을 사랑하지는 않았다.

이상이 아직 서울에 있을 때 하루저녁 지용이 그와 한강으로 같이 산책을 나가 문득 그의 건강을 염려한 나머지에

"여보 상허를 본뜨시요. 상허의 반만큼만 몸을 애끼시요"

간곡히 충고하였다는 말을 나중에 들었거니와 그와 가까운 벗은 모두

한두 번쯤은 그에게 그러한 종류의 말을 할 것을 잊지는 않았었다. 이상보다 20일 앞서 돌아간 김유정도 자기 자신 병고에 허덕이며 몇 번인가 이상의 불규칙하고 또 아울러 비위생적인 생활에 대하여 간절하게 일러 준 바가 있었다. 아직 동경에서 그의 미망인이 돌아오지 않았고 또 자세한 통신도 별로 없어 그가 돌아가던 당시의 주위와 사정은 물론, 그의 병명조차 적확하게는 모르고 있으나 역시 폐가 나빴던 모양으로 그 점은 김유정과 같으나 유정이 죽기 바로 수일 전까지도 기어코 병을 정복하고 다시 일어나려 끊임없는 노력을 애끼지 않던 것에 비겨 이상은 전에도 혹간 절망과 같은 의사 표시가 있었고 동경에 간 뒤에도 사망하기 수개월 전에 이미 「종생기」와 같은 작품을 써 보낸 것을 보면 이상의 이번 죽음은 이름을 병사病死에 빌렸을 뿐이지 그 본질에 있어서는 역시 일종의 자살이 아니었던가—그러한 의혹이 농후하여진다.

그러나 이제 있어 그러한 것을 새삼스러이 문제 삼아 무엇하랴. 이상은 이제 영구히 돌아오지 않고 이상이 없는 서울은 너무나 쓸쓸하다.

—《조광》, 1937. 6.

이상의 모습과 예술

김기림*

1

　무슨 싸늘한 물고기와도 같은 손길이었다. 대리석처럼 흰 피부, 유난히
긴 눈사부랭이**와 짙은 눈썹, 헙수룩한 머리 할 것 없이, 구보丘甫***가 꼭
만나게 하고 싶다던 사내는 바로 젊었을 적 D. H. 로렌스의 사진 그대로
인 사람이었다. 나는 곧 그의 비단처럼 섬세한 육체는, 결국 엄청나게 까
다로운 그의 정신을 지탱하고 섬기기에 그처럼 소모된 것이리라 생각했
다. 그가 경영한다느니보다는 소일하는 찻집 '제비' 회칠한 사면 벽에는
쥘 르나르****의 에피그램이 몇 개 틀에 들어 걸려 있었다. 그러니까 이상
李箱과 구보와 나와의 첫 화제는 자연 불란서 문학, 그중에도 시詩일밖에
없었고, 나중에는 르네 클레르*****의 영화, 달리******의 그림에까지 미쳤

<hr>

* 시인·평론가(1908~?). 6·25 전쟁 때 납북. 시집 『바다와 나비』, 『기상도』, 시론집 『시의 이해』, 『시론詩
論』 등이 있음.
** 눈언저리.
*** 소설가 박태원.
**** Jules Renard(1864~1910). 프랑스의 소설가·극작가. 작품에 『홍당무』, 『박물지』 등이 있음.
***** René Clair(1898~1981). 프랑스의 영화감독. 작품에 〈이탈리아의 밀짚모자〉, 〈파리의 지붕 밑〉 등이
있음.
****** Salvador Domingo Felipe(1904~1989). 스페인의 화가.

던가 보다. 이상은 르네 클레르를 퍽 좋아하는 눈치다. 달리에게서는 어떤 정신적 혈연을 느끼는 듯도 싶었다. 1934년 여름 어느 오후, 내가 일하는 신문, 그날 편집이 끝난 바로 뒤의 일이었다. 피차가 나이에 대하여 무관심한 적이기는 했어도, 이상은 특히 나이하고는 관련이 없는 사람이었다. 스물넷인가 다섯이라는 젊은 토목 기사는 제도와 관청 지위를 바로 팽개치고 그 대신 음악과 시와 그림을 산, 말하자면 서투른 흥정을 해버린 지 얼마 안 되는 적이언만, 그 노숙한 풍모란 인생의 산전수전을 다 겪은 늙은이로도 당할 수 없었다.

게다가 그는 늘 인생의 테두리에서 한 걸음만 비켜서 있었던 것이다. 또 다른 의미에서는 그의 말대로 현실에 다소 지각하였거나 그렇지 않으면 현실이 그보다 늘 몇 시간 뒤떨어졌던 것이다. 그러므로 그는 나면서부터도 한 인생의 망명자였던 것이다. 그러니까 그의 본명은 김해경金海卿이면서도 공사장에서 어느 인부꾼이 그릇 "이상―" 하고 부른 것을 존중하여 '이상'이라고 해버려 두어도 상관없었다.

차마 타협할 수가 없는 더러운 세계와 현실의 등 뒤에 돌아서서 킥킥 웃어주었으며 때로는 놀려주면서 달아나는 것이었다. 그러므로 그는 그의 시 속에 아무런 결론도 준비할 필요를 느끼지 않았던 것이다. 자연 그것에라도 필적할 '무관심'의 극치를 빼앗아낸 예술이었다.

그의 「오감도」가 신문《중앙일보》학예면에 며칠 계속해 실릴 적에 사람들은 가끔 나에게 향해서 마치 공범자나 연루자나 붙잡은 듯이 자못 괘씸한 말씨로 "그게 대체 어쩌자는 시냐"고 힐난하곤 했다. 대체 '조감도鳥瞰圖'를 일부러 '오감도烏瞰圖'라고 오자를 낸다는 것부터가 알 수 없는 노릇이 아니냐고, 신문사 교정부와 공장에서부터 말썽이었다. 그 신문 학예부의 그쪽의 책임자 상허尙虛가 '사직원서'를 품고 우겨대는 열성이 아니었던들, 그 시는 그대로 계속되어 실리지도 못하고 말았을 것이다. 작자 이상은 그 경우에 도리어 자기보다도 교정부 사람들의 불평을 그럴 법한 일이라고 치켜댔다. 그와 전후해서 지용芝溶*이 주간하는《가톨릭 청년》이라는 잡지에 이상의 시가 가끔 나타나곤 했다. 알고 보면 몹쓸 모독자冒瀆者의 시였으면서 이러한 신성한(?) 잡지에 은신하게 된 것은 지용의 시인다운 너그러운 '망토' 덕택이었다.

이상은 드높은 감정 때문에 극도로 뒤볶는 우리 시를 그 감정의 분별없는 투자에서 건져내려 했던 것이었다. 아담한 온대溫帶가 야만한 제국주의의 유린을 받듯, 시가 소박하고 유치하고 지저분한 감정의 식민지가 되는 것을 그는 못마땅히 여겼던 것이다. 인생의 어떠한 격렬한 장면에서도 그의 시와 생리는, 늘 평균 체온보다 몇 분 도리어 낮은 체온을 유지하고 싶었던 것이다.

그는 따라서 이러한 감정의 신동으로 해서 이루어지는 '리듬'의 변화에 전혀 의지하는, 재래의 작시법作詩法은 돌보지도 않고, 의미의 질량의 어떤 조화 있는 배징**에 의하여 구성하는 새로운 화술을 스스로 생각해냈던 것이다.

2

구인회九人會에 빈자리가 생겨서 이상이 들어오게 된 것은 1934년 봄이었던가 한다. 모두가 다소 문단적 경력이랄까 한 것을 가지고 있었는데,

---

* 정지용(1902~1950). 시인. 시집 『백록담』, 『정지용 시집』, 산문집 『문학 독본』 등이 있음.
** 정한 액수의 두 배를 거두어들임.

그러므로 보아서는 이상은 사정이 좀 달랐다. 그러나 한번 들어온 후에는 전에는 반대하던 사람들까지도 어느새 그의 말솜씨의 심취자心醉者가 되었던 것이다. 모듬이 있을 적에는 언제고 이상과 구보가 회화會話의 주역이 되어가는 것을 어쩔 수가 없었고 간간이 지용이 핀잔을 주는 정도였다. 그의 말은 그의 시와 방불해서, '무관심한 관심'의 극치를 터득한 사람의 언제고 초탈한 비평이었다. 부드러운 해학 속에도 어느덧 독설의 비수가 번쩍이는가 하면, 신랄한 역설의 밑에도 아늑한 다사롬기氣가 봄볕처럼 흐르는 것이었다.

그가 세상 사람에게서 흔히 눈총을 맞게 된 것은 기사技師의 자리를 내찬 뒤에 그가 관계한 사업이라고 하는 것이 찻집이 아니면 카페와 같은 좀 난잡한 방면이었던 때문이었다. 그러나 카페를 가장 나무라는 사람이 실은 가장 그런 데를 드나들기 좋아하는 사람이며, 도덕과 윤리를 이마빡에 뒤집어 붙이고 다니는 부류일수록, 남 보지 않는 곳에서는 가장 도덕과 윤리의 얼굴에 흙칠을 하는 패인 것이 세상이 아니냐? 그러니까 그는 그들의 가면을 벗기면서 '꼴 좀 보자꾸나'고 기껏 놀려주고 싶었던 것이다. 정상한 직업을 가지고 정상한 생활을 해가기에는 그에게는 현실이란 것 자체가 도대체 우스꽝스럽고 무의미하기 짝이 없는 것이다. 또 이른바 '품행 방정'에 속하지 못하는 그의 사생활을 나무라는 편도 없지 않았다. 인간과 세계가 비극이 아니라 차라리 희극으로밖에는 눈에 비치지 않는 그가, 예복을 입고 너울 쓴 색시 팔을 끼고 먼지 낀 종이꽃을 늘인 속을 음계 틀린 웨딩마치에 가까스로 맞추어 걸어볼 흥미나 염치나 비위가 어떻게 있었을까 보냐? 그러면서도 그는 실상은 메마른 형식이 아니라 '절대의 애정'을 찾아 마지않은 한 퓨리탄*이었던 것이다. 사실상 나는 이상의 사생활은 구보만치는 알지 못한다. 알려고도 하지 않았다. 소중한 것은 그의 천재였고, 세상 사람들의 속된 속살질이 아니었기 때문이다. 그보다도 내 관심을 끈 것은 그의 건강이었다. 세상에서 쓰는 화폐와는 종류가 다른 화폐를 쌓고 있는 그는, 건강이라든지 그런 것조차도 세상 사람의 속된 가치 체계에 속하는 것이라 하여 돌보려 들지 않는 듯했다. 불규칙하고 비위생적인 생활이 이 소중한 천재의 그나마 군건치 못한 육체를 너무 탕진할까 봐 나는 속으로 걱정이었던 것이다.

이상은 그러므로 자기의 시와 꿈과 육체와 또 그 육체가 게걸스러운 병균들의 무수한 주둥아리에 녹아 들어가는 것조차를 거울 속에서 은근히 즐기고 있는, 저 '나르시스'의 일면을 가지고 있은 듯하다.

3

그러나 나르시스는 늘 거울 속의 제 얼굴에 취하여서만 살 수가 없었다. 닫아두어도 닫아두어도 그 거울 속에 쏟아져 들어오는 시대와 현실의 자욱한 티끌과 연기가 자꾸만 그의 시선을 빼앗곤 하는 것이었다. 미욱한 세계 그것을 놀려주는 제 자신의 재주에 취하는가 하면, 어느새 길들지 못하는 육중한 그 짐승이 가엾어지고 말기도 하는 것이다. 착한 사람들의 예를 벗어날 수 없이 이상도 또한 그지없이 슬플 때가 많았다. 날개가 부스러져 떨어진 귀양 온 천사는 한없이 슬펐다. 그러나 이러한 '아이러니'와 농질과 업신여김과 가엾이 여김과 슬픔은 또한 고약한 현실에 대한 순교자의 노염으로 변하곤 하는 것이었다. 말기적인 현대 문명에 대한 저 임리淋漓한 진단(시 「단애斷崖」,** 《조선일보》 연재), 그리고 비둘기(＝평화)

---

* 청교도적인 사람, 철저한 금욕주의자. 청교도(인 사람).
**「생애」를 착각한 것으로 보임.

의 학살자에 대한 준열한 고발(「오감도」, 《시》 제12호), 착한 인간들의 피와 기름으로만 살이 쪄가는 오늘의 황금의 질서에 항의하는 억누를 수 없는 분노(「지주회시」·「권태」)—그리하여 꽃 이파리 같은 '나르시스'는 점점 더 비통한 순교자의 노기를 띠어간 것이다.

4

어찌 보면 그가 시 대신에 소설을 쓴 것은 속된 독자층, 아니 너무나 상식적인 문단 그것과는 타협인지도 몰랐다. 사실 그의 시를 이단異端과 같이 돌리던 사람들조차 그의 소설에는 매우 흥미를 느낀 듯했다. 「봉별기」는 한 소품이려니와, 그 핏자국이 오히려 눈에 선한 「지주회시」의 고심역작에 반해서 「날개」의 가벼운 애상이 더 사람들의 입맛에 닿았던 듯하다. 이상은 그리하여 「날개」의 한 편으로 문단을 웅비하기 시작한 것이다. 그러나 그는 이러한 군중의 박수갈채 속에서도 실상은 호주머니 저밑에 감추어둔 그의 시고詩稿를 더 소중하게 주물러보곤 한 것이다.

1936년 겨울에 그는 불현듯, 서울과 또 그의 지나간 생활 전부에 고별하고 그 대신 무슨 새 생활의 꿈을 품고 현해탄을 건너갔던 것이다. 좀 더 형편이 되었다면 물론 나와의 약속대로 파리로 갔을 것이다. 그의 이 탈주, 도망, 포기, 청산—그러한 여러 가지 복잡한 동기를 가진 이 긴 여행은, 구태 찾는다면 랭보의 실종에라도 비길 것일까. 와보았댔자 구주歐洲 문명의 천박한 식민지인 동경 거리의 추잡한 모양과, 그중에서도 부박한 목조 건축과, 철없는 파시즘의 탁류에 퍼붓는 욕만 잠뿍 쓴 편지를 무시로 날리고 있던, 행색이 초라하고 모습이 수상한 '조선인'은, 전쟁 음모와 후방 단속에 미쳐 날뛰던 일본 경찰에 그만 붙잡혀, 몇 달을 간다〔神田〕 경찰서 유치장에 들어 있었다. 그 안에서 그는 비로소 존경할 만한 일인日人 지하운동자들을 만났던 것이다. 워낙 건강을 겨우 부지하던 그가 캄캄한 골방 속에서 먹을 것을 먹지 못하고 천대받는 동안에, 그 육체가 드디어 수습할 수 없이 되어서야, 경찰은 그를 그의 옛 하숙에 문자 그대로 담아다 팽개쳤던 것이다. 무명처럼 엷고 희어진 얼굴에 지저분한 검은 수염과 머리털, 뼈만 남은 몸뚱어리, 가쁜 숨결—그런 속에서도 온갖 지상의 지혜와 총명을 두 낱 초점에 모은 듯한 그 무적無敵한 눈만이, 사람에게는 물론 악마나 신에게조차 속을 리 없다는 듯이, 금강석처럼 차게 타고 있는 것이다. 그것은 인생과 조국과 시대와 그리고 인류의 거룩한 순교자의 모습이었다. 리베라*에 필적하는 또 하나 아름다운 피에타였다.

얼마 안 가 조국은 그가 낳은 이 한 사람의 슬픈 천재의 시체를 묵묵히 받아들이고 만 것이다. 그리하여 지상은 그릇 이리로 망명해 온 주피터를 다시 추방하고 만 것이다. 그의 짧은 생애는 그러나 그가 남긴 예술에 의해서 드디어 시간을 초월할 수가 있었다. 그 속에서 우리는 겨우, 말할 수가 있다고 하면 '영원한 이상'의 얼굴을 무시로 쳐다보면서 그의 목소리를 듣고 있는 것이다. 그러나 이것으로도, 그가 그의 요절로 하여 우리에게 남긴 너무나 큰 공허와 아까움의 천만분지의 일도 지워주지 못하는 것을 어찌하랴?

—『이상 선집』, 백양당, 1949.

---

* Jusepe de Ribera(1591~1652). 스페인의 화가.

작가 연보

1910년   경성부 북부 순화방 반정동 4통 6호에서 출생.

1912년   백부 김연필의 집에 양자로 감.

1917년   누상동에 위치한 신명학교(4년제) 입학. 구본웅과 만남.

1921년   동광학교 입학.

1922년   동광학교가 보성고보와 합병되어 보성고보 4학년으로 편입.

1926년   보성고보 졸업, 경성고등공업학교 건축과 입학.

1929년   경성고등공업학교 건축과 수석 졸업. 총독부 내무국 건축과 기수로 발령.

1930년   《조선》에 처녀작이자 장편소설 『12월 12일』 발표. 폐결핵 증세 나타남.

1931년   조선미술전람회에서 〈자상自像〉으로 입선. 《조선과 건축》에 일문 시 「이상한 가역반응」
         등 발표.

1932년   단편소설 「지도의 암실」, 「휴업과 사정」 발표.

1933년   폐결핵으로 총독부 기수직 사임. 황해도 배천온천에서 요양 중 기생 금홍을 만남. 다방
         '제비' 개업.

1934년   구인회 참여. 《조선중앙일보》에 「오감도」를 15회까지 연재했으나 독자들의 항의로 발표
         중단.

1935년   다방 '제비'를 폐업하고 금홍과 결별. 몇 차례 카페를 개업했으나 오래 유지하지 못하고
         생활의 어려움이 가중됨.

1936년   구본웅 부친이 운영하는 '창문사' 입사. 변동림과 결혼. 9월에 대표작 「날개」 발표. 10월
         도일함.

1937년   동경 니시간다 경찰서에 '불령선인'으로 피검됨. 병세가 악화되어 4월 동경제국대학 부
         속병원에서 요절.

한국현대문학전집17 - 이상 작품선

날개

지은이 | 이상
엮은이 | 조영복
펴낸이 | 김영정

초판 1쇄 펴낸날 2011년 10월 31일
초판 3쇄 펴낸날 2024년 8월 31일

펴낸곳 | (주)현대문학
등록번호 | 제1-452호
주소 | 06532 서울시 서초구 신반포로 321(잠원동, 미래엔)
전화 | 02-2017-0280
팩스 | 02-516-5433
홈페이지 | www.hdmh.co.kr

ISBN 978-89-7275-566-1 04810
      978-89-7275-470-1 (세트)